CANADA
加拿大

RICHARD FORD

〔美〕理查德·福特 著

程应铸 译

人民文学出版社
PEOPLE'S LITERATURE PUBLISHING HOUSE

著作权合同登记号　图字 01-2016-8423

Richard Ford
CANADA
_____

Copyright © 2012 by Richard Ford
Chinese (simplified characters) copyright © 2017
By Shanghai 99 Cultures consulting Co., Ltd
Published by arrangement with ICM Partners
through Bardon - Chinese Media Agency.
All rights reserved.

图书在版编目(CIP)数据

加拿大/(美)理查德·福特著;程应铸译.—北京:人民文学出版社,2017
ISBN 978-7-02-012842-6

Ⅰ.①加… Ⅱ.①理… ②程… Ⅲ.①长篇小说-美国-现代 Ⅳ.①I712.45

中国版本图书馆 CIP 数据核字(2017)第 107006 号

责任编辑　甘　慧　欧雪勤
封面设计　高静芳

出版发行　人民文学出版社
社　　址　北京市朝内大街 166 号
邮政编码　100705
网　　址　http://www.rw-cn.com
印　　制　山东临沂新华印刷物流集团
经　　销　全国新华书店等
字　　数　330 千字
开　　本　890 毫米×1240 毫米　1/32
印　　张　12.5
版　　次　2018 年 1 月北京第 1 版
印　　次　2018 年 1 月第 1 次印刷
书　　号　978-7-02-012842-6
定　　价　49.00 元

如有印装质量问题,请与本社图书销售中心调换。电话:010 - 65233595

献给克里斯蒂娜

《加拿大》是一部想象虚拟的作品。所有的人物和事件都是虚构的,不类似或涉及任何现实生活中的真实人物。另外,我随意描写了美国蒙大拿州大瀑布城的风景、大草原的景色,以及加拿大萨斯喀彻温省西南部一些特定小镇的景观。例如,在二十世纪六十年代,32号公路并没有铺敷柏油,但在我的笔下它是经过铺砌的。除此之外,书中所有的错误和疏忽均由本人负责。

理查德·福特

目 录

第一部　1
第二部　191
第三部　365
鸣　谢　391

第一部

一

首先，我要告白我父母亲犯下的抢劫罪，接下来再讲述此后发生的谋杀案。抢劫是故事的主轴，因为，是它开启了我和姐姐的噩梦，改变了我们人生的走向和归宿。凡事有因才有果，不把开端叙述清楚，就不可能对事件有完整的理解。

其实，普天之下，我父母是最不可能抢劫银行的两个人。他们不是行为怪异者，一眼看上去也不像会犯罪的样子。没人会想到他们最终竟以这种方式毁掉自己。他们只是普普通通的人——但是，很显然，在他们抢劫银行的惊人之举发生之际，先前对他们的这种看法就变得苍白无力，成为毫无意义的空洞。

我的父亲叫贝夫·帕森斯，曾经是个乡村男孩，一九二三年出生于亚拉巴马州马伦戈县。一九三九年，他迈出中学校门，满怀激情地加入美国陆军航空兵团，这一分支部队是美国空军的前身。他在迪莫波利斯参军，在圣安东尼奥附近的兰道夫接受训练。他渴望成为一名战斗机飞行员，但是由于缺乏天资，只能退而求其次，通过学习，成为一名投弹手。他驾驶 B-25 轰炸机在菲律宾执行任务，这是一种中轻型的"米切尔"轰炸机[1]。后来，在大阪上空，就是它们，对地面进行了毁灭性的狂轰滥炸[2]，既打击了敌人，但也祸害了那些不该等同对待的平民。父亲个子高大而富有魅力，总是满面笑容，是个身高六英尺的英俊男子（他的身材刚好能被飞机上的投弹仓所容纳）。他有一张大大的方脸，脸上总是充满期望，颧骨棱角

---

[1] B-25 轰炸机是"二战"全球战场中最为优秀的中轻型轰炸机之一，它以"米切尔"命名，以纪念"一战"中美国指挥官威廉·米切尔。
[2] 狂轰滥炸：指 1945 年盟军对大阪的大轰炸。其时大阪的釜崎遭受重创，釜崎是日本体力劳动者最大的聚集之地。

分明，嘴唇富有美感，睫毛长而带有女性韵味。他还有一口雪白光亮的牙齿和一头乌黑的短发，对此他深感自豪，正如他骄傲于自己的名字——贝夫，贝夫·帕森斯上尉。他的名字"贝夫"是"贝弗利[1]"的略称，他从不承认"贝弗利"是个女人的名字，尽管大多数人都这么认为。他说，这个名字来自盎格鲁-撒克逊人的祖先，"在英国，它是个很普通的名字。在那里，维维安、格温和雪利都是男人的名字。没人会把它们和女人扯在一起"。他是一个不知疲倦的健谈者，作为南方人，他的思想甚为开明，同时彬彬有礼、乐于助人，这些本该助他在空军大展宏图，但很遗憾并非如此。无论置身何处，他都会用敏锐的淡褐色眼睛审视周围，寻找关注他的人。当然，通常总是姐姐和我。他会用南方人的夸张口吻，讲一些过时的笑话。他会变扑克牌，耍魔术——拔掉他的拇指，然后又使之复原；使一块手帕消失得无影无踪，然后又让它重新现身。他会在钢琴上弹奏布吉伍吉爵士乐[2]，有时还会和我们谈"南方佬"，或者谈论诸如《阿摩司和安迪》这样的情景喜剧[3]。由于在米切尔轰炸机上执行任务，使他听力受损，对此他甚为懊丧和敏感。然而，他"忠诚不变"的军人发型和紧身的蓝色上尉军装十分抢眼，加上他总是热情洋溢，让人觉得温暖、诚恳而实在，因此，我的孪生姐姐和我都很爱他。这些也可能是我母亲被他吸引的原因（虽然他们从各方面来说都不太合适，性格也迥异）。他们在一个表彰归国飞行员的聚会上相识，不幸的是，后来他们一次轻率的激情，导致母亲怀孕。那是一九四五年三月，父亲正在附近的刘易斯堡接受出任军需官的再培训，因为那时候不需要他再去投掷炸弹了。发现母亲有孕后，他们仓促成婚。她的父母不赞成这门亲事，他们是来自波兰的犹太裔移民，住在华盛顿州西部的塔科马市。他们都是受过专业教育的数学教师，也是半职业性的音乐家，在波兰的波兹南市，两人

---

[1] 贝弗利（Beverly）是一个中性的英文人名，男女皆可用，作为女性名字时一般译作"贝弗莉"。
[2] 布吉伍吉（boogie-woogie）是一种低音连奏的爵士乐钢琴奏法。
[3] 《阿摩司和安迪》：在1928年至1960年间以无线电广播和电视节目的形式风靡美国的情景喜剧。

均是音乐会上深受欢迎的独奏者。一九一八年后，他们逃离波兰，取道加拿大来到美国华盛顿州，最后竟只成为学校的管理员。在那个时候，无论是他们，抑或我们的母亲，并不看好自己的犹太人身份——来到这块显然不属于犹太人的土地上，他们乐意摒弃犹太人那种过时的、固执而褊狭的生存观念。

但是，唯一的女儿要嫁给一个轻薄、饶舌、有着苏格兰和爱尔兰血统的家伙，嫁给一个亚拉巴马州边远地区木材估价师的独子，这是他们万万意料不到的事情，他们立刻决绝地否定了这门亲事。在他们鞭长莫及的另一处，我们父母之间似乎没有什么进展，而更真实的现状是，母亲和父亲结婚了，这预示着一场灾难的到来，她的生活就此永远改变——当然，不是朝好的方向，正如她自己后来所确信的。

我母亲名叫吉娃·坎珀（"吉娃"是"吉纳娃"的略称），是个戴眼镜的拘谨的小个子女人，有一头蓬散的棕色头发，柔软的发梢飘垂下来，掩映着她下颚的轮廓。她的眉毛粗浓，前额发亮，隐约可见延展在那层薄薄皮肤下面的静脉。她不经日照的白皙肤色使她显得颇为孱弱，其实不然。我父亲曾打趣说，亚拉巴马老家的人们把她的头发称为"犹太佬发式"或"移民发式"，但是他喜欢它，更爱她（对这些话，她似乎从不怎么在意）。她有一双玲珑秀美的小手，指甲始终修剪得整整齐齐，并泛着光泽，对此她颇感自负，故而总爱漫不经心地做手势。她是个怀疑论者，不轻信于人，当我们和她交谈时，她只是专注地倾听，她有一种语带嘲讽的机智。她架着一副无框眼镜，爱读法国诗歌，经常冒出诸如"噩梦"或"混蛋"之类的法文词句，弄得姐姐和我一头雾水，根本不知其所以然。她用邮购来的咖啡色墨水写诗，写日记——不允许我们看。通常她总是微微翘起鼻子，带着散淡而迷茫的表情——这就是真实的她，也可能是一幅永远属于她的写真。在怀上姐姐和我并迅速和父亲结婚之前，她在十八岁的人生花季从沃拉沃拉县的惠特曼学院毕业，并进入一家书店工作。她自认为是个放荡不羁的艺术家和诗人，期待着有朝一日能找到一份理想的工作，比如在某所专业性的小型学院担任教师；她还热望和某个与她后来婚姻对象截然不同的白马王子结为连理，可想而知，那应该是个大学教授，她相信他能够让她过上自己所追求的生活。一九六〇年，她仅仅三十四岁，然而就在这一年，发生了那一系列意想不到的变故。这时她的鼻子两旁已经出现"老人纹"，小小的鼻尖呈微微的桃红色，那双绿灰色大眼睛虽然敏锐，但眼睑变得黝黯，这使得她看上去甚为异样，显得有些轻微的哀忧和怨天尤人——她确实如此。但她依然有着优美细柔的颈脖，还会出其不意地绽放出令人意想不到的笑容，露出她小小的牙齿和少女般的心形唇瓣，不过，她极少对人——姐姐和我除外——露出这种笑容。我们深知她是个外表不落俗套的人，她最典型的打扮是身着橄榄色的便裤和袖子宽松的女士棉衫，还有麻棉布鞋，这种鞋肯定是她从西部邮购来的，因为在大瀑布城不可能买得到。不过，我们难得看到她站在我们高大英俊、乐于助人的父亲身边，她仿佛极不情愿这样。我们很少有举家"外出"的机会，比如去饭馆用餐什么的，因此我们几乎看不到他们是怎样置身于外部世界，怎样置身于陌生人之中。对我们而言，蛰居在自己的屋里似乎就是天经地义的生活形态。

　　姐姐和我不难理解母亲何以会被父亲贝夫·帕森斯所吸引：他高大魁梧，肩膀宽厚，健谈洒脱，幽默风趣，而且总是尽力让身边的人开心快乐。但是我们始终没有完全弄明白他为什么会对她感兴趣。她个子矮小（仅五英尺高），性格内向，容易害羞，待人冷淡，富有艺术气息，只有在露出笑脸的时候才显得优雅可爱，只有在彻底放松的时候才表现得机智诙谐。不管怎样，他想必是欣赏这所有一切，觉得她的心智比自己的更敏锐，他把能够逗她高兴当成自己的快乐。他忽视了他们生理上的差异转而寻求内在，这是他的善良大度，是我深为赞赏的，虽然我们的母亲并没有意识到这一点。

但是，我脑中根深蒂固的观念是，他们这种不同体质和气质的怪异结合，是造成他们悲惨结局的主要原因；毫无疑问，他们只是不适合彼此，不应该结婚或者做任何与此相关的事情；他们应该在激情初次点燃之后寻求分手，不管结果会如何。他们待在一起的时间越长，相互间的了解就越透彻，至少母亲就越是看出他们婚姻的是一个错误，而他们的生活也就越偏离正轨——这就像是数学上的一次漫长求证，第一步计算错了，接下来的所有计算都会使你更加偏离正确答案，偏离事情的合理结果。那个时代——二十世纪六十年代初期——的社会学家可能会说，我们的父母处在了一场历史性运动的浪尖，跻身先锋的行列——这场运动挑战社会固有的规范和桎梏，崇尚离经叛道，其信条是通过自毁以求得社会认同。但他们不是，他们并不是什么一往无前的运动先锋。正如我说的，他们只是普普通通的人，只是受了外部环境和自己错误的直觉的欺骗，厄运不断，偶尔一次冒险越到他们明知是正确的界线之外，然后发现自己再也无法回头。

尽管如此，关于我的父亲，我还得说：一九四五年，他从战争这个大舞台返回，也就是说从天空回来——在那里，他曾经吹着口哨，充当死神的使者——而就在这一年，姐姐和我诞生在密歇根州奥斯科达的沃特史密斯空军基地。那时候他像是被某种不确定的巨大力量所支配，就和很多美国军人一样。他的余生都在与这种力量搏斗，困惑着是否该保持乐观、随波逐流，于是做出貌似正确、实则愚蠢的决定。而根本的问题是，他错误地理解了回家以后所面对的世界，这种误解彻底改变了他的人生。这想必也是数百万从军男儿面临的共同问题，虽然他们自己绝不会明白，也不会承认这个事实。

二

一九五六年，我们家迁往蒙大拿州的大瀑布城，这是我们家又一个停靠站。很多军人家庭都是这样，随着战争和军事需要而迁移居所。我们先后在密西西比州、加利福尼亚州和得克萨斯州的空军基地居住过。母亲拥有学位，所以每到一个地方，都去做代课老师。父亲没有被派往朝鲜半岛，而是被安排在国内的补给和征兵部门做文职工作——之所以被留在国内，是因为他虽然多次获得战斗勋章，但是他的军衔始终没有高过上尉。就在我们住在大瀑布城后，父亲三十七岁的时候，他做出一个决定：他认定空军部队再也不可能为他的未来提供更多发展空间，他业已置身其间二十个年头，是到了领取退伍金解甲归田的时候。加上他深知母亲对社交活动毫无兴趣，她甚至不愿意邀请他空军基地的同事来家共进晚餐，否则，良好的人际关系说不定会打消他退役的念头——父亲的想法也许是对的。事实上，我认为如果父亲的同事中有母亲赞赏的人，她或许也会乐意邀请的，可是她从不这么认为。"这里到处是奶牛和小麦，"她说，"没有真正井然有序的社交活动。"无论如何，我觉得父亲是厌倦了空军生活，想把大瀑布城作为生活向前迈进的一个新起点，即使这里没有社交生活。他说他希望加入共济会。

到一九六〇年春天，姐姐伯娜和我十五岁了。我们就读于刘易斯初级中学（为纪念梅里韦瑟·刘易斯[1]而名），学校就在密苏里河岸边，我从高高的校舍窗口远眺，能够看见河面闪亮的波光，还有聚集在水中的野鸭和水鸟，还能够瞥见芝加哥、密尔沃基的远影，以及客运列车不再停靠的圣保罗航空站的风貌。往上能看到建在戈尔小丘上的城市机场，它每天开通两个航班。下游有冶金

---

[1] 梅里韦瑟·刘易斯（1774—1809），美国探险家，曾率领远征军团探索美国疆土。

厂的堆场和炼油厂,它们建在瀑布的上方,这座城市就是因为该瀑布而得名。逢到晴空万里的日子,朝正东方向瞭望,我甚至能够看到六十英里之外云雾缭绕的雪山之巅,山脉连绵不断,南与爱达荷州接壤,北邻加拿大。至于"西部",除了在电视里接触到的,姐姐和我基本上对它没什么概念。甚至我们对美国本身的了解也是如此。但是,我们认为这里理所当然是最好的地方。我们真正的生活圈子就是家庭,我们犹如它里面一件松散而提不出门的行李。母亲对社交的疏远和冷漠与日俱增,她离群索居,自命清高。她还希望伯娜和我不要被"集镇的市侩观念"所同化,她相信那样会令我们大瀑布城的生活窒息难耐。我们享受不到大多数儿童所拥有的那种生活:他们可以邀请朋友来访,他们有报纸作为信息渠道,他们可以参加童子军,可以纵情地载歌载舞。母亲认为如果我们陷入这种状态,其结果只会使她下决心赶快搬离此地。毫无疑问,无论住在什么地方,如果谁的父亲在空军基地工作,那他总是不会有太多的朋友,也极少会和他的邻居照面。而我们的一切活动都在基地——看医生、补牙、理发,购买日常所需的杂物。对此,人们都看在眼里。是的,当他们认为你们不会长居此地时,又怎么会自寻烦恼,费心来了解你们?我家的不好名声在基地传开来,只要有一点风吹草动,不用人们刻意打听和深入了解,便会闹得沸沸扬扬——况且我母亲是犹太人,有着移民的外表特征,从某种意义上说颇具波希米亚风。这些成了所有人感兴趣的话题,而父亲昔日保护美国免受敌人侵犯的壮举,似乎成为不足为荣的事情。

我得说,至少一开始,我是喜欢大瀑布城的。因为瀑布产生电能,这座城市又被称为"电城"。瀑布似乎桀骜不驯,它垂直而下,流向僻远。它是我们业已寄身的辽阔乡土的一部分。但我不喜欢的是,这座城市的街道仅仅用数字来命名,这很容易让人搞错。母亲说,由此可见这座城市是由贪婪而吝啬的银行家筹建的。当然,我不喜欢的还有这里的冬季总是冰天雪地,显得漫无尽头。北方的寒风呼呼而来,就像一列疾驰而来的载货火车,猛烈刺骨。日照稀少，使得每个人的心情都低落压抑，即便性格最乐观的人也难以幸免。

实际上，伯娜和我从没想过我们是来自什么特殊的地方。每次我们搬到一个新地方——全是边远地区——安排住进租来的房子后，父亲就穿上他熨平的蓝色军装，驱车去当地的空军基地上班；母亲则开始新的教师工作；而伯娜和我要尽力应付的是，一旦有人问起我们从哪里来该怎样回答。所以，每次在去新学校的路上，伯娜和我就相互练习这样的对话。"你好，我们来自密西西比州的比洛克西。""你好，我来自奥斯科达。它在密歇根州的上面。""嗨，我住在维克托维尔。"我努力学习最基本的东西，这些是其他男孩都熟知的，我还学他们的说话方式，学讲俚语，四处闲逛游走，假装在这个初来乍到的地方信心满满和镇定自若。伯娜也仿效我的做法。然后，我们又迁往另一个地方，伯娜和我又得费力将这一切重复一遍。我知道，这样发展下去，其结果要么让你漂泊不定，随波逐流，要么能促使你更具韧性，更能适应新环境——母亲并不认同这一点，她也从不去适应。母亲固执地坚持自己的一些念头，认为自己该有一个与众不同的未来，显然，她最喜欢的是遇见父亲之前存在她想象中的那个幻影。我们——姐姐和我——只不过是一幕戏剧中无足轻重的小演员，在母亲的审视中，无奈地任剧情在冷漠中展开。

结果，学校成为我倾注最多感情的地方，是生活中除了父母和姐姐之外不断缠绕着我的螺旋线。我对学校生活恋恋不舍。只要可能，我就在学校里打发时间，孜孜不倦地阅读校内书籍，和老师们待在一起，呼吸着校园的气息，这种气息虽然是各地学校共有的，然而似乎又有其独特之处。如此，读书明理和认识事物成了我的首要追求，不管它们隶属哪一范畴，我都如饥似渴。我的母亲所知甚多，而且深明事理，我想我能和她一样，因为我有持之以恒的求知欲，知识能够令我多才多艺，变得高瞻远瞩，这些特质对我而言至关重要。不管怎样，即使我对我的栖身之地没有任何归属感，但我爱我就读的学校。我在英语、历史、科学和数学方面成绩优异，这些学科也曾经是母亲的强项。每一次我们收拾行李准备搬家，都会面临一个不可回避的现实，那就是我的转学问题。我担心出于某种原因自己无法重返学校，或者错失获得重要知识的机会，这些知识能确定我的未来，甚至是我在其他地方不可能获得的。这一切使我对搬家心生畏惧。再者，有时候我们搬迁的地方根本就没有可供我就读的学校（关岛曾经就是）。我担心搬家会使我终止学业，如此我将无所依托，要想出类拔萃的梦想也成为无本之木。我能肯定，这种对生活不能如愿的沮丧感，全遗传自我的母亲。尽管这也可能是我们的父母还在他们自身年轻生命不断成长的迷乱中打转——他们同床异梦，甚至不再有曾经短暂有过的身体接触欲望，然后日渐疏离，成为彼此遥不可及的卫星，并最终在完全没有意识到的情况下怨恨对方——没有给予姐姐和我足够的温暖和关爱，而那是子女期待父母给予的。然而，我明白，由于生活遭受磨难而责怪父母，对结果不会有丝毫裨益。

三

那年早春,当父亲卸下军职的时候,我们全都对即将到来的总统选举产生了浓厚兴趣。父母一致看好民主党和肯尼迪,肯尼迪也很快就被推选为总统候选人。母亲说父亲喜欢肯尼迪是因为他自恋,在他的想象中他们很相似。父亲极其厌恶艾森豪威尔,其理由是,在盟军西欧登陆日,为了"软化德国兵",他不惜用美国的轰炸机作赌注。还因为艾森豪威尔对麦克阿瑟沉默式的背叛,后者是父亲所崇敬的人物。此外,还因为艾森豪威尔的妻子是一个人尽皆知的"酒鬼"。

他也讨厌尼克松,说他是个"冷漠的人","长着张意大利人的鬼脸",是个"认同战争的贵格会信徒"[1],简直就是个伪君子。他还讨厌联合国,认为它耗费巨额经费。在我们家客厅的墙上,他挂了一幅带镜框的富兰克林·罗斯福的照片。下方有一台金伯尔小型立式钢琴和红木的黄铜节拍器,它们是前屋主留下来的,已不能使用。父亲称赞罗斯福没有被小儿麻痹症击溃,拼命用工作拯救国家;称赞他成立农村电气化管理局,将亚拉巴马州的偏远林区带出黑暗时代;还称赞他能够容忍他称之为"第一傻瓜"的罗斯福夫人。

父亲对自己亚拉巴马州的籍贯持有强烈的矛盾心理。一方面,他把自己描绘成一个"现代人",绝不是什么"山野威廉"——他如此称呼亚拉巴马州人。不错,对很多事情他确实抱有现代观念——比如对种族问题的看法,这是他在空军和黑人一起工作而形成的。他认为马丁·路德·金是个道义坚守者,认为艾森豪威尔的民权法案非常必要。他还认为妇女的权利应该有更公正的颠覆性改变。

---

[1] 贵格会又称教友派或者公谊会,是基督教新教的一个派别。成立于十七世纪,该派反对任何形式的战争和暴力。

而另一方面，当母亲以轻描淡写的口吻谈起南方的一些历史掌故时——她经常这样——他会陷入沉思，并断言罗伯特·李和杰弗逊·戴维斯都是"大人物"，即便他们曾经被他们的事业所误导[1]。他说，很多好东西都出自南方，除了轧棉机和滑水橇，还有很多东西。"也许你能够为我说出一两个，"这时母亲会说，"但显然，那不包括你自己。"

父亲脱下蓝色空军制服，告别了基地的刻板生活后，很快就找到了一份工作——为奥尔兹莫比尔汽车公司销售新车。他觉得做销售符合他的天性。他认为他热情的个性——快乐、亲切、随意、自信、妙语连珠，会对陌生人产生吸引力，会把别人觉得困难的事情变得轻而易举。加上他是个南方人，人们一定会信任他，因为南方人被认为比沉默寡言的西部人更脚踏实地。而且，一旦车型年结束，就会有大规模的打折销售，使得销售额大大提升，如此，财源将滚滚而来。基于工作需要，公司配给他一辆暗粉色的超级88型奥尔兹莫比尔牌汽车，以作展示之用。他把车停在第一大道西南角，即我们家的门前，让它成为绝好的广告。他驱车载着我们全家去费尔菲尔德，去山区，去东面的刘易斯顿，或者朝海伦娜的方向南下。他把这些日子的旅行称为"定向展示表演支票"。虽然对国家的各个领域他都只略知一二，但实际上，他对汽车所知更少，除了懂得怎样驾驶——驾车倒是他爱做的事情。他觉得对于一个空军军官来说，要谋取一个好职业易如反掌，他早该在战争一结束就离开军队。此刻，他踌躇满志，正要举步向前迈进。

由于父亲离开空军且有了新的工作，姐姐和我都相信，我们的生活有了稳固的基础。我们已在大瀑布城住了四年。母亲在每个教学日搭车去一个叫肖堡的小镇，她在那里教五年级学生。她从不谈论她的教学，但看上去她喜欢她的工作，有时候她会谈论其他教师，说他们是具有奉献精神的人（虽然她好像和他们有一点儿工

---

[1] 罗伯特·李和杰弗逊·戴维斯在美国南北战争时期分别担任南方邦联军队总司令和南方邦联总统。

作之外的交往，但邀请他们来家造访，她比对基地的人更为排斥）。那年夏末，我即将迈入大瀑布城高中，对校园生活充满憧憬，我得知那里有一个国际象棋俱乐部和一个辩论学会，在那里，我还可以学习拉丁语，因为我个子太小，体重过轻，不适于体育活动；再说，我对体育也了无兴趣。母亲曾说过期望伯娜和我都能去上大学，但是我们没有足够的钱，所以得拓宽思路，更好地筹划。她还说伯娜的个性像她，可能给人印象良好而顺利入学，但是，恐怕还是不得不尝试另一种替代方式，那就是让她嫁给一个大学毕业生。在中央大街的一家旧货铺里，她觅到几面大学的校旗，用大头针将它们钉在墙上。它们都是其他孩子丢弃不要的。福尔曼大学、圣十字学院、贝勒大学是我拿到的三面旗帜。罗格斯大学、里海大学、杜肯大学是姐姐的。当然，对于这些大学我们一无所知，就连它们坐落在哪里也不知道。但我能在脑海里想象它们是什么模样：古旧的砖墙建筑，掩映在浓郁的树荫下，一条小河从中穿过，还耸立着一座钟塔。

就在那个时候，伯娜开始变得难以相处。从小学开始，我们就从没有在同一班级，因为孪生姐弟整天黏在一起，不利于身心的健康发展。虽然如此，做家庭作业时我们总是互相帮助，并且相处和睦。如今，她大多数时间都躲在自己房间，读她在瑞克苏尔连锁店买来的电影杂志，还有畅销书《佩顿之地》和萨冈的《你好，忧愁》，这些书是她偷偷带回家的，她不肯吐露它们的来处。在房间里，她还可以观察养在玻璃缸里的游鱼，听收音机里的音乐。她没有朋友——这一点我也一样。我不在乎和她疏远，不介意一个人待着，我有自己的兴趣和对未来的想法。伯娜和我是亲如一体的双胞胎，她比我早出生六分钟，但看上去和我一点儿也不像。她个头高，但瘦削，模样并不可人，身上长满雀斑，手指上还长了一些疣粒——她是个左撇子，而我习惯用右手。与我和母亲一样，她的眼睛也呈暗淡的绿灰色。她的脸长有丘疹而且扁平，柔软的下颚并不显得可爱。她的头发从中间分开，如同金属丝一样硬直。她的嘴倒像父亲，颇有美感。可是，她腿上和手臂上毛发稀疏，她几乎谈不上拥有女性的胸部，这与母亲如出一辙。她通常身穿短裤和一件罩在外面的套头连衣裙，这显得她身材更高大。有时候，她会戴一副白色的花边手套，用以遮掩手上的雀斑。她患有过敏症，因此口袋里总是装着一只薄荷醇喷吸器，你只要走近她的门口，准能闻到房间里弥散出来的薄荷醇味。在我看来，她像是父亲和母亲的综合体：继承了父亲的身高和母亲的相貌。有时候，我发现自己潜意识里常把伯娜看作是比自己大的男孩。有时候，我真的好希望她的模样能多像我一些，这样她就会对我好些，我们也会更加亲近。当然，我可不希望自己长得像她。

与她相比，我个头较小，整齐的棕色头发在边上阔阔地分开。我的皮肤光滑，带有很少疣粒。我的"漂亮"外表酷似父亲，但是热衷追求优雅却像母亲。我崇尚温文尔雅，我喜欢母亲为我准备的衣着——卡其裤配熨烫得平整的干净衬衫，还有根据希尔斯百货商店商品邮购目录选购的牛津鞋。父母亲曾经开伯娜和我的玩笑，说我们好像出生在邮差和送奶人家庭，是两个"异类"。可我感觉得到，他们所指的仅仅是伯娜。最近几个月，伯娜对自己的外貌变得敏感起来，行为也越来越叛逆，让人怀疑是不是发生了什么让她困惑不安的事情？在我的记忆里，某个阶段，她曾经是个可爱而快乐的小女孩，那长着雀斑的普通脸蛋，常常会绽放出灿烂的笑容，她还会做鬼脸引得我们全家开怀大笑。而现在，她对生活充满疑虑，她变得尖刻，会针对我的缺点口无遮拦地抨击，然而，大多时候她看上去是愤懑不平的。她甚至不喜欢她的名字，可我喜欢，我认为这名字让她变得独一无二。

父亲做奥尔兹莫比尔汽车的销售工作一个月后，卷入了一场轻微的追尾交通事故，其时他正开着那辆作为展示品的新车超速行驶。那是在返回基地的路上，虽然他已经和此处没有什么工作关系。事故之后，他转而开始销售道奇汽车。他将一辆漂亮的道奇科罗纳特开回家，它棕白两色相间，带有金属顶盖，有着被称为"按钮式"的驱动装置，车窗能电动开闭，驾驶座椅可旋转，还有时尚的侧翼、炫丽的红色尾灯和一根长长的鞭形天线。同样，这辆车也停在了我家门前，足有三个星期之久。伯娜和我常坐进去听收音机。父亲还驱车带着我们外出，我们把四扇窗玻璃全都下移，让新鲜空气涌入车内。有好几次，他把车开到布特莱格小道，然后让我们来开，教我们怎样倒车，怎样在结冰的路面转动方向盘滑行。不幸的是，他竟然连一辆道奇都没有卖出去，于是他得出这样一个结论：在大瀑布城这样的地方——一个人口仅有五万人的粗陋乡镇，住满了节俭的瑞典人和多疑的德国人，可能只有极少的一部分有钱人愿意把钱花在购置豪华座驾上——他选错了生意。于是他辞了这份工作，在离空军基地不远的地方倒卖二手车。航空兵通常总是在这样一个旋涡里打转：他们或口袋拮据窘迫，或离婚，或被控告，或再婚，或沦为监狱里的囚徒，这些都使得他们需要现金，于是他们买车卖车，把汽车交易作为一种货币流通形式。他觉得通过充当他们的经纪人来赚钱是个好办法，这是他喜欢的职业。而且，航空兵也愿意和空军的离职官员做生意，因为后者能体谅和理解他们的难言之隐，不会像其他市民那样对他们投以鄙视的目光。

结果，这个职业他也没能坚持多久。其间，他曾带伯娜和我去他的售车点参观过两三次。在那里，我们能做的，就是在一排排汽车中间闲逛。在难以忍受的热风中，在飘拂的信号旗和电线的银色闪光下面，我们夹在被蒙大拿灼热阳光烘烤的汽车引擎盖中间，注视着来往基地的车辆。"大瀑布城是个二手车城市，不是一个新车城。"父亲说，他双手搁在臀部，站在充作办公室的小木屋台阶上，"新车把人逼进救济院，当你把它开出停车场的时候，一千美元就流掉了。"大约就是这个时候，六月下旬，他说他计划去南方各州作一次自驾游，到"左后方"的地盘去看看那里的情况怎样。母亲则强调，这次旅行只能他自己去，不可以带上孩子，否则会增加他的辛苦和烦乱。至于她,她说自己压根儿不想走近亚拉巴马州——踏足密西西比州已经够了。犹太人的处境在那里比有色人种更糟,后者至少是属于那片土地的。在她眼中,蒙大拿州是最好的,因为这里没有人了解犹太人,自然也没有人就犹太人的话题展开深入讨论。身为犹太人,母亲的心态是:有时候觉得这是沉重的负担,有时候又觉得让她有种卓尔不群的骄傲。总之,身为犹太人绝不意味着处处是佳境。伯娜和我除了知道母亲是犹太人外,对犹太人毫无概念。可是,由于母亲的关系,根据古老的犹太法律,我们成了正统的犹太人——当然,这比作为亚拉巴马人要强。她说我们应该想到,我们"没有严格遵守戒律",也许我们会被"灭绝"。她是在指我们过圣诞节、感恩节和复活节,还同样庆祝每年七月四日的独立节,却不去教堂。不管怎样说,大瀑布城的教堂因为没有犹太人的加入而变得纯净。相信某一天可能会有所变化,但肯定不是现在。

父亲尝试二手车的交易差不多有一个月,一天,他开着一辆二手车回家,这是他买来供自己用的。他卖掉了我们的52型水星,换了这辆红白相间的贝尔艾尔55型雪佛兰,是通过他工作的二手车交易公司运作的。"有一桩好买卖。"他说他在筹划一项交易农场和牧场土地的生意。有时,他承认自己对这门生意所知不多,但他说他已报名到基督教青年会的地下室学习这门课程,而公司的其他人也会帮助他。他的父亲是个木材估价师,所以他自信自己对"野外"的事物会有正确的判断,肯定比在城里做得好。加上十一月肯尼迪当选总统,这预示着将出现一个股票高涨期,这时人们最急于做的事情就是购买土地。他说,尽管周围有大量的土地,可是之前他们并没有对它过多投资。他终于明白,二手车的销售成交率并不取决于销售商。他想不通,为什么自己是最后洞悉这些事实的人?母亲亦有同感。

当然,姐姐和我,我们那时并不知道这些情况,但他们两人,想必已经意识到在这个阶段——即父亲离开空军并认为自己可能在社会上找到定位之后——他们已经渐行渐远,开始承认他们看到了彼此间的差异,也许,还开始明白他们之间的差距虽然不至于导致分手,但会越来越大。年复一年,一个基地接着一个基地,父亲在密集的、心无旁骛的、隆隆轰响的飞行中打转,同时养育着两个孩子。这种生活使得他们忽视了一开始就应该重视的问题——在这点上可能母亲更甚于父亲:至少,那些原本看上去很小的差异,如今变得让她难以忍受。他乐观热忱,而她冷漠多疑。他属于美国南方人,而她身为犹太裔移民。他所受教育不多,而她受过教育并对知识如饥似渴。当他们意识到这点的时候(或者更确切地说,当她意识到这点的时候)——这也是父亲接受退伍并趋于改变自己以后——他们各自开始感到紧张不安,两个人都有种不祥的预感,对此,他们守口如瓶,从不相互披露(这些母亲在写的日记和"手记"里有所提及)。如果允许事情沿着其他芸芸众生的人生轨迹展开,让每天的生活偏离其已然怪异的本源,拐向普通人走的路径,那么,她会带着伯娜和我,登上离开大瀑布城的火车,前往塔科马,那是她熟悉的故土。或者去纽约,要不去洛杉矶。如果事情这样演变,那么我们每个人都有机会在这大千世界幸福地生活。父亲可能会重返空军基地——自从离开那里,他就陷入了困境——或许他还会选择再婚;而一旦伯娜和我上了大学,母亲也可能重回她向往的校园生活,她可能会钟情于写诗,施展她早年的抱负。命运之神将发给他们每人一手好牌。

如果这个故事是由他们来讲述,自然会是截然不同,他们会成为故事里一系列事件的主角,而姐姐和我则是观众,这是孩子能对父母做的。通常,世人不会把银行劫匪和为人父母者联系到一起,尽管他们大多数都有孩子。而孩子们的故事——我的故事和我姐姐的故事——是在观看他们演出时,我们所作的权衡估量、分类整理和评论判断。后来,在我读大学的那些年里,我读到英国杰出批评家约翰·罗斯金的箴言:创作就是整理和排列不同的事物。这句话的意思是说,创作者要决定事物彼此间的关系,确定什么是平等的,什么是更重要的,在人生疾驰的道路上什么是可以置之一旁的。

四

我主要是通过各种未经证实的信息渠道，获悉一九六〇年仲夏以来所发生的大多数事情的。在《大瀑布城论坛报》上，我读到有关我们父母的故事报道，他们的所为简直不可思议，荒唐之极。更多一些事情我是从母亲写的"手记"里知道的，她当时被监禁在北达科他州戈尔登瓦利县监狱，等待审判，稍后又被移送到设在俾斯麦的北达科他州立监狱。那时候，我还从别人嘴里听到一些事情。因为和他们共处一室，而且和所有孩子一样，对父母很是关注，甚至观察入微，所以我当然知道一些细节，知道事情是如何从普通、平和、良好的状态开始变化，变得不尽如人意，然后变得更糟，最后演变到坏得不能再坏（尽管事件从头到尾都没有人遭到凶杀）的。

父亲在大瀑布城空军基地的时候，几乎整整四年，他参与了一项非法活动，把偷盗来的牛肉供应给军官俱乐部（然而我们全都被蒙在鼓里），从中收取金钱和新鲜的牛排，因此我们得以每周两次享用这种美食。这一犯罪活动在基地有序地展开，负责军需的官员在接受采购任务外出时，计划便会一层一层传达到他们手中。计划的内容就是和克里族印第安人的某些成员进行牛肉非法交易，这些克里族人住在蒙大拿州哈佛南部的印第安人保留区，专事盗牛的勾当。他们从当地牧场主的畜群中偷盗赫里福德食用牛，将它们秘密宰杀，然后把牛肉运到基地，所有这些都是在夜间悄悄完成的。军官俱乐部的经理把这些牛肉储存在俱乐部的冷冻箱里，用以招待空军少校、空军中校和基地指挥官及其夫人们。他们谁也不知道这些牛肉的来历，只要没人被抓他们也就无所顾忌。而这些牛肉的质量无与伦比，这才是他们最关心的。

显然，这是个小小的、赌注微不足道的游戏，也正因为如此，它顺利地进行了一年又一年，每个参与者都希望它永远继续下去。不料，一次基地涉案人员的内讧，使得他们的活动部分败露，供应部门和配给部门一些弄虚作假的账单被尴尬曝光，为此，几个空军基地人员受到惩处，父亲也被褫夺了上尉军衔（这军衔是他引以为荣的），重新变为中尉。这时，他还可以浪子回头，还可以因揭露这场骗局而成为我们的好父亲，可叹的是，他没有这么做。在家里，父母讳莫如深，没有人谈起整个事件的任何细节，因此，伯娜和我毫不知情，我们甚至对他离开空军的决定全力支持。其实，他很可能是被迫退役，虽然他获得一份退伍荣誉证书，还被镶上玻璃镜框，挂在我家客厅墙上，就在钢琴上方，旁边是他崇拜的罗斯福的照片。父母被捕之后，这张证书依然挂在那里，那时姐姐和我孤苦伶仃地待在家里，没有谁来照料我们。其间，我好几次站在它的前面仔细端详，上面写着："从美国空军光荣退役……特颁此荣誉证书以表彰忠诚服役……"我想那上面说的不是真的。我曾经考虑过，在我离家出走的时候，要把它拿下来带在身边，但最终还是忘了。如此，它便只能继续挂在那个被我们遗弃的房子里，留给后来的住户取笑，最终被扔进垃圾堆里。

父亲做了什么？在母亲写的"手记"（她用的标题是"一个软弱者的犯罪手记"，她可能考虑过要在某一天把她的故事公开发表）里可以找到。这就是我父亲所做的：他尝试销售奥尔兹莫比尔，然后销售道奇，再后来又致力于与基地的航空兵做二手轿车及摩托车的交易，在这些全都未获成功之后，他再次找到哈佛南部的印第安人，试图建立一桩新的肉类生意。他相信印第安人的这一行当已经式微，丧失了赖以获利的途径，他想如果能找到某个人或新的地方来推销牛肉，一切就会重新开始，甚至比原来更胜一筹，因为这门生意和空军没有干系，不会有谁说三道四，使之中途夭折。于是，再一次，事情陷入了甚欠考虑的糟糕境地，这一切是多么荒诞不经，显然不是生活的合理演变：我们的父亲和瘦小而刻板的犹太裔母亲居住在大瀑布城整洁的租用住宅里，而那些倒霉的印第安人和偷来将在深夜被宰的母牛挤在一辆老旧的半拖挂车里。这两者是多么不相称，简直遥不可及，无法产生关联。事情发生的时候，常识会提醒说不要去做，可遗憾的是没有人去趋近常识的大门。

父亲学习农场和牧场土地交易的时候，已经意识到他赚到的钱不足以维持我们家——即使用他两百八十美元的退伍抚恤金外加母亲在肖堡小学的工资，也入不敷出。于是父亲开始着手寻找新的顾主，希望能找到愿意收购偷盗来的牛肉，同时又能让父亲以中间人身份获取利益的合作伙伴。他知道在大瀑布城不会有太多的机会，哥伦布医院、雷恩波旅馆里都没有他认识的熟人。倒是有一两家设有牛排餐厅的俱乐部，或许能够深入接洽，但它们因涉嫌非法赌博而受到警方监视。于是他的目光落到大北方铁路公司，它管理着途经大瀑布城前往西雅图的西星客车，然后客车会在两天内再次经过这里返回芝加哥，在来来回回的途中，其餐车为了保证向旅客提供一流食品，需要一个稳定的原料供应渠道。父亲相信，最好的牛肉供应者非他莫属，他再次和哈佛附近的印第安人联手。他得知有个航空兵向一个黑人出售野鸭、野鹅和鹿肉（全是非法的）等野味，这个黑人在大北方铁路公司工作，是餐车服务生的领班。父亲去到布莱克伊格尔，拜访这个黑人，提议向他出售由印第安人——父亲称之为合作伙伴——提供的牛肉。

黑人名叫斯潘塞·迪格比，对父亲的提议跃跃欲试，多年前，他就参与过另一项类似的非法活动，很有胆识。而铁路和空军基地似乎并没有什么不同。记得一天下午父亲回到家中，他意气飞扬，快乐而幽默。他告诉母亲，他和"铁路公司的人"达成一项"不受约束的生意合作"，这样在他学习复杂的农场和牧场土地买卖课程时，可以用来贴补家用。父亲的决定永远改变不了家人的生活和命运，只是使我们面临的现实更为确定，其实，可怕的现实在他离开基地那刻就已铸成。

我不记得母亲说了什么。她在"手记"里写道：她考虑带上姐姐和我离开父亲一段时间，她打算去华盛顿州。当他向她说起计划向大北方铁路公司兜售偷盗牛肉的时候（显然，他谈及此事时甚为得意，丝毫不感到尴尬），她写道，她是反对的，她立刻感到一种"可怕的恐惧"漫上心来，她能肯定，一些事情正在走向错误的深渊，她应该立刻带着我们离开。然而，她仅仅是空想，并没有付诸行动。

当然，我并不清楚母亲的真实想法。但是有一点可以肯定：我们的母亲，一个正处于大好年华（她才三十四岁）、受过良好教育的年轻女性，不想和任何犯罪有所牵扯，哪怕是最轻微的犯罪。也许，母亲对父亲早先在空军基地的大胆妄为毫不知情，因为，他每天一大早就去基地上班，就像其他工作一样，唯一的区别是他身上穿着的是蓝色军服。他也许没有对母亲吐露自己在基地的所作所为，因为那时候她很可能坚决反对。还有，他可能心知肚明，母亲对于作为一个空军军人的妻子的生活越来越感到失望。

那个时候，她也许觉得自己已经接近这种特定生活的尾声，一旦伯娜和我到了足够的年龄，事情就比较好办，如此，离婚可以成为最终的选择。当父亲告诉她计划和大北方铁路公司做非法交易的时候，她本可以离他而去，可是她再次坐失机会。因此可以说，因为她在那个圣诞聚会上和贝夫相遇，所有可能发生的事情——她会创作和发表诗歌，在一所小型学院任教，与某位年轻教授缔结良缘，生下迥异于伯娜和我的孩子——所有这些若她置身另一种生活中可能发生的事情，都没有发生。相反，她寄身于大瀑布城，一个她之前从未听说过的小镇（它非常容易和苏福尔斯、苏城、锡达福尔斯等荒僻的地方混淆起来），在这个和我们互为纠缠的世界里生活，感受孤独，又不愿被环境所同化，脑中考虑的全是令人沮丧和复杂莫测的未来。而父亲则始终活在另一个世界，对未来乐观自信，从容不迫地筹划生活是他的天性，故而始终充满了魅力。他们两人因为要共同担负一个家，更因为有了姐姐和我，表面上似乎处于同一个世界。但他们绝对是两个不一样的人。还有一种可能：她爱他，毫无疑问，这是因为他也爱她。鉴于她的想法一贯不乐观，鉴于她或许是爱他的并有了我们，所以，带着我们离开，在孤独中终老一生，她无法承受这样的打击，这是可以想象的。人世中，这样的故事并非闻所未闻。

五

有一段时间，想必父亲和印第安人及大北方铁路公司的交易顺利平稳。虽然母亲在她的"手记"里写到这个时候——七月中旬——她开始感到"身体倦怠"，而且在父亲外出学习牧场交易和查验交付的偷盗牛肉时，她开始打电话给她父母，这是多年以来没有的事。我们的外祖父、外祖母从不插手我们的家庭生活，姐姐和我甚至从没见过他们，我们知道这种情况很不寻常。我们有所耳闻，学校好些同学经常去看望自己的外公、外婆，还和他们一起外出旅行，每逢生日还会收到他们送的贺卡、礼物和钱款。我们住在塔科马的外祖父和外祖母，反对自己受过正统学院教育的聪明女儿嫁给一个前飞行员，一个油滑而嬉皮笑脸的亚拉巴马人。他们认为这家伙扰乱了他们的平静生活，犹如在他们位于塔科马的移民孤岛世界投下一颗炸弹。他们甚至公开反对这门婚事，使父亲大为难堪。遭到轻视的父亲深感侮辱，所以从不鼓励我们去拜访他们，也不邀请他们来访，虽然我觉得他从未严格禁止，但他们确实从没来过我们居住的地方，无论是得克萨斯州或密西西比州，或是俄亥俄州的代顿。我的外祖父母始终认为母亲应该从事"专业性强的职业"，应该住在精致而有文化气息的城市，并嫁给一个注册会计师或外科医生。母亲曾对伯娜说过，她永远不会落入这样的樊笼，因为她深知自己一心想成为杰出的人物，她期待的是一种更具挑战性的生活。而她父母属于那种既悲观消极、胆小怕事又固执冥顽的人，虽然他们早在一九一九年就踏足美国。他们觉得可以采取对女儿和她的家庭不闻不问的方式，让我们在偏僻闭塞的内地销声匿迹。"在你们的外公、外婆去世之前了解一下他们，这是甚为必要的。"母亲有好几次这样对我们说。她保存着一帧带镜框的黑白照片，摄于尼亚加拉瀑布。照片上是三个戴着眼镜、外表相似的矮个子,每个人都穿着橡胶雨衣,站在船的甲板上摆着姿势,模样狼狈而不知所措(现在,我知道那是"雾中少女号"游船,因为后来我自己也乘坐过),此时游船正驶入瀑布轰鸣而下的水柱中。那是一九三八年,她父母为纪念结婚二十周年作横跨大陆之旅,于归途中摄下这帧照片。母亲那时才十二岁。外公和外婆分别叫沃伊特克、雷娜塔,他们的美国名字则是文斯和尼伦。坎珀并非他们的姓,坎皮克兹恩斯基才是。母亲的名字应该是吉娃·坎皮克兹恩斯基,这个姓比坎珀甚至比帕森斯更适合她——后者根本就不适合她。"孩子们,看呀,这才是名副其实的大瀑布,"她一边说一边凝视着这张已经有了裂纹的照片,照片是她特意从抽屉里拿出来给我们看的,"将来有机会,你们俩该去那里长长见识。相比之下,这里的所谓瀑布简直让人发笑,它们根本不是什么大瀑布。如果你们连这都不知道,那岂不和此地的居民一样浅陋无知。"

我相信母亲向她父母倾诉过对父亲的不满和生活的不尽如人意,很可能还提过想带着伯娜和我离开父亲去塔科马生活。以前,我完全不知道西雅图和塔科马挨得如此近,我曾经从我们学校的周报上看到过太空针塔[1]的报道,知道它很快就会建好,渴望着一睹它的风姿。身处蒙大拿的大瀑布城,我想象着世界博览会的盛况,既觉得它无比灿烂耀眼,又觉得它是那样虚幻,那样遥不可及。我不知道外祖父和外祖母听了我母亲的抱怨后是否有所同情和触动,也不知道他们是否欢迎母亲带着我们去投奔他们。那时母亲离家出走已有十五个年头了,显然,母亲的婚姻没有得到他们的祝福。他们属于旧式的知识分子,固执、严厉、保守、不越雷池一步,他们在乱世中艰难才活了下来,希望生活能在他们的预期和掌控之中。总之,能够被他们接纳的东西很有限。但是,事情并非如我所料,我曾经相信母亲一旦处在了一个不适合她的位置,一走了之对她来说是再简单不过的事情。就这点而言,母亲或许并没有我想象的那么

---

[1] 太空针塔:美国华盛顿州西雅图市的一个观景塔,建于1961年,因为第二年举办的世博会而建。

离经叛道，而是更加保守。这很像她的父母亲，可她自己并没有意识到。

那时，我无比渴望大瀑布城高中的校园生活，希望九月之前就能开学，这样我可以早点摆脱家中的烦忧。我打听到在整个暑假期间，学校的国际象棋俱乐部每周都会举行一次活动，就在学校南边塔楼上布满灰尘、不怎么通风的小房间。我骑着自行车，越过横在河面那座有些年份的老拱桥，向南二大道进发，去"观摩"高年级同学之间的博弈。他们用我不甚懂的术语交谈，各自说着他们的战术，说着该如何弃卒保车，以牺牲兵力挽救危局。他们还就一些著名棋手的名字争论不休，那时我对这些棋手一无所知，不知道格利戈里什、雷·洛佩斯，甚至不知道当时已负盛名并为俱乐部盛赞的国际象棋大师博比·费希尔（他是知名的犹太人，因此，我在心中默默以他为傲）。我不懂怎样下棋，但我喜欢棋盘的泾渭分明，也喜欢棋子古色古香的外观，以及捏在手中带给我的特殊感觉。我知道下棋的人必须有很强的逻辑思维，能高瞻远瞩，提前想好后面一系列应对棋路，另外还得具备不同凡响的记忆力。至少，我听其他男孩这样说。象棋俱乐部的成员并不排斥我，不介意我在旁边观看，他们虽然傲慢自大但颇为友善，他们告诉我应该读什么书，还说如果我真的想学下棋，可以订阅一份名叫《国际象棋大师》的月刊。俱乐部会员只有五个人。没有女孩。他们都是律师或驻院医生的儿子。他们会以炫耀的口吻说起各种事情，我虽然毫不知晓，却甚感兴趣。比如间谍飞机事件，弗朗西斯·加里·鲍尔斯[1]，"风云变幻"[2]，古巴革命，肯尼迪是天主教徒，帕特里斯·卢蒙巴[3]，死刑犯卡

---

[1] 弗朗西斯·加里·鲍尔斯：冷战时期，美国的侦察机飞行员，驾驶U2侦察机在苏联上空被击落，身上佩带的OSS无声手枪成为苏联研究消声武器的资本。
[2] "风云变幻"指英国首相哈罗德·麦克米伦1960年3月访问南非，发表题为《风云变幻》的著名演讲，推进了非洲的民族独立运动。
[3] 帕特里斯·卢蒙巴（1925—1961）：非洲政治家，刚果民主共和国首任总理。1960年9月，政权被推翻后遇害。

里尔·切斯曼[1]在处决前放弃了最后的晚餐请求让他下最后一盘棋，还有棒球运动员是否应该把自己的名字印在运动衫上。这些闲聊让我意识到自己孤陋寡闻，对世界上很多正在发生的事漠然不知，而这些是有必要掌握的知识。

母亲鼓励我下棋。她告诉我，她父亲经常在塔科马的一个公园里和其他移民对弈，有时候还会一个人同时对阵好几人。她认为下棋可以提升我的智力，至少会让我懂得这个世界有多么复杂，而困惑不再可怕——因为困惑无处不在。我省下每周的零用钱，在中央大街的娱乐用品商店买了一套司汤顿牌棋具，棋子是塑料的，附带一张可卷起来的塑料棋盘，我一直将它们放在我的衣柜顶上。另外，根据象棋俱乐部会员的推荐，我还买了一本有图解的书，借以自学象棋规则——最终，我把它留在了家里，和里克·布兰特科学解密读物[2]以及讲述健美男子查尔斯·阿特拉斯的连环画[3]摆在一起，这些书曾经让我沉溺忘忧。我尤其为棋手千姿百态的风采所倾倒，他们带有少许神秘色彩，肩负着复杂的任务，这要求他们胸有成竹，有预见性地移动棋子，去达成战略上的每一个特定使命。对于这些，我买的那本书里有说，是象征了印度发明国际象棋时真实的战争情境，故而，下棋可以让人明白战争是如何展开的。

母亲自己不下棋，她宁可用扑克牌来消遣。她说她玩的是一种犹太人的牌类游戏皮纳克尔，不过这里没有人陪她一起玩。父亲不屑于下棋，因为他说列宁就是个象棋嗜好者。然而，对西洋跳棋他却大为称道，说它是更符合人类自然天性的游戏，需要神机妙算的敏锐头脑和迷惑对方的高超技巧。母亲挖苦说，只有来自亚拉巴马

---

[1] 卡里尔·切斯曼（1921—1960）：被判定抢劫罪和强奸罪，于1960年在加利福尼亚被处决。他的案子推动了世界范围内的反死刑运动。
[2] 里克·布兰特科学解密读物：美国1947年至1968年间出版的系列科幻小说，共二十四本，里克·布兰特是故事的主角。
[3] 查尔斯·阿特拉斯（1893—1972）：美国著名的健美运动员，是年轻人的偶像。二十世纪四十年代开始，出版了大量以他为题材的连环画读物。

州并且头脑不清楚的人才需要敏锐。有时我会拿出象棋,布好棋局,向母亲展示怎样运棋。她试着走了几步棋,但显得了无兴趣,最后她说,是她父亲对她要求过多使得她对象棋失去了兴趣。我从棋书里知道,棋手都爱用自己和自己对弈的方法来练习棋艺,他们会花大量时间来研究怎样击败自己,这样在赛场上面对真正的对手时,就能做到神闲气定,胸有成竹。象棋就这样强烈地吸引着我,虽然我对怎样下棋尚没有任何头绪,下的棋常常鲁莽轻率和漏洞百出,对此俱乐部的会员肯定会嗤之以鼻。有好几回,我将棋盘摊在床上,布好棋局,然后想方设法,说服伯娜坐到我的对面,让我用《国际象棋基础》这本书里学来的招数运棋,还根据书中所述,指示她如何应对。她依了我两次,最终也厌倦不耐,没等棋局真正开始就拂袖而去。当她厌烦我的时候,会一言不发,眼睛狠狠地盯着我,然后鼻子重重地呼吸,她这副神情就是要我听她说话。"即使你擅长下棋,那又能怎样?"她离开时扔下这句话。当然,我想这与我的观点相悖,任何事情不一定要有功利性的结果,有些事情你之所以去做,仅仅是因为你喜欢——而这与她那时的生活理念不同。

  当然,伯娜是我唯一的真正的朋友,我们不能忍受相互间的对抗和激烈争论,更不能忍受兄弟姐妹之间常有的那种争斗。因为我们是双胞胎,我们似乎总是知道对方在想些什么,关注些什么,并且很容易取得一致。我们还明白,我们寄身父母羽翼下的生活和其他孩子的生活迥然有别。在我们的想象中,和我们一起上学读书的孩子才是正常人,他们有朋友,有相处融洽的父母(自然,这看法是错误的)。我和伯娜的看法是一致的,我们的生活是"一种状态",而等待是其中难熬的部分,在某一时刻,它会转化为其他东西,如果我们有足够的耐心去共同应对,它就容易度过。

  如我所说,伯娜近来性情变得非常乖戾反常,不搭理人,和谁也不多说话,甚至经常用尖刻的话来刺激我。我能够看到,母亲严肃的神色出现在她那张扁平而布满雀斑的脸上。她的鼻尖圆圆的，眼睛很大，瞳孔却很小，眼睛上面是两条浓密的眉毛，满是丘疹的皮肤上毛孔粗大，一头粗硬的浓密黑发从前额垂下。她比母亲更不苟言笑，我曾听见母亲对她说："你不会想长大后变成一个脸上写着不满的瘦高个女孩的。"但是我认为伯娜并不在意自己将来会长成什么样，或长得像谁。她有着强烈的逆反心理，似乎完全生活在当下的瞬间，即使能想到自身今后的变化，也抹不去她对现实的厌恶。她的身体比我强壮，有时她会用两只大手握住我的手腕，从反方向拧我的皮肤，说这是一种叫"中国烧"的刑罚。这时她会对我说，因为她比我大，所以我必须顺从她。总之，我始终听她的，唯她马首是瞻。其实，我和她存在着很大的差异。我好沉思冥想，喜欢想象以后会发生什么——想象我的高中生活，希望自己的棋艺能变得高超无敌，还开始幻想我的大学生涯。这似乎令人难以置信，但确实如此，伯娜对生活的怀疑论调比我所持的观点要现实得多。对她而言，最需要的可能莫过于让她的生活得到改变，留在大瀑布城，嫁给一个好心肠的农场主，生育一群儿女，然后悉心相夫教子。如此会使她快乐，会让苦涩的愁容从她年轻的脸上消失——这愁容是她对命运的防卫，毕竟，她是无辜的。她和母亲之间保持着一种沉默无言的亲近，这与我和母亲的关系有所不同。因为伯娜的缘故，我接受并欣赏她们的亲密无间，我觉得这是她比我更需要的，而我有能力及时调整自己。我可能和父亲比较亲近，男孩子普遍都是如此，在我们家当然也不例外。但是要和他十分亲近也不可能，因为他待在家里的时间实在太少——最早，他在空军基地忙忙碌碌；后来，他离开基地，被这个世界所抛弃，销售不可能卖出去的轿车；再学习农牧场的土地交易；最后愚蠢地陷入泥潭，串通印第安盗贼，将他们偷来的牛肉运至大北方铁路公司的仓库，这是一桩让他踏上毁灭之路的生意，最终，也导致了我们全家的毁灭。虽然我爱他，一如我们大家爱他那样，但实际上，我和父亲始终未能太过亲近。

我想，刻骨铭心的记忆让我有可能来回顾，回顾我们这个即将面临灭顶之灾的小家庭，它就像一艘岌岌可危的小船，等着沉没在汹涌的恶浪之下，这时，我们只能眼睁睁地看着它在劫难逃的命运。我无力将我们的灾难或不幸描写得栩栩如生，但我要写，不管最终它和事情的本源相距多远。我能够看见父亲站在门外的小草坪上，草坪是我家租住的深黄色小屋的一部分，这幢屋子很陈旧，带有白色的百叶窗。个子矮小的母亲坐在门廊的台阶上，双手抱膝，她的帆布短裤打着皱；父亲则穿着时髦的褐色便裤和天蓝色衬衫，束一根有黄色菱形花纹的蛇皮裤带，脚上是一双新的黑色牛仔长靴，这是他从空军退役后为自己添置的。父亲身材高大，面露微笑，显得有些春风得意（虽然他的神情还让人觉得含有什么隐秘）。母亲的头发很浓密，被她随意地扯向脑后，并用一条围巾扎紧。她正注视着父亲，看他动作笨拙地在我家侧院安装羽毛球网。在蒙大拿州柔美的蓝天下，在落着榆树稀疏阴影的路肩上，停着父亲那辆55型雪佛兰轿车。母亲的小眼睛带着估量事物的专注，她的五官向眼镜后面的鼻子收拢。姐姐和我正帮着把球网展开，这羽毛球场地是为我们而建的。突然，母亲笑了起来，并翘起下巴回应父亲的唠叨，比如："吉娃，这世上没有轻而易举的事。"或："这里我们做得不对。"或："抛炸弹我内行，但竖球网我确实不懂。"母亲说："我们知道，这又不是什么秘密。"然后他们两人一阵大笑。他有非常好的幽默感，这会感染她，虽然如我所言，她难得有借助幽默来调节气氛的冲动。这就是那段时间里，父母及我们全家的一幕场景。那个夏季，父亲接二连三地变换工作，我则开始研读下棋和养蜂方面的书籍。我决定把养蜂作为高中时代的另一项课余兴趣，因为我认为学校里不会有第二个喜欢养蜂的学生，只有在农业学校的四健会[1]里才找得到对蜜蜂感兴趣的人。母亲开始读欧洲人写的小说

---

1 四健会（4-H Club）是美国农业部的农业合作推广体系所管理的一个非营利性青年组织，创立于1902年。

（司汤达和福楼拜）；大瀑布城有一所小型的天主教大学，她便去那里参加每周一次的暑期班。姐姐虽然对世界持不友善态度，而且脾气特别坏，可是突然有了个男朋友，那是她逛瑞克苏尔连锁店后在回家的路上认识的（这令父亲心情烦乱，但是很快，他就置之脑后了）。父母亲不喝酒，不相互争吵，就我所知，他们也都没有外遇。母亲可能感到"身体倦怠"，因此离开父亲的想法日益强烈，但是，留下始终是她考虑最多的选项。我记得那个时候她对我朗诵过爱尔兰伟大诗人叶芝的一首诗，其中一句是这么说："没有唯一和完整，此等妙物世间难觅。"在我后来的教学生涯中，我曾经一次又一次把这首诗教给我的学生。我相信她就是这么思考问题的：即便生活不尽完美，还是要接受它。改变只会使生活和自己蒙羞，而且会毁灭很多东西。这种观念是她作为移民后代继承下来的。假如有事后之见，亡羊补牢还是可以阻止父母滑向深渊。但是冥冥中似有某种可怕的、怪异的、大洪水般的力量在他们内心起着推动作用。其实，如果从更远的立足点来宏观地看问题，便会看得更为真切，根本不存在什么怪异的、大洪水般的力量在控制我们，任何事情都有因果。比如从人造卫星这样的全视角来观察，我们肯定不会有这种感觉。审视我们的生活和令它毁灭的行为，需要看到它们的两个方面，每个事物都存在正反两面，我们脑中必须同时正确地理解两者，无论是正常的那面还是灾难性的那面。它们两者非常靠近，由此而构成完整的事物。若片面地观察我们的生活，就会忽视我们生活中重要的、合理的、普通平凡的那部分，它们是有其内在意义的，并非不值得我们重视、不值得我们用心去倾听。

六

即便父亲向铁路公司出售偷盗牛肉的新计划最终败露，但至少在开始的时候是很严密周详的。这个故事后来登载在《大瀑布城论坛报》上，清楚地揭示了这个计划比他在基地运行的更为复杂。在基地做这桩买卖时，印第安人用卡车把肉类从大门运进，得到通知的门卫会予以放行。他们把车直接开到军官俱乐部后面，卸下牛肉，然后收取酬金。这可能是通过父亲，在交货地点以硬通货币美元来支付的。他和军官俱乐部的经理——一个名叫亨利的上尉军官——按协议从支付给印第安人的款子里截留回扣，此外还精选牛的腰部嫩肉，带回家来供家人食用。因此，每个人都皆大欢喜。

然而，与大北方铁路公司的交易没有这样简单，因为黑人斯潘塞·迪格比，他们不得不用另外的方式运作。原来，斯潘塞·迪格比非常害怕并且不信任印第安人。由于他所处的职位，这个在餐车服务人员中地位显赫、待遇优厚且有工会保护的职位，养成了他轻佻的习性。就是这个迪格比，让印第安人驾驶着小型货车，车的侧面印有哈佛地毯公司标记，到大北方铁路公司仓库的卸货月台交付非法牛肉。但他拒绝当场向印第安人支付酬金——还是因为害怕和不信任印第安人，另一个理由就是他需要查验牛肉的质量。这两个理由让印第安人备感侮辱并恼怒不已，表示不想和这个黑人做生意。事情必须得到调解，因此父亲前往仓库向迪格比收钱，但等了整整一天，迪格比才勉强付清钱款，并承认供应给餐车的牛肉质量无可挑剔。迪格比认为交易的两个步骤，即接收牛肉和支付酬金，应该分开来执行，如此，这笔钱就显得不是真正为牛肉而支付的（万一他被抓能有托词），于是，父亲倒仿佛成了实际的牛肉供应者，而印第安人只是为他工作的劳动力。像这样的计划，它的核心变了样，总显得有些不合理，这只能归咎于人性的复杂。

这种和空军基地大不相同的牛肉交易方式，将父亲置于十分危险的境地。父亲喜欢充当中间人，这一角色让他感觉良好，让他觉得自己能干练达，但是，他没有看到其中潜在的危险，等他醒悟过来，为时已晚。新计划的交款方式意味着：印第安人在卸下他们冒险偷盗和屠宰的牛肉之后，必须等上一天或更长的时间才能拿到款项，其间他们会驾车在大瀑布城兜风，希望对这座城市多少有个全方位的了解。这样做有很大的风险，因为此前他们载着满满一卡车不属于他们的牛肉进入城镇，已经很招人耳目。历史上某个时期，大瀑布城的警察不需要任何理由便可以逮捕一个印第安人，而对黑人，通常也会睁大眼睛死死盯着，因为他们在南方引起了骚乱。然而，由于印第安人不能及时收到他们该得的款项——每半匹牛肉一百美元（那时，牛肉甚为便宜），所以他们无法回避这一风险，他们必须等。对于他们，更不安的是，交付牛肉后还必须在城里惹人注目地游荡，等着从他们不甚信任的父亲手中拿钱。以前，他们很相信空军，因为他们中有一个人曾经在空军服役，还因为，基于政府对他们做的事情，印第安人一直有一种意识倾向，相信政府，相信政府会优待他们。在这点上，他们和父亲没有多大的区别。

新计划的危险在于父亲必须亲自去处理付款事宜，相信这是使每个人都笑逐颜开的事情，但为难的是父亲，他夹在犯罪双方的中间，他们互不信任甚至相互敌视，而他却别无选择地决定相信他们，即使他并非真的愿意。更糟的是，每次，一旦牛肉交付，他就立刻成为印第安人的负债人，而印第安人崇尚以武力解决问题，对欠债之事甚为不屑，他们不想欠别人钱，也不允许别人拖欠他们。他们中有两个人，据《大瀑布城论坛报》后来的报道，是杀人凶手，还有一个是绑匪。这三个人全被关进迪尔洛奇县监狱，将在图圄中度过大半生。回顾这些年所发生的种种，父亲的这个计划简直可说是荒唐透顶，它的运作没有一次是平稳顺利的。当然，除此之外，最为荒诞不经的，恐怕要数抢劫银行。

七月中旬的某一天早上，父亲一起床就告诉我们，他计划开车北上,沿着通往哈佛的公路,去蒙大拿州的博克斯埃尔德。他要去那儿察看一个极好的牧场,他的新公司有望以丰厚的利润将它卖出去。他希望带姐姐和我一起去开开眼界,因为他说一直以来我们都只是空军家的小毛孩,除了一味地窝在家里,对自己生活的地方一无所知。这下好了,不管怎样,母亲可以独自享受一个安静的上午。

我们坐在红白相间的贝尔艾尔车上,开上87号公路,向北挺进。一路上映入眼帘的是一片片成熟的金黄色麦田,哈佛还在前面一百英里远的地方。大瀑布城东面的海伍德山就在我们右边隐隐约约显现,它蓝蓝的,云雾缭绕,比平时在城里看到的更神秘莫测。一个小时后,我们经过本顿堡,从这儿可以俯瞰下方沿着公路蜿蜒而去的密苏里河,河面波光粼粼,就是我曾经从校舍窗口远眺的那条河。只是此刻看上去更狭窄、更平静,它沿着白垩构成的河床和花岗岩峭立的河岸朝终点流去(我已经知道它的流淌路线),它将和黄石河、怀特河、弗米利恩河以及普拉特河相汇,并最终在伊利诺伊州境内和密西西比河会合。公路逐渐往下,下面有条小溪与之平行,然后又向上爬升,来到一片庄稼更加葱茏茂盛的高地,前面矗立着一座座形状各异的蓝色山峰。与海伍德山相比,这些山更为连绵延展,但没那么高,朦朦胧胧,草木浓郁,带有一些异国风采。这些是熊掌山,父亲以权威的口吻宣布。它们坐落在罗基博伊印第安人保留地。这保留地的意思是,印第安人居住其中,但是他们不拥有土地,因为没有必要让他们和政府共享峡谷资源,加上他们没有能力利用和管理好土地。父亲说,以前他曾跑来这里做过生意,我们可以进入他们的领地,不会有麻烦,也不用得到许可。

我们驶上一条狭窄的公路,一直在麦田里穿行,直到来到一个小镇,这个镇尘土飞扬,停着一台谷物升降机。没多久,我们又驶入另一个小镇,就是博克斯埃尔德。"博克斯埃尔德"的英文意思是梣叶枫,就是我们街区随处可见的绿荫浓郁的树木。这个镇有一条短短的主街,好几条铁路的路轨从这里穿过。街上有一家银行、一家邮局、一家杂货铺、两家小餐馆和一个加油站,在如此偏僻的不毛之地能够看到这些,真令人惊奇。我们向东拐弯离开公路,然后进入一条用泥土和卵石铺筑的狭窄小路,并朝前面的山脉驶去,父亲的新公司想要卖出去的牧场就在那里。它位于山麓丘陵和眼前这片浩瀚麦海的北面。看不见房屋和树木,也杳无人影。成熟的小麦一直拥挤到路边,干燥炙热的微风吹来,浓密的金黄色麦穗像波浪般翻滚,尘土也被卷起,涌进我们的车里,粘在我们的嘴唇上。父亲说,现在密苏里河就在我们北面,在万丈深渊的绝壁之下奔流,所以我们看不见。我们知道,刘易斯和克拉克[1]曾经历尽艰辛,于一八〇五年到达此地,当年就在我们此刻置身的地方追猎野牛。然而,父亲说,不管怎样,这里是蒙大拿州的一部分。开车的时候,他将左肘伸出窗外,仿佛外面的大地在他这个前空中投弹手的眼中就是撒哈拉沙漠,而不是他这个亚拉巴马人赖以快乐度日的地方。他逗弄伯娜,问她喜不喜欢自己是个亚拉巴马州人——因为他是,所以她也是。她说不喜欢,她对我皱起眉头,缩拢嘴唇做了一个鱼嘴。我对父亲说,我也不喜欢自己是亚拉巴马州人。这好像把父亲逗乐了,说我们是美国人,这才最重要。后来,我们看到前面路上有一头体形健硕的北美郊狼,嘴里叼着一只野兔,就站在那儿,注视着我们不断趋近的车子,然后突然潜入路旁高高的麦田,从我们的视线里消失了。我们又看到一只父亲称为金鹰的鸟,在湛蓝的天空盘桓,最后不敌一群乌鸦的喧闹而展翅飞离。我们还看见三只喜鹊,正在啄一条急欲穿过路面的长蛇,父亲突然打个急转弯,从蛇身上压过去了,只听得车胎下发出噼啪两声巨响,惊得喜鹊飞快蹿向空中。

我们在这条裸土车道上行驶了几英里,上下翻滚的尘土风暴在

---

[1] 威廉·克拉克(1770—1838):苏格兰裔美国探险家,伴随另一美国探险家梅里韦瑟·刘易斯进行远征探险。

车后紧跟不舍。突然麦田就到了尽头,呈现在眼前的是一片用栅栏圈着的、放牧过度的干枯草地。几头瘦骨嶙峋的奶牛站在沟里,我们的车子开过时,它们毫无反应,一动不动。父亲放慢了车速,按响喇叭,奶牛开始退缩,鼻子发出哼哼的响声,当它们让路之际,还急得尿出一股股粗猛的溪流。"喂,请原谅。"伯娜说,她透过后座的窗子看着它们。

片刻之后,我们从一座结构简单、没有上漆的矮木屋前经过,它搭建在路边,低矮得几乎要贴着赤裸的地面。远远望去,能看到在道路的尽头竖立着另一座木屋;而在微光闪烁和云雾翻腾的更远处,隐约可看见第三座木屋。它们颓败不堪,仿佛遭受过什么灾难。第一座屋子的前门垮了,窗上的窗格玻璃不见了,后面部分已经塌陷。许多汽车零部件、一只金属床架,还有一台白色的立式冰箱,被抛放在前院。一群小鸡在干枯的地上奔来窜去,到处啄土;几条狗坐在台阶上,注视着路;一匹套着缰绳的白马,被拴在旁边的木柱上;蚱蜢像飞镖一样蹿入汽车排放的热尾气中。屋后的农田里,停着一辆漆成黑色的半拖挂车,旁边还有一辆小型货车,货车一侧用油漆喷了几个字:"哈佛地毯"。两个消瘦的男孩走到屋前空荡荡的门口,目送我们的车子驶过,其中一个赤裸着上身。伯娜向他们挥手致意,一个男孩挥手回应。

"这些男孩是印第安人,"父亲说,"他们住在这种地方,远不及你们幸运。这里根本没有电。"

"他们为什么会住在这里?"伯娜问。她回过头,透过后窗外面飞扬的尘土,看着渐渐远去的木屋和男孩。一点也看不出他们是印第安人。我知道印第安人,他们并不全是那样:住在圆锥形帐篷里,席地而睡,还头戴羽毛饰品。印第安人不会去我熟悉的刘易斯学校读书。我还知道有些印第安人酗酒成性,在冬日的小巷深处,常常有人发现他们冻僵在柏油路上。还有,印第安人常常被收押在县治安官的警署里,这些治安官专门处理印第安人犯的案子。尽管如此,我曾经以为来到印第安人的住地,他们看上去会不一样。然而这两个男孩的模样和我并没有什么不同,虽然他们的屋子快要倒塌。他们的父母在哪里呢?我心中思忖。

"我想,对于我们帕森斯家族,你们可能会问相同的问题,是吗?"父亲说,他像是在打趣,"我们来蒙大拿做什么?我们应该住在好莱坞。我会成为双料的罗伊·罗杰斯[1]。"然后,他突然唱起一首歌。他经常唱歌。他说话的嗓音圆润厚实,我甚为爱听,但他的歌喉让人不敢恭维。伯娜通常会用手捂住耳朵。这时我听他唱道:"家啊,我的家乡在山脊之上,山羊和厚皮动物在那里玩耍。"他这是在瞎闹。我不禁陷入沉思,我想到那些印第安男孩,他们不会下国际象棋,不会展开辩论,或者根本不可能进入学校,将一事无成。

"我钦佩印第安人。"父亲一停止唱歌就说。然后,我们陷入了沉默。

此刻我们来到第二座塌陷的木屋前,一辆黑色汽车翻身躺在那里,车底朝天,车门、轮胎都不见了,车窗上没有一块玻璃。木屋的屋顶覆盖着木瓦板,上面有几个大洞。门的周围种着紫丁香花和蜀葵,像我们家一样。有人用汽车的散热片围成一个圆形猪圈,猪从上面露出长鼻子和肥硕大耳。屋后有一排涂过白漆的蜂箱,显然这家有人养蜂。这引起了我的注意。我已经读过有关蜜蜂的书籍,并打算说服父亲帮我在后院搭建一个简易蜂箱。我知道可以从佐治亚州邮购蜜蜂。不久之后,我在收音机里听到,蒙大拿州博览会将会在距我家不远的露天展场举办,我很想去参观有关养蜂的展示,届时那里会展示养蜂装置,还会对烟熏蜂箱、蜜蜂的外观和如何收集蜂蜜等进行指导。养蜂和下棋在我看来很相像。两者都复杂而有规则,需要技能和坚定不移的目标。两者都深含迈向成功的秘诀,那就是坚韧和自信。"蜜蜂能解开所有事物的神秘本质。"一本题为《蜜蜂之感官》的书中这样说,它是我在图书馆里查阅到的。所有

---

[1] 罗伊·罗杰斯(1911—1998):美国好莱坞演员及乡村音乐的代表歌手。活跃于二十世纪四五十年代。

这些事情我都渴望了解，如果母亲赞同，我本可以在童子军里轻而易举地学到，但是她反对。

当我们的车经过这座屋子时，一个身材粗实、皮肤缺少血色的妇女走到门前，她穿着短裤和睡衣，举起手，遮挡迎面而来的刺眼阳光。

"印第安人，我们亚拉巴马州也有。"父亲说。从他说话的神态和语调可知此话的用意，他是想告诉伯娜和我，如果我们觉得这里很特别，那就错了，这里的一切都极为普通，在亚拉巴马州也有。"我们那里有契卡索人和乔克托人，还有你们说的湿地波马克人。他们和这里的印第安人都有渊源。当然，这些族群没有被公平对待，但是他们不失尊严和自重。"这很难从我们经过的屋子看出来，虽然印第安人懂得养蜂让我印象深刻。我在心中暗自嘀咕：他们对蜜蜂的了解肯定比我要多。

"你准备销售的牧场在哪里？"我问。

父亲把手伸过座位，轻轻拍我的膝盖。"我们早就过了，儿子。在我看来，它不怎么好。你是善于观察并会熟记于心的。我带你们来这儿，就是想让你们孩子见识一下真正的印第安人。你们应该对印第安人有所了解。你们住在蒙大拿，要知道，他们可是此地的一道风景。"此刻，他心情甚好，我想趁机提起州博览会，但他完全沉醉于谈论印第安人，看来，我失去了和他讨论这个话题的最佳时机。

"他们为何会住在这里，还没有回答！"伯娜说。此刻她大汗淋漓，那布满雀斑的手臂上蒙着一层路上扑起的灰尘，她用汗涔涔的手指在上面划出花纹。"他们不用住在这里。他们可以住到大瀑布城，这是一个自由的国家，不是俄罗斯或者法国。"

然后，父亲好像不再注意我们。我们在坑坑洼洼的路上又颠簸了大约一英里远，这时前面的熊掌山就近在咫尺，我能够分辨出山上不同颜色的树梢连成的线条，还看得出散布在山巅的一堆堆脏兮兮的残雪，它们没有消融，因为整个夏天都接触不到阳光。我们置身在夏日炎热的空气中，但是如果往远处继续深入，就会凉爽下来。在一段时间里，沿途疾驰而过的是乏味而荒凉的景象，几乎一成不变，我们的车子从一些围栏早已垮脱的柱子中间开出去，然后掉转头，开始按来时的路线踏上归途——经过左边破塌的小屋，还有印第安人，先回到博克斯埃尔德，再上 87 号公路，然后向大瀑布城直奔。一切都回归原样，我们此行似乎什么事情也没有做成，没有什么引起父亲的兴趣或忧虑，也没有什么是他急切想要看的。总之，这趟旅行和牧场销售压根没有关系。我们为什么去那里？我百思不得其解。回到家里，姐姐和我也没再讨论这件事情。

七

在八月的第一个星期，父亲与大北方铁路公司的迪格比，还有他的克里族同伙，做成了三笔非法牛肉交易。一切都进行得满意顺利。偷盗奶牛，然后屠宰和运输，然后交付钱款，然后印第安人返回，每个人都舒心愉快。父亲相信，经他调整过的交易方式运转良好，没有值得他担心的安全漏洞。他是个盲目的乐观者，不相信杞人忧天的信条：如果事情顺利平稳，不等于永远平安无虞。他和那些依赖政府照顾的印第安人十分像，空军使他免于其他大多数人面临的生活。由于曾经在战争中出生入死（操纵诺顿轰炸瞄准器，向他视线之外的人投掷炸弹，而自己得以幸存下来），他认为得到照顾理所应当，并且养成了他无视事情实质的习性，对任何事情的看法都甚为短视。这次，他重施故伎，筹划非法的牛肉买卖，说明他没有吸取教训，忘了他在空军基地从事这一勾当的败局。实际上，那桩见不得光的买卖对他是个棒喝，让他遭受失去上尉军衔的重创，并以这样或那样的方式使他跌落回平民的生活，对此，他还远远没有作好准备。如果要心甘情愿地适应这种生活，恐怕还得需要很长的时日。

当然，母亲对学问的热衷、对书卷气息的倾心以及孤高冷淡的性情，可能使父亲感到压力，觉得她老是在注视他，寻找他的瑕疵，盘算他是否又增添什么新的败绩，可以让她作为离开的理由。所以，尽管他成绩显著，尽管他天性乐观，尽管他在平民世界里有了崭新的开端，她个人的不确定性还是在与日俱增，蚕食着他对自身事业所"感觉"到的自信。于是，他希望在学校新学期开始之前，即母亲返校任教之前，生活能维持在稳定的状态，如此他就能够自由放松地学习农场和牧场的生意，并能够继续和迪克比及印第安人联手做牛肉买卖。他认为这全是为了家庭的福祉。

那个时候，我感觉生活还完全正常。我记得那是八月初，正好是个星期六，父亲提议我们全家去自由剧场，看午后电影《海角乐园》[1]。父亲和我都喜欢这部电影。但母亲坚持让伯娜和我阅读原著——那还是她上高中时的读物，和电影相比，它在娱乐性和浪漫情调上大为逊色。八月初，母亲开始攻读普罗维登斯修女学校的课程，从学校带回来很多书，和我们谈论修女们是如何议论参议员肯尼迪的。她们说南方人绝不会让肯尼迪赢得大选，还说在选举投票前会有人刺杀他（父亲信誓旦旦地对我们说，那不是真的，真可悲，南方人被误解了，但是，罗马教皇确实就要发表一个对美国现状举足轻重的讲话了；还说，肯尼迪的父亲确实是威士忌酒业的巨头）。我们谈得更多的话题是西雅图的太空针塔，父亲说他想去参观，待它建成竣工，会带我们前去一长见识。这个期间，姐姐带她的男朋友到过家两次，但都没有进屋。我喜欢他。他名叫鲁迪·帕特森，比我们大一岁，是一个摩门教徒（我查询过这个教派，除了其他含意，鲁迪说的主要是指一夫多妻），已经进入高中，这使我对他有着强烈的兴趣。他一头红头发，脸尖削见骨，一双大脚支撑着他高高的个子，刮须后留下的一层浅暗色底痕，是他引以为傲的标记。有一次，他和我穿过门前的小街，到对面社区安装的篮球架下投篮。他告诉我，他打算尽快离开学校，去加利福尼亚州加入一支乐队，要不然就去参加海军陆战队。他已经问过伯娜是否愿意同去，或者以后哪天到那里和他会合，她回答说不，气得他大发脾气，说她固执得像根钉子——她确实如此。当我们在散发着芳香的榆树和梣叶枫投下的浓郁树荫下投篮的时候，夏蝉在闹腾腾地鸣叫；马路对面，伯娜坐在我家前门阶梯上——和母亲一模一样：她斜视着太阳，双手抱膝，看我们来来去去地争球投篮。她喊道：

---

1 《海角乐园》(Swiss Family Robinson)：又译作《瑞士家庭鲁宾逊》，1960年英国导演肯·安纳金根据瑞士作家约翰·大卫·怀斯的同名小说改编的电影。

"别告诉他我说了什么。我不想他知道我的秘密!"我弄不清她是在和谁喊话,鲁迪还是我?我更不知道她有什么秘密,虽然我曾经认为因为我们是双胞胎,所以我对她的每一件事应该无不了如指掌。但是,那段期间,她肯定是有了不愿吐露的新秘密,她不再和我谈论她的私事,把我当作一个比她稚嫩得多的小毛孩。命运似乎正在某个地方向她招手,开始引诱她和我背离。

我直接感知的坏事,非常非常严重的坏事,终于发生了。就在八月第一个星期的某天晚上,父亲回到家里,我虽然没见到他的身影,但我感觉得到,屋里发生了一些不同寻常的事情。对诸如以下的状态每个人都会很敏感:大门关得太过用力发出砰的一声;或者,有人沉重的皮靴后跟撞得地板咚咚作响;或者,卧室门被吱吱呀呀地推开,一个声音开始喧嚷,然后房门又迅速关上,只留下勉强听得见的低沉而压抑的声音。

正是盛夏时分,我们的屋里又热又干燥,而且灰尘迷蒙,这种状况很容易引发伯娜的过敏症(而冬天又总是阴风飕飕,非常寒冷)。母亲让屋顶的排风扇一直开着,在烹饪晚餐前的傍晚,当柔和的光线射进盥洗室的方形小窗时,她喜欢在里面泡个温水浴。她点燃一支散发着檀香木气味的蜡烛,搁在抽水马桶水箱顶上,然后让自己浸在浴缸里,直到水完全冷下来。父亲白天外出了,想必是去学习土地买卖。但是他一回到家就径直走进盥洗室,和母亲在里面激动地交谈。他说话的时候门是关着的,但是我听到他说:"我碰到了麻烦,而……"下面的话我听不清楚。那时,我正在自己房间一边阅读有关蜜蜂的书籍,一边听收音机。我觉得要去参观州博览会,还必须作充分的谋划。在大瀑布城居住了四年,我们从没去过博览会,母亲总会找一些理由来加以反对,比如不喜欢坐车在路上颠簸,也不喜欢那种气味;而伯娜压根儿就不感兴趣。

父亲和母亲在盥洗室谈了很久。外面的天色暗下来,姐姐走出她的房间,打开客厅的灯,放下窗帘,并关掉排风扇,屋里顿时安静起来。

在盥洗室的门被打开的瞬间,我听到父亲说:"把一切都暂时放下吧,以后再去担忧。"母亲说:"当然,我想我不会怪你。"父亲走出盥洗室,来到我的房间。我的门是开着的。他穿着黑色的阿克姆牌靴子和带有箭缝开袋及珍珠色纽扣的白衬衫,束着响尾蛇皮质的腰带。在脱下穿了大半辈子的空军制服后,他喜欢穿得整洁时髦。因为学习牧场买卖,他确信有必要把自己打扮得像个牧场主,虽然他对牧场事务一无所知。他问我在做什么。我告诉他,我在学习养蜂知识,并想去参观州里举办的博览会。我之前提过,"四健会"会在那儿搭一顶帐篷,由与我年纪相仿的男孩来示范养蜂要点和如何采集蜂蜜。"听起来倒是个伟大的事业,"他说,"你可千万当心,别让它们把你蜇死。我听说,蜂群能把人整个儿淹没。"他离开我,跨进姐姐的房门,问她最近做了些什么,还谈到她的鱼。母亲从盥洗室走了出来,神情严肃。她穿着件绿色棉布浴衣,湿漉漉的头发用毛巾裹着。她就以这副模样走进厨房,开始从冰箱里把食物一一拿出。随后父亲也走进厨房,说:"我会把这件事处理好。"她也说了些什么,可我一点也听不到,因为她轻声轻气的。然后他走了出去,走到前门门廊,那里很是幽暗,也比较阴凉。街灯已经亮起。他坐到秋千上,那是一只单薄而可以晃动的椅子,它在夏蝉的吟唱声中摇摆起来。我听见他自言自语地说了一些话,这让我明白他此刻忧心忡忡(他经常喃喃自语。他和母亲都会这样,好像有些话他们彼此间是不能谈的。他们愈是烦恼,就愈会如此)。过去他坐在秋千上有节奏地摆动时,会开怀大笑。片刻之后,他起身朝街上走去,然后钻进车并驾驶着它离开了。我想,他是试图去处理所有那些让他忧心如焚的事情。

第二天是星期日,但我们不参加任何教会活动。父亲藏有一本大开本的家庭用《圣经》,上面写有他的名字,放在他的衣柜抽屉里。他是基督教会的正式成员,早在亚拉巴马州的时候就已受洗。

母亲声称,尽管她是犹太人,但她是个"伦理学的不可知论者"。伯娜说,她什么都信也什么都不信,这就是她之所以为她的原因。而我,没有任何东西能使我相信,在这点上我很固执,我甚至不相信信仰的意义,除了鸟能飞鱼会游——这类能够证明给我看的事情——我什么也不信。然而,星期日毕竟是闲适的。整整一天没有谁喋喋不休或扯开喉咙讲话,尤其是在早晨。通常父亲会穿着百慕大短裤和圆领汗衫看电视新闻,然后看棒球赛,在周末之外的工作日,他不会这么穿着。母亲会读书,做学校里的秋季教学计划,写日记——她从十几岁就开始写日记,一直持续到现在。早饭之后,她通常还会独自去散步,时间比较久,迈上中央大街,过河,进入城里。这时城里悄无声息,非常安静,大多数街道空无一人。然后,她回到家,料理午餐。我则把这一天用来练习象棋实战和学习更多的象棋规则。象棋俱乐部的男孩告诉我,规则是博弈的关键,如果你能把复杂的规则默记于心,比赛时一切就如在你的眼底,而且你会更具胆识,这正是博比·费舍尔克敌制胜的原因,即便那时他才十七岁,比我大不了多少。

那个星期日早上,父母并没有商议需要"处理"什么事情,这是前一天晚上父母亲在盥洗室谈了一个多小时的话题。我不知道那天晚上父亲后来是什么时候回的家,也不知他去了哪儿。星期日整个早晨,他穿着他的百慕大短裤看电视。电话铃响过几次。我接过两回,但是没人说话。这种情况时常发生,因此谁都没有觉得事有蹊跷。母亲在城里散步。父亲在看节目。他对选举甚感兴趣。伯娜和我跑到烈日当空、暑气炎炎的院子里,扶正羽毛球网的柱子,以便有更多的运动空间。这是一个轻松悠闲的早晨。靠在车库墙边的蜀葵婀娜多姿地盛开着。大瀑布城里,一切平静如故。

十一点钟,马路斜对面,耸立在公园旁边的路德宗教堂,像平时那样叮当叮当地敲响钟声,人们开始走进去。像平时那样,轿车和小型货车陆续开来,停泊在我家对面的路肩上。居民们携带孩子,纷纷走进这座木制的灰色建筑,然后消失在大门里面。我喜欢坐在前门门廊的秋千上看他们。他们总是精神饱满,对吸引他们眼球的事情又说又笑,看他们互动时的表情可知,他们相谈甚欢,看法一致。有一次,我在工作日穿过马路,朝门里张望,想知道能看到些什么。但是门锁着,里面一个人也没有。这座有挡雨板的灰色建筑,给人的感觉就像是一家经营过时生意的商店。

正当路德宗教堂的钟声开始敲响的时候,一辆陈旧的汽车开到我家门前停下。我以为开车的——那是一个男子——是一个路德教派成员,他会从车里出来,穿过马路走去教堂。但是只见他坐在这辆老旧的、外面胡乱涂了红漆的克莱斯勒-普利茅斯型汽车里,点燃一支烟,神情焦急,像是担心什么事情将要发生,或是在等候什么人来找他。从这辆车的后尾可知,它生产于二十世纪四十年代,车表面污浊不堪,到处都是凹痕。不知为什么,我总觉得它有些眼熟。它的后窗玻璃已经破裂,轮胎也不配套,其中一只后轮的轮胎缺了轮壳盖。看这光景,它出的车祸绝不止一次,停在我家门前显得很不相称,因为它就泊在父亲那辆贝尔艾尔后面,后者的漆色明亮可鉴,被擦得一尘不染。

这人坐在车里抽烟的时候,伯娜和我就手持球拍,站在侧院的羽毛球网边看着他。过了一会儿,只见他举目扫视我们的屋子之后,突然从车里钻出,驾驶座一侧的门发出一声巨响,然后车门又被他砰地关了回去。

几乎就在同时,父亲走出了前门。他依然穿着百慕大短裤。他走到混凝土的人行道上,那神情像是在探查那个人在不在。此刻,那个人就在这儿,显然有什么事情需要立刻处理。

我们两人听到父亲说:"行了,停住。停——停——停——停。"但这时,那个人慢慢蹚上了人行道。"你没有必要跑来这儿露脸。这里是我家,"父亲说,"这事会解决的。"说到最后父亲露出了笑脸,虽然并没有什么事情显得有趣。

那个人站在混凝土人行道上不动,戏剧性地低着下颚,眼睛盯着父亲。当父亲走近说"停——停——停——停"的时候,他并没有往后退,也没有给出一个握手致意的动作;他面无笑容,并不觉得有什么有趣的事情。从衣着来看,他好像来自某个寒冷之地,因为他下身穿的是暗紫色毛料裤,脚上穿一双磨损严重的咖啡色鞋子,但里面没穿袜子;而上身,在肮脏的灰色运动衫外面,还套了一件亮红色的开襟式羊毛衫。八月天气,这样的穿着甚为奇怪。

当那个人在人行道上走近的时候,可以明显地看出他的腿受了伤,必须用肩膀控制自己的平衡,同时他的双膝也在起作用。他不是一个身材高大的汉子,没有父亲高,但体重惊人,当他笨拙地移动身体时,他的骨头仿佛有些不堪重负。他那头油亮乌黑的头发长势旺盛,在脑后被扎成一条长长的马尾辫。他还戴着一副薄镜片的黑框眼镜。他的皮肤呈赤黄色,上面隆起粗糙不平的痤疮,脖子上贴了一块护创膏布。他蓄了一小束山羊胡子,看上去有五十来岁,但实际年龄可能比这年轻。在我们家前院,他的存在多少显得有些突兀,有些不合时宜,因为他甚为不快,给人的印象是负气而来。伯娜和我远远地站在羽毛球网边,但我能闻到他身上有一股气味——肉腥味混合着药味。他离开之后,我还能在父亲身上闻到他的这种气味。

在此人拒绝握手或往后退的时候,父亲把手搁到他肩上,并向前贴近他。他们开始交谈,同时向那辆普利茅斯走去,而不是进入我家。但是中途某个时候,这个人的步子朝旁边迈去,离开混凝土踩到草地上,还挣脱了被父亲拉着的手。他目光游移,但没有看伯娜和我,而是从父亲身上转到别处,似乎不愿意直视父亲或者面朝我们。然后他开口说话了,伯娜和我都能听到他的声音。"凯帕,这会有严重后果,谁也逃脱不了。"他说。父亲在空军基地时人们就称呼他"凯帕"。这个人转动眼睛,逼视着父亲。他又说了些其他话。他压低了嗓音,似乎知道伯娜和我在偷听,但不想让我们听到。说完后,他叉起双臂,身体向后倾,把一只脚伸到另一只脚的前面。我以前从没见过别人摆出这种姿势,仿佛他想要看看自己的话语怎样飘浮而去。

父亲开始点头，他把双手插入百慕大短裤的口袋里，没说任何话，只是一味地点头。这时，此人的神情变得非常专注，语速也变快了。虽然他的声音低沉得像是被什么东西蒙住一样，我还是能听到他特别加重语气的"你"，还有"危机"和"老兄"等词。父亲低头看着他的橡胶凉鞋和光着的脚，摇着头说："不——不——不——不。"这话听起来像是不赞同对方所言，但那神情却又像和对方的意见是一致的。接下来他说："那不合理，抱歉得很。""我明白。好吧，就这样。"那一刻，他的身体松弛下来，像是松了一口气，但又像是沮丧失望。然后这个人——我们后来得知他叫马文·威廉姆斯，但别人称他"老鼠"，是个克里族印第安人——转身离开，也没丢下一句结论性的话语。他忍着痛，以肩膀控制平衡，挺直膝盖迈步，返回他的普利茅斯。他打开车门坐进去，发动喧闹的马达，对父亲头也不回就把车开走了。混凝土人行道上，只剩下穿着短裤和凉鞋的父亲在目送他的驰离。路德宗教堂的钟声再度响起，这是对做礼拜会众们的最后一声召唤。一个身穿灰色西装的男子向教堂的两扇前门走去，他将目光投向我们的屋子，并挥手致意，但父亲没有注意。

那天早上晚些时候，母亲散步回来后便为我们做了俄式薄煎饼，这是我们爱吃的。用餐期间父亲言语不多，只是说了个一头骆驼有三个驼峰还会哞哞叫的笑话。他还说伯娜和我应该懂得幽默，要学会讲笑话，这样别人才会喜欢和我们亲近。后来他和母亲进了他们的卧室，关起门待了很长时间，比前一天晚上待在盥洗室的时间还长。在母亲散步回来之前，父亲脱下凉鞋，在院子里和我们比赛羽毛球——我们两个对他一人。他挪腾跳跃，汗水流到上唇，以致气喘吁吁；他努力接住每一个球，击球的架势很是虎虎生气，并不时笑出声来。这对他而言是一段美妙的时间。好像情况好得不能再好，而印第安人的到访似乎无关紧要。伯娜问起那个人的名字，这时候我们得知此人名叫马文·威廉姆斯，是一个克里族印第安人。"一个生意人。"父亲说,他"诚实可靠但苛刻专横"。在我们打球的某个时候,他放下球拍,在热气腾腾、绿草蔓生的院子里站着,双手放在臀后,微笑的脸上泛起红色,身上汗水涔涔。他做了个深呼吸,然后说很快我们家一切都会好起来。还说我们不一定非住在大瀑布城不可,我们可能会再经历一次搬家的劳顿,住到一个更有发展前景的城镇,可他并没有说出这个城镇的名字。父亲的话令我震惊和深感忧烦,因为学校开学在即,就在几个星期之后,我已经作好攻研国际象棋和学习养蜂的计划,此外还有大量东西等着我去学,这样,岂不都要落空!不过,想到父亲的麻烦将会过去,我还是感到高兴——现在回忆起来,我真是头脑发热,因为那时我根本就不知事情究竟处于怎样的状态。后来,我终于想清楚了,勾勒出事情可能的真相:那个印第安人——"老鼠"威廉姆斯——站在我家院子里,威胁父亲,如果他不付款,就杀死他,甚至可能杀死我们全家(我听到他用柔中藏刀的口吻催父亲付款)。这之后的几个小时,父亲开始为这笔款项殚精竭虑,觉得该做一些事来拯救我们全家。病急乱投医,他竟然构想出一个让人匪夷所思的抢劫银行计划——其中包括抢劫哪家银行,在什么时候实施,还有就是怎样取得母亲的支持,这样可以减少事情败露的概率,使自己免于牢狱之灾——可悲的是,事情并没有如他所愿。

八

后来，我知道了整个故事，它差不多也就是我曾经了解到的，只是我已经理出头绪，搞清楚它的来龙去脉。我知道就在那个星期五——即父亲和泡在浴缸里的母亲谈话后，驾车驶入夜色的那个星期六的前一天——印第安人运了四头屠宰好的赫里福德牛到大北方铁路公司的卸货月台交给迪格比，然后便离开了，期望第二天收到父亲的付款。之前迪格比没想到偷盗牛肉的交易能够运作得如此天衣无缝，他心中窃喜，决定收购更多的牛肉，这样可以转手给他的一个朋友，此人也在大北方铁路公司工作，是另一列火车的餐车服务生领班，如此迪格比可以获取更丰厚的报酬。父亲觉得，这对每个人都应该是个值得庆贺的大进展。但是，星期六晚上，当父亲到迪格比位于布莱克伊格尔的小屋去收钱——当然包括想出这一计划的父亲的收益——时，迪格比告诉父亲，其中两头牛的尸身已经腐臭（当时正值夏季，运输牛肉的地毯卡车没有冷冻装置，实在太热），这样的牛肉即使供应给荒蛮之地的印第安人都不合适，更何况给餐车里那些往返于西雅图和芝加哥的奢华旅客。迪格比说他不会为这样的牛肉买单，不会付给父亲一个铜板。实际上，他已经将这些牛肉运走，倾倒在密苏里河下游，以防有人——例如铁路警察——发现他涉及此事。他担心被指控疏于检查肉类质量，更担心没有买卖清单，也没有这批牛肉来自冷库的品质证明。

这消息对父亲无疑是晴天霹雳，他嗫嚅着对迪格比说，如果牛肉"变质"了，他就不应该接收。但他既然接收了，这牛肉和它的费用（四百美元）就是他的责任，即迪格比的责任。

迪格比是个身材瘦长、眼睛暴突、声音有点娘娘腔的家伙，脖子上总是系一个蝴蝶领结，身穿一件白色夹克。父亲相信迪格比对印第安人有所顾忌和害怕——他不信任他们，当然，他们也不信任他——因此觉得买进更多的牛肉,这个由他精心炮制的计划,似乎突然成了个坏主意。这种想法进而发展成更大的恐惧,害怕事情败露被抓,害怕因此丢失餐车上的高薪职位。那时迪格比还卷入了其他非法活动,这些后来都被曝光,大瀑布城的警察将他投入监狱,人人拍手称快。经揭露,列车上餐车雇员和卧车服务员多有介入非法活动,他们在列车运行的沿途为卖淫女充当皮条客。经常会有妓女在某个镇的车站爬上车,兜售皮肉生意,然后在第二天一早悄悄溜下车去。

父亲一时不能相信牛肉真的腐坏变质,以前从未发生过这种情况,所以他认为没有理由不付款。但是,当他再回去找迪格比(就在那天他和泡在浴缸里的母亲商量之后),想追讨该交付给他的四百美元,甚至作好了对迪格比饱以老拳的准备(这不像他的行事方式,他肯定是没了退路)时,迪格比已经离开城镇,登上他工作的西星列车,驶向芝加哥,在那里,他过的是另一种隔绝式的生活,父亲和印第安人都烦不到他。倒霉的是父亲,他得独自一人和印第安人周旋。

就这样父亲陷入了非常窘迫的困境。他本应该预想到自己有可能面临这种困境,应该事先想好防范措施的(比如,牛肉转手时当场进行钱款交割,这是最好的防范;还有,口袋里备有一定数量的现金,一旦交易出现问题,可临时用作周转)。然而,在那一刻,父亲拥有的所有财产,就是他每月的空军养老金,还有母亲在肖堡小学一年教九个月书所得的一点可怜工资,再有就是我们的那辆雪佛兰轿车。父母没有什么闲钱搁在手边以备紧急之用,而如今"紧急之用"迫在眉睫。他们甚至没有一个支票账户,他们用现金支付所有生活开支。

第二天早晨,也就是那个星期天,"老鼠",或者说威廉姆斯,来到我们家,和父亲站在院子里交谈,抛出要杀死我们全家的狠话,这是一个对父亲最为严重的威胁。威廉姆斯还声称,由于偷盗的牛不是一头,而是四头,所以他和他的合伙人所冒风险比平时大得多，屠宰和运输也更困难、更危险。他说，他们交货的时候已向迪格比提出，该支付六百美元而不是原先议定的四百美元，却遭到这个黑鬼的嘲笑。威廉姆斯还告诉父亲，他的一个合伙人因为偷盗行径遭到怀疑，正处于保留区警方监视之下，他需要钱去怀俄明州一趟，去躲藏几个月。因为这种种理由，威廉姆斯说现在该付给他和他朋友的钱款是两千美元，而不是六百美元，更不是他们以前商定的四百美元。这两千美元的依据是什么，他没有说明。

父亲不是一个惯于被威胁的人，他爱和人们和睦相处，逗他们高兴，陶醉于他们对他的赞美之词，夸奖他的英俊外貌、翩翩风度、南方口音以及在战争中作为一个投弹手的英勇表现。如今，受到谋杀威胁，这对他是一个巨大的冲击。于是，他立刻为如何筹集这笔钱而挖空心思，很快他就有了个惊世骇俗的主意：找一家银行去行抢。在那一刻，他肯定认为这比让印第安人杀了我们全家要好；也比另一种结局要好，那就是深夜带上我们三人，坐进那辆贝尔艾尔离开，抛弃家里所有一切，就此永远销声匿迹。当然，要筹得这笔钱还有另外的途径，那就是去举债借款（可是他没有信用记录，他的岳父、岳母讨厌他，他没有工资和其他东西作借款的担保），或者也可以采用其他方法来处理这一困境，比如上大瀑布城警署投案，或者去和威廉姆斯评理。可叹的是，这几种办法他都没有采用。或许，他认为这样只会使事情变得更糟。后来，当他还有机会去警署报案并听凭他们发落的时候，他已经认定抢劫银行是个好主意，情况就是这样不可逆转。

当母亲被关在位于俾斯麦的北达科他女子监狱的时候，她在"手记"里写下了以后几天发生的事情，有些是前面我叙述过的。她和父亲被审判后就被移送到这座监狱服刑。她用文字对她和父亲的所作所为进行了非常详细的记录和分析。她在沃拉沃拉读大学的时候，就梦想成为一个诗人，可能她此时还心存一个念想，希望出狱之后，能用出色的文笔写下他们的故事，作为余生的慰藉。但是，她并没有等到走出监狱的那天。她在"手记"中对父亲及父亲的缺点进行了极其严厉的批评。她并没有为自己申辩，她没有以一时头脑发热或是被迫参与作为自己的托词，也没有试图解释她是怎样被说服参与其事的（她对姐姐和我因此受到伤害而深感悲哀）。她在"手记"里说，她相信自己是这样一个人，她一直认为自己是这样一个人：爱好沉思，聪明敏感，富有想象力，可能有些孤高和多疑，具有保护意识，愉快乐观（其实，她并不快乐）。这些精神上的特质，使她极不希望伯娜和我被父亲空军驻地的风气所同化。她觉得这些地方会削弱和腐化我们身上好的品质，使得我们趋于陈腐，成为凡夫俗子。她特别不喜欢的是密西西比州、得克萨斯州、密歇根州、俄亥俄州，她鄙视这些地方，视它们为落后和不开化。她在"手记"里提到这些地方时，常用的词是"淡薄""节俭""荒远""陈腐""堕落"等等。她认为她和父亲不应该结婚，她应该预见到如果不结婚，他们两人都会快乐得多。这是她写到要嫁给一位大学教授，过着诗人般的生活，以及其他诸如此类的事情时发出的感叹。她说，抢劫计划一出笼，她就应该决绝地离开父亲——这是可能的，因为那时她已经在考虑离开他。她写道，除了觉得她是自己素来认定的那种人之外（当她对镜自顾的时候，她觉得自己并非等闲之辈），她还有软弱的一面，这是不容置疑的。对此，她以前从没想过。她相信，正是因为软弱，她才嫁给了笑意盈盈、外貌英俊、洒脱浪漫的贝夫·帕森斯（她怀孕了，但她可以采取补救措施，在二十世纪四十年代，这样的事情连大学女孩都懂得如何处理）。她的软弱还导致她没有早早带着我们出走，离开贝夫。所有这些事实都证实了一点，她恰恰像其他人一样，存在弱点，以致她义无反顾地（根据她的疯狂逻辑）去抢劫一家银行。她不认为自己是罪犯。她从没有这样想过。对于如此简单的事实，她的父母竟然没有培养出她的认知能力（这也许是生活在非犹太人世界里的犹太人之必然，固执己见，拒绝接受他人可能是合理的看法和警告）。

父母亲被羁押在喀斯喀特县监狱的牢房后，伯娜和我孤苦地蜷缩在自家屋里,那时我痛苦地思索,想着我的父母是多么年轻,只有三十七岁和三十四岁,他们根本不是会抢劫银行的那类人;而抢劫银行又是极为罕见的行径,只有少之又少的人敢这么做,或许只能这样来解释:他们是命中注定就该如此,不管他们觉得自己是什么样的,也与他们在怎样的环境里长大无关。我感觉我不得不用这样的方式来思考,因为,深重的灾难感使我几近崩溃,再也无力招架。

虽然你父母成了铁定的罪犯,而你还相信他们,这有些异乎常情,可是,我能确信,这就是母亲说她是"软弱的"含意。也许,对她而言,那两个词——"罪恶"和"软弱"——它们的意义相同。

九

到了星期一早晨,家里的气氛显得甚为诡异。重大的事件正在酝酿,这是比父亲开始一份新的工作,或是脱离空军,或是整理行李搬往新的城镇还要重大的事件。前一天晚上,父母亲关起门待在他们卧室里,直到很晚很晚。我知道他们在争论。我感觉到父亲决定去做某件母亲不赞同的事情。我听到他们卧室的壁柜门砰砰地响过几回,还听到母亲说:"这是最后一次……""你别带上他……""你简直疯了……"每次她开口说话,声音一开始都很响,但很快就低落下来,所以我无法听到她话音的末尾部分。有三次,父亲从卧室里出来,走到前门门廊(我听见他的靴子踩在地板上),然后再回到卧室,房门也再度关上,他们继续谈话。"那么,你看怎么办?"他说。他还说:"在这些事上你总是胆小畏缩。""无论如何,这不等于你会被抓。"过了一会儿,他们又说了几句话,然后趋于沉寂。我走出房间来到厨房,那里亮着灯,我倒了一杯水喝。我看见一线橙色的光亮从他们房门下面透出来。当我回到床上,伯娜也睡过来了。她一言不发,只是自顾自地躺着,我能听到她的呼吸,感觉到她身上的寒意。她的脸对着墙,那墙上钉着属于我的大学三角旗。自从搬来大瀑布城后,我们还从没有挤在一张床上睡觉,虽然小时候,由于住屋狭小,我们曾经睡在一起。和她同睡一床我觉得很不舒服,但是我知道,若没有什么重大原因她不会过来,她也许和我一样,听到了父母的谈话。她和衣而睡,身上带着纸烟和硬糖的气味。父母亲停止谈话之后,我们也睡着了。早上醒来,我发现自己紧紧握着两只拳头,握得都有些生疼。伯娜已经走了,当我再看到她的时候,我们都闭口不提父母的谈话。似乎什么也没有发生。

通常，父亲早晨的心情特别好。但是在那个星期一早上，他却一脸的严肃。母亲像是在故意避开他。她为我们准备好早餐，我们坐下用餐。父亲吃完鸡蛋，问伯娜和我，想为国家做些什么有益的事情，这是他每次想知道我们有什么计划时都会触及的话题。我提醒他州博览会这天开幕，我对其中的养蜂很感兴趣，这对我很有益处。但是他对我的话不置可否，似乎忘记了刚才对我们的提问。他没有开玩笑，脸上也没有绽放出笑容。他的眼睛带有血丝，没有像平时那样为早餐向母亲道谢。他也没有修面，这本是他每天去空军基地上班前必做的而且甚为用心，因为没有修刮，他的脸透着灰蓝色。他到底怎么啦？为什么这样不对劲？这成了餐桌上的焦点，但是没有谁开口问他。我发现母亲的目光焦急而愤懑，透过眼镜落到父亲身上。她抿紧的嘴唇显得僵硬冷漠，像是不甚满意他对她的态度。

我还注意到父亲没有穿他的新裤子，也没穿他别具一格的黑皮靴，甚至没穿他的箭缝开袋衬衫，这些都是他去农牧场交易公司上班的行头。他穿的是一件旧的蓝色空军跳伞装、一双沾有污泥的低帮白色网球鞋。他在院子里割草和浇水时才会这么穿。退伍时他将跳伞装上的徽章，包括那块印有"帕森斯"字样的标识剪了下来。我想，他大概是不想让熟人认出自己。

早餐过后，大家依然甚少交谈。伯娜走进自己的房间，关上门，在电唱机上播放唱片。母亲清理完厨房，然后走进前门门廊，沐浴在早晨温和的阳光下，喝茶，在纵横字谜书中填字，阅读在修女学院研习的小说。我尾随着在屋里转来转去的父亲，他像是想要出去，我试图探知他要去哪里，能否带我一起去。他从盥洗室的橱柜里拿出他的皮革化妆袋，把各种各样的日常用品放入其中。他把袜子和内衣塞进另一只旧的空军帆布袋时，我就站在卧室门口看着。我们一家从不外出旅行，除非搬往一个新的城镇。固定不动是一种享受，父亲总是这样说。他最大的愿望就像其他人那样，稳定地居住在一个地方。他相信，在我们国家，每个人都有选择住地的自由,你出生何地无关紧要。这就是美国的美妙之处,而我们在战争中解放的那些国家并没有真正的自由,在那里,生活空间狭窄,处处受到限制。我担心他和母亲已决定分手,他的举动像是在试探我,一旦事情发生我会怎样反应。我沉默不语,感到紧张,又愤怒不已。虽然我从没听到他们说过分道扬镳之类的话。

当我看见他拉开蓝色军袋的拉链(我看见他把他的手枪放在里面,一把点45式大号黑色手枪,是他离开空军后购置的),我问道:"你要去哪里?"

他抬头看着我。他坐在他的床边(父母亲分床而睡)。屋子里很热,早晨也不例外,上午我们通常不开屋顶的排风扇,这时才九点钟。他对着我微笑,好像并没有听到我刚才的问话。但是他已经不再是早餐时的那副模样——憔悴和睡眠不足——他的气色恢复了过来。

"你是探案的私家侦探?"他说。

"是的,"我说,"我就是。"我不想说你和妈妈是不是要分手了,我不想听到这样的话。

"我要离家作一次旅行,生意上的事。"他一边说一边继续摆弄他的袋子。

"你还会回来吗?"

"是啊,那当然。"他说,"为什么这样问?想和我一起去?"

母亲突然出现在我身边,她就站在门口,一只手放在我肩上,紧紧地捏着。她个子不高,手却很有力。"他不会带你去的。"她说,"我来帮他,这样最好。"她把我推出门,走进卧室,把门关上。然后我听到他们开始激动地说话,尽管他们压低了声音。他们知道我在门外偷听。"你不能……不管怎样你都不能……"她说。他说:"看在他妈的基督的分上,我们以后再谈!"我以前绝少听到他发火咒骂,她也是。伯娜会咒骂人,那是从鲁迪那里学来的。听到父亲对母亲说这样的粗话,我的内心深受震撼。

我想母亲可能会突然打开门,对我偷听他们讲话表示愤懑,所以退回到自己的房间，在绿白两色的象棋棋盘前坐下。我感觉到在那一排排白色棋子后面充溢着短暂的平静，它们为了特定战略目标已经各就其位，只等我一声号令，便立马投入战斗。

过了一会儿，父亲走出前门，带着放有手枪的帆布袋，钻进了车里。他没有告诉我是为了什么生意而去，甚至没有说"再见"作为道别。我怀疑他的生意与农场、牧场的买卖无关，而和那天来我家的印第安人有关。不管怎样，我知道此事一定很重要，否则他不会这样急急忙忙离开。我隐隐约约地感到，此刻，在我们的生活中，发生了某种以前从未有过的事情。

十

接下来的几天，父亲驾着车在蒙大拿州东部和北达科他州西部打转（这些地方他以前从未踏足过），寻找一家适宜打劫的银行。他的计划不是立刻动手行抢，而是先探好门路，根据脑中预想的标准，实地考察，选择一个镇和镇上一家银行，然后回到大瀑布城，短暂地重返家庭生活，两天之后再正式出手，去那家他选定的银行抢钱。这个计划看上去并不草率，可说是深思熟虑和煞费苦心，而且对重新评估风险甚至放弃实施计划都有可进可退的余地。对于抢劫银行，这可谓是一个万全的构想。然而，往往事与愿违，人们的行动会在错误中导向相反的结果，以致最后身陷囹圄。

当然，想象有关父亲的一幕幕场景，那感觉真的非常怪异：你在枯燥寂寞的乡村公路上，从一辆汽车边上经过；你走进一家路边餐馆，坐在一个人旁边，和他共赏眼前的风景；你等在一个正在登记入住汽车旅馆的客人后面，他亲切和善，面带胜利的微笑，淡褐色的眼睛闪着光，他很乐意将他的人生故事和你分享，他希望你喜欢他——这个人就是父亲，他带着一把上了膛的手枪到处游走，脑中盘算着要去打劫哪家银行。想象他的这些举止，感觉上真是怪怪的。

我想，即使父亲受到印第安人威胁，即使"老鼠"威廉姆斯扬言如果拿不到钱款，我们全家将会面临灭顶之灾，他也不该这样飞蛾扑火。这时候，他长途驱车，进入蒙大拿州东部广阔空旷的地带，这里的所有道路都通往北达科他州。他对银行和城镇的规模进行估量，考虑藏身的地方，注意从眼前经过的州级骑警和副警官人数，判断某家银行离开州界线有多远（作为南方人，州边境对他甚为重要，而对于其他比如我们过去住地的居民来说，它们毫无意义）。这时候，当他做完这所有一切，他开始觉得抢劫的主意即便是非理性的，也至少是可以接受的。而令人意外的是，这个主意并没有给他带来多大的烦恼。这是我根据他回家后的表现推断出来的。那两天，他热情洋溢，信心满满，情绪再次处于高昂的状态，仿佛他离开之际捏着一个棘手的大难题，而此刻它已经被破解，所有的阴霾消散殆尽。这是他低估自身困境、盲目乐观的典型表现。他竟然还想要我和他同去作案，据此，我觉得他真是缺肝少肺，头脑发热。当然，他还不至于直接向我建议，要我参与抢劫。实际上，虽然透过紧闭的房门听到了他们之间的谈话，但我还是不太懂他的意图，为什么要我成为他的共犯？后来，看了母亲的"手记"我才明白。父亲需要一个帮手，母亲曾是他的另一个选择，但很快他就意识过来，母亲的面貌带有明显的外国人特征，身材又特别矮小，加上她对大多数人都冷冰冰的，不甚热情友好，不仅会引人注目，还容易在事后迅速被人指认，于是父亲相信，由母亲随行对事情没有裨益。他把抢劫银行看成是意气风发的快事。我能肯定，他希望我成为他的共犯，这是促使母亲最终卷入此案的一个原因，她因此做出原本她最不可能做的傻事。

其实，父亲抢劫银行的念头由来已久，这是我从他早先的谈吐中意识到的，只是一直没把它当真。母亲在"手记"里写得很清楚，他从未想过自己可能会失手被捕——他认为自己机智过人。他还认为抢劫一家"国有银行"是"一种没有受害者的犯罪"，因为他相信，只要查明银行的失窃款在一万美元以下（他所抢的远远低于这个数目），联邦政府就会确保存款人不受任何损失。就像我曾经说过，他对政府有一种强烈的依赖感，对罗斯福新政时期和美国农村电气化的憧憬和怀念，贯穿他的整个空军生涯，由于服务于国家，他在空军里生活无忧，各方面都得到政府的照顾。你会说，现在他是个终身的民主党员。

他的被抓，是他万万没想到的。他曾经把蒙大拿州东部和达科他州西部视为空漠、无知、隔绝和贫穷的地方，他无法想象在那样的地方会有人注意他，特别是如果没有显眼的母亲在他身边。他觉得，他看上去就是个态度友善的普通人，穿着朴实无华的衣服，带着儿子，开着一辆不显眼的车（他打算去偷一块北达科他州的车牌，如此一来他的雪佛兰就更不会吸引人的眼球）。他清楚，他的模样一点也不像个银行抢劫犯，所以抢劫时，他甚至没有考虑戴一副面具或者做一番伪装。他自信能以迅雷不及掩耳的速度完成抢劫，然后驾车驶入广阔无际的灼热旷野，神不知鬼不觉地在夜晚回到大瀑布城。没有比这更聪明机灵的了。

父母被捕之后，大瀑布城所属的喀斯喀特县治安官对《大瀑布城论坛报》说，很多人都以为蒙大拿州是个容易行抢而不易落网的地方，这也是这里抢劫案频繁发生的原因（父亲对这些情况并不知晓）。治安官还说，这些人以为犯下抢劫罪行之后，一旦潜入这片辽阔空旷的土地，便能销声匿迹，没有人会怀疑他们，因为这里很少有人会关注与自己不相干的事情。而真实的情况是，他说，在蒙大拿州，一个银行抢匪总是很显眼的。毕竟，他不同于其他人，他是特殊的一个，是一个犯下这种罪行的人——这就是为什么他在那里会显得突出。反之，其他没有犯罪的局外人都心中坦然。另外，就父亲的个案而言，他那张友好和善的笑脸会让人印象深刻，因为在那里，即使遇上再好的日子，也难得有人如此春风满面。

母亲肯定对一切心知肚明。星期一早上，父亲离家而去。他穿着蓝色空军跳伞服，带着上了膛的手枪，因为担心全家遭到谋杀，他必须去银行抢钱。父亲一走，母亲的举动就显得非常异样，让人感觉我们的生活正面临一个突变。她即刻安排我们清洁屋子，三个人都得全力以赴。清洁屋子是她从来不怎么重视的事情，我们住的一直是租用的旧屋，带有抽水马桶的腐臭和管道逸出的煤气味，但是，我们搬入时从不清理。她头上系了块红色的方头巾，裹住浓密的头发；身上穿着条布料旧裤，卷起裤脚管；还不知从哪里找来一副黑色橡胶手套，以保护自己的指甲。她开始擦洗厨房地板和洗手间的瓷砖，清理壁柜，清洗窗子，还把碗橱里的碗碟全拿出来，然后用厨具清洁剂擦洗里面的搁架和案板。伯娜和我被指派清洁各自的房间。我们用肥皂块和碎布擦洗地板、房门，还有木制品、壁柜角落和窗子的饰板；还用醋来擦洗窗子玻璃，弄得我的手干绷绷的，闻起来带点酸味。她要我们挑一些不穿的衣服捐给圣文森特-德-保罗教堂。我把这些衣服捧到僻冷的后门门廊，堆在我的自行车旁，等教堂来人取走。我还被派往楼梯顶端的阁楼，检查有什么被遗忘在那里的物品。阁楼暑气逼人，光线幽暗，弥漫着一股樟脑丸和霉烂的气味，而且满是尘埃和烟灰，这让我想起响尾蛇、毒蜘蛛，还有在屋檐下筑巢的大黄蜂，我赶紧逃出去，手里什么也没拿。

我们问母亲为什么要大动干戈搞清洁，母亲说，等父亲结束"商业旅行"回到家，我们可能就会搬离大瀑布城，屋子得交还给巴盖米亚恩。他是房东，住在比尤特。他收了我们的押金，打扫屋子是为了取回押金。（父亲说巴盖米亚恩是"母亲的同裔"，可母亲说他是美国人，是一个种族偏见的受害者。）

母亲没说我们可能搬去哪里。星期日早上父亲也说过同样的话，所以我相信搬家是真的。我担心的是，两个星期内学校就要开学，我是否能够如愿前往？

父亲出门后的几天里，我家电话铃响过好多次。我总是迅速接听，想着应该是父亲打来的，但每次都一样，电话里没有声音。最后是母亲接的电话，她问："你想怎样？你到底是谁？"电话另一端没有人回应，然后就挂断了。

此后，我透过我家前窗朝外张望，偶然中至少有四次，看见两辆不同的汽车分别慢慢地从我家门前驶过。一辆是破烂的红色普利茅斯。星期日"老鼠"就开着它来到这里。不过这次开车的不是"老鼠"，而是另一个年纪较轻的男子，不一定是印第安人。另外几次的车看上去更糟，那是辆咖啡色的旅行车，弹簧已经损坏，车顶塌陷。里面坐着几个人，包括一个大个子妇女，我想她应该是个印第安人。每次，开车的人都朝我们家的屋子打量，但没有停下。我实在不够聪明,无法理解这一系列事情:在我们可能搬家离开的时候,这些印第安人为什么蠢蠢欲动?他们想做什么?而好几天前,我们为什么要驱车去博克斯埃尔德(近距离观察和印第安人有关的事情)?为什么我会有种无可名状的恐惧感?而父亲此刻或许正在为我们寻找一个新的居住地,这又是为什么?

父亲离开的这段时间,我要说的另一件事情是伯娜,她变得有些不同寻常。当她从自己的房间走到外面时,我看见她的嘴唇涂了口红,对此,母亲语带诙谐地评论,称她是一个马上要去纽约或巴黎开创非凡演艺事业的"美女"。这话并没有使伯娜感到尴尬。她解开她的头发,以前它们一直规规矩矩地扎着,从中间分开,前面垂下些刘海;现在,她让它们一直落下来,散乱地披在肩上。我不喜欢她的这种发式,因为这显得她的脸更加扁平,上面的雀斑也尤为显眼,感觉她的脸脏兮兮的,失去了可人的清新感,清新是她那张脸素来给人的印象,即使上面发了丘疹。当我们打扫房间的时候,我问她为什么把自己的模样弄得如此夸张,她对我皱起眉头,说是因为"她的男朋友(鲁迪)"——我们很少见到他——对她说,她该让自己看上去更像个成熟女人,这样才更吸引他。她告诉我,她打算和他一同出走,还说如果我向母亲泄露,她会杀了我。"在这里我简直快发疯了。"她耷拉着嘴角说。这让我大为震惊,因为我脑中从未有过这种想法:不能忍受和父母一起生活,选择离家出走。我不希望这也是我要面临的现实。

另外值得一提的是,当我们打扫屋子的时候,也就是父亲开着车在蒙大拿州和北达科他州的旷野疯狂游走,决定哪家银行可作打劫对象的时候,母亲的心态变得前所未有的奇怪。不停地擦洗和通风屋子肯定是其中之一。此外,我还听到她打了好几个电话给她住在塔科马的父母,电话里她没有要求他们让她回家,而是求他们为伯娜和我提供一个栖身和生活的所在。她的声音带着毫不造作的深情,那种亲热感就像他们每个月都见面似的,事实上他们已经将近六年没有见面。我明白,他们会接受伯娜,但不会接受我,因为男孩是够麻烦的。然而,这成了又一个让伯娜觉得应该出走的理由,显然,她不可能去面对那种生活:和两个严厉、多疑、生疏的波兰老人共处一室,她不了解他们,他们也可能不喜欢她,只是命运弄人,让他们成了她的外公外婆。

最终,我将经历一系列不寻常的、成为我人生重要组成部分的事件,这是母亲为我的未来殚精竭虑的结果,她不想我落入蒙大拿州青少年收容所手中。父亲选定银行后,在星期三晚上回到家里。在他回来之前,我们打扫屋子的两天里,母亲的思绪总是纠缠在她最感兴趣的事情上,虽然这么些年她都无暇顾及。

一个妇女,如果她的丈夫可能正失去理智(或至少不那么理智),准备去抢劫银行,让家庭濒于绝境,还异想天开地想让他们唯一的儿子卷入抢劫犯罪,他正一步步走向监狱和灾难,使他们两人向往的生活彻底消亡(而不管出于什么原因,这个妇女早就想要离开他),人们一定会认为,上述情况正是她要求分手的绝好理由,是她解脱的机会。她可以让官方介入,挽救自己和孩子,或寻找一个决绝的了断。她应该坚守自身立场,不让事态恶化,凭借自己的意志力保护自己的家庭。可是,那不是母亲的行事方式。个子矮小、愤世嫉俗的母亲,看似意志坚强,其实恰恰相反。

一旦屋子变得一尘不染,恢复了曾经的模样,一旦她打了电话给她父母以及对父亲的愤懑平息下来(因为他离开不在身边),她突然变得出人意料的平静,虽然她从未有过情绪高昂的时候。这是很不寻常的现象。她像是得到了解脱,从最近几个星期或是更长时间的困惑中解脱了出来。她仿佛对什么重要的事情做出了决定并妥善处理好了。她对着我们笑,逗伯娜开心,说她会成为著名的电影明星。还说我将成为一名大学教授,要不就是成为国际象棋冠军或者研究蜜蜂的昆虫专家。她对世界上很多异样的事情表达自己的观点。我不知道她熟悉这些事情,她以前也没和我们讨论过。她谈到参议员肯尼迪,说没留给她什么印象;她谈到摩洛哥地震;谈到古巴革命,这肯定是从无线电里听来的信息。无线电也是我获取消息的途径。她和我们一起看电视,看《道格拉斯·爱德华》《焦躁的枪手》《追捕》(这些都是我看过的剧目)。肥皂剧和其他热播节目成为引她开怀的笑料。

这几天,伯娜和我都没与母亲说太多的话。和她相处时我们两人都有些尴尬和不自然。我们没有和她结成联盟来反对父亲,我们只是意识到此刻他们之间的危机,意识到他们之间那种难以用言语表达的状态,可能这是促使他离家作"商业旅行"以及回来后不置一词的一个原因(其实,好多次我都觉得自己处于飘忽的梦幻之中,怀疑他是不是真的离开过,是不是真的抢劫了银行)。我并没有就他们之间的这种状态说什么,即使是在姐姐面前也没有提及,我不想提及这个话题。因此,这几天我们就只是打扫屋子、用餐,看两个频道的电视节目。我阅读我的象棋书,构想不切实际的开局策略,或者看各种养蜂书籍,还有就是望眼欲穿地等待学校开学。伯娜则像平时那样缩在自己的房间,听收音机,试用化妆品,对头发的造型翻弄花样,私密地用长途电话和鲁迪交谈,开始策划她的出逃(我能肯定)———一旦出走后她就再也不会回来,因为要不了多久,这里就不再有任何可以眷顾的东西。在这段很短的时间里,如果说母亲对整个世界的看法有了变化,这种变化其实多年前就已发生,只是在父亲离开的这两天里,突然变得清晰起来。

在我们等待着父亲回来带我们去别处重启生活的时候,母亲发生了某种变化,变得很平静,我总觉得一定是母亲的模样的缘故。她的模样——身材矮小,十五岁的时候才和秀兰·邓波儿一样高;脸上罕有笑容,架着眼镜的面部具有明显的犹太人特征;对自己的性情不加掩饰:多疑、机敏、自我防卫心强、时常冷漠——似乎一直与她的所思与所言息息相关,仿佛是她的外表构建了她的整个自我,故而两者高度一致。当然,任何人都可能如此,糟糕的是,由于她的模样和性格,不管我们搬到哪里,她都和周围的环境格格不人,要是在波兰或以色列,甚至纽约或芝加哥,情况或许不致如此,因为在那里,外貌和举止与她相似的人多得数不胜数。尽管如此,她不羞于露脸,也不急于附和环境。我无法表达清楚,我只有把她身上的一切(她对我们说的、她建议的、她讨厌的,以及她所赞同的事情)视作一种天赐,它们是她那种人才具有的特质,不在乎人们怎样想她,不在乎环境怎样对待她,甚至不在乎世俗偏见。她在"手记"里没有对此有所着墨,但由于她是这样一个人,由于她有这样的容貌,每件事对她都可能是份磨炼:驱车去肖堡小学教书;搬迁和重新安家;一座又一座难以接受的城镇;父亲那伙粗俗愚蠢、从事非法勾当的空军同事;没有朋友。正如我所说,她一度认为自己拥有坚强的意志。除了以此为傲,她不作他想,这就使得她和周围的一切(除了伯娜和我,她爱我们)都隔离开来,鄙视大多数人熟悉的那种生活。在她眼中,迎合他人和苟合环境绝不可取,她深以为耻。这从另一个角度解释了她为什么不希望我们被环境同化。

那么,为什么她内心会感到平静(也许她只是有一种确定感)?为什么她会和我们开玩笑,逗伯娜说她将来会成为演员,笑我说我会成为一名大学教授,还和我们一起看电视,谈论《秘密风暴》和《当世界转动》,说它们如何地贴近生活?我想,也许她意在表达虽然生活隔绝她,虽然她感到不能忍受身上的重负,但是她下意识里怀有一种强烈的、压抑了多年的渴望:她想要改变。也许,父亲准备抢劫银行的疯狂行径(她知道这些)并没有使她绝望、恐惧,或者产生严重的精神错乱(这是很可能发生的),反倒让她自在放松,从各种紧逼着她的压力下挣脱了。她可能相信,这种自在的感觉正是源于她特有的禀性,它们造成了她的孤独,但它们不是痛苦,而是她的力量。这就是她的个性使然,也体现了她对世界持怀疑态度的精神特质。可能她觉得这种感觉比她长期以来的状态要好。她的表现很奇怪,的确,她变得奇怪。

上面所述并没有解释她为什么没带伯娜和我登上一列火车去往塔科马(或芝加哥,或亚特兰大,或奥尔良),为什么没让父亲回来后面对空无一人的家，从而使他恢复理智——如果他还有理智的话。也并没有解释为什么第二天父亲回到家（他已经挑选好将要抢劫的银行，怀着蠢蠢欲动的兴奋之情准备施行），她没有当机立断，没有决定离开，也没有劝阻他，或是联系警方，或是和他划清界限，相反，她倒是成为他的同伙共犯，让他在毁掉自己人生的同时也毁了她的人生。为什么两个非常明白事理的人会决定去抢劫银行？为什么在爱开始裂变并消失无踪之后他们还在一起？只要你冥思苦想，总是会找到诸如此类的理由，这些理由，根据后来某一天所揭示的，根本就解释不通，或者是凭空捏造的。

十一

我越是拖延对父亲作为一个天生罪犯的描写，这故事就越是精细准确。他成了罪犯，这是确切无疑的。但是我不能确定，在这一系列事件中，他本人或者其他人，抑或世上的芸芸众生，应该记取的是哪一点教训。"做这些事的结果就是成为一个罪犯"，如果他有这样的认知，必定会认真权衡将要做的这些事情。我想，他可能处于这样一种状态：在抢劫北达科他州克里克莫尔国家农业银行之前，从不清楚什么是"抢劫犯"。甚至在事情发生的那一刻，依然漠然不知——他不清楚抢劫银行意味着什么，直到事情的发展令他明白他可能面临怎样的后果。对于贝夫·帕森斯——我知道，对他直呼其名确实有点不敬——而言，他的心理已经扭曲，他认为他要做的这件事情非常必要，也很普通，没有任何反对的理由。而且，他压根不认为自己是会犯下持有武器抢劫银行的罪犯，实际上，犯罪的人不会立即改变对自己的看法，也许直到警察上门，在客厅里走来走去地盘问有关"北达科他州的旅行"，然后用几乎是随意的口吻对父母亲两人说，他们必须被戴上手铐送入监狱，即便是到这时他也没有醒悟。能有多少新犯案的罪犯会考虑到他们行为的后果以及他们自身的结局？

然而，当人们就要钻进车里外出去抢劫银行时，通常会怎样做？如果星期三晚上有人开车从我家屋前经过，会注意到我家的灯光亮着，透过窗子可以看到母亲正在烹饪晚餐，也能看到邻居的灯也亮着。父亲刚淋过浴，坐在前门门廊的台阶上系他的鞋带，他沉浸在凉爽而生气勃勃的黄昏中，这时，月亮已经高悬在遥远的天空，清澈明亮，公园外车来车往。他的头发还是湿的，让人闻到一股老香料和滑石粉的气味，他向伯娜和我详细描述他在"商业旅行"中的见闻:茫茫无边的大草原就像一片巨大的内陆海洋("像墨西哥湾"),还看到了北极光,那里没有山脉,但是有种类繁多的野生动物。我们两人听得着了迷,心中充满憧憬。你难道会想到,眼前这个人正准备动身持械去抢劫银行?不,你肯定不会。可是我不否认这引起我极大的兴趣:平常普通的举动蕴藏着惊人的响雷,它怎么会和它的对立面如此接近!

所有的迹象,即我们眼中的灾难预兆,几乎都和事物的本质大相径庭。一个孩子观察到的可能像成人一样多,甚至可能更为准确。几年前,我知道有个人上吊自杀了。他是个股票经纪人,欠着一屁股债,有着严重的精神问题,对于情况是否会有转机深感绝望。但是,就在他走向可怕绝路的那个星期,他对自己的最后日子作了缜密的规划——当他的妻子偕闺中女友从佛罗里达度假回来时,发现他死了——熟悉他的人说,他仿佛将整个地球的重量从肩上卸下,整个精神状态轻松自在。他哈哈大笑,开玩笑,取笑他人,制订计划。在人们的记忆中,他近来从无这样的状态。人们相信他已经摆脱困境,悟出生活的真谛,找到了一条回归他原先自我的路径——他们记得原先的他总是很快乐,对他重新归来很是兴奋。然而,接踵而来的现实是:他悬在家中大厅的枝形吊灯上自尽了,这屋子他才建了两年,并且声称很爱这幢住宅。对此我们无不感到神秘,真是神秘!

星期三晚上大约八点钟的时候,父亲回到家里,心情甚为轻松。你会认为他做成了一笔世界上最好的买卖,发现了一座金矿或是一口油井,或者是买彩票中了大奖。他还是穿着他的空军跳伞服和被草地染了色的网球鞋,没有修脸。他带回那只藏有手枪的蓝色军用袋(在清洁屋子的时候,我曾打开他装袜子的抽屉,想证实先前我看到的。果真,它不在那里,被他带在身边)。

刚回来的那会儿,他大步地在家里走来走去,不停地讲话,和厨房里的母亲讲话,和伯娜和我讲话,有时候对着自己嘀咕。他浑身放松，表情自若，走进所有的房间察看，好像注意到它们全都被打扫得干干净净。他的声音充满自信，和我说话时南方口音比平常更重。每当他变得兴奋、无所戒备时，或是开玩笑和带着酒意说话时就会这样。他的脑中还真的装着不少现代生活的新进展，他说：现在有一颗人造卫星升入太空，用来预报天气，夜里看起来就像颗闪亮的星星。他认为这对航天飞行可能是一个福音。巴西政府在丛林外建造了一座全新的城市，将数千人迁移其中，他认为这可以解决种族问题。还有，当我们的肾脏功能衰竭时，可以买一个新的肾换上——简直是不可言喻的妙事。这些新闻是他开车时打开收音机，从一家加拿大广播电台听到的。因为他驾车的路线靠近边境，所以声音非常清晰。

淋浴过后，就像我前面所述，他陪着伯娜和我走出前门，在门廊里披着薄雾溟蒙的暮色，和我们谈起辽阔的草原看上去就像一片大海。我们仰望天空，想寻找环绕在天际的人造卫星，虽然我们没有看到，但他说他相信自己看到了。他谈起他在亚拉巴马州的童年时代，谈起人们告诉他的各种趣事，他说和枯燥的蒙大拿相比，那里是何等的绚烂多彩。蒙大拿人缺少快乐的幽默感，思想保守顽固，而待人冷漠倒成了一种美德。他再一次问我们——他经常以此向我们发问——是否乐意自己是个亚拉巴马州人。我们两人再一次报以否定的回答。他又问我，究竟愿意以何方人氏自居。我回答他大瀑布城。伯娜一开始说她哪里都不喜欢，然后说她希望是来自太空的火星人，我们全都笑了。有一阵子，父亲谈起他曾经梦想成为一名飞机驾驶员，结果却只有资格做个投弹手，为此他是多么沮丧和失望，但是失望对人具有教育意义，它能使人成长，有时候还会转变为好的结果。他还谈起学习投弹时有人犯下的可怕错误，以及投弹的责任是多么非同小可。其间，母亲有一两次从厨房走到外面。父亲带回来两瓶斯克里兹啤酒，他们两人各喝一瓶，他们难得这样。酒意使得他们彼此开玩笑取乐，宛如父亲离开后母亲和我们相处时的情景。她穿一条长及小腿的白色女裤，露出细小的踝骨，脚上是一双浅帮布鞋，上身穿的是一件漂亮的棉布绿衬衫，这件衣服我们从没见她穿过。她看上去宛如一个年轻姑娘，笑起来比平时灿烂得多。她握着啤酒瓶的瓶颈，一小口一小口地呷着。她的样子和举动像是对父亲怀着深情，当他说到好笑的事情时，她笑着摇起头来，有两次还轻拍他的肩膀，说他是一张纸牌（我曾说过，她是一个好的倾听者）。虽然，在我眼中，他看上去没有什么不同。他是个乐天之人，拥有好心情是他的常态。

当我们还逗留在门廊，树上的夏蝉开始拉开喉咙鸣叫的时候，伯娜告诉父亲，有奇怪的人一直开车从我家经过，还有几次电话铃响但接听时无人答话。她相信开车从我家经过的是印第安人。父亲只是说："哦，那些伙计是这样的。别担心他们。他们只是不懂白人的行事方式。不过，他们是好人。"

我问到他的生意考察，他说一切进展顺利，但他需要很快再回去处理一些事务，也许这一次我可以和他同去。我想我们可能都得走。我问他，星期日他曾说我们可能要搬往另一个城镇，是不是真的？我仍在为学校开学和象棋俱乐部烦恼，这些都是我早就计划好的。他笑着说不，我们不会搬家。他说，现在该是我们家稳定下来安居乐业的时候，伯娜和我也该多交一些朋友，像城镇绝大多数居民一样生活。他还说，他期待他的农牧场交易能取得成功。他会把他刚刚学到的窍门教给我，虽然我还不懂如何将它们用于新的商机。我想问他为什么带着手枪去作商业旅行，但最终没有开口，因为我觉得他不会告诉我真正的理由。现在回想起来，对于他所说的，我似乎没有相信哪怕有一丁点是真的。我只记得我装出一副相信的样子。孩子们在伪装上和成人一样出色。

我们吃晚餐的时候已是十点三十分过后。我昏昏欲睡，已经没有食欲。当我们围坐在桌子边时，电话铃鸣又响过两次，都是父亲接的电话。一次他会心地笑着，说晚些时候他会打电话给某人。另一次他是站着听的电话，让人感觉对方在严肃地和他讲些什么。然后他走回来，说道："没事，没什么事。只是一个电话随访。"

在餐桌上,母亲问他是否注意到伯娜有些异样。他作了肯定的回答,说他感觉到了。她的头发看上去好多了,他很喜欢。母亲指出伯娜涂口红,她现在又涂了,难道我们没有看出来,她想跑到好莱坞或法国去?父亲说伯娜可以和母亲一起去普罗维登斯修女学校,修炼成一个心地纯洁的修女——这引得母亲笑了,但伯娜板着脸。此刻,我回忆起这个夜晚,它是那个夏季,也是所有日子里,我们家最美好温馨、最自然和谐的时候。就在那一刻,我仿佛看到生活正在迈入更安定、更稳固的轨道,他们两人快乐忘忧,彼此间琴瑟相和,融洽亲昵。父亲对母亲的亲热举动颇为陶醉,作为回报,他对她的服饰、外貌和仪态说了不少恭维话。这情景让人觉得,他们像是发现了生活中的某种美景,它虽然存在过,但后来被掩蔽、被误解,或是随着时间的流逝而被忘记,如今,他们再一次因为它,因为彼此的互动而陶然若醉。可能只有缔结婚约的人才会如此,这是他们意料中的表现,他们对自己相爱并视为生活支柱的人报以深情的一瞥。在好长一段时间里,这幕情景非常清晰,真真切切地存在于我的脑海。父母亲应该捕捉到了对方的一瞥,挫折、焦虑、烦恼像风暴之后的乌云一样被驱散得无影无踪,重新找回他们最完美的自我,然而可叹的是,他们这相互深情的一瞥,恰恰导致了我家的毁灭,它也恰恰发生在我家遭遇重大变故的前夕。

关于父亲,我还要往下说。在那整个夜晚,我们是一个和睦的家庭,我们开怀大笑,我们相互打趣,我们吃东西,我们不去管我们将会面临什么。这时,父亲的容颜完全恢复了原样。两天前离家的时候,他看上去有些浮肿和疲乏,表情散漫,像是没有睡醒,脸上也几乎没有血色——好像每走一步都很勉强和僵硬。可是,那天晚上他回到家,大步地在屋里走来走去,向我们宣称他大感兴趣的事情:人造卫星、南美洲的政治、器官移植,以及我们生活会变得如何美好时,他的容貌清癯神气,轮廓分明。而在餐桌上方模糊灯光的照射下,父亲的表情又显得坚决而确定。父亲有一双淡褐色的小眼睛——浅褐色的眸子并不引人注目。他似乎近视,因为他笑的时候,眼睛常常斜视。他的脸骨架大,故而在他的面部布局上,他的眼睛总显得不甚协调。然而,此刻,在我们的餐桌上,和他的脸最相配的正是这双眼睛,好像这双眼睛所看到的世界是以前它们没有看到过的,它们闪烁着光芒。当父亲用这双眼睛看我时,起初我感觉良好,是完全正面的;但到最后,我竟会像遭到针扎一样不舒服。他的目光就像是在重新审视和评估每一样东西,这和两小时前他刚到家时一样,他在屋里的每个房间走来走去,就像是第一次看到它们,对它们陡生兴趣。这使我对我们这所房子产生一种奇异的感觉,觉得他可能为这屋子计划了一个新的用途。他的眼睛让我有种同样的感觉。

这些年来,我一直想起他的这双眼睛,想它们怎么会变得如此不同。这是因为他身上发生了重大的变化,我想,可能他内在长期压抑着的潜能突然活跃起来,并表露在他的脸上。他正在向他的目标迈进,要想成为他素来心仪的人物,他必须通过在另一个阶层的摔跌滚爬,然后脱颖而出成为真正的这号人物。我曾经在其他人的脸上看到这一现象:无家可归者,他们蜷卧在酒吧前面的人行道上,或者公园里,或者巴士停车场里;他们在传教机构门前排队,等着进去度过一个漫长的冬日。在他们的脸上——大多数是眉目清秀的,并非衰败不堪——我看到他们的过去所留下的痕迹,在他们成为真正的自己之前,他们几乎就要成功,几乎就要达成他们追求的目的,但是他们失败了。有一种命运和性格决定一切的说法,这是我不喜欢和不愿相信的。然而在我心里,它就像是一层厚实的下层植被。其实,看着这样一个被毁掉的人,我不能不默默地在心中说:那是我父亲。我父亲就是那个人,我了解他。

十二

你做过的事情,你从没做过的事情,你梦中的事情,在很长一段时间后,会聚集到一起来。

星期三父亲回来的那个晚上,伯娜和我上床后,我听到父母还在厨房里。他们在说话,在笑,在洗涤碗盘。我听到哗哗的水流声,听到碟盘和餐具咯嗒作响,听到碗柜门打开后又啪地关上,还听到他们的声音渐渐变得轻柔。

"没有人会想到……"父亲说,剩下的话我没有听见。

"你想让一家人去郊游?"母亲说。水在流动,然后停住了。只剩下母亲尖刻的挖苦声。

"没有人会想到。"他又说了一遍。然后说出了我的名字:"戴尔。"

"不,你别。"她说。

"好吧。"擦干了的盘子正被叠起。

"所以,你感到幸福?"声音大得我不会听不清楚。

"幸福和这有什么关系?"

"每一件事都和它有关,绝对如此。"

而这是我做的梦:我穿着睡衣跑出房间,跑进了厨房,沐浴在灯光下,他们站在那里,注视着我。我的父亲,身材高大,他的小眼睛还在闪动。我的小个子母亲,穿着她长及小腿的白色女裤和漂亮的绿色衬衫,一脸的严肃和忧虑。"我走。"我说。我握紧双拳,脸上挂满泪水,心怦怦乱跳。在我的视线里,父母亲开始往后退,就像生病和发烧时觉得世界在收缩或距离在延展一样。父母亲变得越来越小,只有我一个人十分显眼地站在亮着灯的厨房里,他们成了远处即将消失不见的小点。

十三

星期四早上我睡到很晚才醒，这是由于夜里睡不安宁，常常被他们走来走去的声音弄醒。八点钟的时候母亲走进我的房间，她的面容温柔，她贴近我的脸，眼睛透过眼镜片凝视着我，还用她那冰凉的小手抚摸我赤裸的肩膀。她的呼吸带着伊帕纳牌牙膏的香味和茶酸味。我的房门笔直敞开着。父亲的身影出现在门外，他穿着蓝色的牛仔裤、简朴的白衬衫和极点牌运动鞋。

"你姐姐在吃早餐。我给你准备了小麦粥。"母亲注视我的脸，仿佛在上面看到了什么出乎意料的东西。"我们必须离家一天，明天就回来。这对你们两人来说会是一次美好的体验，学会照料自己，照料家里的事情。"她的表情很平静，但有些心不在焉，她的思绪肯定萦系着其他什么事情。

父亲在门口停住了，他的头发梳理得整整齐齐且油光闪亮，脸也修过。顿时，我的房间飘来一股气味，是他修脸用的滑石粉气味。在空落落的门边，他的身材显得特别高大挺拔。

"你和你姐姐都不要接电话。"他说，"还有，你们哪儿都别去，明天晚上我们准会回来。这对你们会是绝妙的经历。"

"你们要去哪里？"我抬头看着他身后起居室里射入的阳光，因为睡眠不足，我的眼睛有一种被灼伤的感觉。

"我还有一些生意上的事，我对你说过，"他说，"我需要听听你妈妈的意见。"他的语气平静柔和，但是我能看见他的前额青筋暴起。

她看着他，那表情让人觉得，之前她并没有听他说起。她跪在我的床边，把手指轻轻按在我胸口。"就是这样。"她说。

"我们能和你们一起去吗？"我问。

"下一次我们会带你们去。"他说。

我的梦突然在脑海里浮现："我走。"大声叫喊。握紧的双拳。

"照顾好你姐姐，"他狡黠地笑着，"现在她处于帕森斯陆军上校的管辖之下。"他出人意料地开了个玩笑，这种幽默他很拿手。

"你是想去开枪杀人？"

"哦，我的天哪。"母亲说。

父亲咧开他的大嘴强作笑颜，眯起眼睛斜视着我，好像房里突然打开了一盏刺眼的灯。"你为什么说这种莫名其妙的话？"

"他知道。"母亲说。她站在我的床边，低头注视着我，好像我在因为什么事而责备她。其实，我什么也不知道。

"你认为你知道什么，戴尔？"笑容重新掠上他的脸庞，父亲像是明白过来了。

"上一回你带着手枪。"

他往前迈了一步，走进我的房间。"哦，这里人人都带枪外出，这很平常。那是荒蛮的大西部，带枪是为了防身，不是要去射杀谁。"

母亲一动不动地盯着我，眼镜后面那双小眼睛露出专注而急切的神情，仿佛把我当作什么符号在研究。她在不停地冒汗，汗水粘在衬衫上，我能闻到她的汗味。这时，外面的暑气已经侵入，屋里很热。

"你在害怕？"她问。

"不是。"我回答。

"他不会害怕。"父亲说，他走到门口，朝厨房里的钟张望，"我们该走了。"他消失在走廊里。

母亲继续打量我，似乎我成了一个她不甚熟悉的人。

"你可以想一想有什么喜欢去的好地方，为什么不呢？"她说，"我会带你们去那里。你和伯娜。"

前门的纱门砰地关上了。"现在，他处于陆军上校帕森斯的管辖之下。"我听见父亲的声音，他在门廊里和伯娜说。

"莫斯科。"我说。我从《象棋大师》杂志里获悉一些来自苏联的伟大棋手。米哈伊尔·塔尔[1]，他以狠辣冒进的牺牲风格和令人望而生畏的凝视而著称。亚历山大·阿廖欣[2]，他因为迅猛的攻击性而闻名。我先在《韦氏字典》、后来又在《世界全书》里查过莫斯科，最后在衣柜上面的地球仪上找到了它。我不知道苏维埃联盟是什么，也不懂它为什么和俄罗斯是两个不同的概念。列宁，父亲说他也下象棋，在其中起了一定的作用。还有斯大林。

"莫斯科！"母亲说，"我可怜的父亲会心脏病发作。我想的是西雅图。"

街上响起雪佛兰的喇叭声。我听见纱门再一次关上。伯娜回到屋里，准备来照应我。"他的粥罐沸了。"我听见她说。母亲斜靠过来，飞快地在我前额吻了一下。"我回来后我们再谈。"她说，然后离开了。

我们住在密西西比州比洛克西城的时候——那是一九五五年，我十一岁——父亲每天在当地的空军基地工作，周末才有闲暇待在家里，就像他在大瀑布城一样。他爱密西西比，那里靠近他的成长之地，他也喜欢墨西哥湾。如果他在那里就脱离空军，而不是如他当时所做的，事情的发展对他、对母亲都会好得多。他们可能会离婚，各走各的路。至于离婚夫妇的孩子，他们能够调整好自己，只要他们的父母还爱他们。毫无疑问，我们的父母都爱我们。

那时的星期六早上，如果父亲想看什么影片或是没有其他的事可做，就会带我上电影院。那是一家有冷气装置的影剧院，名叫特里克西，位于海湾尽头的市区主街上。电影从十点钟开始，一直持续到下午四点，连续放映短片、卡通片和专题片。整个播映只收一次入场费，每人五十美分。我们会一直坐到结束，吃糖果和爆玉米

---

1 米哈伊尔·塔尔（1936—1982）：苏联国际象棋大师，赢得1960年、1961年世界冠军。
2 亚历山大·阿廖欣（1892—1946）：俄裔法国国际象棋大师，赢得1927—1935年、1937—1946年国际象棋世界冠军。

花,喝胡椒博士[1],欣赏人猿泰山、琼格尔·吉姆[2]、约翰尼·麦克沙恩、哈派隆·卡西迪[3],还有喜剧里的滑稽角色劳莱和哈代[4]。我们还能看新闻纪录片和老的战争影片,这是父亲喜爱的。我们会在下午四点钟走出凉飕飕的电影院,回到炎热的墨西哥湾城区,空气中弥漫着腥咸的盐味,令人有些喘不过气来。我们虽走在遮篷下,依然会感到眩晕和不舒服,一天就这样碌碌无为地过去,我们因此而沉默无言。

就在这样一个早上,我们并排坐在黑暗中,银幕上放映的是一部二十世纪三十年代出品的新闻片,是关于罪犯克莱德·巴罗和邦妮·帕克[5]的报道,他们使南方好几个州的民众处于谈虎色变的惊恐中(广播员这样说),他们臭名昭著,劫财杀人,无恶不作。直到最后,在路易斯安那州的乡村小路上,他们被埋伏在灌木林里的国民军预备队击毙,就此结束了职业犯罪生涯。其时他们只有二十多岁。

那天父亲和我走出电影院时已是下午时分,我们立刻步入被毒日烘烤的潮湿空气中,那是六月的天气,我的眼睛被炙灼得疼痛,脑袋热烘烘的犹如木瓜。我们发现有人(特里克西影剧院的业主)将一辆长尾平板卡车停在电影院前面。卡车的平板上有一辆灰色的四门福特轿车,是二十世纪三十年代出产的,车身布满闪亮的洞孔,窗玻璃全都碎了,车门和引擎罩壳也有穿孔,轮胎则泄气瘪塌。位于车轮上方的车身侧面,有一块油漆写的标牌,说:这是邦妮和克莱德死时的座驾——如果谁能证明它不是,可赢得一万美元奖金。电影院的业主还安置了一个用以攀车的木头台阶,邀请电影院顾客爬上去察看,但每位须支付五十美分。那架势,仿佛死了的

---

[1] 胡椒博士(Dr Pepper):亦译作萃菱博士、乐倍、澎泉等,是美国出产的一种焦糖碳酸饮料。
[2] 琼格尔·吉姆:1948年出品的美国电影《琼格尔·吉姆》的主角。
[3] 哈派隆·卡西迪:1952年出品的美国电影《哈派隆·卡西迪》的主角。
[4] 劳莱和哈代:是美国长期搭档演出滑稽片的两位演员。劳莱瘦小,哈代胖大,形成强烈的滑稽感。
[5] 克莱德·巴罗和邦妮·帕克:美国著名的一对雌雄大盗,1930年大萧条中,两人结伴游走在得克萨斯、路易斯安那、密西西比和俄克拉荷马州一带,以打劫为生。

邦妮和克莱德还在车里,值得每个人去一窥究竟。

父亲站在坚实的被晒得滚烫的混凝土路面上,注视着这辆车和排队而过的顾客,其中既有孩子也有成人,既有男人也有妇女。他目不转睛地看着,然后开起玩笑,嘴里发出嘟嘟嘟嘟的机关枪扫射声,继而又哈哈大笑。他可不想掏这种冤枉钱,他说,这辆车是冒牌货,否则怎么可能放在这里,这显然有违常理。再说,看得出车身油漆是新涂的,弹孔也不是真的;他见过太多飞机上的弹孔,它们的直径更大,锯齿状也更明显。可是,令父亲气恼的是,没有人停止投掷硬币,没有人就此离开。

但是当我们站在人行道上,抬头对着那辆车看了几分钟后,他突然说:"戴尔,你会不会去做银行劫匪?这挺刺激的。你妈妈该不会吃惊吧?"

"我可不做。"我边说边若有所思地抬头看着闪烁着微光的洞孔,以及所有正窥探着车窗、大喊大叫、咧嘴大笑的乡巴佬。

"你能肯定?"他说,"我可能会去一试身手。不过,我要比这两人更聪明机灵。怎么了?你一口饮料也没喝,只吃了一片瑞士奶酪,显然,你妈妈拿了你不爱吃的。你可不要和她提起这些。"他拉着我贴近他。在阳光的照射下,他浆洗过的衬衫散发出一股淀粉的气味。然后,我们在下午的暑气中继续迈步。

这件事,我从没告诉过母亲,甚至在那天姐姐和我站在前门门廊上看着父母驱车去抢银行后的很长一段时间里也从没想起过。当时,我还没有把那些事情联系到一起。但后来我产生了联想。看来,这是父亲一直想要做的事情。真可叹,大千世界,什么人都有,有人爱当银行董事长,有人爱去抢劫银行。

十四

我对于这起银行抢劫案的了解，主要是通过母亲的"手记"和《大瀑布城论坛报》的报道，我已经说过，《大瀑布城论坛报》把它描述为一个有趣而具有劝诫作用的故事，并认为让它呈现在公众面前是新闻业者的职责。可是，我也在脑中构想这件抢劫案的来龙去脉。令我充满梦幻感的是，犯下这项罪行的竟然是我父母；荒谬而费解的是，外界对报道的事实作了如此不适当的解释。

这可以预料，在大多数人的想象中，要去抢劫银行，只是天方夜谭式的空想，就好比我们夜里躺在床上，精心构想怎样去谋杀毕生的仇敌；把计划的每个部分凑合在一起综合评估，将所有细节调整到天衣无缝，还考虑败露后被捕的可能性，并据此重新审视早先的构想，最后我们发现，我们面对一个逻辑上无法解决的问题，那就是我们的聪明机灵自始至终毫无价值，它们用错了地方。之后，我们得出结论：虽然我们对用埋伏（因为需要这样）来谋杀仇敌的方法甚为满意，但是只有精神错乱者或自取毁灭的人才会去执行这个计划。这是因为人类社会不允许这样的行为。不管怎样，我们对阴谋暗算和杀人越货并不擅长，没有必要煞费苦心，去做人类社会所不齿的事情。这时，我们便会忘掉我们的计划，进入梦乡。

要想成功，父母亲必须明白他们有很多漏洞：他们的车很快就会被人认出；父亲的蓝跳伞服即使扯掉肩章，依然是空军身份的标识，而且原先附有条杠的地方没有褪色，很容易引起人们的注意；父亲的英俊外貌、亲切的南方口音和潇洒的风度，会让一家北达科他州银行的每个人都印象深刻；还有，他曾向大瀑布城空军基地的几个人透露过，他希望能抢劫银行，虽然这是一个玩笑，但到时候他们会回忆、联想。父母亲还必须明白：父亲自信不会败露的想法并不正确，相反，银行抢劫者即便融入人群，也不可能不露痕迹，因为他们心怀鬼胎，他们的神色和举止不仅有别于他们自己平时，也有别于周围的其他人，不管他们有没有意识到这点，这是铁定的事实。由于以上这些原因，要迅速锁定抢劫银行的疑犯，根本就轻而易举。

对于父母亲，他们在星期四早晨驾车离开，绝对是天真无知的举动。仅仅因为欠了几个无足轻重的印第安人一笔小小债务，他们本可以通过多种途径顺利解决，可是他们没有这样做。所以，确定无疑的悲剧在他们身上发生，甚至在第二天一回到大瀑布城家中，他们就已经成了重罪罪犯。所有搬迁逃离的想法都成泡沫，就像消失在夏日单调天空中的云影。

十五

他们在200号公路上朝东行驶，经过刘易斯顿镇和温纳特镇，进入马瑟尔谢尔河流域，再向乔丹、瑟克尔、悉尼进发，经过夏季的硬河滩，经过干枯的草地，经过顺着山脉向明尼苏达州延展的高原，来到他们一无所知的地方，这不同于父亲的"商业旅行"感受，那时他自我臆想，觉得他对此地所知甚多，于是产生他们不会引人注意的错觉。

在此前的两天，他马不停蹄，驾着车在北达科他州州界穿梭。他来到一个名叫克里克莫尔的小镇，那时镇上的人口只有六百，镇上有一家北达科他州国家农业银行。他在主街对面的小餐馆用午餐。没有谁和他搭话。他也没觉得有谁在注意他身上的跳伞装，他知道离这里不远的迈诺特有一个空军基地，因此他认为这身穿着不会给人们留下什么特别的印象。他想象他会顺利得手：银行一开门，他就走进去，挥舞着那支点45式手枪，将银行柜员搁在抽屉里和随意散放的钱抢到手——他不会试图闯入地下室，除非那一刻他找不到一分钱，那样的话他得到手的可能更加丰厚——然后把钱塞进帆布袋，迅速逃离。他能在不到三分钟的时间内开动车子，朝蒙大拿州边界飞驰，迅速回到没有人迹的旷野。母亲会等在车里，因为她的相貌太显眼，不能下车。在父亲抢劫的整个过程中，她就坐在车里静候，父亲得手后，再用这辆车把他们载离。是的，这是一个大胆的计划。而父亲觉得这是极其简单的事，他拍拍脑袋瓜就能想出来。父亲的优势是之前他从没进过这家银行。大多数银行盗贼都会事先勘察作案现场，希望将环境"了然于胸"，结果无意中留下祸根，让现场目击者以后见到他们时会有更深的记忆。当然，父亲压根儿没有想过，事发之后这里还会有人再见到他。当营业时间刚刚开始,这家小小农业银行的几个雇员突然面对一支手枪的死亡威胁,惊恐之下,怎么可能对他详加打量,怎么可能注意他的外貌特征?他们的所有注意力都会集中在眼前这把手枪上。他逃离时至少会揣着五千美元,或者六千美元,甚至达到一万美元之巨。这可是他用脑运筹的收获。

一旦得手之后如何逃避侦缉,是他计划中的复杂部分。开阔空漠的旷野是他最好的屏障。为了更好地利用这个优势,他曾经在星期二驱车来到蒙大拿州的威博镇,然后穿过州界,从克里克莫尔镇往南驶去。那时他以土地代理商的身份,在威博银行、一家保险机构和一家酒吧打听,这个地区有哪些闲置的牧场可能出售?业主离开去了哪里?他作为大瀑布城的代理商,怎样才能联系到他们?在他的印象中,这里到处是空置的土地,没有谁重视,也看不到人烟,极目远眺,映入眼底的除了地平线还是地平线。

有了从镇上商人那里获得的信息和一张地区地图,他开车依次光顾了好几处牧场的居住点,终于找到一个主人已经离开而环境又干净的所在,那里虽然有车辆和设备,却渺无人影。他把车开到牧场住地的院中,下车敲门,又从窗里望去,确定没人在家。他想不用钥匙看能否发动其中一辆牧场卡车,但发现钥匙就在那辆车上,车已经发动了。他想试试能否打开一间厂棚,能否轻易就进入主屋,结果发现都没有障碍。

他的计划是,星期四晚上和我们的母亲驱车来到这个偏僻的牧场。他们会睡在车里或牧场的附属建筑里,要不就睡在主屋——当然,完全不开灯。他们还会将贝尔艾尔轿车藏到一间附属建筑里。在他带上空军帆布袋、掖着手枪、戴上帽子(这是他仅有的掩护)去克里克莫尔镇之前,他会把偷来的北达科他州车牌挂在那辆牧场卡车上,这是一辆福特牌卡车。第二天早晨,他们两人只需要开很短的时间,便能越过北达科他州界进入克里克莫尔镇。母亲会在农业银行开门之际,将卡车停在距前门不远的街上,父亲则下车,走进银行,实施抢劫,然后离开银行,返回卡车,再由母亲驾车回到蒙大拿州境内，回到藏着他们的雪佛兰轿车的牧场。在那里他们会换下衣服，把手枪、帽子、蓝色帆布袋和北达科他州车牌——作案时暴露在外的一切，除了钱以外——统统扔进农场的池塘或河湾，或者沉入一口井底，然后继续开车直奔大瀑布城，就像两人作了一次长途旅行，此刻急急踏上归途，因为伯娜和我正在家里翘首等待。

星期四，他们开车向东行驶，在经过刘易斯顿朝北达科他州进发的时候，父亲向母亲详细阐述了他的计划。她立即表示反对。她对抢劫银行一窍不通，但她是个细心而专注的倾听者，她觉得父亲的计划太过复杂，存在着很多容易出错的漏洞。由于某种原因，她参与了这起银行抢劫，对此，唯一真实可信的解释其实是最简单的：疯狂而失去理智。有人抢劫银行，如果你觉得这种举动有悖常理，那么说明你是用正常人的眼光判断事物，你不会去抢银行，而且永远不会，因为你知道那是失去理智的疯狂举动。

母亲问，要是牧场主人回家了，发现他们两人睡在车里或屋里，可怎么办？父亲已经想好了答案：他们疲乏嗜睡，为了行车安全，不得不在旅途中停下来歇脚，这样就没有人会控告他们；况且他们还没有抢劫银行，这时还可以回家。母亲又问，万一这辆破车在去克里克莫尔镇的途中发生故障抛锚了呢？对此，父亲没有给出说法。还有，他们回牧场取雪佛兰轿车时，如果有人等在那里怎么办？他解释道，要是他发现一个牧场空着，他认为在利用完它之前，它会一直空着，这是他的思维习惯。

母亲说，他的整个构想有太多需要改动的部分，有太多地方存在漏洞。最好的计划往往是最简单的。她提到，正是他过于精心的计划，使他在印第安人和迪格比之间深陷泥潭。他不够谨慎，也并不精明，只是因为在亚拉巴马的波当克看过太多警匪片。而她从来没有看过这类影片，她不知道邦妮和克莱德以及他们的作案用车，也不知道他曾对我说过要尝一尝持枪行抢的滋味。可是，她现在却卷入其中。

母亲认为，她的计划既周全，又非常简单：只要把他们那辆雪佛兰车换上北达科他州的车牌，在银行早上营业的那一刻把它开进克里克莫尔镇，停在银行背后，而不是惹人注意地泊在银行门前；然后他下车进银行实施抢劫，事成后走出大门，绕过屋子，钻进她接应的车内，在后座躺下，或者干脆躲到后备厢里，最后由她开车离开，就像来时那样从容。这样丝毫不显得匆促冒失，所有的事情都很自然，都顺理成章。这个计划的优点是利用了人的弱点，在大多数情况下，人们习惯把与己无关的事情看作是平常的，当然，这包括星期五早上九点钟北达科他州克里克莫尔镇街上的每一个人——这个镇上似乎什么异象都没有，只有极其平常的事情在发生。

母亲在"手记"里没有写到因父亲反对她的简单计划而引起的争论。这是一次长途旅行，要开四百英里，除了停下来吃午餐、在温纳特加油，他们一直待在车里，有大把的时间各抒己见。母亲只说最后"劝他"在蒙大拿州的格伦代夫镇过夜，但在留宿和用餐的地方不能招摇，引人注目；然后第二天一早就起床，开六十英里到达克里克莫尔镇，按计划行事，然后驱车直接回到姐姐和我等候的家中。她说他应该戴副面具，他拒绝了，理由是镇上没人认识他，还认为自己实际上已经有了一副面具，那就是他的英俊外表。

事后看来，最终他们采纳了母亲的计划。这实在是无情的讽刺。就计划的所有潜在破绽而言，父亲的计划可能要胜她一筹。这是他花了一些时间，也许有好几年，精心构想和炮制的。反之，她引以自信的计划可以说是突发奇想，虽然没有让他们立即落网，但后来还是没能逃脱被捕的命运，其结局并无二致。在之前的星期二父亲在克里克莫尔镇一家"小镇餐馆"吃午餐时，他的贝尔艾尔车就被人记住了。星期五早上他们驾车来到镇上，停在银行后面，抢劫完成后再开出镇去时，这辆车又两次进入人们的视线，被认了出来。格伦代夫镇黄石汽车旅馆的客房预订员和道森县的治安警官习惯将一些情况默记于心,他们注意到车的大瀑布城牌照和粘在挡风玻璃上的军人福利店张贴物。还有父亲有趣的南方口音和优雅的用餐方式,以及他的空军跳伞装:番号.45。银行的保安甚至注意到父亲跳伞装肩上微小而磨损的针孔,他曾经是空军参谋军士,猜到这针孔和褪色的纤维是因为上尉肩章所致。父母亲对草原小镇的生活形态简直一无所知,其实,这里的每个人对每一件事都感兴趣。虽然父母亲那时和我们一起待在大瀑布城家里,没有什么过去的线索可供那些镇民去直接联想。如果不是有人认出了雪佛兰轿车,其他人也不会去留意某些蛛丝马迹,也不会将它们和其他事情联系起来——这些事情父母甚至都没有意识到会被注意,但意想不到的是它们恰恰引起了人们的注意。事情发生之际,父亲对于克里克莫尔镇上的人来说并不怎么显眼,但到了指证他的时候,他的特征就变得十分显著。

  我一直想知道母亲和父亲开着车穿越蒙大拿中部时,他们谈了些什么。那时手枪就在他的背袋里。他们朝着自己的命运拼命加速,也导致姐姐和我的悲剧接踵而来。我一直假设事实和想象中的并不一样,就像许多事情的结果所昭示的。在我的幻想中——你可以称之为我的白日梦——他们没有争论,没有情绪冲动,没有惧怕,也没有相互生厌。他没有试图说服她参与抢劫(他没有这样做)。她没有详述不赞成抢劫的理由(这计划已安排妥当)。他认为钱可以提升生活品质,使他振奋,使我们全家抱成一团,让我们在大瀑布城安居乐业,让我们像一个正常的家庭(他确实这么说了)。或者他表达的是另一种心态:他断言自己是怎样的失败,将事情搞得一塌糊涂,不可收拾,因此激起他奋起一搏的决心,他要去完成一件令人刮目相看的大事(比买卖牧场、销售车辆和偷盗牛肉更刺激),这件事能使他和我们大家生活富足安乐,否则生活美满富裕将是空话,就像风中飞舞的碎片,因此绝不能让这样的情况发生。我想,这两者或者其中之一可能是真的,这符合他雄辩机智和轻率鲁莽的个性。但是有一点很清楚:他想得到的要比印第安人索讨的两千美元多,否则不用抢劫银行也能解决。想要更多——不管怎样——因此,这起抢劫的发生对他是不可避免的。

当然,对于母亲,情况是不一样的。她显然不是一个危机接受者,她有良好的判断力。她所受的教育让她明白事理,她欣赏精细的识别能力,能洞悉变幻莫测的未来,这些特点,在她三十四岁的年龄就显露无遗。但是因为她同意去做这些——和他同行,构思她那较为简单的计划,坐在车里,等待,一旦抢劫完成立刻驾车载着他俩逃离,她甚至在事发前夜还有一个绝好的心情——她的状态是必须承认的,如果不是欣然乐意,也至少是怀着一种狡黠的心理,想到抢劫一旦完成,对她会有怎样的好处。

如果她脑子清醒,就会看出上述所为有多么荒唐。他们本可以离开家,把不多的一点财产抛在身后,等到夜半时分,驱车出城。如是,他们就和大瀑布城再没有什么关系,更何况他现在已经不再在空军服役。他们俩不喜欢置办家庭杂物,除了拥有雪佛兰和两个孩子外,几乎别无财产。可以肯定,她的脑中自始至终没有考虑那么远,如果她能想到,就会阻止他去做这些后果不确定的事情。

在五十年过后的今天,我猜想:当贝夫漫游在达科他州的荒野,试图挑选一家银行抢劫的时候,吉娃那向往自由和寻求解脱的热望又意想不到地重新袭上心来,她显然得出了错误的结论,认为抢劫银行是一个帮助她实现目标的机会。这是判断错误,和起初铸成她和贝夫·帕森斯婚姻的错误并无多大区别——放弃她本来可以拥有的生活,去追求一种貌似更为大胆、不可预测但其实并非如此的生活。分到抢劫银行所得的一半,她就不必再回到自己判断错误的生活——这已经变成一个耻辱。她可能认为,抢劫比在深夜不辞而别要好,后者将使她不知所措地奔走在漫天沙尘之中,辗转在怀俄明州的夏廷或者内布拉斯加州的奥马哈,让不堪忍受的麻烦紧紧跟随。她在"手记"里有一段真实的记录:驱车前往克里克莫尔镇的途中,她对父亲说,一旦抢劫完成,虽然还不知能抢到多少钱,但猜想也足够了,她要拿走其中一半,外加我们两个孩子,然后离开。她写道，父亲笑着说："好啊，那就等着，看你会尝到什么滋味。"

在我看来，他们来到了一个难以回头的拐点边缘，它具有强烈的吸引力：在整个旅途上，他们聊天，他们心怀共同的秘密，他们相互表达爱意——因为这时他们的生活还是非常完整的，还没有遭受损害，他们还不是犯有重罪的罪犯。多么让人吃惊，事情就这样脱离常轨向远方无限延展，好像你身处一艘在大海里漂荡的小艇，陆地的影迹变得越来越小，它怎么可能一直在你的视线之内。或者又像坐着气球，在大草原的空气柱里不停上升，你脚下的大地变得辽阔，变得平整，差异越来越小。你注意到了，或许并没有注意，总之，你已经离得太远，失去了一切。因为父母亲所作的可悲选择，我相信自己既怀疑正常的生活，同时又不顾一切地追求它。我曾一度认为，既要坚守正常的生活理念，又要承受生活的苦果，这会很难。但是它值得我去尝试，因为我得再说一遍这句话：否则，这个故事就很难被人读懂。

在他们沦为罪犯之前，我对他们作了最后一瞥，看见向东行驶的雪佛兰车里，他们并肩而坐，他们第一次离开他们的孩子单独外出，在他们两人心中，也许还留存着前一个晚上亲密相处的一点余味，想要把它追回。像任何父母一样，他们想必会有一种感觉，即彼此完完全全地存在于对方的内心深处，这是一种珍稀的、可爱的、从来没有表露或充分体验过的重要感觉——它只有一次，是在初始阶段。当然，假如母亲没有怀孕，假如父亲做了正确的决定，所有的一切都会在笑颜中离开，成为曾经吸引过他们的过眼烟云，到以后，他们会惊奇地悟出那就是爱，它存在于他们两人心中，只是还没有表达出来就已结束。

十六

他们驱车到格伦代夫镇花了六个半小时。他们到黄石汽车旅馆投宿。父亲向客房登记员露出一脸的轻松愉快，同时努力不说任何能让人记住的话。他在办理入住手续时，母亲留在车上，免得引人注目，留下什么印象。纤维板隔成的客房很闷热，散发出霉味，他们把百叶窗拉下，在里面小睡了一会儿。七点钟的时候，天还很亮——虽然镇上空空没有人影，桥的上空燕子在成群盘桓，它们轻盈的身影映入黄石河镜子般的水面——他开车进入镇里，独自在一家"乔丹饭店"用晚餐，另外叫了一盘牛肉加通心粉，要求配上盖子，说带回去给他的妻子，她病了，待在旅馆客房。

他们是如何度过那个夜晚的，那是他们成为重犯之前的最后一个夜晚，我无从知道，因为母亲在"手记"里没有写下任何细节。所以，要描述这个特殊的夜晚，我没有范本可以借鉴。他们身处这间闷热难耐的小室，会觉得孤独。他们会详细讨论他们需要讨论的话题或有过的任何想象。一般人或许会在凌晨两点惊醒，浑身直冒冷汗，叫醒躺在旁边的人，拧亮台灯，大喊："不，等等！等等！我们这是做什么？这太可怕了，制定一个计划，开车来到这里，幻想它会成功。我们这是疯了！我们这就回家，回到孩子身边，再想别的法子。"这是那些具有理性的人会在还有机会扪心自问的那刻所思、所说、所做的。但是父母亲没有这样做。"在格伦代夫镇闷热的夜晚，我没能睡好，"这是母亲写的话，"做了噩梦，梦到我们在一叶小舟上——一艘船——经过巴拿马运河（好像是），或许是苏伊士运河，被卡在那里，既不能前行又不能后退。像平时一样，贝夫睡得很沉。很早就醒了。当我睁开眼睛看他时，他已经穿好衣服坐在椅子上，正在摆弄他的枪。"

接下来他们所做的，就是在七点三十分起床，把不穿的衣服散落在房间里，没有吃早餐，在房门把手挂上"请勿打扰"的牌子，就驾车离开了旅馆。这是让别人以为他们还在客房里，会睡个懒觉，然后再去什么地方办事，最后会返回。

他们向东而去，经过小小的威博镇，就在这个小镇附近，父亲详细说了他原定的计划：空无人住的牧场、可借用的卡车。后来就向母亲的简单计划做了让步。他们从威博镇旁边越过北达科他的州界，那里只有块很不起眼的金属小标牌，告知行人已经进入另一个州。在州际线不远，他们转弯拐入一条农场的泥土车道，行驶一英里之后进入一片大麦田，一条小溪像飘动的绸带穿过一片绿色的杨木林流到田里，星星点点的喜鹊高踞在杨木林的树梢。父亲钻出车，沐浴在早晨冒着热气的阳光下，开始调换车牌。三天前，他偷了一块绿白相间的北达科他州车牌，此刻，他就用这块"和平花园之州"[1]牌照，换下黑色字母的"财富之州"[2]牌照；事成之后，他会再换回来。他自己换上了蓝色的跳伞装和网球鞋，认为这样的衣着不显眼。他把脱下的衣服折叠好，和靴子一起掩放在掉落下来的树枝底下。母亲害怕会有蛇从林中窜出，始终待在车里。他们把车开回公路，朝东转弯，片刻之后就驶入克里克莫尔镇，这是越过北达科他州界后的第一个镇，正是父亲选择它的原因。

国家农业银行位于克里克莫尔镇闹市区主街的西端。此时才早晨八点五十八分，可是街上人气很旺，父亲对此甚感吃惊。牧场卡车、小麦收割机、谷物运输车来来往往，来镇上购物的人也熙熙攘攘，这是个习惯在大清早就忙碌起来的城镇。按照他们的计划，他没有把车开进主街，而是在第一个路口转弯——那里有一家保险公司——又开了半个街区来到一条小巷。他知道这条小巷，巷里长着杂草，铺着沙砾，转弯进入的地方是一家汽车修理铺，但银行的后面没有建筑物。他穿过这条沙砾小巷，来到银行后面的泊车区域，

---

[1] "和平花园之州"是北达科他州的别称，因为州内有著名景点国际和平花园而得名。
[2] "财富之州"是蒙大拿州的别称，因为该州矿藏丰富，有金矿、铜矿。

已经有两辆车停在那里，是银行雇员的车。他不想在这里浪费太多时间。他希望每一件事都能干脆利落，尽可能不惹人注意，这也是他不听母亲劝说，决意不作伪装或不戴面具的原因。即使在那个时候，他都不相信自己看上去像是银行抢匪。他干净整洁，没有什么特征，刚理过发，修过脸。除了身上的跳伞装，没有什么特别之处。在他人眼里，他不过就是个面目清秀、平常无奇的北达科他成年人。

他们来到银行后面的时间是九点零三分。父亲立刻下车，戴上咖啡色帽子，上了膛的手枪就放在跳伞装的口袋里。他们两人没说话。他径直走向幽暗的、一半铺了石块的侧巷，这条侧巷把银行和一家珠宝店隔开，一直通到主街的人行道上。这时，太阳比他预想中的更加明亮耀眼，天空也显得更高远湛蓝。他看到来自太阳的光斑，有些眩晕——后来他向母亲描述过这些。一瞬间，他突然有些惊恐无措，不知道自己该朝哪个方向转身，街上人影幢幢，动静多多，比五分钟前更为闹腾。母亲写道，他几乎就要转身走回小巷——他还来得及这样做。但是一个念头袭来，使他深受鼓舞：当抢劫完从银行出来时，这忙碌的热闹场面正好可以分散人们的注意力。在里面，只要不到三分钟的时间，便可以得到满满一袋美元。况且自己的模样不引人注目，一定能不露行迹地回到那条僻静小巷，顺利逃脱。

他踩着滚烫的路面，上了几个台阶，来到银行硕大的门前，这扇门是由黄铜和斜面玻璃制成的。他冒出一个想法，应该戴上一副太阳眼镜，这会是很好的伪装，可以遮住他的眼睛。他笔直地走进银行，当门在身后关上时，却突然停住了。外面是一片忙乱、酷热、喧嚣，里面是如此凉爽，如此昏暗，如此安宁、静谧。这是一个多么小的银行啊，他感到吃惊，此前他没有进来过，为的是不让人们对他有所记忆。银行只有三个出纳窗口，上面都装着铜栅，唯一的一个顾客站在其中一个窗口前。那是个棕色皮肤的小个子妇女，正透过栅格和出纳员攀谈。她看着出纳员把点好的纸币放进一只小布袋,这是隔壁珠宝店提取的备用现金。父亲后来告诉母亲,那家银行的气味很清新,有点像巴素擦铜水,又像一台新冰箱散发的气息。

就在这时,父亲快步向前,从口袋里抽出那把点45式手枪,直逼那个正在服务的窗口——另外两个窗口没有柜员。他对着里面大声宣布:现在,他要抢银行。他命令那位珠宝店店员、两个银行职员——都是男性,穿着西装,坐在金属栅栏后面管理区域的办公桌旁,惊愕地注视着他——以及一个身穿制服、坐在一张空办公桌边的老年银行保安,全都躺到地上,脸贴着大理石地面,除了按他说的做,不得有任何举动。他说,如果有人胆敢按动报警开关,发出声音,试图起身、逃跑,或做任何冒险的事情,立刻会成为枪下之鬼(后来他否认说过这样的狠话)。

这一刻,在他掏出手枪、宣布抢劫、戏剧性地喝令"不许动,否则我开枪!"的这个瞬间,也许是父亲自从在日本上空投下漫天的炸弹之后,真正欣赏和认识自己的一个瞬间,这时,他会因为终于做了这件念想已久的事情而甚为快意。他不仅感到自己赢得机会,还感到命运对他太不公平(他想起了印第安人、各种工作、空军、母亲),而只有持械抢劫银行才是令他满意的解决办法和补偿,因为他不想从银行储户手中偷钱,他真正抢劫的是政府的钱。他为政府牺牲够多,为了它,他甚至使数以千计的人死于非命,他是个地地道道的爱国者,在他突然作出这个俯冲,彻底解除自家困境的时候,政府可以用它拥有的无限资源,确保无辜者不受一厘一毫的损失。

这种快意不可能持续长久。他用一只眼睛盯着银行职员和保安,几乎没有看那个珠宝店的店员,她痛苦地跪倒,像在硬木地板上滑动的蛇一样挪动。父亲把他的帆布袋扔到出纳员栅栏下面的大理石柜台上,命令出纳员把三只现金抽屉里的钱都掏出来,加上那笔点了数但还没到珠宝店店员手里的钱款,统统塞进袋里。出纳员没有说话,迅速照办,将一捆捆纸币塞进大得足够装下一只保龄球的袋中。正在这时,两个银行职员中的一个——他名叫拉塞·克劳逊,长得短小精悍,是银行的副总裁,后来在法庭上指证父亲——抬起头,目光从地上移到父亲身上,开口说话了:"你打哪里来,伙计?"他已经听出了父亲的亚拉巴马口音。"你该明白,你不应该这样做,你会毁掉一切。"倒在冷凉地板上的珠宝店店员听到这话,也壮起胆,说:"你不可能拿着钱离开。不等走出小镇,你就会被击毙。像你这样,带着枪来这里犯案的人,我们见多了。"

父亲后来告诉母亲,他听到这些话犹如遭到当头一棒,顿时像泄了气的皮球,同时,对银行里的所有人"怒火中烧",心中掀起"愤怒的波涛"。他生出要扣动扳机射杀他们的念头,一个接一个地干掉,把他被逮的概率消除到零,让眼前这些人比他更加不幸。他告诉她,他之所以没有这样做,是因为他从来没有计划过要枪杀他们。这些年来他酝酿着要抢劫银行时,他喜欢自己的一个想法,即整个过程没人被杀。他希望信守初衷,保持计划的完美性,这是多么聪明的人构划出来的奇想!但是他说,他也可能会杀死他们,他这一生已经做过太多糟糕的事情。我想,这多半是他事后的吹牛,因为杀死这些人和他亲手做过的其他事情不同,和在飞机上投掷炸弹也完全是两码事。

现金抽屉里的钱全都装进了袋子,年轻的女出纳员站在窗口后直视着父亲。后来她说,她是在打量他,就像打量一个熟人。他也知道他们全都在仔细地观察他,他们无惧于他的手枪,也没有被抢劫吓倒。这家银行不久前才被抢劫过,当然,那不是他干的。他们早就开始抓捕劫犯的过程。那个时候,他可能比他们更害怕。后来,他对母亲说,会被抓获的想法第一次闯入脑中,他感到事态严重,甚至想立刻放弃,但是覆水难收,已经不可能了。他抬头看了看银行保险库上面的大钟,时间是九点零七分。保险库也敞开着,就在后墙隧道下引诱着他,那里有数不胜数的钱财,金的、银的,应有尽有。但是,他决定不再往袋子里装更多的钱,他也不需要这么多。他在国家农业银行里逗留了四分钟。每个人都看着他。每个人都听到了他圆润的嗓音和南方口音。每个人在余生谈起这天银行被抢时，脑中都会浮现出他的样子。他对此心知肚明。他甚至可能喜欢这种感觉。他能够闻到自己身上的汗味——他们也能闻到。大功告成，接下来除了拿着袋子——里面装了两千五百美元——离开，再没有别的事情。他离开了，没说一句话。他已经深深地感觉到，抢劫银行是他亲手铸成的一个大错。

十七

父亲把车停在银行后面之后,母亲就滑到了驾驶座上。她把座位往后推,这样可以把双脚伸展开来。当父亲提着帆布袋走进小巷的时候,她已经启动引擎等待着。他直接进入后座,蜷缩在毯子下。她开动车子慢慢离开,这样,银行里发生的一切,似乎都不再和这辆白红相间、挂着北达科他州牌照、朝西驶出镇外的雪佛兰贝尔艾尔有关。

她写道,当她把车开到主街拐弯处准备左转时,她朝银行所在的那条街望去,没看到什么异样的情况。一个妇女刚好走进银行,没响起警铃声,也不见县治安官和州警抵达,更没有人在街上跑着喊叫"银行被抢啦!"她想,他们会顺利带着战利品离开的。她看到新的生活——没有父亲和蒙大拿大瀑布城的生活——在向她招手。

按照计划,父亲藏在后座,她开车返回蒙大拿州界线,并驶入崎岖不平的农场小道,经过大麦田,来到不到一个小时之前他们停留过的杨木林和溪流旁边。父亲钻出车,外面尘土飞扬,阳光灼热。他脱下跳伞装和网球鞋,仅穿着内裤,把钱塞进后座后面的空当(他已经知道数目比他期望的要少)。他把跳伞装、鞋子、手枪、帽子、毯子和绿白相间的北达科他车牌塞进蓝色的帆布袋,又装了几块粘满尘土的岩石,扔进溪流里。袋子没有下沉,只是在一团黄色的泡沫中旋转着,然后消失了。但他相信这和沉下去没什么两样,因为谁也不会来这里,谁也不会发现这个袋子。然后他穿回牛仔裤、白衬衫和靴子,把蒙大拿车牌重新挂上。母亲把车开回公路,朝着州界的方向左转,就这样他们把一切甩在了身后。

到了格伦代夫镇,他们在黄石汽车旅馆前停下来。父亲走进他们的房间，收拾好留下的衣物。他来到旅馆办公室，和客房登记员——已经换了人，不是昨晚为他办理入住手续的那个——交谈。当他用现金结账的时候，开玩笑地说现在天上布满了人造卫星，很快每个人做的每件事情都会被探出，大白于天下。听到这话，客房登记员一脸错愕，觉得很奇怪。父亲又走回客房，拿起母亲的小手提箱返回雪佛兰车——母亲等在里面。他坐在驾驶员的座位上，驱车驶向大瀑布城。至此，一切都按照母亲的简单计划进行着。他们是否有意识到将会被捕归案？如果有意识——他们应该意识到的——可能也在回家途中被他们驱逐到脑后了，想到伯娜和我正在家里等着他们，想到美好的日子正在向我们临近，他们一身轻松，心情愉快。

十八

关于父母抢劫银行的后果,关于他们成为罪犯并迅速走进监狱,我思考过三个问题。

一是他们之间始终存在的深如鸿沟的差异。对此姐姐和我早就知道,它贯穿在我们整个成长过程中。这些明显的差异——个性、外貌、气质上的差异(我前面已经说过)——构成一个矛盾统一体的不同两端,它们也在我和伯娜的生活中加以组合。我们两人也是由这些不同因素构成的混合体,有些特点体现在我身上,有些体现在伯娜身上,虽然我们两人毫无相似之处。我乐观,但是远没到父亲那种程度。我谨慎小心,但不像母亲那样固执和多疑。伯娜容貌像母亲,个子却比她高,十五岁的时候就达到了五英尺八。她还有亲切可人的一面,就像父亲,但是她不想表露出来,总是装出相反的样子,而这我得说很像母亲。我们两人都聪明敏感,像母亲。但是伯娜很现实,这和父母亲都不一样。她还喜怒无常,容易产生挫折感,这有点像他们两人。有时候,她甘于接受失败并安于命运的捉弄,可我从不这样。

父母抢劫北达科他银行回来后,在警方的侦探上门之前,我们全家重又聚集在家里。姐姐和我很快就注意到,父母间的不调和似乎变得不明显了,他们更多是意见一致,少了无奈的叹息或相互的争辩,或者相互的敌视和对立——这种状态直到他们离家的时候都没有发生,而现在出现了。我觉得,他们所表现的崭新关系,应该早在他们离家之前就已形成,就是在那个他们情绪亢奋的夜晚,我前面曾经提到,它深深地印在我的心中。那个夜晚,他们旧日的激情好像得以复燃,左右着他们,让他们不像是一个矛盾体的不同两极,而是两个因为相互喜欢而缔结婚姻的人。

抢劫后接下来的日子里他们脑中想了些什么,恐怕只有老天知道。他们把抢来的钱放在家中某处，他们必定感到别人都在注意自己，他们陷入了四面楚歌的境地。然而，就在一天之前，他们还没有意识到。因此，早先他们那由于自身原因而不可忍受的生活，似乎突然充满魅力，变得不可企及——小艇在海上漂流得太远，气球也在空中升得太高。过去已经无情收场，未来危机重重。不过仍然有某件东西将他们连在一起，那就是对事情后果的认识，想不到这如今成为他们共同的心事。他们两人从没认真对待这个问题，缺少对事情后果的估计，应该是他们最大的错误，他们没有理由对自己行为的后果视而不见。

我一直没有想过第二个问题，直到读了母亲的"手记"——在她在监狱结束生命的几十年之后——知道了父亲最初是想要我而不是她来当他的同谋犯。于是我就想知道：如果是我，他会不会向我解释他要去抢劫银行，并希望我帮他？他会选择怎样的措辞，向一个十五岁的孩子讲清楚这件事？他会不会在星期四早晨走进我的房间，要求和刚从睡梦中醒来的我作一番隐秘的交谈，把一切告诉我？他会不会等到我们向东驱车经过马瑟尔谢尔河时才提起这个异想天开的计划？或者在我们驶进格伦代夫镇时才告诉我？或者，他什么都不说，只是用我作掩护，让我待在停在银行后面的车里，等着他回来，什么也不让我知道？

然而，假若他告诉了我，我会如何回答？"不，不可能！"难道我会这样说？这只是理论上的可能。当然，我会说"好吧"，或者什么都不说，但至少会跟他走。我不是个叛逆的孩子，也不像姐姐那样爱说大话。我爱父亲，希望站在他的角度看待问题。如果我成了他的共犯，我们之间会发生什么变化？什么都有可能。我会在一天之间变得成熟？我的人生会因此毁掉？我们会更像兄弟，而不是父子？我如今会是一个罪犯，而不是学校的教师？凡此种种，均有可能！

我还想知道：如果我们双双被追捕，事情又会怎样？落网后寄身监狱？或者像邦妮和克莱德那样遭到警方伏击，死后躺着被人拍照?"父子联袂抢劫银行,被警方双双击毙",这是个绝好的新闻标题,他不可能为自己想到。而正是母亲把我从这个噩梦中拯救出来。

如果他们两人没有被抓,他们会陶醉于抢了银行而逍遥法外的结局吗?这是我想知道的第三件事。很明显,母亲做这件事有她自己的目的,至少在我看来如此:她想把不顺心的生活抛到身后。如果目的达成,她无疑会带着伯娜和我到其他地方开始新的生活。她才只有三十四岁,设想她会在某处一所小型学院授课,这完全可能,并非天方夜谭——那里不怎么偏僻,也许她不会再婚,她的日子和她的夙愿基本合拍——于是,她抢劫银行的阴影渐行渐远。

而父亲要想平安度过余生,可能性真的很小。他对抢劫银行有一种至深的迷恋,当然,这或许只是我的判断。如果抢劫顺利完成,就像我说的,按照他的乐天个性,会认为成功轻而易举,是他精心策划的必然;他还会觉得计划可以进一步改善,他至少会再尝试一次。他太过自信,始终认为他的模样不会使人联想到银行劫匪。当然,这是他的一厢情愿,是他认识上的一个严重误区,事实已经证明。

十九

星期五晚上他们到家的时候，已经过了七点钟。他们显得疲惫，心不在焉，但带着旅人回家后的轻松感。我情绪高昂，开始向他们讲述伯娜和我这两天是怎么度过的，发生了什么，我们看到了什么，思考了什么。印第安人开车经过我们家好几次，电话铃也响过很多次，可我们都没有接。伯娜和我用剩下的意大利面填饱肚子，还吃了煮蛋和煎蛋。我们下国际象棋。我们在电视里看《被遗弃的人》，看厄尼·科瓦奇[1]的演出，看各种新闻报道。我还到院子里割草，观察在车库旁百日草花丛上采蜜的蜜蜂。夜晚，我们坐在门廊的秋千上仰望星光灿烂的天空。我听到从州博览会传来的喧嚣，一直在距我家不远的地方响着："大西荒圈场"播音员的喇叭声、流动炊事车的熙攘声、人群的欢呼声、汽笛风琴的奏鸣声，还有一个人的笑声，这笑声被扩音机放得很大。

父母亲心事重重，经常若有所思地相互注视。他们好像很当心，不想惹对方生气。母亲洗了个澡，然后走进厨房，做法国土司，把火腿切成薄片。父亲喜欢用早餐的食物当晚餐吃，他认为这有益于消化。他走到街上，开着车在屋后的小巷里打转，自从他开始担任贝尔艾尔的销售员，他就经常这样，他曾经为这份工作感到骄傲，但最终遭到失败。他锁了车，把钥匙带进屋里，没有像平时那样把它留在点火开关上。

当我们围着餐桌坐下时，父亲宣称，他们这次考察的生意是一个头脑发热的家伙想出来的。油井，他说，然后笑着摇摇头，好像这是一个糟糕透顶的主意。他说，是母亲看出了问题，带她同去是明智之举，因为她有敏锐的商业头脑。他说从现在开始他要全力以

---

[1] 厄尼·科瓦奇（Ernie Kovacs, 1919—1962）：美国著名喜剧演员。

赴，学习农场和牧场的销售技巧，很快我们就会拥有属于我们自己的土地。他还保证我们将留在大瀑布城，伯娜和我能按计划在两个星期内入学。他还想让房东巴盖米亚恩报个价把屋子买下来。他说，这是"手艺人造的屋子"，他们已不再建造。他要给房子漆上新的颜色，换上新的墙纸，他还希望能有一个壁炉。但是，这屋子有它独特的高雅格调，比如客厅顶上的圆形大浮雕。他赞赏屋子的匀称和它的立体线条。外面的光线透过客厅的窗子射进来，非常温馨柔和，真的，它在夏天也是凉爽的。这使他想起他在亚拉巴马州长大时住的带过道的房子。总之，他现在不再考虑搬家，这是我最关注的，于是放下心来，但这无关伯娜的痛痒，因为她已经决定和鲁迪·帕特森出走，彻底抛弃她熟悉的生活。

我注意到，父亲没有把那天早晨离家时带走的蓝色帆布袋带回家，也没有提到把它弄丢了。他平时很在意他在军队里用过的物品。我再一次到他的袜子抽屉寻找他的手枪，依然没有看见。我能肯定在他的商业旅行中发生了什么事，使他没能把手枪带回来，但我想象不出会是什么事。我还注意到，吃完晚餐，就是他向我们保证我们会留在大瀑布城之后，他坐在客厅里，依然穿着靴子、白衬衫和牛仔裤，打开电视看"夏季剧场"节目。他还隔着门道，和在厨房洗碗碟的母亲说话。他对她说，大瀑布城真的让他有家的感觉。但他又肯定地说，如果回到亚拉巴马他会同样快乐，那里的优点是附近亲戚多。对此她回答：一个人回归出生地是个不赖的主意，很多人一辈子都不明白这点。她说，他很幸运，悟出这个真谛的时候还正年轻。

当然，一切都是谎言，包括他们所谓的生意、他们彼此间的关系、他们想让我们相信的事情、他们所描绘的未来。他们竭力用虚假的表象来掩饰他们的实际所为，把它包装得华美真实，以达到他们期望的结果。然而，他们的伪装并没有导致相应结果，父母亲正在拼命奔跑，他们被身后的灾祸紧紧追逼，此刻他们来到一个熟悉而安静的地方，这就是他们的家。在这里，他们留下的一切都还在，包括伯娜和我。这里看上去什么都没变，即使情况不同了也可能不会改变。也许他们认为自己也没有变化，能够沿着他们先前的道路前行。那里有他们共同的老问题，也有他们共同的渴望。现在，要去面对灾难性的后果，事情在演变，厄运追上他们，没等他们完全明白过来就撕毁了他们的生活。这一刻，他们尚可以用自己固有的方式思考、行动、谈话。我觉得，他们两个是可以原谅的，他们甚至很可爱，因为走火入魔，身不由己地被不可知的命运吸引，去对他们业已抛弃的生活作一次最后的体验。

二十

星期六早晨，我被母亲打电话的声音吵醒。她在催促着什么事情。当我沿着走廊去洗手间，经过搁放电话的墙角时，她挥手要我离开。父亲好像不在家，车子也不在屋后停车的地方。一夜之间天气骤然变了。前门和后门都开着，屋里现在微风轻柔，凉爽舒服。透过厨房的窗子，可以看到阴沉的云层从西边飞涌而过，光线突然变成黄绿色。窗帘在舞动，我家院中和街对面公园里的榆树在拉锯般地来回晃动，一场大雨像是马上就要来临。我们不要的那些衣服还堆在后门门廊里，等着文森特-德-保罗教堂的卡车来取。屋里，在微风的吹拂下，空气清新，氛围静谧。这个平常而宁静的早晨给人一种预感：下午将有重大事情发生！

放下电话，母亲声称要去一趟中央大街的意大利杂货店，她常在那里买东西。伯娜还在睡觉，她说，如果我愿意的话可以和她一起去。这让我感到快乐。在我的记忆中，我和母亲相处的时候不多，她把时间较多地花在了伯娜身上。

但是，途中母亲很少说话。在意大利杂货店，她买了一份《大瀑布城论坛报》，我以前从没见她买过，因为她对镇上发生什么事情素来漠然以对，了无兴趣。在路上，我试图提起一些对我有意义的话题。我那辆施文牌自行车，还是在密西西比州买的，已经使用得过久很破旧了，不再适合我。我想要一辆英国产的罗利，它的轮胎薄而轻巧，带有手刹、齿轮变速、车座后面的网篮。开学的时候，我想骑着新车，带着书和国际象棋去学校。以前母亲不允许我骑自行车上学，我觉得现在我大了，能行。我还提醒她，我打算在后院建一个单盒式蜂箱，希望开春之前能完成，因为从佐治亚州订购的蜜蜂春天就会送到。我说，养蜂是很有益的事情，蜜蜂可以为蜀葵授粉；蜂蜜可以供我们享用，还能抑制过敏，所以对伯娜大有好处。此外，养蜂还有教育意义，因为蜜蜂有结群而居的组织性，还有劳作不辍的坚韧性，很值得我作为题材来写学校专题报告，就像我曾经写过有关熔炼过程和沙克疫苗的报告——伯娜和我都打过沙克疫苗[1]。我提醒她，州博览会还没结束，我希望去参观，今天可是最后一天。然而她对我说，她很忙，要看父亲会不会考虑安排一下。她要我明白，她对这种露天集市性质的博览会没有兴趣。她说，在那里设摊的都是些危险可怕的人，他们因拐骗儿童而臭名昭著——我想，这是母亲编造出来吓我的。母亲想要买些布料，因为伯娜需要各种样式的内衣。我注意到，我的长势较慢，去年的衣服还能再穿一个季节；但伯娜像雨后春笋，在不断拔高。母亲说别担心，这符合自然规律。虽然我讲了这么多，但是我觉得她并没有接受我的任何重要表述。

当我们走回到我家屋前时看见路德宗教堂的大门摇摇晃晃地敞开着，里面传来明显的声响和动静。母亲站在被风摇动的树下，仰头望着来回摆动的树杈和它们后面的远天，发现此刻天空孕育着一股寒流（可我没有感觉），她对此有些伤感，认为很快我们就会看到西边山峰的白雪，秋天竟在不知不觉中降临了。

我们进入屋内，母亲沏好茶，吃了块熏肠三明治，然后跑出去，坐在前门阶梯上，在微风习习的阳光下阅读报纸。客厅有一台大的斯特龙伯格-卡尔森无线电收音机，可她不习惯使用。她在寻找有关他们抢劫的文字报道，想知道这一新闻是否已传到遥远的大瀑布城——这时，我对此尚一无所知。这天晚些时候我在报纸上查阅过博览会的闭幕消息，但没有注意博览会之外的任何事情，我不记得上面是否提到了抢劫。我的生活还没有因它而发生变化。

我发现，印第安人不再驱车从我家前面经过，我们再也没看到他们虎视眈眈的眼光，电话铃也不再鸣响。但是那天上午，有一辆黑白相间的警车从门前经过两三次，我知道母亲也看到了，我的观

---

[1] 沙克疫苗：美国科学家乔纳·沙克于1954年发现的一种疫苗，用以对抗脊髓灰质炎（俗称小儿麻痹症）。

察不会错。我唯一意识到的就是发生在我周围的那种运动感,对此我无法加以描述,在生活的表面什么也看不到,我知道这只是生活的表象。但是,家庭里的孩子能感觉到这种运动,它可以是家人对他们的照料,是不露形迹的关心,使得坏事不至于发生;或者,它可以意味着别的什么。总之,如果在良好的环境里成长,你就会有这种感觉,伯娜和我都认为我们成长得很健康。

到中午了,父亲还没有回来,母亲则穿戴整齐了要去什么地方——这在以前的星期六也是从来没有过的。她穿上了厚厚的绿色羊毛套装,有时候她去学校上课就穿这套衣服,上面有淡粉色的大格子,夏季一般没人会这么穿。她还穿了长袜和一双稍稍带点高跟的黑鞋。穿戴整齐后她在屋里走来走去,到处找她的钱包,看上去有些拘谨、呆板和不安。那套装似乎让她浑身发痒,鞋子踩在地板上发出很大的声响。她在盥洗室的镜子前吹过头发,看上去蓬松、轻软而富有弹性,使得五官都变小了,几乎看不见,想必这是她希望达到的效果。当伯娜朝她看时,她说:"现在我得有个整体感觉。"她回到卧室并关上了门。

我站在客厅,问母亲这是要去哪里。我依然感觉周围像是有什么东西在运动。下雨的可能性突然增强,又突然消失了,就像平时一样。空气变得潮湿,天色变得明亮,那天酷热非常。母亲告诉我,她的朋友米尔德丽德·雷姆林格约了她,对方是个护士,和她同在一所学校,学期中她们每天一起乘车去学校,暑假之后就一直没见过面。我从来没见过米尔德丽德,母亲说米尔德丽德遇到一些个人问题,想要和别的妇女商量。她说不会花太长时间,如果伯娜和我饿了,可以吃剩下的熏肠。她会回来做晚餐。

后来,米尔德丽德开车来到我家屋前,是一辆咖啡色的四门福特。她按响喇叭,母亲匆匆忙忙地走出门,走下台阶,坐进车里,然后车子开走了。我想我一直感受到的那种奇怪的感觉,是母亲造成的。

过了一会儿,伯娜走出房间,我们吃了些熏肠和奶酪。父亲还是没有回来。伯娜说我们应该带一些奶酪到河边去喂鸭、喂鹅。这是我们爱做的消遣。我们不上学或是和父母一起在家的时候，几乎没有什么事情可做，只能你看着我，我看着你，真的腻透了，唯有如此来找些乐趣。作为在这种环境下长大的孩子，父母不在家，通常总是无所适从地等待，如果不是这样，那就意味他们已经长大了，这对于我们，似乎还有漫长的路要走。

从我们家到那条河，只需要往意大利杂货店相反的方向走三个街区。伯娜戴着太阳眼镜，还戴了副花边白手套，以遮住手上的雀斑和疣粒。路上，她向我发出一个骇人听闻的警告，说鲁迪·帕特森告诉她，卡斯特罗很快就会造出一颗原子弹，然后第一件事就是摧毁佛罗里达——我根本不相信这个无稽之谈。她还说鲁迪告诉她，摩门教徒身穿特殊的衣服，这能保护他们不受异教徒的侵害，摩门教会禁止他们脱下这种服装。然后她告诉我，她开始在夜里从卧室窗口爬出去和鲁迪会面，鲁迪常把他家的车偷偷开出来。他们把车开上城市机场附近的悬崖，停在那里眺望城里的灯光，收听芝加哥和得克萨斯州的广播电台，抽烟。就是在那里，鲁迪聊到了卡斯特罗，聊到他离开大瀑布城的想法是认真的，是深思熟虑的结果。他觉得自己比同龄的人要老成，他的胸口已长体毛，即便被看成十八岁也不为过。我问他们在车里还做什么。"我们接吻。这不是下流。"伯娜说，"我很不喜欢他的嘴巴，还有那小胡子。他的气味不好闻，脏脏的感觉。"然后，她给我看颈上的一块瘀青，先前被她的圆翻领遮盖着。"他弄得我这样，我因此揍他。妈妈看见吓了一跳。"我知道那是什么。"舌头文身"，学校里有个男孩这样称呼。那时他的颈上和伯娜一样，也有这么一块瘀青。他说这让他很痛，我不明白为什么要这样做。那时没人向我解释什么是性爱，我仅有的一点概念是零零星星听来的。

我们在河边的野草丛里站了一会儿，河中流水潺潺，微光闪烁，蚱蜢和苍蝇在周围轻灵地飞来飞去，发出嗡嗡的声音。中央大街桥离这儿不远，车辆驶过时发出砰砰的巨响。正午十分炎热，但颇为安静。冶炼厂总是那样，把一种苦涩的金属味散发到空气里，就连河水本身也带有金属的气味，虽然靠近水面的地方很是阴凉。大瀑布城高耸的建筑物——密尔沃基高架公路、大北方仓库、彩虹旅馆、第一国家银行、大瀑布城药物公司——都在河对岸，显得奇异壮观。一只秃鹰在河滨平坦的步道上方展翅，向斯阔岛和阿纳康达高炉飞去——高炉有五百英尺高，我印象特别深刻——然后停在远处一棵树的叶丛里，感觉一下子就变得很小很小。白鲑鱼游上水面，吞食我们抛浮在水面的黄色团状奶酪。野鹅游近，当奶酪团粒漂回岸边和芦苇丛的时候，它们拍打翅膀，不舍地追逐，还发出嘎嘎的叫声。我拢起双手，捉到一只温热的蚱蜢，把它放到水面。蚱蜢顺流而下，不停地打转，并努力拍动翅膀，试图飞起来，然后就无影无踪了。一架在空军基地加过油的硕大军用喷气机升入天空，倾斜着机身朝南转弯飞去，它的声音还没有传入我们耳中，身影就已飞出我们的视线。我喜欢大瀑布城，但对于这个城镇我并不那么在意。我想象着登上西星列车，想象着乘车离开大瀑布城后去往某所大学——圣十字学院或里海大学——生活中的每一件事都在我想象的轨迹中展开。

二十一

回家的时候，火辣辣的太阳烘烤着我们的脑袋，潮湿而炽热的南风把中央大街上的尘土搅起。车辆驰过，在路面留下轮胎的印痕；街树灰蒙蒙的，耷拉着没有生气的树叶；空气像是一个没有缝隙的闷热铁桶。

路德宗教堂正在举行婚礼，前门和侧门都笔直地敞开着，两台银色的立式风扇在那里转动，促使空气循环流通。两个穿着长袖衬衫的男子，戴着颇具西部特征的帽子，手拿外套，站在教堂院落里抽烟。一辆沾满污泥的红色小货车，单独停在教堂前面的路肩上。车后的保险杠上，挂着一些马口铁罐头、餐具和几双旧靴子。侧面的窗上，有用白漆潦草涂写的字句："唯有结婚——天堂佳境"，"可怜的姑娘"。

伯娜和我停下脚步。她透过太阳眼镜注视着教堂洞开的前门，仿佛新娘和新郎马上就会比肩而出。我们从没进过教堂。

"为什么他们要结婚？"伯娜说，显得甚为厌烦，"他们在为免费的东西付出代价。"她低头看着脚下那双网球鞋，小心翼翼地朝它们中间吐下一口痰，痰落在我家前院的草地上。我从来没有想过要问这类问题，可是，有时候我觉得，在我思考这些问题之前，伯娜就知道我会怎么想。她比我早熟，她不喜欢自己什么都不懂。

"鲁迪的父母亲就没有结婚。"她说，"他的亲生母亲在旧金山，他离开这儿之后就会奔向那里。我想和他一起走。你不能告诉他们，否则我和你没完！"她抓住我的手臂，用力拧我的耳朵。虽然戴着白手套，她还是弄得我非常疼。她比我强壮得多。"记住我的话，"她说，"你这个小粪块！"

这样的话以前她老爱说，称我为小粪块、胆小鬼、保险箱。我不喜欢这些雅号，但是当我想到这意味着我们之间亲密无间时，又会感觉好起来。

"我什么也不会说。"我回答。

"总之，我没有告诉过任何人。"她说，然后又嘲弄我，"棋手先生，听到的就只有你。"她踏上台阶走进屋里。

父亲正坐在餐厅的桌旁，用猫爪牌鞋油擦黑色的牛仔靴。我曾经上百次看见他这样擦拭他的空军鞋。他那只木制的擦鞋工具箱打开着，就搁在母亲读过的《大瀑布城论坛报》上面。他修剪过指甲，只见半月形的银灰色指甲散落在报纸上。

我卧室衣柜上面的地球仪被他拿了下来，此刻就放在他面前的桌上。屋里弥漫着鞋油的气味。他把收音机调到 KMON[1]，听星期六的农场节目。他还是星期六那身惯常的打扮：橡胶拖鞋、百慕大短裤和一件绘有红花的夏威夷衬衫，这使他前臂的盘蛇刺青更为抢眼，它组成"老毒蛇"三个字，这是战时他在上面投弹的那架米切尔轰炸机的名字。他肩膀上还文了另一组文字："空军之翼"。由于没能成为飞机驾驶员，他与这样的称号失之交臂，这一直令他深感沮丧。

他对我挤出一个灿烂的笑容。刚才我们进来时，他看上去有些阴郁，面带若有所思的神情。他的动作不像感觉良好，他没有修脸，但眼睛里微光闪烁，就像第一次商业旅行回来时那样。

伯娜没有停下脚步，一直朝她的房间走去。"热得受不了，"她说，"我要在浴缸里泡一会儿冷水，然后喂鱼。"屋顶的排风扇没有打开，她从走廊走过去的时候，就按下了开关。空气开始流动。我听到她关门的声音。

"我想和你谈谈，"父亲说，他继续用碎布擦抹鞋上的胶状鞋油，"你坐吧。"

---

1 KMON：蒙大拿州大瀑布城的一个广播电台，以播放乡村音乐为特色。

我不习惯和他面对面单独相处，尽管我希望能有更多时间和他在一起，而和母亲接触少一些。一般来说，和母亲相处比较随意，和他单独相处时，他总是想让我介入某种严肃的讨论。通常，他要表达的是：希望我明白他爱我们，他一直在为我们能过上好日子而工作，对于我们的未来，他作了他个人的筹划——但他从没对此具体解说。而这总让我觉得他对伯娜和我还不甚了解，因为我们认为这些都是理所当然的。

我坐了下来，旁边散落着杂乱的碎布片、被染成黑色的鞋刷、圆形的猫爪牌鞋油罐。地球仪转到的位置显示的正好是美国。"我当然希望能带你去博览会。"他直视着我的眼睛，似乎他的话里有话。又像是他抓到我说了一句谎话，试图让我明白诚实的重要性。在这样的特殊时刻，我可不会说谎。

"今天是博览会的最后一天。"我说。相关的告示就刊登在他用来垫擦鞋箱的报纸上。可能他看到了，才提起这件事。"我们仍然可以去。"

他看了看窗外，这时一辆车驶过，然后又把目光落到地球仪上。"我知道，"他说，"只是今天我的感觉不太好。"

以前住在密西西比州时，我们去过一次县博览会，帐篷就设在离我家不远的地方。他带我在一天夜晚光顾其间，我对着扎红辫子的布娃娃扔橡皮球，可是一次都没有击中。后来我又玩射击游戏，用装有软木子弹的来福枪击中了几只游来游去的鸭子，赢得一袋粉笔形状的糖。父亲去一个帐篷里看表演，那表演"儿童不宜"，所以我没进去。我站在帐篷外面的锯屑上，满耳是人群的嘈杂声，还有车辆的音乐声和来自游乐宫的欢笑声。嘉年华会的明亮灯光，把天空染成黄色。当父亲和其他观众一起出来时，他只说这是一种体验，就没再说什么了。我们一起开了电动碰碰车，吃了太妃糖，然后就回家了。我再没有去过其他集市性质的博览会，也没有对它们过多关注。象棋俱乐部的男孩说，蒙大拿州的博览会仅仅展示牲畜、家禽和农艺，对我们没有什么用处。可我仍然对蜜蜂感兴趣。

当父亲把鞋油挤到靴子的皮革上时,从鼻子里喷出一口粗气,它带有一股强烈的气味,甚至比猫爪牌鞋油的气味还要浓郁,一种辛辣的气味,我想这肯定和他的身体状况有关,和他的感觉不好有关。他停下来,放下碎布,用双手擦脸,好像手中有水似的,然后把头发向后推去,这时散发出更浓重的气味。他挤弄着眼睛,一会儿睁开一会儿闭上。

"你可知道,在亚拉巴马,那时我还是个小男孩,我有一个朋友,住在我们街的南边。我的一个邻居是位老医生,在自己家里开了个诊所。一天,他邀请我朋友去他那里,这个老医生试图对我朋友做一件蠢事,绝对错误的事。"父亲闪光的黑眼睛注视着鞋油罐,然后抬起来,意味深长地看着我,"你可懂我的意思?"

"是的,老爸。"我说道,尽管我并不明白。

"我的朋友名叫巴迪·英克斯特尔,他让医生停止这么做,当然。他直接回到家,把事情告诉了他妈妈。你知道他妈妈说了什么?"

"不知道,老爸。"

"她说:'巴迪,去告诉那个老家伙,让他把那东西剪掉!'"

姐姐开始往浴缸放水。因为穿着衬衫,即使开着排风扇,我还是觉得很热,衬衫领子下面开始冒出汗珠。我听到盥洗室的门关上,并锁死了。

"你知道他妈妈说的是什么意思吗?"父亲开始收拾鞋油,小心翼翼地用两只手指夹着盖子合到鞋油罐上,在手指的挤压下发出轻轻的咔哒声,"这样说吧,显然,如果那件事发生了,他——我是说这个老外科医生——会去蹲大牢,人们会拿着草耙,点着火把,跟在他后面叫骂。你知道吗?"我一头雾水。屋外的街上,一辆车按响喇叭,引擎突然加速,然后呼啸而去。父亲像是没有听到。"告诉你吧,她是在说英克斯特尔应该学会忍受,继续做自己的事情。这你懂吗?"

"我想是吧。"我这样想。

"坏事情可能会落到你头上,"父亲说,"但你必须坚持下去。"他试图用他的故事来启发我。他似乎在说:你可能领会不了人们言行的重要含义,但你仍然不得不靠自己去理解它们。我想,他真正想要告诉我的是——虽然,不完全是根据他的这些话——可能有什么坏事正在向我逼近,我需要自己想办法应对。他还希望我对伯娜负起责任。这就是他对我说这些而不对她说的原因,而这只证明了他既不了解伯娜,也不了解我,这两者对他几乎是等同的。

"你和你姐姐考虑过该怎样生活吗?"他的眼神充满了渴望,但很疲倦。他的指尖被鞋油弄脏了。他把指尖一根根地按在法兰绒碎布上擦干净。此刻,他仿佛在隔着一段距离向我发表演说。

"是的,老爸。"我说。

"那么,你是怎么想的?"他问,"关于未来?"

"我想成为一名律师。"我说,我也不知道为什么会这样回答,也许是因为听象棋俱乐部的一个男孩说过他父亲是律师。

"那么,希望你早日实现。"他一边说一边打量他擦干净的指甲,它们的沿口下还有黑色污迹,"你必须找到方法,使做的每件事都有意义。"他淡淡一笑。"做事要分清楚主次,要明白有些事情比另一些更重要,即使感到意外,也要接受。"他把目光投向前窗,落在窗外的西南角上。路德教派的信徒在不断地走到公园的树荫下,公园就在教堂对面。婚礼结束了,正在散场,人们扇动自己的帽子或纸扇,个个笑语盈盈。这时,母亲正从米尔德丽德·雷姆林格停在路肩上的福特车里出来,她穿着那件带粉格子的绿色羊毛套装,个子显得很小,看上去不甚高兴。她没有转过身跟车里的人说话道别,直接关上车门,走向我家前门门廊。然后米尔德丽德把车开走了。"烦恼来了。"父亲说。我以为他会要我别和母亲提起我们刚才的谈话。他经常这样,仿佛我们之间有什么重大秘密,尽管我从不这样认为。但是,这次他没这么说。对此我的理解是,我们的谈话是他们商量好的,虽然当时我并没有明白父亲话中的真正意思:他们被捕之后,伯娜和我要如何应对。

父亲冲我微微一笑，那是同谋者的笑容，从桌边站了起来。"她能预料到所有的事情，"他说，"你等着瞧吧。她非常聪明。比我聪明一大截呢。"他走过去为她开门。我们的谈话就这样结束了。后来我们再也没有类似这样的交谈。

二十二

  你应该听说过很多犯了重罪的人的故事：突然间，他们决定承认所有一切，把自己交到官方手里，为了良心的安宁把一切卸下来——负担、伤害、羞耻、自我憎恨。他们在走进监狱之前，把自己的胸臆淘洗干净。对他们而言，仿佛内疚是世上最糟糕的东西。

  但现在我更想说的是，内疚对他们的作用可能要比你想象的小。而最令人不堪忍受的是，所有的事情突然变得如此困惑：清晰明了的道路退回到混乱而不可追回的过去；曾经有过的想法又怎样被今天的感受所改变。而时间本身：那个日夜交替的过程怎么会在如此怪异的感觉中进行——最初的感觉是飞快，然后感觉缓慢，缓慢到几乎静止了，再后来，未来的景象变得像过去一样困惑和不可推知——在这样的状态下，人会麻痹或瘫痪，幽囚在一种漫长的、持续不变的、不可忍受的现状中。

  如果可以，有谁不想让这样的折磨停止，用各种各样的前景来取代现状？有谁不会承认所有的事情，只要能从可怕的现状中解脱出来？我就会这样做，只有圣人才不会。

  那个星期六，又有一辆黑白相间的警车从我家门前经过了几次。开车的人身穿制服，好像颇为留意地打量着我家屋子。父亲几次走到前窗注视着窗外。"好吧。我知道你。"他说了不止一遍。昨晚他和母亲一直很融洽，彼此话也多，然而现在又恢复到我之前所习惯的相处方式。父亲似乎无所事事，母亲则看上去有事要处理，他们没有多谈什么。我试图让伯娜对"局面概念"和"进击性牺牲"产生兴趣，这是我从象棋书籍上学到的，我在床上摊开棋盘推演给她看。她说她并不看好这些战术，还说我缺乏了解的是生活，不是游戏。

母亲和雷姆林格女士会面回来之后，又在屋里忙碌起来。她用滚桶式洗衣机洗了很多衣物，把它们晾在后院的滑轮绳上——她得站到一只木箱上，才够得着挂在上面的衣架。她清洗先前被伯娜用过的浴缸；又清扫前门门廊，那里原本飒飒轻响的风声变得噼啪猛烈；还把昨晚留在水斗里的盘子洗了。父亲走到后院，坐在草坪躺椅上，凝视着天空，做空军学会的眼保健操。过了一会儿他回到屋里，从走廊壁橱里拿出一张小而轻便的牌桌，放到客厅里，再倒下一副拼图板，然后坐在桌前，面对散布整个桌面的小图板。他喜欢玩拼图游戏，认为拼图需要特殊的智力。这些年里，他曾经拼过几幅块数特别多的图画，还作了短暂的展示，贮放在这个壁橱里面之后，就再没有拿出来看过。

他拖过一张餐厅椅，让想要和他合作拼图的人坐。他开始将小图片铺开，全部翻到正面，审视它们，先将容易辨认的拼合到一起，它们像是一个个微型岛屿。他问伯娜是否愿意加入，说这会让她感觉很棒，但她一口回拒了。这些拼板能构成一幅以尼亚加拉大瀑布为主题的油画，绘者是弗雷德里克·E·丘奇[1]。画面显示的是积雪融化后浩瀚而汹涌奔腾的绿色水流，它越过低处的红岩，落进空气稀薄的深渊时变成白色和黄色。我们已经拼过好多次，这自然让我记起母亲和她父母的那张照片，拍摄地点就在瀑布下面的船上。这是父亲特别喜欢的一张拼图，因为那瀑布的气势实在激动人心。盒子上有说明，说它是哈德逊河画派的代表作，让我迷惑不解的是，盒子上还说这是尼亚加拉河——并不是哈德逊河。我一直在想，是不是有一种拼图法则，可以在一小时之内就将整副拼板拼合起来。每次拼这幅画的时候，都得全神贯注寻找合用的小片，像是做一件十分艰难的工作。另外，对于拼图，我不理解为什么人们拼过一次还想再重复一次。在我看来，它的魅力远不能和国际象棋相比，象棋虽然每

---

[1] 弗雷德里克·E·丘奇（1826—1990）：美国哈德逊河画派画家。

局开始都是相同的布局,但后面的棋路却是千变万化,无穷无尽。

我在父亲身边站了一会儿,帮他找出一些拼块,它们属于紫蓝色的天空和清澈的河流。伯娜问母亲,能否让她出去散散步,因为她的鼻窦炎被风扇吹得受不了,但是父母两人都不准许。

母亲又花了很长时间在走廊里打电话,对此,父亲有时故意装得毫不在意。最后,她拖着长长的电话线走进自己卧室,关上房门。在排风扇咔嗒咔嗒声响的干扰下,我仍能分辨出她的嗡嗡通话声。"不,一般情况下我们不会这样做,但是……"我听到她这样说。她还说了其他话:"……没有理由认为永远如此……"我不知道她是在和谁通话,听着这些零碎的只言片语,我觉得坐在客厅拼凑尼亚加拉瀑布油画的父亲很奇怪,仿佛他也是个孩子,仿佛我们的母亲也是他的母亲,负有照顾他和我们的责任。

过了一会儿,我回到自己房间,倒在床上。伯娜也走了进来,把门关上,开始大谈她的感受。她说在她看来,父母简直是疯了。她告诉我,母亲打完电话后就去了厨房,而她——伯娜——走出自己卧室,进入父母的房间窥探,好像借此能发现母亲刚才在和谁通话。她看到母亲的手提箱打开放在床上,衣物都已放入其中。她跑出去问母亲为什么要整理箱子,母亲说我们马上会去旅行,但没说去哪里。伯娜又问父亲是不是一同去,母亲说如果他愿意的话肯定可以,但他不想去。伯娜说,和母亲的谈话让她胃里很不舒服,甚至想要呕吐——尽管她并没有——很快,她便产生了离家出走、尽快和鲁迪·帕特森结婚的念头。我想,他们不会让我参加这次旅行。

下午四点,母亲走进卧室午睡。当房门关上的时候,父亲走进我的房间张望了一下,然后又走进伯娜的房间。他想知道我们是否愿意坐他的车去博览会,他在报纸上看到博览会最后一个下午的入场费是半价,晚上还会放烟火。没有理由错过这个大好机会!他面带微笑,我把这看作是一种调皮,让我觉得他似乎正在对母亲摆弄他的幽默。

当然,我十分想去,因为可以增长见识,学到很多渴望已久的东西,这对我很重要,具有一种高深莫测的吸引力。专家会在一个有玻璃侧面的蜂房里展示蜂王的生活,还会示范如何操作发烟罐而不会被蜜蜂蜇死——这是父亲说的,并成为我的一个心结。

伯娜说她不感兴趣。她躺在床上,说学校同学都说博览会最后一天,里面尽是印第安人的气味,他们穷得身无分文,又总爱喝得酩酊大醉。还说她见过的印第安人已经够多了,那一整个星期就看见几车从我家门前经过的印第安人,令她烦透了。

父亲穿着被他擦得锃亮的牛仔靴和熨烫过的斜纹布裤,这是他去土地销售公司上班时的行头,但他没有像往常那样修面和梳理头发。他微笑着,但给人的感觉怪怪的,仿佛有点皮笑肉不笑。他站在伯娜的门口,对她说他很遗憾印第安人在我家门前来来去去,但现在他们不会再来打扰了。他说他的叔叔克利奥曾经邀他开车同去伯明翰,但那时他有一个名叫帕齐的小女友。他对克利奥叔叔说,他要和帕齐见面,所以不能同去。没想到下个月克利奥就在火车上被杀了,因为火车的门道不畅通,无法成功脱逃。从此他再也见不到克利奥叔叔,此事令他后悔不已。

"我不认为那是你的错,"伯娜躺在床上说,一边用指甲油涂指甲,"也许,你的克利奥叔叔自己应该多加小心。"她喜欢和他争执,此刻她觉得自己占了上风。

"这毫无疑问,"父亲说,"我原本想着有的是机会陪克利奥叔叔去伯明翰,结果竟然再也不可能了。"

伯娜接着又说了一些话,但因为风扇的干扰我没听清。我想她一定是说:"所以,如果我不去,你也会被杀?"

"但愿不会,"父亲说,"我真的希望那不会发生。"伯娜口无遮拦,我前面已经说过。父亲对她的评语是"傲慢自大"。

"这是威逼勒索,"她说,"我可不想被人要挟。"

"那就当我什么也没说。"父亲退让了。

然后伯娜又说了一些其他话,我没听清楚。但我从她略带抱怨的声音可知,她的态度温和下来。我听到她在房间走动时地板发出的挤压声,显然她从床上起身了。当他对她表示关切的时候,她是不可能较劲到底的。只有母亲会。不管怎样,我们爱他们两人,这一点,在讲述故事时不应该被遗漏。我们永远爱他们。

二十三

我们驶过三条街，经过伯娜和我散步、喂野鸭的地方，然后沿着河驱车。天空在强风的激荡下，再次显得躁动不安，到处飘浮着臭味。扁平的、底部泛紫的云层从南边不断涌来。白色的浪沫在河面翻腾舞蹈，河鸥在潮湿的气流里盘旋翱翔。会有一场大雷雨，整整一天都在孕育风暴。母亲说得不错，秋天开始了。

我坐在后座，思绪绵绵不断，我想的倒并不是蜜蜂的展示，而是州警为市民展示他们武器的帐篷。象棋俱乐部的一些会员猜想，火箭炮、手榴弹和汤普森枪会在那里展出，还猜想警察会演示如何使用这些武器。这使我的思绪又在某些问题上打转，我想起被视为犯罪元素的印第安人，想起我曾经第三次打开父亲的袜子抽屉看他的手枪，可是它不在里面。我脑中浮现出一幕可怕的情景，他会不会枪击了谁（也许是那个外号叫"老鼠"的人），然后将枪扔到了河里？

伯娜坐在前面，装出和我们一起出来很不情愿的样子——我不认为她真是这样。靠近博览会入口处的交通很是拥挤，父亲两次看着后视镜说："哦，戴尔，你看，是谁在我们后面靠得这样近？"我想，这是他的一个游戏，因为我曾回头看向后窗，但什么也没看到。然而这次，我注意到一辆黑色的车闪现过两次。当我们沿着博览会的白色栅栏一直向前行驶的时候，我看见里面高耸的游乐设置：摩天轮、轻云飞车（学校里有人向我描述过），还有过山车车厢的弧形顶面。我看见整列过山车就像一条蜷曲的长蛇，呼啸着冲下来，车上的人兴奋地挥手叫喊。音乐声、人群的嘈杂声和粗着嗓子的说话声，在疾风穿梭的空中掺和起来，一如我在家中听到的那样——其中还有妇女宣读宾戈游戏中奖号码的声音。流动的风在传播着木屑、肥料以及其他含糖物的芳香。我激动异常，渴望快些进入博览会展场，务必赶在关门之前。我紧紧捏着下巴以致都发疼了，脚趾处仿佛被针扎了一般变得麻木。但是此刻交通严重堵塞，这是因为那些老旧的水泥搅拌车和满载小山羊的破旧货车，还因为路旁列队步行朝入口前行的人群，很明显，他们大多是印第安人。

我们的车排着队，准备依次转弯进入博览会大门，就在这个瞬间，我发现车上有一小捆钱。当时，在急切的等待中，我无意间把左手伸到了后座垫子的缝隙里，觉得下面的空间甚为凉爽，我的手碰到某样东西，我立刻抽了出来。竟然是一捆美元纸币，中间套着一个白纸环，上面盖了印章：北达科他州克里克莫尔国家农业银行。我大为惊异，"啊"地叫了一声，声音大到足以让父亲听到，他立刻透过后视镜凝视着我，我触碰到他的目光，他的眼神让我觉得自己犯了大错。"你看到什么？"他问，"你看到我们后面什么了？"他的嘴巴在眼睛下面蠕动，他的声音很是异样。我想他可能会转过身来看我——伯娜就这样。她的目光直接落在那捆钱上，然后立即把脸转回前面。"你看到该死的警察了？"父亲说。

"没有。"我回答。

我们后面的车按响了喇叭。当我们打算左转进入博览会的时候，车子被堵得完全停住了。只见大门里面车都停在草坪上，草坪旁边就是游乐场。一个警察打着手势要我们向前，而出去的车辆由另一个警察挥手引导，场面混乱不堪。

"怎么搞的？"父亲恼怒非常，他注视着后视镜，没有将车子向前移动。

"一只蜜蜂，"我说，"一只蜜蜂蛰了我。"这是我唯一能够想到的话。我把这沓纸币塞到牛仔裤前面。伯娜稍稍转了转身，扔给我一个嘲笑的神色，好像我做了什么不该做的事。我的心开始怦怦直跳。我弄不清楚自己为什么不直说：我发现了好多钱，它们怎么会在这里？相反，我的举动就好像这些钱是我偷来的；或者是别人偷的，而我觉得不该去碰，但是又担心如果让它离开我的视线，它会丢失不见。

"讨厌的警察，"父亲说，"把一切搞砸了。"他再次注视着后视镜，观察我们后面的动静。他没有转弯开到引车警察的面前，没有载着我们进入博览会大门，而是踩下油门，车子以第三挡快速笔直地开了过去。我不知道他为什么担心警察。

"我们这是去哪里？"我说，白色的栅栏在我们眼前飞快掠过。

"我们明年再来，"父亲说，"里面太拥挤。他们让所有的婆娘都进去了。这天气，马上要下大雨。"

"不，不会下雨。"我说。

"我以为你喜欢印第安人。"伯娜用傲慢的语调说。

"我喜欢，"父亲说，"只是今天不去。"

"如果不是今天，那么，是什么时候？"她这样说纯粹是为了逗弄父亲。

"我高兴和乐意的时候。"他说。我们的博览会之行就这样告吹了。

二十四

我们的车开上斯梅尔特大道和黑鹰大道。父亲的目光一直固定在后视镜上,好像看到了什么他需要摆脱的东西,我想这正是他决定不带我们进博览会的原因。他用手指理了理头发,又按了按衬衫领子上面的颈背。我的愤懑让他如受火烤,所以他时而不安地看着我。我们正朝冶炼厂的堆场和冶炼厂驶去,这里不论白天和夜里都亮着灯,冶炼炉的气体出口喷出黄色火焰,当我们靠近时闻到了一股恶臭。鲁迪说他父亲身上始终散发着这种气味,这就是他母亲搬往旧金山的原因。

"你是说我们不去了?"伯娜问。

"游乐场差不多都关门了。"父亲回答。

"不,它们没有,"伯娜说,"我能看到里面。你开车看不见,不信我们去试试。"

"我才不管什么游乐场。"我说。冶炼厂散发的热气涌入车中。

"是磷和铀的臭气。"伯娜说,她将车窗玻璃摇上去。这时车子经过弯弯曲曲的管路迷宫,经过巨大的阀门,经过大容积水槽,还经过头戴银色安全帽、在狭窄通道和金属脚手架上工作的人们。从管路出口喷出的火焰,伸出长长的舌头舔着快速流动的空气。冶炼厂就矗立在斯梅尔特大道和河流的中间。我们朝第十五街大桥驶去,过了桥就算回到大瀑布城了。

"我想看养蜂展示。"我失望地说,内心沮丧万分。这是又一件我没有学会的事情。

"蜜蜂比我们聪明。"伯娜振振有词地说。我之前发现的那沓钱鼓鼓囊囊的,斜倒在我的裤子前面。伯娜又转过身来看我,带着嘲讽的神情。她总是装得什么都比我懂,以蔑视我为乐事。

"如果让我说,蜜蜂就像这些在蒙大拿生活的人,"父亲说着准备驱车上桥,"他们全是那样。就像工蜂,沉闷而没有生气。那一大群纠集在一起的瑞典人、挪威人、德国人,怎么没有被炸弹炸得粉碎?他们全像犹太人一样严肃刻板,我曾经向他们推销过车子。"他有时候还说,因为他投弹炸毁了小日本,犹太人才能够经营当铺。我想对他说,蜂巢里的生物不是蜜蜂个体,而是一个组织有序的种群,人类可以从它们身上获得很多教益。但是,因为裤子里面的钱,我不想引起他对我的关注。

"我们这是去哪里?"伯娜问道。

父亲正透过后视镜看我们后面的动静。"我们去城外的空军基地,看喷气式飞机起飞。"我们每搬到一个地方都会看到飞机,简直看腻了,他竟认为这是一项消遣和娱乐。他的眼睛始终在留意我,他让参观博览会成了泡影,又提出以看飞机替代,他想看我对他改变主意有什么反应。他的眉毛颤动,像是在开一个玩笑,当然,这对伯娜来说无所谓,可我无法报以笑颜,我真的一点也笑不出来。

"妈妈把箱子整理到一半,"伯娜说,"她要去哪里?"

我们驶上了城外一座老桥。父亲用力吸气,捏住鼻孔,然后再用力吸气。他的眼睛对着后视镜闪闪烁烁,没有直视我。"我和你们的母亲仅仅是结了婚而已,是吗?我弄不懂她在想些什么,也不知道她的任何心思。但我知道她很爱你们,就像我一样。"他情绪激动起来,又说:"现在我惹上一个麻烦,被一头野兽盯住了。我总是这样,做事没有一次干净利落,这我明白。"

"你们离家去了哪里?"伯娜直视着他逼问道。她那张满是雀斑的脸变得苍白黯然,好像晕车的毛病犯了。父亲再一次朝后视镜看,我也回过头,想看看我们后面到底有什么:是一辆黑色福特,两个身穿西装的人坐在前排,正在交谈,其中一人咧嘴笑着。我不记得这是不是我在博览会外面看到的那辆车,但我相信就是。

"你们的母亲可能要带你们两个孩子去作一次旅行,"他说,"你们可别为这事烦恼。"

"你听到我问你什么了吗?"伯娜说。

"当然,我听到了。"当我们差不多就要下桥并向东面的空军基地前行时,父亲按亮了打弯信号灯。但是他突然加速,笔直地冲下桥去,进入另外一个街区,然后右转进入第七大道,向闹市驶去。车子进入一段漂亮的、沿途都是白色木屋的林荫道,那些屋子比我们家的好得多,路边有很多榆树和橡树,有养护良好的草地,还有一所红砖砌成的校舍。我不知道会是些什么人住在这里,也许有那个父亲是律师的象棋俱乐部会员。我从没到过这个属于大瀑布城的街区,虽然大瀑布城并不大,它只是一个镇,不是一座城市。

我朝车后看去,那辆黑色福特也转了弯,还跟在后面,里面的两个人依然在交谈。显然,我们也不会去基地看喷气式飞机了。

"你带手枪去做什么了?"我问。

父亲抬起眼睛看了看我,然后又将目光投向后面的福特。"你怎么知道?"

"我看过你的抽屉。"

他深受挫折似的叹了口气。"你不该这样,那是我的私事。"他并没有生气,他从来不对我们发火,不过,我们也从没做过什么出格的事。

"为什么说是私事?难道有什么秘密?"伯娜说。

"你们小孩子懂什么?"他的眼睛仍然盯着后视镜。我们走完整条第七大道又绕回到河边,白色的浪花依然在宽阔的河面跳跃翻腾,泛起泡沫。河对岸就是博览会会址,在飘浮的云层下面,可以看见摩天轮转动的顶端,可以看见飞驰的过山车,它们并没有停止运营。可是,我们只能望梅止渴,我们没有可能再去那儿。

父亲突然扭转身体注视着我,虽然他还在驾驶。我用双手捏紧裤子里的那沓钱,如果他看见这一幕,世界准会炸开,总之,我是这么想的。他的眼睛给我留下了深刻印象,他的面容——我只能看到右面——他的脸颊、他的下巴、他的嘴巴、他的一道眉毛,好像都在动。这使我感到害怕。他也不管把车子开到了哪里,我几乎记不得他说了些什么。

"我问你一个问题。你可知道什么叫明智?"

早在他擦靴子的时候,我们就讨论过这个话题。我以为象棋比赛就是明智而有意义的。关于这点,可以等着看,但是他不会对此感兴趣。"是的。"我说。

他打着呵欠,转身看着街上。我们正从喀斯喀特县监狱后面经过。"你说什么?"因为我的声音不是很大,他问道。

"是的,老爸,"我提高音量,"我知道。"

他再一次打量我,好像依然没有听清楚我说了什么。他的呼吸带着腐臭的气息,他对我眨了眨眼,好像变了一个人。

"为什么你不问我?"伯娜说,她翘起下巴,带着蔑视的神情,"我全知道。"

"那很好!"他注视着她,仿佛她正在和他对抗,"但是,我还是要告诉你,以防你并不是真懂。"他用手擦擦嘴巴,然而朝后梳理了一下头发。"它的意思就是你要懂得接受。有些事情,如果你理解了,就该去接受它们;如果你接受了,就该去理解它们。"他有些生气地看了看伯娜,然后目光又飘向后视镜。黑色的福特还在后面,那两个穿西装的人看上去像学校校长或销售员。

我们经过镇上的商业区朝中央大街桥驶去。一家又一家酒吧从眼前掠过,其中有利克赛尔酒吧和沃尔渥兹酒吧。还经过一座高耸的办公大楼,它底下就是我购买国际象棋的娱乐用品商店。我们还经过城镇会堂。此刻路上车辆不多,为了贪图半价,大多数人都奔州博览会去了。我们家就在河对岸,是一个小而破旧的社区。

"我可不认为你说得对。"伯娜宣称。她环顾我,鼓起脸颊,显得很老成,像一个学校教师。她喜欢否定他,她想为自己的离家出走找到另一个理由。

"嗨,那你就错了,"父亲说,"你肯定错了。"

"有些事情我不理解,"伯娜说,"但我接受它们。有些事情我无法接受,可我能够理解它们。"她紧紧叉起手臂,注视着窗外桥下正在流动的河面，这时车上了桥，"你说的不合情理，就是这样，你自己明白。"

父亲露出古怪的笑容并摇了摇头。"你们两个孩子是不是觉得我对你们太苛刻，是这样吗？"他再次看向后视镜，想知道那辆黑色的车是否还在后面，是否也转弯上了桥——它确实就在后面。

接下来，我们谁都没再吭声。我不懂他为什么这样问，他们对我们从不苛刻和严厉。"要知道我并不是这样，"他说，"我只是希望你们学会重要的生活哲理。有些事情你们必须接受并理解——尽管起初很难，你们必须理解它们，这是成熟的表现。"

"如果这样，我宁可不要成熟。"伯娜气呼呼地说。我意识到，父亲是在暗指此刻塞在我裤子里的那沓钱。他说某件事情的时候其实是在影射另一件事情。他已经看到我发现了这些钱，是透过后视镜看到的，也许，当他环顾的时候，还看到我把钱塞进裤中。他是在暗示我，在回到家里之前该怎么做？他要我将它们放回原处？他要我接受我不理解的事情——对这些不知来路的钱闭口不问？对我而言，最糟糕的莫过于当我们抵达家门时，那沓钱还塞在我的裤中，那样我就必须有个解释。所以，把它们放回原处是明智的，一旦放回去，什么事都好说。

"我看不出有什么让你哭鼻子的理由。"父亲说。伯娜的手臂紧紧交叉在她的腹部，她盯着窗外看。"没有人对不住你，姐姐。"

"我才不是你姐姐，"她噘起嘴巴说，"我又没哭。"

"哦，你是，是的。但你不应该哭。"他看着她，然后视线又回到街上。已经到了中央大街，它通向我们家。

当我们的人生进入某一阶段，伯娜就彻底和哭泣告别了，仿佛她从来就不哭。她讨厌别人——特别是我——把她看成一个爱哭鬼。她用愤怒来替代哭泣。对于她的哭，我仅有的记忆是因为她将小手指深深戳进自己的眼角。后来，她再也没有我们小时候那种放声大哭，或者呜咽抽泣，或者又哭又闹。我也很久不哭了，比她还久，我甚至不记得自己什么时候哭过。母亲也从不哭泣。至于父亲,有一次在电视机前看一部战争电影时,他流泪哭了。

此刻父亲的注意力集中在伯娜身上,这是我仅有的机会,把那沓钱放回坐垫底下。我弯腰向前,装着像是要拔上我的鞋子。我用力将钱从裤中抽出来,然后将这软软的一沓往坐垫的缝隙里塞,在松开手的一瞬间,我感到有一种彻头彻尾的宽慰和轻松。当我抬头看后视镜的时候,发现父亲又在盯着我看。

"你在做什么?"他问。伯娜恨恨地对我投以一瞥,好像我有什么事背叛她似的。她神色沮丧,转过脸去重新对着窗外。

"我在拔鞋。"我回答。我家所处的街道就在前面。公园里,榆树和梣叶枫的树冠在微风中摆动,路德宗教堂的钟楼因为低矮,夹在树丛之中不甚显眼。

"问你姐她为何咬着嘴唇。"父亲笨拙地伸过一只手,轻拍伯娜的肩膀。她没有看他。"我没有责备你的意思。我对天发誓。也许老天会让你明白。是不是愿意告诉戴尔,我的宝贝,你怎么哭了?我不是个刻薄的人,我不想你这样看我。"

"人有痛苦才哭。"伯娜吐出这样一句话。

车子在公园转弯。"痛苦?"当人们感受事物的方式和他不尽一致时,他总会表示吃惊。

我再一次回头看后窗外面,福特车连同里面的那两个人依然在跟着我们。我们已过路德宗教堂前面的弯道,父亲突然打弯把车开到路肩上,像是要给那辆黑车让道。福特车跟着慢慢滑动,那两个人看着我们,一个在说话,另一个点了点头。他们把车开到路角,转向公园西边,然后慢慢地向中央大街开去。我意识到他们是警察,但想不通他们为何跟踪我们。塞在汽车后座的那沓钱还没有引起我的联想。

"你们觉得这两个差劲的跟屁虫会是什么人?"父亲问,他看着那辆福特在中央大街消失。他的双手紧握驾驶盘,捏成了拳头。他下巴上的肌肉鼓起,像是在酝酿要说的话。车子开到我家屋前,我们默默无语地坐在车里,来自教堂的白色纸屑被风吹过路面,飘散在我家草地上。

"也许。"父亲说。他停住了,用手拍一下嘴唇,对伯娜微微一笑,可伯娜依然不正视他,一副沮丧的模样。他转向我,我不知道自己该说什么。"我想,这两个伙计可能是摩门教传教士,你看,他们穿西装,打领带。也许想让我们读他们的经书。我应该停车和他们聊聊。可能会很有趣。你不这样认为?"他想让我们认为这两个人的出现纯粹是件好笑的事情,我们不该有过多的想法。"姐姐,你咋说?"他流露出他的南方口音,他觉得人们喜欢听。他舞动眉毛,瞥了我一眼,意思是说,他是我的同盟者,而伯娜不是。我一直很喜欢他这种眼神。

"我希望远远离开这里,"伯娜情绪低落地说,"我希望去加利福尼亚或俄罗斯。"

"有时候,我们都会有这种心愿,我的心肝宝贝。"父亲说,"你妈和你的这种愿望似乎更强烈,你们两人有必要好好讨论讨论。"他转身看着我,我期待他对我说些什么,可是他微笑不语,露出他的大白牙,好像一场战斗已经过去。他砰地打开车门,在举步跨出去的时候嘴里嘟囔起来。"在这里,我们的状况正好起来,你们两人都是。我们扯了够多的胡言乱语。"

伯娜皱起眉,冷笑着,那神情好像认为他是个卑劣和可怜的人。对此我不能苟同,尽管我们没有去成博览会。

"好吧,就这样了,"父亲站在车外说,仿佛我回答了他什么似的,"我需要知道的就是这些。"他的身子朝车门倾斜,伯娜和我还在车里。街上,风一阵一阵地吹刮起来,把婚礼纸屑吹得飞舞旋转,树梢也弯得更低。浓重的雨气涌进来,暴风雨马上就要到来。"孩子们,快出来,"父亲说,"到家了。我们没什么可烦恼的,家是甜蜜的,至少现在可以安乐一下。"

二十五

我们一进屋，父亲就宣称他已疲惫不堪。他走进他和母亲的卧房，横倒在空空的床上，衣服和靴子都没脱下，很快就进入梦乡，吸顶灯开着，他用一只手臂遮住了眼睛。

懒牛一样的白天终于慢慢走到尽头，邻家的窗子亮起灯光，外面开始下雨，起初雨声轻柔舒缓，然后变得急骤猛烈，在劲风的吹刮下，成片的雨水往窗上倾泻。凉爽的风穿进屋里，把窗帘吹得鼓起来，连放在餐厅桌上的报纸也被吹得噼里啪啦。母亲赶紧关上窗子，拉上已经打湿的窗帘，拧亮桌灯，然后把父亲擦鞋的工具箱拿走。

她没有说太多的话，即便出声，也无非是说些日常套话。她到厨房烹饪晚餐，只字不提她和雷姆林格女士的会面，不提她给谁打过电话，也不问我们和父亲去了哪里。但是，我告诉了她，告诉她我们参观州博览会的愿望在最后一刻成为泡影，因为实在太拥挤。我没有吐露发现坐垫下面有钱，也没说伯娜哭了并想去俄罗斯，更没有提到有两个警察在跟踪我们。我觉得在事情发生之前，我该将这一切阴影全都抛开。

回到家后，伯娜像平常那样，和谁也没搭话，径直走进自己房间，关上了房门。她的收音机打开了，传出隐隐约约的音乐声，我还能听到她的走动声，听到她壁柜里金属衣架的碰撞声，听到她对着她的宠物鱼喃喃自语，这可能会让她内心的孤独感有所疏解。我想她肯定是在为她的出逃整理衣服，可是我不能向她挑明，也不能去向父母披露，去出卖她，我们之间经常有着这种心照不宣的默契。我们是双胞胎，不该相互拆台。我想，即使她出走，她也还会回来。没有谁会揪住她的过错不放。

我坐在自己房里，打开窗，感受到风的强劲猛烈，就像要把吊灯吹落似的，急骤的雨水冲刷在屋子的外墙板上，然后溅进窗里。没有打雷，也不见闪电，只有像抽甩鞭子一样的夏季雨声。雨时而停住，隔着墙壁我能够听到父亲在打鼾，听到母亲在厨房忙碌，还听到停落在湿树梢上的乌鸦在粗声粗气啼叫，它们渴望在大雨继续之前找到一个安身的地方。我的思绪又回到博览会，我想象着它会如何匆促收场，大雨把一切都搅乱了，把帐篷淋得湿漉漉地滴水，各种展示被倾覆搞砸，工人们拆除了游乐车，把它们装上卡车，蜜蜂展示和枪支展览都关门谢客，然后撤离。我拿出我的《世界全书》翻到字母"B"打头的条目，阅读有关蜜蜂的解说。蜂巢是一个秩序井然的理想王国，蜂王享有至尊的地位，其他蜜蜂甘愿为它献身。如果不是这样，一切都将陷于混乱。正如我以前读到的，蜂群对人类事务有重要的启示作用，它们完美无瑕地与自己的环境和族群融合。这是开学之际写论文时我可以运用的特殊素材，我可借此获得一个良好的起步。我把铅笔夹在这一页，然后合上书。我想到开学之后我会更加宽松而没有约束，届时父亲将全力投入他的土地销售职业，母亲也会返回学校任教。

　　我听到父亲在压低嗓门讲话，他的声音中还带着没有醒透的睡意，接着又听到他的脚步在重重敲击地板。厨房里，盘碟、碗罐、锅盆的碰撞声交汇在一起。母亲也在讲话，同样压低了声调。"……深水里的鱼。"父亲说。"……是置身最理想的世界……"母亲这样说。我很想知道他们会不会谈到车子后座的钱，或父亲怎样把手枪弄丢了，或他们去了哪里，或者谈到母亲放在床上的手提箱。我躺在床上，任柔和的夏风吹拂着我，任雨沫把我的床单溅湿。走廊的灯光在我的门下划出一道亮线，一个接一个的疑问在我脑中盘旋不去。他们是我最亲近的人，然而突然之间他们变得如此遥远而陌生。痛苦中我紧紧抓住床褥的边缘，久久没有松手。我重新想起几年前的一幕情景，那时我患猩红热昏沉不醒：母亲进来坐在我的床边，用凉冷的手指按在我的脑门上。父亲站在门口，他的身影高大朦胧。"他怎么啦？"父亲说，"也许我们应该带他去看医生。""他就会好起来的。"母亲说。我把被子拉到下巴上,紧紧捏住不放。

  我听到一只猫头鹰在窗外的黑暗中活动。我想再次整理自己的思路,希望理出一个头绪,但是我无法抑制睡意。于是,这一切就暂时从我脑中撤离了。

二十六

"你没胃口吃晚餐?"母亲用温柔的声音问,她朝我弯下身子,眼镜镜片透出来自她身后的灯光。她用手掌贴着我的脸颊,手指上散发出肥皂的气味。她梳理我的头发,用拇指和食指轻揉我的耳垂。我蜷曲身体,缩到被子下面,我的手臂动弹不得,因为我的双手已经麻木。"你的脸发烫,"她说,"你感到不舒服?"她走到我的床脚边,摸着床单。"看,雨都把你打湿了。"

"伯娜在哪里?"我担心她已经走了。

"吃完饭就上了床。"母亲把窗子关上。

"爸爸在哪里?"某个令我不安的念头在脑中掠过。我的嘴巴苍白虚软,我的头发贴着头皮,我的关节阵阵作痛。

"他哪儿也没去。"

她走回到门口,走廊里亮着琥珀色的灯光。雨水已经把墙后和屋外清洗一净。"雨下了又下,"她轻声说,"现在总算停了。我给你做了块三明治。"

"谢谢。"我说。她退到门外,然后从我眼前消失了。

在餐桌上,我吃夹着泡菜、生菜和涂了法式调味酱的烤干酪,这是我很爱吃的。我确实饿了,所以有点狼吞虎咽。此外我还喝了一杯白脱牛奶,父亲认为它很有营养。我的衣服又皱又湿,屋里很凉爽,溢满清新宜人的气息,好像是因为风的吹刮才把屋子冲洗干净,其实几天之前我们彻底擦洗过它。此刻已是十点三十分,早就过了晚餐时间,我却坐在桌边独自用晚餐。

我听见父亲的靴子跟敲击在前门门廊的地板上,他的背影从窗边掠过。偶尔能听到他咳嗽和清喉咙的声音。几辆车驶过,斜射光穿过窗帘落进屋里,因为窗帘没有完全拉合。一辆车停在路肩,发出强烈的灯光，把整个院落照得通明。刺眼的灯光使人看不清楚什么人坐在车里。从黑暗的门廊传来父亲的说话声："夜色真美，伙计们，欢迎欢迎，我们都在这儿，晚餐在桌上。"他大声笑着。灯光熄灭，那车子停在原地不动，没人说话或是从车中走出。父亲再次笑出了声，他又走了几步，用口哨吹出一连串音符，但是不成曲调。

母亲已经走回他们那间主卧室，我从桌边坐的位置能够看到她，她的手提箱里放进了更多衣服。她正折叠起另外的衣服，把它们铺在箱面。她突然朝门外探望，不知道为什么，这使我甚为吃惊。"进来，戴尔，"她说，"我有话和你说。"

我踩着沉重的步子走进她的房间。可能是吃得太多，我感到身体沉沉的。通常，我会躺到她的床上，在她面前进入梦乡。

"三明治味道怎样？"

"你为什么收拾衣服？"

她继续折叠衣服。"我想，明天我们会乘火车去西雅图。"

"什么时候回来？"我问。

"随便，我们想回来就回来。"

"伯娜去吗？"

"是的，她也去。我已经告诉她了。"

"爸爸呢？"此前我也问过伯娜这个问题。

"不去。"她拿起散放在床上的空衣架，走到壁柜前重新挂上。

"为什么他不去？"我问。

"有一些生意上的事。总之，他喜欢留在这里。"

"我们为什么去西雅图？"

"好吧，我跟你说，"母亲打着官腔说，"那是一个真正的城市。你们会见到外公外婆。他们很关心你和你姐。"

我用伯娜注视我的眼光注视着她。她没有回答我们为什么要去，我知道她不希望我问。

"上学怎么办？"我的心跳开始加快。我不想我的新学期就这样砸了，这样，我就再也见不到象棋俱乐部的男孩们了。我的喉咙发紧，我觉得眼睛火辣，泪水好像马上就要溢出。

"不要为这个担心。"

"我已经计划好很多事。"我说。

"我知道你的计划。我们都有计划。"她摇了摇头，似乎这是一次没有价值的愚蠢谈话。她透过眼镜看着我，眨了眨眼。她看上去很疲惫。"你必须有应变能力，"她说，"人不可能永远待在世界的一个角落。我正在努力调整自己，做到灵活善变。"

我想我懂得"应变"和"灵活善变"这些词的意思，但是它们似乎也意指其他什么事情，就像父亲说的"明智"一样。我不想承认我和"灵活多变"毫不相干。

风在屋外越刮越猛，吹掉了树叶上的雨水，它们跌跌撞撞地从屋顶掠过，发出哗啦哗啦的响声。可是，屋里却显得异常安静。

母亲走到卧室的窗前，把手握成杯状靠在玻璃上，然后从里面注视着屋外。窗子的玻璃映出这间卧房，映出卧房里的她和我，还有她的床，还有床上的手提箱和衣服。在窗前，她显得特别矮小。透过她身边的窗，我只能看到外面物体的轮廓和阴影：车库、靠在车库墙上的暗淡蜀葵、蜀葵边上长势茂盛的百日草；空空无物的晾衣绳，洗干净的衣服已被她收进屋里；父亲栽种的一棵橡树苗，用绳子固定在一根木桩上；还有他的车。"你了解加拿大吗？"她问，"嗯？"这是她希望谈话气氛融洽时惯有的语调。

加拿大就在父亲的拼图里，在尼亚加拉瀑布的对面。我从没去百科全书中查看。它在我们的北边。滚热的泪水充盈在我的眼中。我用力呼吸，我胸口发闷。"你为什么这么问？"我抑制着声音说。

"哦，"她把食指斜靠在窗格玻璃上，"我有一个习惯，只去关注眼前的事情。我希望你有所不同。这是我的一个弱点。"她用指甲轻轻磕着玻璃，仿佛是在对黑暗中的某个人打什么信号。她摘下眼镜，朝镜面呵了一口气，然后用衬衫袖口擦亮。"你姐和你不一样。"她说。

"她比我机灵得多。"我飞快擦了擦眼睛,将手上粘着的泪水在裤腿上擦干,以免被她注意到。

"她也许如你所说。可怜的东西。"母亲转过身,温和地笑着对我说,"现在,快回房上床睡觉吧。明天一早我们就动身。火车十点三十分开。"她把手指竖在嘴前让我不要再说什么。"你什么也不用带,只是别忘了牙刷。所有的东西都留下。听到吗?"

"我能带象棋吗?"

"当然,"她说,"我爸爸也下象棋。或者这样说吧,他以前常下。你们两人将有机会较量。现在快去睡觉。"

我走出她的房间,她回到床边继续收拾箱子。我有很多事情想说、想问——关于警察,关于学校和伯娜的出走,关于我们为什么要离开——但是她不给我机会。我已经说过:所有的事情正在我周围发生。对我而言,就是要找到一条进入常态的道路。孩子比任何人都懂得常态。

二十七

  后来,母亲又走进我的房间,往我脚下塞了块干毯子,那里的床垫被雨溅湿了。我闭着眼睛,但能闻到毛毯上的樟脑丸味。我的门被轻轻关上了,我听到她敲伯娜的门。伯娜说:"我胃痛。"母亲说:"你总是这样。我去拿只热水瓶给你。"门关上了,过了一会儿母亲回到伯娜房里。她们又谈了一会儿话。伯娜的床垫弹簧吱吱作响。"当然,当然。"我听到母亲这样说。然后听到她踩着步子回到厨房,水开始在水斗里流动。

  雨完全停了,冷空气慢慢渗入我的房间。我想我可能听到了博览会的烟火声,就再次把窗格提升起来,侧耳倾听。但是我只听到冶炼厂熔炉的嘶鸣声和镇上的汽笛声。一股强烈的气味弥漫在空中,是乳牛的气味,来自不远处的货运场。我听到父亲的脚步声,然后听到他和母亲说话的声音。他们的交谈简短,以一种省略的方式,接下来是静默,好像他们在用很小的声音交谈。片刻之后,母亲——我辨出是她的脚步声——回到他们的卧室并关上门。父亲走到前门廊,也许坐到了秋千上,纱门吱吱地打开,然后又关上。

  昏昏沉沉中,我有时会想到西雅图。我仅仅见过几个城市,它们都不是大城市。我有一张西雅图的照片:一轮红日从黑暗的大海缓缓升起,城市的建筑物在太阳光的照耀下隐隐约约露出轮廓。当时我仅仅记得太阳是从东边出来,而光从另一个方向落到建筑物上。我试着想象太空针塔,想象它会是什么样子。准是像一根巨大的钢针高耸入云。然后我想必是睡着了。进入睡眠前,我记得的最后一件事情——有关太阳初升时的光线状态——是错的,有违常识。对此,我羞于和别人谈起。

  半夜,我起来去洗手间,发现父亲一个人坐在牌桌边,尼亚加拉瀑布拼图在桌上展开，就像摆在他面前的一顿美餐。屋子前端的灯全都亮着。尼亚加拉瀑布几乎就要拼完，只要再把几片色彩暗淡、属于天空的锯齿状小图嵌入就成了。他身上还穿着早些时候的衣服——已经打皱的白衬衫，斜纹布裤子，还有脚趾部分已经磨损的皮靴。他刮过脸，身上的气味像是沐浴过。他打量着我，我的出现似乎让他获得一种意外的快乐，可是我无意停留，想要径直返回卧房。

他开口说话了。"你可知道，当我还是个男孩的时候，像你这个年龄……"他用手指拨弄一片拼图，拿起来看了看，然后试着将它放入天空的缺口。它刚好嵌入到里面。他的指甲下还残留有鞋油。"……我是个出色的运动员。运动很重要，没有比这更让人快乐的。我想，你肯定知道'大萧条'是什么。"

在公民学课本里，我读到过罗斯福、胡佛、工人游行、排队领取救济品等等。我说："是的，老爸。"

"哦……"他小心翼翼地试另一片小拼图，但没有对上。他摇了摇头。"在运动方面我可是强手，无论足球还是棒球。只是没有人指导我。你知道吗？教练不教我。你沉没或是游上来全靠自己的天赋。所以……"他绽出笑容，似乎很乐意加以解释。"我沉没。"他清了清嗓子，咽下一口痰。"这就是促使我加入美国军队的原因，当然不是马上，而是最终促成这个结果。"他挑了一个稍小的拼块，慢条斯理地将它压入空缺的地方，当它顺利嵌入时，他的嘴巴发出一串嗡嗡的声音。现在仅剩四块拼图没有到位。他在椅子上转过身，用审视的眼光看着我。我穿着蓝白相间的睡衣、睡裤，光着脚。"怎么醒了？"他问，"有什么天大的烦恼？"

"没有，老爸。"我说。虽然我心中满是疑问和烦忧：学校就要开学，明天要离家旅行；为什么他不一起去；为什么警察尾随我们，一直跟踪到家。我实在有太多的烦恼！

"嘿，好极了！"他说，"如果你到了十五岁，就应该这样，难道不是吗？"他全身放松，向后靠回到餐厅椅的椅背上。

"是的，老爸。"我说。

他用一片拼图擦弄自己的耳朵。"我想，你妈妈是被某些事情把自己困住了。她可能一直都这样，总是担心未来的生活。我并不是在责怪她，我不后悔和她结婚，否则就不会有你和你姐了。"他的目光聚焦在一片拼块上，仿佛上面有什么特别引人注目的东西。"她是个玲珑可爱的女人，此刻对我有点怨恨。等你们到了西雅图，她就会明白一切。她准备进学院——不像我这样。"

"你为什么不去？"其实，我想问的是为什么他不和我们在一起，为什么她怨恨他，但是我用这句问话来替代。我真的好想知道所有的来龙去脉。

"别再提这个话题，"他的表情漠然，"相信我是够聪明的。为了我的前景，也许这是正确的。"

"你会和我们一起去西雅图吗？"我知道他不会，但是我不想放弃希望，我期盼他能给我一点哪怕是微小的希望。

"在这里我很快乐，今天下午我对你说过。你们回来时我会在这里。这是你妈的安排。"

"你会再去工作？"

他脸上的笑容在扩展。他继续用那片拼块摩擦着耳朵。"如果他们需要我。我才刚刚开始，我想，我得学会它的诀窍。"

他举起那片拼图，翻过一面伸到我面前让我验看。我知道他又在耍他的雕虫小技，小时候，这把戏他不知对我和伯娜做过多少次。他转动眼睛，嘴角挂着笑，那神情令人难以捉摸——其实他并非如此。他清了清喉咙，夸张地咳嗽了一声，突然把小拼图啪地扔进嘴里，用牙齿咀嚼着，然后猛然咽下肚。"男子汉。"他说，"味道真美。我喜欢拼图，它的滋味胜过一分硬币和纽扣。"

"在你手里。"我说。我摸了摸耳朵，东西往往会从这里再变出来。

"我把它吃了，"他说，"你要不要也来一块？还剩三块。"他又拿起其中的一块。

"在你手里。"我重复了一遍刚才的话。

他将双手放在膝盖上,轻轻拍打,同时点着头。我睁大眼睛,等着他把拼图变出来。"快上床去,我的陆军上校,"他说,"这是个忙碌的日子,我们都累了。"他伸手抓住我赤裸的肩臂,把我拉到他怀里,我感觉到他高大厚实的身体,感觉到他灼人的体温和身上的柑橘气味。他在我背上轻拍三下,然后抓着我的手臂伸直,神情严肃地注视着我。我还在傻傻地等着消失的拼图重新显现。"等你回来,我们得在你的体格上下功夫。"他说,"你的肌肉有待锻炼。再见到你时,我们要做这事。"

"拼图在哪里?"我狐疑不已。

他用手指着肚子。"差不多已到这里。"他边说边戳了一下自己,然后低头看了看,"并非每次都是戏法。这可是魔术师的秘密。晚安。"

"晚安。"我说。我回到自己的房间,关上门,倒在已经凉透的床上,渐渐进入梦乡。

二十八

　　阳光穿过潮湿的树叶照进我的房间,一块蜘蛛网状的矩形光亮贴在地板和我的床脚上。路德宗教堂星期日的钟声把我唤醒。我在夜里醒过,要不然就是做了个梦,逼真到使我相信我确实做了梦里的事情。一只蝙蝠陷入困境脱不了身,被我的纱窗缠住了。我爬下床,把窗格推高,用一支铅笔的橡皮头轻敲纱窗,小心不让铅笔通过微小的方孔弄伤它。我看着它酷似人的脸,像在做怪相,它柔滑的皮肤呈灰色,翅膀在颤动。它凝视着我,好像我在招呼它。我轻轻拍打纱窗,它来回张望,突然拍翅而起,从我眼前消失了。它自由了,纱窗上面空空无物。
　　一辆车停在小巷,就停在我家车库的前面,它没有关引擎,排出的浓烈尾气弥散到空气中。车里的灯突然亮了,能看清里面有两个人,他们都身穿西装。乘客座上的那人正在向驾车人读什么东西——手中拿着一张白纸。他们两人斜起身子,看着我家屋子,目光在晾衣绳的两根柱子中间游移。他们应该看不到我,因为我身后是暗的,没有光源。但是突然,其中一人用手指着我。车里的灯熄了,然后引擎加速,轮胎把湿漉漉的碎石压得飞溅而起。然后梦就结束了。

　　我听到伯娜在走廊里的声音。我盯着天花板上被污水弄脏的痕迹,那里的涂料已经剥落,呈铁锈色,宛如美国地图上某些州的轮廓。我不知道路德宗教堂的钟声已经敲了多久,有一条狗在我们屋后的小巷里吠叫。我们的西雅图之旅可能会延期,如果我赖着不起床,甚至或许会被忘记。我真的不想去。
　　我听到母亲嗓音清亮地在和伯娜讲话。几乎就在同时,我房间的门被推开了,是母亲。她扫了我一眼,神态急切。"我想让你睡下去，但现在我们必须动身。"她拿着一只带有圆齿形白边的粉红色枕套，这是她床上用的。"把你要带的东西放进去。"她走进来，把枕套扔在我床上。"不要装太多。到了那里，需要什么我们买新的。"她目光迟疑地看着我，我的被子盖到下巴，阳光照在地板上，照着白墙的一角。母亲还是穿着带粉红色格子的绿色羊毛套装，但上身加了件白色宽松衫，这显得她个子更小，也较为年轻。她脸上的特征都集中了在鼻子和眼镜周围。"你姐在穿衣服了，"她说，"别再让我催你。"她离开了，留下我的门敞开着，算是一种警示。

我匆匆穿好衣服，看来没时间洗澡了。在枕套里，我塞进了装有国际象棋的硬木盒子、几本《象棋大师》杂志、棋艺入门读物《象棋基础》和那本我从图书馆借来准备归还的《蜜蜂的感官》。我还把两大本《世界全书》装进去，是"B"卷和"M"卷，相当厚的两本书，但含有大量信息和知识。至于衣服，我放了一双短袜、几条乔基牌内裤、一件圆领汗衫。就这些了，因为父亲说我们还会回来。我走进盥洗室，刷牙、洗脸和清洗下臂（父亲把这称为"飞行员的沐浴"）。我梳理我的头发，使用瓦尔德卢特牌发油，这是父亲让我和他共用的。我没有看见他，只听到他的声音。"孩子们需要吃点东西。"他说。"他们可以在火车上吃。"母亲没好气地回答他。

伯娜坐在客厅，准备穿她蓝灰色圆点花式的宽松上衣和白袜、白网球鞋。她的头发像往常一样浓密地扎在后面。她坐在坐卧两用长沙发上，两只布满斑点的膝盖紧靠在一起，神情恼怒，面色苍白，仿佛她的胃还在作痛。她的绿色小旅行袋就放在两脚中间，这是十五岁生日时父母亲送给她的礼物，上面有凹凸的鳄鱼皮花纹，她毫不掩饰自己讨厌它们。这只旅行袋还是父亲在空军基地抽到的奖品。当我经过走廊的门走回自己房间时，她的目光透过架在鼻梁上的眼镜，落到我身上，眼神呆板而没有生气。尼亚加拉瀑布拼图的拼块全都拼合在一起，还铺展在牌桌上，仅仅少了被父亲吃掉的那一块。它现在是一幅永远也完成不了的拼图，成了无用之物。

这时父亲从厨房走出来,身上穿的和半夜一样。他看上去心情舒畅,肢体放松,精神也显得饱满,虽然他没有修脸,而且脸色发灰。"现在,你可是个成熟女孩,"他对伯娜说,"你看上去感觉不怎么好,最好还是留在家里陪我。"她刚要说一些明显相反的话,母亲的声音就从厨房里传了出来:"根本不是这样。不要烦她,她感觉很好。"

父亲环顾客厅,仿佛这里有很多人,而且全都在听他发表高论。他看见了我,笑着眨了眨眼。"她是我的女儿,"他大声说,"我没有烦她,我是在和她说话。你不在的时候,我会照看你的鱼。"

就在这时,门铃声响彻了整个屋子。父亲看着我,脸上依然带着笑。他无奈地伸出双臂,每次他在表达某件令自己惊讶的事情前我都会看见他这么做——手掌向上摊开,仿佛有雨水正从天花板滴落下来。"好吧,我倒想知道是谁在按门铃,"他嘟囔着,开始穿过客厅去开前门,"也许是那些摩门教徒,他们带来了我们等待已久的好消息。我们必须会一会他们,不是吗?"

厨房里传来母亲的声音:"是谁呀?"紧接着,她手中的一只盘子滑落到地上。就在父亲把门向后拉开,去迎接正在等候我们全家的骇人消息时,盘子摔得粉碎。

二十九

现在，对时间的感觉肯定是异样的。在接下来的一天半里——星期一中午之前——时间的流逝显得飞快和混乱，我记得的仅仅是几个连接点。长期的井然有序的家庭生活进入那个阶段，时间紧凑得几乎没有缝隙。甚至直到今天，我有时还会觉得那接下来的两天好像并没有存在过，或者只是我梦中的经历，或者是我的记忆出了差错。可是，要把坏的事情从时间上剥离是不可能的，这就好比你不可能有其他方法找到通往当下的路径。

父亲打开前门，两个身材高大的男子站在门廊里。母亲走出厨房，在餐厅的桌子旁坐下。她的手提箱就放在长沙发边。伯娜还坐在沙发上，两脚中间放着她的旅行袋。我站在走道里，手里拿着装有象棋和书籍的粉红枕套。母亲并没有急着去收拾摔落在地上的盘子。

"你好，贝夫。"门外的一个人说。他们两人都穿着西装，前面的纽扣没有扣上。两人还都戴着有沿口的帽子，夏日可作遮阳之用。他们重磅体型，身材比父亲粗壮，但没有父亲高。他们就是坐在黑色福特车里跟踪我们的那两个人，也是把车停在我们屋后小巷的那两个人。那时我还误认为自己在做梦。其中体型和年龄较大的那人，有一张肤色微红和皮肉松弛的大脸，两道眉毛又粗又浓，粗硕的头颈紧贴着下巴。他戴着眼镜，是坐在乘客座上的那人，先前就是他指着我。他们是警察。

父亲朝身后的母亲看了一眼。他微笑着，仿佛对警察知道他的名字和知道我们住在这里感到十分滑稽。

"难道发生了什么骚乱，伙计？"父亲以夸张的口吻说。这两个人移动身体进了门，当他们肩靠肩走进来的时候，简直像一堵墙那么宽，两人都不得不稍稍侧转了下身子。

"没有骚乱，贝夫。"大个子警察说，他慢慢朝屋里走，目光从父亲身上移开之后便扫向客厅的每个角落，嘴角还隐隐带着笑意。另一个警察年轻一些，瘦弱一些，但个子依然高大，有着宽宽的脸庞和狭长的蓝眼睛。有人告诉过我，这种模样的人大多有芬兰人的血统。他也在打量屋里。"你家里还有谁，贝夫？"年长的警察发问。父亲退后一步，把搭在双肩上的手臂放下，环顾屋里。

"我们的小鬼头。"对于发生了什么，他似乎一点儿也不担心。

"你有一把手枪，是吗？"大个子警察伸出一只大手拍了拍父亲的肩膀。现在，这两个人都站在了我家客厅里。顿时，我觉得客厅被挤得满满的，所有的角落都被占用。六个人，以前这里从来没有容纳过这么多人。空间显得如此局促，我甚至能听到那个年长警察的呼吸声。

"没有，我肯定。"父亲低头看着前面，仿佛手枪就藏在那里。"我没有手枪。"此刻，他的话音带有浓重的南方口音。

"是不是在屋里什么地方？"那警察用目光四处搜索，眼镜镜片放大了他的蓝色瞳孔。

"没有，先生，屋里没枪。"父亲摇摇头。

"那么，最近你是否去过北达科他州，贝夫？"大个子警察的举动和言语并不是十分严肃，好像这不过是普通的谈话。他经过父亲身旁朝我走来，我正站在走廊门口。他倾斜着身体，目光从走廊到盥洗室再到父母卧室，一路扫视过去。个子高一点、年轻一点的警察警觉地盯着父亲，似乎这就是他的工作。

"你怎么啦，孩子？"大个子警察将一只大手搁在我肩上。他身上散发出一股像是雪茄和皮革的气味。他脚上穿着橡胶套鞋，上面沾着污泥，在我们一尘不染的地板上留下了一些泥屑。

"我很好。"我说。他外套里面的裤带上挂了一个金色的徽章，肚子被白衬衫绷得紧紧的，西装翻领上还别着一个小小的三角形徽章。

"你们准备外出旅行?"他以友好的口吻问道。

我看着母亲。"我们要去西雅图,坐今天的火车。去看他们的外祖父和外祖母。"她说。

"我没有去过北达科他州。"父亲说。

大个子警察的手依然搁在我肩上。他用审视的眼光朝厨房张望,打碎的盘子散落在油毯上。"你的雪佛兰停在后面?"

"是,是的,"父亲回答,"我买了没多久。"

"但是,你起码用了两天,是吗?"那警察说。我不想移动身体,因为他的手还搭在我的肩上。

"哦,是的。"父亲回答。他咧开嘴朝母亲一笑,仿佛这是一个颇为滑稽的问题。他脸上的表情富有生气,眼睛直视着前方,话音还没吐出,嘴巴就先动起来。他的嘴角留有一小点唾液的残痕,他用舌头朝一个角上舔,使得下巴肌肉鼓起来。他的双手垂在身体两侧摆动,好像马上要去做什么预想不到的事情。

"或者,你们孩子还是回到自己房里。"母亲说。

伯娜立即起身,拿起她的旅行袋开始向走廊走来。但是大个子警察举起手说:"我想,他们最好还是留在这里。"他拉着我靠紧他,我感觉到了他外套下的手枪。伯娜停下来看着母亲。她的嘴唇皱巴巴的,抿成一条线,这是她被激怒了的表现。

"照他说的做。"母亲说。伯娜僵硬地走回长沙发坐了下来,把袋子搁在膝盖上。

大个子警察走向钢琴,倾斜着身子,这样可以近距离审视父亲的退伍证书,还有罗斯福总统的照片和节拍器。

"你还穿着那套空军飞行装?"那警察把眼镜朝鼻尖下推,以更贴近父亲的退伍证书,他似乎对此颇感兴趣。

"谢天谢地,没有,"父亲说,"现在我有更好的行头。我在做农场和牧场生意。"我想不明白父亲为什么要说谎。

"你叫什么名字,小姑娘?"大个子警察说。他从上到下打量着伯娜。另一个警察依然紧盯着父亲。

"伯娜·帕森斯。"伯娜回答。这声音和平常在家里听到的迥然不同。

"最近你有没有去北达科他旅行，伯娜？"警察问。

"没有。"她摇摇头。

"别理他。"母亲说，她突然变得异常愤怒。虽然她仍然坐在桌边没动。"她还是个孩子。"

"你确实不用理我。"那警察对父亲微微一笑，他的脸膛红润丰腴，眉毛向上扬起。他把眼镜推回到鼻梁上，然后两只拇指插入皮带后面，用力拉扯裤子，因为这样，他的白色短袜从裤脚和沾满污泥的套鞋中间露了出来。他叹了一口气。"贝夫，我看我们还是到外面去，再谈一谈。我们回来前，毕晓普会善待每个人。"他对另一个警察点头示意，对方从门口让开了。

"好吧。"父亲回应道。他的南方口音十分明显了。他还在前后摆动着手臂，目光没有目标地晃来晃去，好像每个人都在看他。他那副模样让人感觉他的境况十分不妙，看上去沮丧而绝望。我一直忘不了这幕情景。

名叫毕晓普的警察站在那里，伸出手，把纱门推开。太阳光穿透了树木，屋外的空气暖和了起来。昨夜下雨留下的水珠还在草地上闪闪发亮。路德宗教徒正走向教堂。大腹便便的警察把手放在父亲的后腰上，引导着他向前门走去。"我们要谈些什么？"父亲问，这时他走到了门廊上。他用手梳理了一下头发，低头看着他正在举步的靴子。

"好吧，就让我们来构想一些事情。"大个子警察说，他跟在父亲后面。

"你什么也别说。"母亲喊道。

"我知道，我不会。"父亲说。

毕晓普，那另一个警察，顺手把前门关上了。我的视线被阻隔了，再也看不见外面的情况，不知道那里会发生什么。此刻家里还是四个人，只是和刚才的四个人不同。

三十

我们和警察毕晓普一起待在屋里,可能是五分钟,但也可能有十五分钟。路德宗教堂的钟声又响过几次。他们关上大门,开始举行仪式。

太阳晒到屋顶,还照进客厅,成为威力强大的热源。通常,我们会打开屋顶的排风扇,但是现在谁也没有起身。我放下手中的枕套,坐到钢琴凳上。母亲的眼睛始终直视着我,好像有什么事情需要我思考。我不知道她眼神的含意,我只是想知道,她让父亲不要说什么。我猜警察很快就会离开,然后我们可以谈论这些。此刻,我们已经错过火车的开车时间。

这个年轻的警察背对前门站着,双手插在外套口袋里,嘴中嚼着口香糖,时而脱下帽子,从口袋里抽出白色手帕,擦汗水淋漓的前额。他有一头几乎白金色的短发,所以他戴帽子的时候显得更为年轻。我想他是三十来岁,其实我根本就看不准人们的年龄。他的头发、宽宽的脸庞、眯成一条线的眼睛很不协调,但是对于一个警察来说似乎就很自然。他看上去像伯娜会喜欢的那种男孩,他的眼睛含有一种野性,和鲁迪的很像。

"你上学吗?"他问我。母亲依然注视着我,但是没有说话。我不知道她想要我做什么,或不希望我做什么。伯娜的身子在衣服里扭动,她放下绿色旅行袋,深深叹了口气,以表示自己的不耐烦。

"是的。"我说。

他用手帕擦了擦眼睛,然后折好放进外套,再戴上帽子。帽子使他看上去太过年轻。

"是梅里韦瑟·刘易斯学校。"我说。

"你读初中?"他好像有些吃惊,"你看上去还小。"我看着母亲,不知道她脑中在想什么。"十五年前我曾在那里读书。"毕晓普说,"现在我有几个孩子了。"他的目光转向母亲并停住了。"你对大瀑布城很熟悉?"他是在问母亲。母亲把视线移向他,然后落到自己交叉搁在桌面的手上。突然她的目光笔直地投向前窗,从那里也许可以看到父亲和另一个警察。"你们是这两个孩子的亲生父母?"母亲没有回答第一个问题,毕晓普又问。他斜靠在前门的侧柱上,眼睛对着母亲,像是觉得她的模样很奇怪——在他眼里,母亲肯定是这样的。

"这关你什么事吗?"她说。

"不,"毕晓普回答,"我可不会这样说。"他拉了拉左耳垂,笑了。母亲再次把视线转向前窗。

前院传来那个警察的笑声,仿佛他和父亲被一个玩笑逗乐了。透过玻璃门我能听到他们的谈话。这让我相信此刻一切都很正常。那警察说:"哦,这是可以理解的,贝夫,这是我们的工作。"

"你们两个看起来不像银行劫匪,"毕晓普说,"你看上去倒像个杂货店员工。"

这时,我的肺像是一下子失去了功能,我感到呼吸困难,胸口发闷。母亲张开嘴想要说话,但是没有发出声来。我闭上嘴,用力作了个深呼吸。我不想去看伯娜的反应。

"这同样和你没关系。"母亲说。

"这你就错了。"毕晓普说。

前门的外面有人在说话。重重的脚步声撞击着门廊的地板。母亲还坐在餐厅的桌边。我的心开始狂跳,几乎跳到了喉咙口。我希望她大声宣布,这里没有谁是银行抢匪。然而,她只是注视着我。"你们两人哪儿都别去,就待在屋里。"她对伯娜和我说,"你们听懂了吗?不要和任何人离开这里,除了雷姆林格小姐。清楚了吗?"她变换着手势,从左手握右手变为右手握左手。

前门打开了,好像是突然之间打开的,大个子警察迈着大步走了进来。他手中拿着那顶有沿口的草帽。他的头发几乎掉得精光,圆形的秃顶上留有一些红色的斑点。我能够看见站在门外草地上的父亲,他双手放在背后,对着前门露齿而笑,突然又摇起头,口中喊着什么。我想他是在对我喊话,可我听不清他在说什么。

"我们不去西雅图?"伯娜问。她还坐在长沙发上,穿着圆点花式的上衣。她坐的位置看不到门外。

"照我说的做。"母亲的口气不容置疑。

"现在,帕森斯太太,我不得不要求你站起来。"大个子警察说。他称她为"帕森斯太太",这很出乎我的意料,令我惊异。

然后,屋里的动静闹得更大了,简直是一场大骚动——鞋子和椅子在地板上砰砰作响,物品东歪西倒,微风中混合着皮革的气味。毕晓普拿出一副银光闪烁的手铐,和秃顶警察一起走向餐桌。他们把手搭在母亲肩上。"快一点,吉娃,你给我站起来。"大个子警察说。他把帽子放到桌上。母亲没站起来,她丝毫不动,但是表情僵硬,也不说话——虽然她的嘴唇分开。两个警察在两边分别提着她的左右手臂,拉起她,把她的双臂扭到背后,再把两只手交叉在一起。她没有反抗,但她的手在打颤,她的眼睛在眼镜后面不停地眨动,然后抬起头看着上面。胖个子警察拿起手铐,小心地对着母亲的手腕,咔嚓一声铐上了。"别让它们把女士铐得太紧。"他微笑着说。

屋外,父亲依然站在原地,口中自言自语。"现在,事情糟透了。"我听见他说。一些路德宗教堂的信徒此刻走出教堂,围观起来。一个头戴牛仔帽的人发了些议论,但我无法听清。"对了,对了,"父亲喊叫,"博览会从镇上撤走了,博览会从镇上撤走了。"

"这里有我的两个孩子。"母亲对两个警察说,他们开始押着她离开餐桌,她的手被铐在背后,因为个子矮小,手臂绕在背后,令她十分局促难受。要描绘眼前这幕对我而言是异常困难的。大个子警察身上的雪茄烟气味弥漫了整间屋子,就好像他刚刚抽过烟。他生硬地呼着气。母亲的脚没有移动,她不想走,但也没有挣扎,她除了说她有两个孩子外,再也没说其他。她的目光呆滞地落在自己前面,没有看我,她看上去行动非常艰难。

"哦，是的，我知道。"胖个子警察说，几乎是很温和地推她前行，"这我知道。"

"告诉我们，你要去哪里。"伯娜说。她看上去是镇静的，但其实和我一样深受震动。我们不知道该说什么，更不知道该怎么做。"你回来时，我们会在这里。"伯娜说。警察引着母亲走出前门。父亲在人行道上，像疯子似的不停嘟囔。姐姐和我全都看在眼里，这是一幕令人无法想象的情景。

我从钢琴凳上站起来，好像起立是我应该做的事情。我的心脏还在怦怦乱跳，但同时我又无比镇定，仿佛周围什么事情也没发生。

"记住我的话。"母亲说，她的目光没有看向四周。他们已经走到门廊，她注视着自己脚下，小心地从台阶上走下去。两个警察抓住她的手臂，使她显得更加弱小。"在米尔德丽德来找你们之前，不要去任何地方。"

胖个子警察在台阶底下转过身，说："小家伙，帮我拿一下帽子。"他的帽子还放在餐桌上。

我穿过客厅，拿起他的小草帽。我很吃惊它竟然那么轻。它散发出汗水和雪茄烟的气味。我走到门廊把帽子交给他。他一只手依然抓着母亲的手臂，另一只手接过帽子，扣到光秃秃的头上。

"会有人来照顾你们两个孩子。"他说。

母亲突然把脸转向我，这时伯娜走到了门口，在我梦幻般的记忆里，母亲的脸被黑暗包围着。"是你们让他们孤苦无助，"她的声音充满愤怒，"我已为他们作了安排。"她是在向我暗示。

"这是青少年管理部门的事情，"胖个子警察一边说一边使劲捏住她的手臂，"现在，你不必为此操心。"

"他们是我的孩子。"她怒视着他。

"也许你该考虑一下现实，"他说，"现在，他们属于蒙大拿州。"

两个警察押着母亲走到混凝土人行道上。父亲已经在那里，双手被缚在背后，他笑着，呆呆地看着他们。人行道上粘着星星点点的白色纸屑，它们来自昨天的教堂婚礼。

"我可否和律师见面？"父亲说，精神亢奋的样子，"我想我一个律师也不认识。"

警察毕晓普开始引着他向警车走去。他打开后面的车门。"你用不着律师，贝夫。"他说。

"要明白你不能做这事，我失算了。"父亲回转身看着我。"我失算了"，这是他说的，以前我从没听他说过这样的话。

"那正是你的错处。"毕晓普说。

母亲被推进警车后座时，她的眼镜从一边的脸和耳朵上滑落下来。大个子警察还抓着她的手臂，见状，便帮她把眼镜扶正，动作斯文而礼貌。她透过开着的车门，再一次注视着我。"待在家里，戴尔，"她叫喊，"除了米尔德丽德，别跟任何人离开。如果别无办法，那就逃跑。"

"我不会的。"我说，我想她的眼中一定充满泪水。

父亲被押往车子的另一边，离我们远些，靠着马路中央。他被逼得往车门里面低下身子。突然，他直起身从车顶上面看向我们，他充满野性的眼神和我的目光相碰，他喊起来："我告诉你，这些胡闹的猴子没什么了不起。"毕晓普更加用力地用手压住父亲的头，将他重重地按到后座上，母亲已经坐在旁边。父亲又说了些其他话，但是我听不清。毕晓普砰的一声把车门关上。这时，教堂里有更多的人出来了，站在门前的台阶上观看。这简直是天大的新闻，一个不可多见的奇景。最糟糕的事情终于发生了，而且是以最糟糕的方式。

毕晓普绕到警车驾驶座一边，年纪较大的大肚子警察坐进旁边的乘客座位。从后座窗口可以看见母亲的脸，她在愤怒地斥责旁边的父亲——看上去像是这样。她没有看我。警车的离合器铿锵地啮合，然后慢慢地向公园的转角驶去。我就这样站在前门门廊里，看着眼前发生的一切。我只能任其发生，任父母亲被逮捕并被押走，仿佛这对我是可以接受的。阳光透过榆树的叶丛像水流一样喷射出来，空气浓重而温热，来自货运车场的柴油气味在空中飘浮。警车开上中央大街，汽笛鸣响，马达加速飞转，其他车辆都为它让道。然后，我走回屋里。我不想站在外面，任那些我不认识的邻居指指点点，当新闻来看。我真的什么事也不想做，可我又不能只是站在那里。至此，故事的这一部分就告一段落了。

三十一

你可以想象这幕情景:你看着自己的父母被戴上手铐,被人指着脸称银行劫匪,然后被押上警车送往监狱,而你只能呆若木鸡地留在后面,你可能会丧失神智而发疯,你可能会跑进屋,把自己关在房间里,狂呼、哀号,任自己深深陷在绝望之中,觉得一切都完了。对于有的人来说,可能确实会处于这种状态。但是,在这种状态发生之前,你不会知道自己将怎样反应。当然,对我而言,最想要告诉读者的不是发生了什么,而是生活就此永远改变。

当我走回屋里,伯娜已经进入自己房间,把门关上了。我一个人呆呆地站在客厅中央,环顾四周,心怦怦跳得很快。我审视着墙上的照片——有几张是我们在家里拍的全家福。还有罗斯福总统的像和父亲的退伍证书。我看着装有我珍爱物品的枕套、母亲的手提箱、伯娜的鳄鱼旅行袋。我的目光在母亲的小书架上巡游,我凝视着牌桌上的尼亚加拉瀑布拼图,我面对着布满划痕的钢琴,还有一件件在我十一岁之际带来大瀑布城的蒙哥马利-沃德家具[1]。任何东西都失去了存在的意义,地板上的波斯地毯、电视机、父亲的电唱机、绘有一艘帆船图案的墙纸、染有污迹的天花板、它上面的果状吊灯和父亲甚为青睐的圆形石膏浮雕。我对这个家负有责任,至少目前如此。我需要对事情的发展作出正确判断,我要镇定以对,不能乱了手脚。

在那一刻,我其实没有想到我的父母,其时他们过了河正在去往监狱的路上。他们被推断抢劫了银行,我并不怀疑。相反,认为他们没抢银行倒似乎有点说不通,因为他们确实因此被捕,而且,

---

[1] 蒙哥马利-沃德:美国芝加哥的大百货公司。

他们没有宣称自己是清白无辜的。对于银行抢劫事件和抢劫者，我缺少一个既定的概念。邦妮和克莱德不同于我父母，我所熟知的罗森堡夫妇[1]也完全不一样。真的，开始想到父母的时候，我关注的并不是他们是否抢了银行，而是觉得他们已经走到一座墙后，或者说走到一条界线之外，把伯娜和我留在了这一边。我渴盼他们回来，和他们一起才是我们真正的生活，才是幸福的生活。我们还生活在他们中间，但是他们必须越过这座高墙才能回来，回来让生活继续下去。由于某种原因，我怀疑这种可能性。也许因为我还处于极度惊恐之中。

我几乎立即就想到一件事，那就是车子后座下的钱。一阵惊慌袭来，我担心有人——警察——会找到它。国家农业银行的名字印在纸币的环套上，我对这家银行一无所知。大个子警察提到北达科他州，但父亲否认去过那里。他说雪佛兰是不久前才买的——所以钱可能一直就在那里，和他无关，也和任何银行抢劫无关。我又想到另一件事，也许车里还有其他钱，像这样一沓沓扎在一起。需要把它们转移，可是我想不出哪里安全，万一警察返回来搜查我家怎么办，我知道，他们侦查偷盗案件时往往会这样做。

我走出厨房，穿过院子。我从雪佛兰后座的车门钻进车里，车门没锁，车座温热，我把手从坐垫中间的缝隙探进去，在垫子下面移动，直到碰触到那一沓凉凉的、被包扎得紧紧的东西。我又将手往里一直伸到肘部，四处摸索，但是摸到的只有底盘上的模板和螺栓，要不就是尘埃和泥屑。我发现了一包没拆封的丁香味泡泡糖、一粒纽扣和一个来自圣派翠克医院的空信封，所有这些都是我留下的。我在后座没有找到其他钱，在前座的坐垫下也没找到，手套箱里也没有，于是我推翻原来的猜想，车里就只有这一沓钱。就像之前发现它时那样，我将这沓钱塞入裤中，钻出车，匆匆穿过院子回

---

1 朱利叶斯·罗森堡（1918—1953）和他妻子艾瑟尔·格林格拉斯·罗森堡（1915—1953），美国公民，因间谍罪被处决。

到屋里，我的心弦紧绷，我想，千万不要有警察等在屋里。一到屋里，我就把钱放到厨房抽屉里的餐具托盘底下。我没想过要数它们，不过我看见最上面的那张是二十美元。那一沓钱把托盘顶得太高，抽屉无法关上。于是我把钱拿出来，将环套撕下来扔进抽水马桶，放水冲走。我想我这么做是正确的，父母一定会认为这个想法很聪明。我重新将钱放进抽屉，把它们分成并排的两堆，这次抽屉顺利关上了，而且不会引起谁的注意。

然后我直接回到自己的房间（伯娜的房间里没有什么声音，我不想告诉她）。我关上房门，拉上窗帘，关掉吸顶灯，衣服也没脱就倒在床上，如同前一天那样。我静静躺着，看着胸膛一起一伏，我摸着在它下面跳动的心脏，留意着自己的呼吸并努力深深地吸气来加以调节。这是母亲教我的，如果半夜醒来脑子活跃兴奋，这样做能有助于重新入眠。她说她就经常这样。如果能睡过去，我相信等我醒来的时候，所有可怕的事情可能都会过去。或者眼前发生的只是一个梦，醒来的时候我们已经在往西雅图飞驰的火车上，母亲带着伯娜和我去开始新的生活，那里会有另一所学校，我会结识新的朋友。现在是中午十二点三十分，我的小台钟慢了十分钟。路德宗教堂的钟声再次敲响。一条街外有条狗开始吠叫。外面阳光明媚，可是我的房间阴暗冰凉，毫无生气。我听着鸟儿的鸣叫，渐渐地，我听到有个地方有什么东西在滴着、滴着……—如我期望的那样，我顺利进入了梦乡。我睡了很长时间。

三十二

当我醒来的时候，屋子里有说话的声音在响动。我猜一定是警察来了，在和伯娜谈话，在寻找钱。我本来已经平静的心，又立刻怦怦乱跳起来。厨房的抽屉很可能是第一个遭到搜查的地方。

我猛地把房门打开，想让站在外面的人吓一跳，这样也许会让他们知趣地离开。但说话的是伯娜，她正在走廊里打电话，就站在父母卧室外面的电话托架旁边，手中握着听筒。她身穿带有蓝色大象图案的睡衣，光着脚，把电话线缠绕在大拇指上，然后又放直；她用另一只手的手指伸入浓密的头发，因为听到电话里在说什么而露出笑容。她的声音比较低沉。她又化过妆，涂了口红。"哦，是的，"她正在说，"我不知道。那是个好主意。"她说话的声音和母亲极像。我不知道她在和谁通电话，我猜应该是鲁迪·帕特森。在她认识的人当中，我唯一知道的就是鲁迪，她把他们之间的事告诉过我。

原来不是警察，我绷紧的神经松弛下来。但是我有一种强烈的预感，他们马上会再回来。那个年长一些的警察这样说过。我走到前窗探望窗外，门前的街道和对角的公园空空落落，只有斑驳的阳光铺在地上。路德宗教堂的门锁上了，教堂的阴影优雅地落在草地上。公园里，一个住在街上那头的小胖男孩——他是个聋子，我以前见过——正把一根棍棒扔给一条黑色的纽芬兰猎犬。它跑过去，咬起棍棒，然后放回男孩脚边。他轻拍猎犬的头，对它说了些什么。那里没有警车。偶尔，这个男孩会神秘兮兮地转过身，看着我家屋子。

我走到厨房的窗边，查看父亲停在外面的车，但是车不见了。车库边上那个原先被它占据的空间就像一只空空的盒子。不久前，那辆雪佛兰还在里面，怎么说不见就不见了。我立刻打开放餐具的抽屉,心想里面的钱不可能还在,可是那两堆二十元票面的纸币依然在托盘下面,这让我知道,我并非在做梦,所有这些都是真真实实发生的事情。

我捡起先前被母亲摔破的盘子碎片,扔进水斗下面的垃圾箱。它们全是大的碎片,所以不需用扫帚清扫。过了一会儿,穿着大象图案睡衣的伯娜走进厨房。她似乎并不烦恼,好像就这样待在家里更好,她一直在等待这一刻,想要好好利用一番。

"他们把他的车拖走了,开来一辆清理事故现场的大卡车。"她一边说一边朝窗外张望。"好棒的一条大狗。"她看着那男孩在公园里抛扔棍棒。而我想的是怎样转移那些钱,我不希望它们惹出什么麻烦。"我想不会有人来。"伯娜说。注视着男孩和狗的时候,她把手弯到后腰,隔着睡衣搔痒。她的头发非常浓密,因为睡觉而显得蓬乱。"这意味着我们能做自己想做的事。"

"为什么?"我说。

她动了动嘴唇,挤出一个微笑,然后斜视着我,大口地呼气,每次她故作高傲之态时就会这样。"什么事我都可以做,只要我想。"她用手指着耳朵,划了一个圈,然后又指着我。"你是个疯子。"她说。她常常这样说。

"你打算做什么?"

"我不知道。"她打开冰箱门,朝里看了看,然后又关上。"里面不会没东西的,我很饿。鲁迪想结婚。"

"你不能。"我说。我知道她不可能结婚,我们才十五岁。而且她告诉过我她不想结婚。这是她昨天说的。

"他们会把你带去某个地方。我们则会去犹他州的盐湖城。那里比这儿好。虽然现在他还没有加入当地教会。"

我讨厌听到她说这些话。我是我,我有我的想法,她竟然觉得我是可以任人摆布的脆弱玩偶。就这样,她穿着睡衣站在厨房里,谈论着要和鲁迪结婚,向我投下浓重的阴影,丝毫不顾及我的感受——好像我的命运必须像她一样,谁都可以像对待纸巾般将我的计划撕碎,弃之如敝屣。

只是,我不那样想我和我的计划。现在我已经能感受到自己的计划的轮廓,不管发生什么,我都不会变,我会一直是我自己。于是我的心渐渐平静下来,我觉得这是个积极的信号。如果我真的觉得一切都完了,或者由于依赖姐姐而失去了生活的方向,我就不会知道我该怎么做。我不会躺倒,否则从那一刻起我就没有任何奋起一搏的机会。

"我不会马上就结婚。"伯娜说。她转过身重新注视着窗外。突然,她回转身露出一个非常不自然的笑容。"妈妈对我说,要我一定照顾好你。"盈盈的泪水立刻从她眼中涌出,这时,很可能我也开始哭了。我们两人都有理由这样。但是她停止了哭泣。"我恨他们如此胆大包天。"

"你不一定非要离开。"我说。那是一种我们之前有过的害怕的感觉。

"不,我要走,"她说,"我……"我想伸出手臂抱住她。如果我想要留住她,这似乎是最自然的举动。走廊里的电话开始响了,那声音响亮、刺耳、凄厉,搅碎着屋里的宁静。而这一刻就这样过去了——伯娜和我几乎要紧紧相拥,电话铃响着,但没有任何东西能分散我们的注意力。

三十三

随着时间的流逝,那个星期天留给我的记忆已经不甚清晰。我只记得我觉得在屋里很自由无拘,还因为屋里只有我们两人而感到舒服。我们吃冰箱里的食物——冷的意大利面条和一只苹果。我们一边吃一边透过前窗看着外面,注视公园里接近黄昏时分的树荫。有几辆车子驶过,其中一辆,或者两辆,放慢了速度,里面的人斜靠在车窗上,看着站在屋子里面的伯娜和我。一个人向我们挥手致意,我们两人也挥手回应。我不明白这些人怎么可能认识我们。阻止我们融入环境或被环境同化,是母亲素来的想法,因此,使我养成一种习性,如果有人——比如象棋俱乐部成员——目不转睛地看着我们,我就会深感羞辱。而现在更糟的感觉是,虽然我自己并没有做过什么感到羞耻的事情,但是我有这样的父母亲。

天黑之前,伯娜和我绕着街区转了一圈。我们违背了母亲不要我们离屋外出的嘱咐。因为现在我们可以这样,没有人注意我们。星期日下午,邻家的屋子看上去全都悄然静谧,大门紧闭。这个街坊似乎与我们过去的认知不同,比我们想象的和善得多。

回家后我们坐在前门的台阶上,看着天空渐渐变成紫色,月亮升起,邻家窗口的灯光像针一样刺痛我们的眼睛。我注意到有只纸糊的风筝高高挂在公园的树梢,我想知道人们怎样才能把它摘下来。我们猜随时都会有一辆车开来,几个陌生人走下来对我们说,必须跟他们去某个地方。可是,这种情况没有出现。

我们没有过多地谈起父母。我们坐在台阶上,看着蝙蝠绕着暗暗的树丛打转,树丛后面衬着一轮弯月,东方的天空有惨淡的星光显现,这时我们开始猜测他们到底做了什么,猜测将会以什么罪名遭到起诉。这简直太戏剧化了,让人难以相信它是真的:夜里他们离开家——以前他们从未这样做过;父亲的手枪失踪;车子里有钱；印第安人打电话来我家并开车从屋前经过。有某个短暂的瞬间，我甚至希望这是真的——不知道这样说是否妥当——父亲通过抢劫银行得到了他所需要的。而对于母亲来说又意味着什么，这是一个较难回答的问题。可能确实是真的，在那个下午，伯娜和我都丧失了健全的心智，以致事情发生了，却还无法充分意识到究竟发生了什么。为什么我们会显得如此平静？还外出散步？为什么父亲抢劫银行并粉碎了我们的生活，我却认为他更富有？这些想法全然不合情理。我们谁都没有问他们为什么会去抢银行，为什么会认为这个好主意。对我们而言，这些问题已经成为生活中不可回避的事实。

　　后来我们进屋的时候，天已经完全黑了。蚊子在空中飞蹿，飞蛾在窗上扇动翅膀，知了在悠长地吟唱。星期日的晚上中央大街几乎没有车辆。我们锁好门，拉上窗帘，关掉门廊的灯。不管伯娜怎么想，我相信会有人来并把我们带走——警察或者青少年管理部门的官员，警察还会搜查屋子。我们打定主意不会让任何人进来，那决绝的样子俨然一对住在这里的夫妇，不容他人来侵犯自己的私人领地。

　　我走进厨房把钱拿出来，告诉伯娜它们的来处。我不知道前一天在车上她有没有看到这笔钱，但她说没有。她猜这些钱就是父母所偷的，我们应该藏好，或者扔到抽水马桶里放水冲掉。我们在餐桌上清点钱数，共五百美元。然后伯娜改变了主意，说我们应该分了这笔钱，每人各得一半。不管怎样，我们都会受到指控，因为我们拿了这些钱，所以我们应该管好它们。她说可能还有钱藏在家里的什么地方，得赶在警察来到之前找出来。我们走进父母亲的卧室，到处翻找，包括母亲的小钱包、父母的抽屉、床垫下、挂衣服的壁柜和鞋子，以及堆放旧鞋子、毛绒衣和父亲空军军帽的壁柜搁板上面。我们没有发现更多扎起来的钱，虽然母亲的钱包里有折起来的三十美元。我们还找到了母亲的一本书，她称之为"犹太书"，我以前看过，但一点也没看懂。书是小开本，她说上面全是希伯来文，就放在梳妆台最下面的抽屉里。和书放在一起的还有一些我们婴儿时的照片、一台带有泰姬陵卡片的观景器、她的眼镜验光单、几支绘图铅笔、她的诗歌和日记——这时我们依然不敢读她的日记。这本书有个以字母"H"开头的名字[1]，母亲说起过，但我不会发音。关于这本书，我没向母亲多问什么。我突然想到，家里不存在藏了东西让人找不到的地方，更何况搜寻赃物是警察最拿手的职业技巧。我家没有地下室，我又实在不愿到阁楼上去，因为那里闷热难耐，而且会有蛇和大黄蜂出没。我们猜不出哪里还会有钱。最后我们停止了搜寻。

然而，在父亲那只印有压花字母"P"的皮革珠宝箱里——箱子的气味就像他身上的——我发现了他的中学校戒[2]，厚重、金子质地，上面嵌着一颗方形蓝宝石，还刻有一个的微型字母"D"（代表迪莫波利斯[3]，两边各雕着一匹跃起的微型马（代表美洲野马）。他说迪莫波利斯意味着"人们生活在希腊"，他喜欢那里，因为它标志着人人平等。我戴上戒指——只适合我的拇指——并决定就这么戴着，因为如今我已经没有可能拥有一枚自己的戒指了。珠宝箱里还放着他的金色上尉肩章、手表、蓝白相间的"帕森斯"名字标签、身份识别证和一只装有战功勋表的纸盒。壁柜更里面的地方，挂着父亲那套厚重的空军制服，洗得干干净净，还熨烫过，准备随时穿上身，可是上面没有勋表和肩章。我把制服穿在身上，它显得又长又大，在屋里很是闷热。以前我也穿过几次，感觉非同寻常，我喜欢这件军装。这件衣服口袋里也没有钱。回想早先的日子，每天早晨父亲穿上军装离家去基地的时候，心情总是特别好，那才是几个月前的事情。如今，这样的美好光景已成一去不复返的过眼烟云，尽管不久前它真实可触。

---

[1] 指犹太典籍《哈加达》，该书记载古今各地犹太人的风俗和礼仪，其中引用大量希伯来圣经的经文。
[2] 校戒：学校为纪念目的制作的戒指，供学生佩戴。
[3] 迪莫波利斯：地名，在美国亚拉巴马州。戴尔的父亲贝夫读中学和参军之地。

伯娜翻出两条母亲冬天穿的深色羊毛裤，提着它们贴在身上走到落地镜前展示，似乎觉得很有趣。她试了试，但都太小，穿不上去。于是她找来一双母亲已经不穿的浅帮黑布鞋，把自己骨骼粗大的脚往里挤，可惜只能挤进一半。她绕着父母的卧室打转，鞋后跟拍打着地板，发出得得的声响。她说母亲太没有时尚感。其实她说得不对，母亲有自己独特的风格和时尚观念。我们非常清楚，父母亲再也不会回来了。如果生活有还可能恢复正常，我们就不会像这样穿上他们的衣服，嬉笑着模仿他们。

九点刚过，前门传来敲门声。很自然地，我们想准是警察来了，便立刻关掉父母卧室的灯。我膝盖着地，手脚并用地爬过走廊——身上还穿着父亲的制服——然后爬向厨房。即使透过前门上的玻璃，也没有谁能看到我。我来到厨房的窗边，从窗台上面窥视黑暗的前院，明月挂在枝叶浓密的树冠上方，在路灯的映射下，街对面空寂的篮球网架投下浓重的阴影。鲁迪·帕特森站在前门平台上，高高的个子，长长的手臂，正仰望天空，抽着烟，手里还拿着一只纸袋，等着开门让他进来。我看不清他蠕动着嘴唇在和谁讲话，但立刻想到他是在哼歌。门廊里的灯没有开。

我知道他是来带伯娜和他一起走的——一切他们都计划好了。我将一个人留在屋里，自己照料自己，孤独地面对一切。他们会踏上去往盐湖城或旧金山的旅途，那是她决定好了的。我不知道该如何阻止她，但我不想让他进来。我要锁上门和伯娜一起待在家里。我不认为她的出走是明智的，不认为这是更好的出路。对我来说也同样不是。

伯娜走到走廊门口朝角落张望，好像并不担心有人看到她。"是谁？"她问。

我说："是鲁迪。他不能进来。妈妈说过，谁也不能进来。"

"我差点把他忘了，"她说着走出走廊，"是我叫他来的。他怎么不可以进来，别犯傻啦！他和我在恋爱。"她径直走到前门，让鲁迪·帕特森进入我家。

看见鲁迪站在月光映照的平台上,看着他走进屋来,不管我的感觉怎样,他——至少是在一段时间里——改变了一切。他不是那种你期望能产生积极作用的男孩。当他走进大门的时候,我觉得时间仿佛凝固了,我们的生活也成了一潭止水。外面的一切都从我眼底消失,好像顷刻之间,未来和过去就都走到尽头,这世界只有我们三人存在。

鲁迪一进屋就大声嚷嚷起来,他在我家客厅里走来走去,抽他的烟,环顾四周的东西,和这天早些时候我做的一模一样。他打量着钢琴、墙上的照片、父亲的退伍证书、母亲的手提箱和装有我珍爱之物的枕套。他好像比我上次见到时老成了些,个子也更大,那时候我们在公园篮球架下投篮,伯娜就坐在台阶上看着。他才十六岁,蓬乱不驯的红发拳曲着,颀长的手臂满是红色的雀斑,一双大手的背部长满茸毛,脸上还蓄着令伯娜不快的小胡子。他穿着短袖圆领汗衫,手臂肌肉从袖口下露出来,上面的血管清晰可见。他的手指关节带有伤痕并且变形,就像攀岩者和拳击手的那样。他下身穿着脏兮兮的粗棉紧身黑裤,系一条带有铜扣头的阔皮带,腰边插一把防身小刀,脚上穿着粗大的黑色短靴——在空军基地或他父亲工作的冶炼厂里,人们都穿这种短靴。他和夏天与姐姐亲密相处的时候还是有一点点相像,我喜欢他,因为他对我很友善。然而,他和上次我见到他的时候又有明显的变化,我也说不清楚这变化到底是什么。

但是现在我依然喜欢他,而且理解姐姐怎么会下定决心随他出走。他显得有些神秘和勇于冒险,深思之后,我觉得自己随他们一起出走也许会是个好主意,我不用再去面对明天,面对明天可能发生的一切。

鲁迪一边在屋里踱步,一边不停地说话。此前,他从未进过我家,也许这使他感到紧张,于是故意用夸张的动作加以掩饰。他还喝酒。他的纸袋里有三瓶帕泼士牌啤酒,还有装在一个透明袋里的花生。他剥花生吃，把壳留在父亲的尼亚加拉瀑布拼图上。他后面的裤袋里还有一瓶半品脱装的埃文-威廉姆斯牌威士忌，他称它为"银箱"。他在我们这个已经陷入畸形的家里，摆出一副城府很深的模样。

鲁迪知道父母出事并被送去了监狱，知道家里只剩下我们两人，这是我醒来的那一刻，伯娜在电话里告诉他的。鲁迪说他父亲和继母的关系根本就是水火不相容，还说摩门教徒简直是疯了。他不再相信他们的信条了。摩门教徒发明了一种只能在他们之间使用的秘密语言，他们计划要征服天主教徒和犹太人，还要把黑人送往非洲，要不然就处死。华盛顿特区将被他们烧成焦土。如果你想脱离摩门教，他们会穷追不舍，直到把你抓获，用铁链锁着带回去。他拿出"银箱"呷了一口，又拍一下嘴唇，然后出人意料地把它递给伯娜。她喝了一口后又递给我。我也喝了一口。我猛地把酒咽下，被辣味呛得不得不咬紧牙齿。我的喉咙收紧，就像胃在发烧发烫一样，还感到疼痛。伯娜又喝了一口，她从前喝过酒，所以眉头一皱不皱，还用手指轻拍嘴唇，看上去很喜欢。然后，鲁迪递给她一支点了火的烟，她用拇指和中指捏着，抽一口再从嘴上移开。这是在我们家的客厅！十二个小时之前我们的父母亲还在这里，他们的规则主导着我们的行为举止，决定着我们做的每一件事。现在，他们走了，他们的规则也随之而去。自己主宰自己的感觉令人既兴奋又迷乱，于是，对于如何迈步展开我今后的人生之路，我有了粗略的构想。

伯娜在客厅椅上坐下，只注视着鲁迪。他的一举一动像是在表演。他在客厅来回不停地走动，说他父母威胁着要把他交给州青少年管理部门去监护，那将是最可怕的事情，意味着他要被送到迈尔城的一所大型孤儿院去。可能会有陌生人来领养他，把他当作他们的私有财产。但是，他这样年龄的男孩，没人愿意领养。所以，他会像因犯一样，被关在孤儿院里，成天和那些污秽的同伴相处：他们或是卑劣的牧场男孩，没有了父母或被父母遗弃；或是肮脏的印第安顽童，因为父母堕落犯罪而失去家庭。就这样，一个人的生活将彻底毁掉，即使存活了下来又能如何。我想，这可能就是母亲所担忧的，这就是为什么她再三嘱咐伯娜和我不要跟任何人离开，除了雷姆林格女士。

很快，客厅里到处飘浮着香烟、威士忌和啤酒的气味。这里不久前才被清洁过，明天我们必须再次打扫。我去把排风扇打开，它开始咔嗒咔嗒地闹腾起来，并把一部分烟气排出去。所有的门窗都是关着的，这是之前我做的安全措施。

我身上还穿着父亲的空军制服，鲁迪说他也想穿上试一试。我脱下来，他穿上了，他穿着比我合身得多。军装在他身上立即产生一种效果，他在我们客厅里踱步，加上他的纸烟和啤酒，俨然像个军官，而我们的屋子就是军队在战争中的结集点，他马上就要从这里奔赴前线。

"现在，我准备向敌人的主力开火。"他趾高气扬地走来走去，模仿着军官的声音说。显然，他喝醉了。伯娜说她也醉了。我想，他看上去像个小傻瓜。他的优雅风度在渐渐消失，可是我还是喜欢他。也许，我自己也是个小醉鬼。

"有没有什么音乐可以播放？"鲁迪问，一边对着挂在长沙发上方烟雾缭绕的镜子，欣赏自己的仪态。那面镜子是我们搬来后安上去的。

"他有一些唱片。"伯娜说。她指的是父亲。

"我想听一听。"鲁迪说。他把双手放在嘴唇上，这样子像极了巴顿将军的一张照片，我是在《世界全书》里看到的。

伯娜走向电唱机，从橱柜里拿出一张父亲的唱片，放到转盘上。之前，除了父亲，我从没见别人操作过。

立刻，格伦·米勒[1]的乐队开始奏响父亲最喜欢的乐曲《小小

---

[1] 格伦·米勒（1904—1944），美国格伦·米勒乐队创办者，编曲家、演奏家、乐队音乐指导。1944年加入军队，组建空军乐队，1944年12月因所乘飞机遭敌机击落而殉职。

棕色水壶》。父亲十分崇敬格伦·米勒，因为他是为了国家的福祉而死。

在音乐的鼓动下，鲁迪的情绪更为高昂，立刻自个儿跳起舞来，在客厅里弯身俯腰地滑来滑去。他面带微笑，曲起膝盖，手臂忽起忽落，不停地转着圈———只手拿着啤酒瓶，另一只手夹着纸烟。

"你来和我一起跳。"他对我说。他跳过来，伸出手臂勾住我，把我从钢琴凳上拖起来。他带着我后退，旋转，手指同时游动，忽而推我向后，忽而拉我向前，大黑靴踩在我的脚上。他笑了起来，喷出一股威士忌和香烟的气味，那双关节变形的手不时地紧搭在我的肩上或后背中央。以前我从没跳过舞，我不认为此刻我是真的在跳舞。在我的记忆里，母亲和父亲跳过舞，由于他们体型相差太大，跳得颇为费力。母亲喜爱高雅的俄罗斯芭蕾舞，讨厌"格调平庸的舞场文化"——这只是父亲达到的境界。

当鲁迪和我旋转的时候，伯娜对我皱起眉头，她嘴上叼着烟。我跳得有点进入状态。"停止和你的男朋友跳。"她说，"你该和你的女友跳舞。"

"现在，我给了小男孩戴尔一个大大的刺激。"鲁迪说，他喘着气，但带着浓浓的笑意。他松开我，开始以同样的方式和伯娜一起跳舞，她跳得一点也不比我高明。我的脑袋有些发晕，感到胃也有些不舒服。我坐在伯娜刚才坐的椅子上，看着他们在我面前跳来晃去。

《小小棕色水壶》播完，下一首歌是《幻觉》，这是父亲每隔一段时间就要播放的。起初，由于手臂伸得过长，伯娜和鲁迪跳得僵硬拘谨，很不自然。他表情严肃，好像把注意力全集中在自己的步法上，而伯娜则显得有些心烦。后来，他们贴得更近了，这我清楚，他们以前就这样。伯娜的脸从鲁迪的肩上露出来，她闭着眼睛。他们几乎一样高，他们在很多方面看上去很相像，甚至比她和我还要像。他们两人都有雀斑，骨架都大。伯娜的白色网球鞋随着鲁迪的靴子在小地毯上笨拙地滑来滑去。他们两人都夹着烟，鲁迪一手还拿着啤酒。我拿起放在地板上的埃文-威廉姆斯酒瓶,又喝了一口威士忌,顿时胃又开始发烧,不过没有继续恶化,很快平息下来。我并没有意识到自己正躁动不安。我静静地坐在那把带扶手的绿椅子里,看着伯娜和鲁迪相拥而舞。鲁迪穿着父亲的空军制服,伯娜的脸紧贴着他的脖子。我几乎可以肯定,我感觉到有人在猛敲我家前门——有人发现了我们在抽烟和喝酒,做我们不该做的事情。但是我顾不了那么多,我很快乐,我因为伯娜快乐而快乐,让她高兴一直是件很难的事情。就在这一刻,我感觉自己好像正在看父母亲跳舞,每一件事情都回来了,以它应有的模样浮现在我脑海里。

  他们伴着格伦·米勒的另一首歌跳舞后,鲁迪的脸红了。由于穿着父亲的外套,他热得汗水涔涔。他突然停止了跳舞,把外套脱下来扔在椅子上,重新在屋里不停地走动。他说他不会在这里待太久。伯娜站在客厅中间注视着他。他说他有一个计划,要在这天夜里弄到一笔钱,至于怎样把钱弄到手,他觉得还是不告诉我们为好(我猜是偷)。他说如果他因犯罪被抓,不可能去迪尔洛奇县监狱,因为他才十七岁。还说这里有人监视他,反之,如果在加利福尼亚,那里大多数人都会和他相处和睦,他不会像在大瀑布城一样与他们对抗,他把大瀑布城称作"地狱的洞穴",他讨厌它。

  他问伯娜家里有什么吃的,他仅有的食物就是他从意大利杂货店"拿来"的花生,啤酒和威士忌是他从一个印第安人手里买的,用他父亲钱包里的钱。伯娜说冰箱冷冻室里有冻牛排——父亲从基地带回来的——她可以为他烹饪,他说那真是太棒了。

  鲁迪和我在餐厅的顶灯下坐了一会儿,拉上前窗的帘子,外面没有人能够看见我们。两天之前,我们全家就坐在这里用餐。鲁迪一边抽烟,一边交替地喝啤酒和威士忌。伯娜把一块冰冻的牛排直接放进煎锅,搁在"西屋"[1]上煮——父亲这样称呼炉灶。我从没见

---

[1] 指西屋电气公司生产的电炉。

过伯娜下厨,我不相信她懂得烹饪,我也不会。鲁迪顺手从客厅的架子上拿起母亲放的一本书,是兰波的诗集。他朗读了里面的一两句。"淫秽而泥泞的国度!——为畸形而庞大的工业化和军事剥削服务……"[1]这我还记得清楚。在我眼里,鲁迪依然神秘和友好。他那蓬乱的红发和手臂上的青筋,更加显得他不同凡响。虽然我并不认为他比我聪明,他不下象棋,可我懂棋艺;他对地球上的其他地方一无所知,可我知道。我还能肯定他没有读过《时代》《生活》或者《国家地理》,但他有他自己的知识和趣味,比如他在皮带上佩戴小刀,他穿钢趾皮靴,他会喝酒、抽烟,有弄钱供自己花销的窍门,他熟谙摩门教。他还会开他父亲的车,带伯娜到机场一带游逛,做他们爱做的事情,这是何等的浪漫之举。

我们坐在桌边,鲁迪说,他期待着冬天的到来,他会在气候全新的环境里生活,那是加利福尼亚州,他的生母就住在那里。他告诉我,他父亲曾经对他说,他——鲁迪——也许根本就不该降临人世,至少,应该诞生在其他极有耐心的人家。他把烟蒂扔进喝空的啤酒瓶里——我们家没有烟灰缸——又点上一支烟。他预言监狱将会是他的归宿,他像是忘了我们的父母此刻正关在监狱,一点都不顾忌这话会刺痛我们,令我们难堪。他还说他在大瀑布城几乎没有朋友,住在一个城镇而你交不到朋友,说明肯定是有什么地方出了问题。这一点其实伯娜和我也一样,但我相信,这是母亲担心我们被环境同化而产生的必然结果。他隔着桌子神情肃然地看着我,像是突然想起了伯娜和我的糟糕处境,说这对我们不公平,他知道我们循规蹈矩,什么也没做。对此,我不想说什么,我觉得如果父母亲真的抢劫了银行,不管出于什么原因,恶果都得由他们吞下,这是不容置疑的。鲁迪没有再提他以前说的要加入海军,也没有提要和伯娜结婚。

伯娜从厨房出来,端着盛有牛排的白盘子,放到鲁迪面前,牛

---

[1] 出自兰波《彩图集》。

排上面搁着一把餐刀和一把叉子。里面只有牛排,没有其他食物,看上去就像一块瓦片,边缘的肥肉烧焦了,卷曲起来。那样子很难引起人的食欲。伯娜双手叉在腰上,嘴唇噘向一边,皱眉看着牛排,好像奇怪它怎么会是这副模样。"以前我除了熬汤没煮过别的。"她拖出一把椅子,在鲁迪对面坐下,依然对着牛排皱眉。尽管开了排风扇,屋里还是很热。汗水集聚在伯娜的上唇,鲁迪也在冒汗。牛排的焦煳味在我们周围的空气中浮动。

"看起来不错。"鲁迪说。他嘴上还叼着烟,我想他是准备边吃牛排边抽烟。他拿起餐刀切牛排,但切得不深。我和伯娜看着他。他放下餐刀,从腰间的刀鞘里拔出带有红色小手柄的佩刀,轻易就把牛排切开了。

"棒极了。"他边说边吃一块切下的牛排,我看得出它里面还是硬硬的,根本没熟。他把烟搁在盘子的缘口,津津有味地嚼着,当他咀嚼的时候,烟气成漏斗状从他鼻孔里逸出。他喝了一口啤酒,然后又切下一块牛排,但这次并没有急着吃,而是在椅子上转过身,环顾着身后的客厅。我们刚才就是在那里跳舞,喝威士忌。父亲的制服堆在椅子上,尼亚加拉瀑布拼图摊在牌桌上,上面散着花生壳。装有我珍爱之物的枕套和母亲的手提箱还留在它们早晨放着的地方,自从警察进门后,已经在那里静卧一整天了。鲁迪似乎想确定周围的一切并没有什么变化。

在伯娜和我的注视下,他转回身继续吃他的牛排,他把切下来的牛排再一切为二。他用靴子轻轻磕着地板,好像吃得很香。他又深深抽了一口烟,抬起下巴,作了个法国式的深呼吸,然后叉起一小块牛排送到嘴里,这时他脸上露出了笑容。"我相信,"他咽下食物,然后清了清喉咙,"我们能做的最好的事情就是外出浪迹天涯。这就是我的想法。"我不明白他的意思,不明白他说的"浪迹天涯"是指什么。

"现在,你父母要你去哪儿?"伯娜问,"他们认为你会出走?"

"可能吧。"鲁迪说,一边用力咀嚼,"如果我死在密西西比河被人捞起,他们绝不会来收尸。"说着说着他情绪激动起来,从椅子上站起来,一手拿起佩刀,另一只手拿起烟,斜视着双眼,对着桌子上方的空气猛捅三四下,每捅一下口中就发出"啊!啊!啊!"的叫声,好像在捅某个他讨厌的人。这情景让我觉得很不舒服。

他坐回到椅子上,又切下一块牛排放入嘴里,我能够听到他粗粗的呼吸声。他看着我,咧开嘴笑了,他的笑是温和的。"你想来点吗,戴尔?真的很不错。"他把盘子推向我,餐刀和叉子都在盘子上。佩刀还在他的面前,如果需要,他还可以用它来发泄。

"我不饿。"我回答,虽然我已经饥肠辘辘。

他转身把佩刀插回小鞘套里,都没有擦去刀上沾着的牛排油脂。"现在我的肚子填饱了。"他说。他吃了两小块半。他用手背擦了擦嘴巴,然后把烟塞到靴子底下捻灭,弹了弹烟头,放进汗衫口袋。他咳嗽了一声,压过他打的一个嗝。"我可能困了,"他说,再次擦了擦嘴巴,"可是,我得去弄一些钱。"

"你到哪儿去弄钱?"伯娜问,然后就没再多说什么。我们盯着鲁迪,仿佛他是笼子里的一头野兽。

"如果告诉你,你就成了我的同谋,会进监狱的。"他站起来走回客厅,拍了拍自己的肚子,好像吃了一顿三道菜的美餐,而不是一块没熟透的僵硬牛排。他抽出一支没点过的烟放到嘴上,从同一只口袋里掏出纸板火柴把它点着。他环顾四周,像是在寻找什么。这使我想起父亲作"商业旅行"刚回来时的情景。伯娜和我坐在桌边,像观众一样看着他。也许鲁迪有一副侠骨柔肠,因为父母不爱他而使他饱受痛苦,他不会伤害谁,但是他似乎又不可信赖,而且古怪无常。当他不笑的时候,他的嘴唇紧贴着小小的牙齿,给人一种虚伪的感觉,仿佛他是一个我们不该认识的人,虽然我们并没和他同流合污。我能够想象,如果鲁迪成了一个州府的被监管者,他将被监禁在某个空旷的、餐风宿露的地方,那里陪伴他的会是带刺的铁丝网和随时发生的可怕事情,要想逃离是不可能的。我还戴着父亲的中学校戒,上面有两匹金色的奔马。我希望它能产生魔力,让父亲显身,让伯娜和我化险为夷。当然,父亲正是引发所有灾祸的根源。

"夜里你想不想留在这里?"伯娜问,在我听来,她的声音又响又刺耳——这是一件古怪的事情,不是能够说出口的。

"这恐怕不好。"我说。

"我还没有想好。"鲁迪还在客厅里检视我家的各种物品,没有对伯娜的邀请给予回应。毫无疑问,他是在寻找可以卖给当铺的东西,当铺在城外空军基地附近。但是我们家里实在没有什么东西可卖。父亲的束腰外套、格伦·米勒的唱片,还有节拍器——他不认得这是什么东西。他也可能在寻找我们拥有的钱,只是不知道在哪里。"有人可能会来找我,如果我留在这里,会有麻烦。"他皱起眉看着我,好像我们是一致的。他把拇指塞到他的皮带里侧。"现在,你就在这里,"伯娜说,显得异常急躁,"这有什么不同?"

"当然不同。现在还没有人来。"他再次打量父亲的退伍证书和旁边的罗斯福总统像,警察也曾经注意到这些。如果他想要,我可以给他。我只希望他能在有人到来之前赶快离开。

"我的老爸讨厌罗斯福。"鲁迪说。他把"罗"字说成了"祖"。他扫视我了一眼,似乎想听听我的意见。"我老爸认为,他把国家拖入浑水之中。他的老婆对所有人都感到抱歉,特别是对黑鬼。"我很少听人说到这个词,学校里有个男孩曾经说过,这个男孩的父亲还是个医生。我们的父亲从来不说这种话,他待人友善,从不憎恨谁;我们也一样。

"你到底留下还是要走?"伯娜直截了当地问。她在桌边站起来,收拾鲁迪的盘子。

"今晚我要轮个夜班。"他说,好像他要去做一份什么临时的工作。我想他可能会拿下罗斯福的照片,带着它离开。他走到沙发末端的桌边,拿起还留有啤酒的纸袋向前门走去。一辆车从我们家前面经过并按响喇叭。此时十一点钟,在夏夜温热的空气里,我们听到有人在喊:"哟——嗬——嗬,罪犯,你们这些罪犯!罪犯,哟——嗵——嗵。"车子再次按响喇叭,有人在放声大笑,然后车子加速并在嘶嘶的喧闹声中飞快离开了。

"我们再也不会见到你了,是吗?"伯娜皱起眉,手里拿着鲁迪的餐盘,"这就是我得到的!"

"我会回来的,到那时你就明白了。"在我们面前,他想装得像个成年人。正如我所说,他的红头发、他的纸烟、他青筋鼓起的手臂,还有他的指关节,所有这些都使他显得不同凡响。"你和我将要离开这里去一个好地方,我说过,我是一个男人。"

"你不是男人,"伯娜说,"你才十六岁。"

"下个星期我就不是十六岁了。不用等多久,我会让你明白一切。"鲁迪收起他的灿烂笑容。他握着玻璃前门的把手站在那儿不动,好像在表达歉意。我们对他投以狐疑的目光,在思忖他这话是什么意思。"你要有耐心。"他拉开了门。

伯娜说:"到现在,我的结局竟是这样。"她转身走进厨房。

"别让其他人进来,戴尔。"鲁迪说,他没有理睬伯娜,"一旦他们进来,会把你们带走的。"

"妈妈已经关照过我们。"我回答。

鲁迪把卷烟从嘴上移开,清了下喉咙,朝屋里喷了一口烟,用近乎突兀的眼光飞快扫视着屋里,扫视那些他决定不拿的东西,然后跨出门,把门重重地关上了。伯娜开始在水斗里洗盘子。我感到欣慰的是他没做什么就走了,我希望这是我最后一次见到鲁迪·帕特森,而在那个时候我不可能知道,事情的结果恰恰就是如此。

三十四

那个夜晚，星期日的夜晚，伯娜和我整理屋子，洗涤盘子，清除烟蒂、花生壳和啤酒瓶，还有警察带进来的污泥，所有这些使得屋里乱七八糟，一片狼藉。我们拿走尼亚加拉瀑布拼图和牌桌，把地球仪放回到我卧室的衣柜上，把父亲的空军制服挂回壁柜，把母亲的手提箱和伯娜的旅行袋放回它们原来的地方，我把我的枕套拿回我的房间。

我们没说太多的话，伯娜断言她再也见不到鲁迪，像他这样的人幸运地从一个人的生活里——至少是从她的经历里（她的经历是一张白纸）——退了出去。他并不爱她，说起这点，我可以断言，她也不爱他。我说过我很喜欢他，但是我希望她最好还是不要出走，而是留在这里直到父母亲回来。我会像个男子汉努力支撑这个家，担起别人无法承受的责任。

由于太阳从屋顶上挪开了，我的房间变得阴凉。我关掉屋顶的排风扇，躺到床上，月光透过树丛零零碎碎地洒落在我身上。此刻，我的思绪全集中在父母身上，我想让心平静下来，它已经猛烈地跳了整整一天，就好像我在跑道上一圈一圈跑个不停。

我之前觉得父母是在发生变化，他们在向彼此靠拢，他们滑到了一起，不像是重新找到了爱，倒像是合成了一个人，消除了彼此间的差异。但这不是真的，他们还是他们。如果这一天是个令我震惊并让我深感迷惑的日子，那么对他们来说则更糟糕。另外，我还有这样一种感觉——觉得他们在我脑中淡漠下来——这对我是一种解脱。正如我说的，那天，我有点犯浑，有点疯狂，有点失去理智。你永远想不到，一个失去理智的人可能会做出什么。

明天早晨或明天一整天我们会做什么，我不能确定。如果有不速之客驾到，我们就会待在家里不开门。如果米尔德丽德·雷姆林格来了，她会告诉我们该怎么做。当我躺在床上的时候，电话铃响过几次，伯娜赶紧走出房间，以为是鲁迪打来的。但是我听出来了，当她说"喂"的时候，电话另一端没人说话。后来她干脆再也不去接听。

在某一时刻，我迷迷糊糊几乎就要入睡了——但我的心脏还在强有力地跳动。然后我发觉伯娜走进了我的房间，**睡到我的床上**——这是一星期中的第二次。如我所说，搬到大瀑布城后，我们就没有再睡在一张床上。以前，当父母亲把她抱回她自己的房间后，我会想念她，希望她回来，但我从没爬到她的床上。和她在一起，虽然要忍受她耍脾气，或者忍受她的取笑，但让我高兴的是不再孤独。

她在哭泣，她先前抽烟留下的纸烟味，像是溶解在她的泪水中，又像是浮动在空气中。她什么也没穿，这使我大为吃惊。她的皮肤冰凉，她紧紧贴着身穿睡衣睡裤的我。哭泣使她的体热进一步散失。她拉起我的手，握住靠在自己腹部。"让我暖一暖身，"她说，"我睡不着。"她嗅一嗅鼻子并深深叹了口气。"我喝了威士忌。这使人一直兴奋。"她向我贴近。我闻到她身上的肥皂味和牙膏味，还有沾在她头发上的烟味。她把她那张粗糙多痘的脸贴到我颈脖上，她的脸颊潮湿而冰凉，她的鼻子在抽搐。

"我睡得正香。"我说谎道。

"那么，你睡吧，"她说，"我不会打搅你。"一列火车的汽笛声划破黑夜的宁静。我抱拢双臂，她紧握着我一只手。

"我想自己一个人离开。"她贴在我耳朵上低声说。她咳出喉咙里的痰，咽下，再用力吸了吸鼻子。"我要疯了，"她说，"我不在乎我做的是什么。"

她沉默了一会儿。我躺在她旁边，呼吸急促。突然，她死劲吻我的颈脖和耳朵根部，向我贴得更近。我不想她吻我，但这让我有一种安全感。她放开了我的手，挪动起自己的手来，她的手粗糙而瘦骨嶙峋。"今天夜里我本想和鲁迪做这个，"她说，"但是我要和你做。"

"好吧。"我说。我也想，我什么也不在乎。

"这不会太久，我们做过，在他车里。不管怎样，你应该懂得这事。"

"我一点也不知道。"我说。

"那么，你是纯洁的。这不重要。你会忘记它。"

"好。"我说。

"我向你保证，"她低声说，"这无关紧要。"

上面已经说得够多，没有必要再赘述。我们所做的对我们而言并不意味着什么，只是一时的慰藉。夜深之际，伯娜醒来并坐起身，她看着我说（我一直醒着）："你不是鲁迪。"

"当然，"我说，"我是戴尔。"

"好，那么，"她说，"我只想和你说再见。"

"再见，"我说，"你要去哪里？"

她对着我微笑——她是我的姐姐——然后她又睡着了，我用双臂缠绕着她，以防她受冷或惊吓。

三十五

醒来后,因为父母亲不在家,我有一种怪怪的感觉。虽然不久前我们也有过醒来后看不见他们的经历——他们离家去抢劫银行——但是这一次,星期一,每件事都不一样了,我们猜他们肯定被关在监狱里,接下来我们两人该怎么办?我们毫无头绪。

我一直睡到八点钟,太阳光把我的房间照得水汽蒙蒙,我醒来时汗水涔涔。走廊里的风扇又在转动。伯娜不在我的床上,我旁边的床单上冰凉、没有热气,可见她离开有些时候了。隔着墙,能听到车辆在中央大街上的隆隆声。一架从机场起飞的飞机拔升到丘陵上空。我突然想,伯娜也许已经离家出走,我得在孤独中苦度时日。

然而等我穿好衣服,才发现伯娜在厨房。她把昨晚的牛排重新煎过,自己吃了些,在盘子里留下一个方块给我。我吃掉了,又喝了些冷牛奶。屋里还飘浮着啤酒和纸烟的气味,我想我们该在空气热起来之前把垃圾拿到屋外。

伯娜穿着她的百慕大短裤,她很少穿这条裤子,露出两条没有体毛但满是雀斑的长腿。她还穿着网球鞋和水手衫。她已经冲过淋浴,把头发梳到后面,用一根红色的橡皮筋箍住。我们没有提夜里发生的事,她不像是对此有所后悔,我也是。我们再不是以前的我们,我觉得这样很好。

"我们得去看他们。"伯娜在水斗里洗我们两人用过的盘子,眼睛看着窗外的侧院——羽毛球网、邻家的屋子、晾衣绳的柱子。"如果现在不去,等他们被带到某个地方,我们就再也见不到了。"她用湿手指拿起一张落在灶台上的报纸,扔到我坐的桌上。"给我们的好礼物,有人把它放在门廊纱门里。"

是当天的《大瀑布城论坛报》,它被折叠着露出我们父母亲的照片——两张分开拍的照片,并排在一起——摄于监狱。他们每人持一张白色卡片,上面写着"喀斯喀特县监狱",底下是一个编号。父亲头发蓬乱,可是面带微笑。母亲的嘴巴绷紧,一副不服气的样子,我从未看过她这副模样。她戴着眼镜,两只眼睛挨得很近,睁得大大地凝视着外面,仿佛正在看一幕可怕的场景。新闻的标题是"北达科他银行抢匪"。送来报纸的人还手写了一张字条,用大头针别在页面顶端,上面说:"猜想你们会喜欢看到这个。我肯定你们很骄傲。"

我甚为吃惊,怎么会有人把这留给我们。看报纸的时候我禁不住浑身打颤。报道说,父母亲在上星期五早晨持枪抢劫了北达科他州克里克莫尔镇的国家农业银行,总共抢走两千五百美元。父母逃回大瀑布城,最后在城西一幢租用的屋子里落网被捕。父亲——他的名字被加上引号("贝弗利",就像母亲的名字"吉娃"一样)——被描述为一个从空军部队退伍的"亚拉巴马州人",因涉嫌和罗基博伊保留地的印第安人犯罪活动有牵连,已被大瀑布城警方监视一段时间。母亲被描述为来自"华盛顿州",任教于肖堡学校,没有犯罪前科,她的国籍还在调查之中。他们将在下周被移交到北达科他州。文中没有提及他们的孩子。

伯娜把水斗里的水排空。"他们尽说谎话,就像其他罪犯一样。"她说。

我记不起他们的任何谎言,然后我想到枪。看到报纸上"移交"这个词时,我犹如遭到当头重击,没有比这更坏的了。我是从电视上知道"移交"这个词的,这意味着他们不可能再回来。那沓钱可能就是他们的不义之财,我们不应该留着。

"如果去监狱,他们会扣下我们的。"伯娜说得在理,有这种可能。她走到前窗看着外面的街道和公园。一辆车停泊在路德宗教堂前面,早晨的阳光经过车顶的反射,显得明亮耀眼。在一望无际的天空的映衬下,松软的云层正从树丛上方飘离。"当然,我们还是得去,即使他们对我们说谎。"

"是的,"我说,"我要去。"虽然我不想被移交给青少年管理部门,但是我们别无选择,我们不能对父母坐视不管。"探监之后我们做什么?"我希望伯娜能肯定:我们能离开监狱回到家。

"我们去彩虹饭店吃午餐,"她说,"再邀请我们所有的朋友来办一个盛大派对。"伯娜从不开玩笑,父亲说她有些像母亲,身上没有幽默感。但是她说我们去彩虹饭店,还邀请我们的朋友,我知道她是在开玩笑,没有谁会真的相信。看来,伯娜一点也不简单。她在窗边转过身,抱起双臂看着我,目光定定地落在我的前额,那样子仿佛是想让我知道,我的脑子太笨了,然后她笑了。"我也不知道我们接下来做什么,"她说,"父母在监狱,他们的孩子又能做些什么?只能等着坏的事情发生。"

"但愿不会有事。"我说。

"你不用等它,"伯娜说,"无论你藏到哪里,你都躲不过。"

有些人可能生来就早熟懂事,伯娜已经理解并接受前一天所发生的一切,还有夜里我们发生的事情——不仅仅是发生在父母身上的。我应该明白,和她相比,我是如此稚嫩,尽管我们年龄相同。这么多年来,我既不知道她的处境,也不知道她做些了什么——她会一切安好。或许,根本不是这样。

三十六

监狱设在喀斯喀特县法院里面,在北第二大道上,两天前父亲曾经开着车带我们从这里经过。我也曾经蹬着自行车从它面前经过去往娱乐用品商店。这是一栋庞大的三层高的石头建筑,有一个大草坪,门前有一段混凝土台阶和一根旗杆,入口处上方镌刻着一个表示年份的数字"一九〇三"。老橡树在草地上投下阴影,高高的屋顶上有一尊手持天平的女人的雕像,我知道,这象征着公正。人们从法院门口经过时,偶尔会看到里面停着治安官的车辆,还会看见警察押着戴手铐的嫌犯进出大楼。

跨进大楼之前,伯娜和我先在附近的街区兜了一圈。我们想确定从街上是否看得到牢房的窗子——我们无法看到。我们走进荡漾着回声的大厅,看见前面有块指示牌,上面写着:"监狱在地下室——禁止抽烟"。大厅里没有其他人。我们向下走过一段阴暗的楼梯,来到一扇铁门前,门上用红漆写着字:"监狱"。穿过这道门,就来到厅堂,尽头有一间亮着灯的办公室,前面有扇玻璃窗。一个穿着制服的警官坐在窗后的办公桌旁,在阅读一本杂志。他的后面——这很出人意料——可以直接看到穿过一扇铁栅门有一条混凝土走廊,一间间牢房就在它的一边一路排开。牢房对面是一堵长墙,墙的上方是装有铁栅的窗,微弱的光线从这里照进来,看上去凉爽和舒适,不过很明显,这是一个不该来的坏地方。没想到,我们的父母亲就置身其间。

此前,伯娜和我从家里出来后,先走过中央大街桥,再经过密尔沃基路停车场,进入市中心,然后才抵达监狱。这一路上,松软的云朵始终在同一个高度飘浮,从山丘上面越过,然后朝东边的平原飘去,因此,这个早晨显得特别明亮和温暖。在撩人晨风的吹拂之下,河水散发出宜人的气息,人们赶在夏末再次在河里划独木舟玩耍。我们带了两个装有盥洗用品的纸袋,我们想,身陷囹圄的父母会需要。我带给父亲的是:他的安全剃须刀,还有一条肥皂、一管牙膏、一支牙刷、一管巴巴索尔剃须膏、一瓶怀尔露特浴液。伯娜则带上了母亲需要用的东西。

从密苏里河上方经过的时候,那里的交通非常拥挤,因为是星期一早晨。一辆辆车从我身边驶过,至少有两次,我觉得我认出了车里的人,他们是和我同校的男孩。其实,伯娜和我一点也不醒目,只不过是两个正在过桥的孩子,手中拿着纸袋——易被忽视的人。可是,一想到有人会认出我,而且知道我是去看望关押在监狱里的父母,我就感到难堪非常,无地自容,这时我宁可纵身跳入河中,让河水将我吞没。

玻璃窗后面的警官是个笑容满面的男子,一头乌黑的短发整齐地分向两边,他似乎很高兴看到我们。透过说话的窗口,伯娜告诉了他我们是谁,我们猜我们的父母被收监在这里,想探视他们。这个警官听了之后笑得更加灿烂,他离开办公桌,从窗子旁边的金属门走出来,来到我们站着的地方——厅堂的尽头,有几把塑料椅子用螺栓固定在地上,地面被漆成咖啡色。空气中弥漫着类似松脂消毒剂的气味,还混有泡泡糖似的甜味。监狱这个地方,气味也和别处迥然有别。

警官说他需要看一看我们"袋子"里装着的是什么东西,"袋子"是父亲有时会用的词。我们让他查看了纸袋,他笑着说我们带来的东西非常好,但我们的父母用不着;再说监狱有规定,禁止给犯人送礼品。他要把纸袋留下,等我们回家时再带走。他长着一张圆脸,肥胖的身体把咖啡色制服撑得鼓鼓的。他的一条腿跛得厉害,每走一步都得用手按着膝盖上面的大腿,然后从那里传来金属轻柔的咔嚓声,我猜他的腿是木制假腿。我知道这种情况,若一个人在战争中负伤残废,即使他同意看守监狱,也只能当个治安官。我本以为我们可能会遇见逮捕父母亲的毕晓普和另一个红脸警察,而他们会认出我们并和我们搭话,但是没有,这使我们造访监狱的举动显得甚为唐突。

　　这个监狱看守——他没有告诉我们他的名字——拿走了我们的纸袋,又要我们翻出衣服口袋,脱下鞋子展示里面,然后返回办公室,拿着一把金属大钥匙出来。他用另一把小钥匙打开那扇他先前出来的门,门上写着"牢房区域",引着我们进去。在金属门那边,地面被漆成暗黄色,通过鞋子传递的感觉,我知道它比我们家的地板硬得多,冷得多。我的鞋底好像被粘住了。可以说,这也是所有被关在里面的人的感觉——监狱存在的理由和家庭存在的理由完全相反。

　　在来监狱的路上,伯娜和我讨论过见到父母后要说些什么。可一旦来到里面,看见警官办公桌后面的铁栅门被他用那把大钥匙打开,我们都沉默着没有言语。伯娜好几次把喉咙里的痰咳出来,舔着嘴唇。我想,此刻她最希望的就是:没来这里。

　　过了第一道铁栅门,是一个只足够容纳我们三个人站着的空间,然后是另一道铁栅门,它坚不可摧。里面和外面一样,飘散着松脂消毒液的气味,但是还伴有食物和尿臊的气味,就像学校里的男生宿舍。开门的声音从混凝土上反弹从而引起回响。一条黑色软管盘着,放在长墙上一个水龙头下面,这里的地面没有涂油漆,潮湿而不平整。

　　顺着这排牢房,看不到一个人。只听到一个男人的声音——不是父亲的——在某个地方打电话。囚室对面墙上高高的铁栅窗外面,一只篮球正在落下来,一双双脚乱成一团,一个男人放声大笑,篮球弹离网边的金属背板。这篮球架和我家对面公园里的一样,今年初夏我还和鲁迪在那里投篮。除了从外面渗入一些柔和绿光,这里唯一的光线就来自安在混凝土天花板上的灯泡,灯泡外装有铁丝罩保护,灯光勉强到达地面,因此这里就像一个幽暗的山洞。想到这里我有些兴奋,可是由于父母亲在里面,这种感觉被削弱很多。

　　"今天来探监的人不多。"跛脚的监狱看守说,这时他让我们通过了第二道铁栅门,然后又把它锁上。他身上没有佩戴手枪。"星期一一早查看过他们的状态,他们的待遇足够好,通常我们会再巡视一次。"他很愉快。他办公桌上放着一台红色的微型晶体管收音机,音量调得很低,但我现在还能听到"猫王"埃尔维斯·普里斯利的歌声。"在里面,我们对你们的母亲特别关照。"看守说,"当然,你们的爸爸,他是个真正的角色。"他开始引导我们沿着混凝土走廊往里面走去,周围是绿色的灯光和暗影。我们经过的第一间囚室空无一人,幽暗无光。"我们必须在场,希望你们和亲属的会面别太久。"他说。他一瘸一拐,费力地拖着腿前行,耳朵上戴着助听器。"星期三或星期四,他们会被送往北达科他州。"

然后,毫无预兆地,我们来到一间有人的囚室前,里面是父亲。囚室的有些区域很暗,他坐在一张简易小床的床垫上,床垫裸露在外,没有铺床单,白色的填充物从床垫里脱落出来,成团状散在混凝土地面上。我立刻有种猜测:这床垫也许是他自己割开的。

"你们两个小孩不该来这里。"父亲大声吼叫,好像他早就知道我们来了。他从床上站起来。我看不太清楚他,特别是他的脸——虽然,我看见他在舔自己的嘴唇,仿佛它们很干。他的眼睛比平常睁得更大。伯娜只顾向前走,没有看见他。但是听到他的声音后,她说:"哦,我很抱歉。"然后停下来注视着他。

"我真是太相信政府了,这是我的大问题。"他说,好像以前他对其他人也这样说过。他没有朝铁栅挪过来。我摸不着头脑,不知道他是什么意思。他脸上透着焦虑,又显得筋疲力尽,看上去明显瘦了,虽然我们分开才仅仅一天。他的眼睛发红,眼珠急切地朝四周打转,当他急于看到他喜欢的人时,就会露出这种神态。他的声音比平时带有更重的南方口音。"我从没想过杀人,哪怕只是一个念头,"他说,"虽然我可能会那么做。"他看着我们,然后坐回到他的小床上,两只手搁在膝盖中间,紧紧捏成拳头,好像在显示他在忍耐。他身上的衣服还是警察来家里时穿的——斜纹布裤和白衬衫。他的蛇皮带被拿走了。同样,他的皮靴也不见了,脚上仅穿着肮脏的短袜。他没梳头,没修脸,皮肤看上去灰白,和报纸上的照片非常像。

然后,一种安宁平静的感觉涌上我的心头,这是我没想到的。和他在一起我感到安全。我想问问他那沓钱,它们到底是怎么来的。

"我们给你带来了盥洗用品,但是他们不让,说不能给你。"伯娜说,她的声音僵硬,但声调比平时高。她把双手放在身后,不想去碰触铁栅。

"这里有盥洗室。"父亲的目光转向一边,对着一个很小的洗脸台,它污秽肮脏,散发出刺鼻的气味。他搓了搓一只手腕,然后搓弄另一只,接着舔了舔嘴唇。他似乎对自己的动作毫无意识。他用两只手掌摩擦左右脸颊,紧紧闭上双眼,然后又睁开。

"他们什么时候会让你们出来?"我问。我想到伯娜曾经说过他们是说谎者,现在我想起其他一些事情——北达科他州,他的蓝色飞行服。

"你说什么,儿子?"他对我露出淡淡的笑容。

"他们什么时候让你们回家?"我大声说。

"也许某一天吧。"他说。他似乎对这个话题没有兴趣。他用一只手抹过他的头发,上个星期六他在车子里就经常这样做。"不要为这件事烦心。你们有没有作好上学的准备?"

"是的,我们准备好了。"我回答。我们的谈话显得他似乎在监狱待了很久,比他实际待的要久得多。他知道学校就要开学。

"你还和伯娜一起下棋?"他还没有和她说过话。

"妈妈在哪里?"伯娜突然问道,我们原以为他们会关在同一间牢房。接着她又问:"你们抢劫了银行?"

"她在这里的另一个地方。"父亲用拇指指着囚室的墙,好像母亲就在墙后。"她不愿意和我说话。我不怪她。"他摇了摇头。"我不是很在意我的结局,我只希望不要使你们两人像是低人一等。"他没有回答伯娜关于抢劫银行的发问,我期盼他能回答,我突然记起多年前他曾说过："我倒想斗胆一试。"

"这不会。"伯娜说。

我看见他在微弱的光线下对着我们微笑。你以为一个人如果去监狱里探视他的父亲，他会有很多事情要说。伯娜已经想好要问他需要些什么，还有我们是否该打电话给某个人，这个人应该是谁。他的家族？一位律师？母亲的学校？几乎所有预先想好的问题都被抛到九霄云外。监狱就是这样一个地方，它使你想要做的事情统统停摆。

"现在，我们该往下走，去看你们的母亲。"监狱看守在我们身后说。他的收音机还在这排囚室的尽头播放音乐。他看着我们，没有再说什么，他不想让我们感到窘迫和尴尬。高处的铁栅窗外开始有人说话，篮球弹跳一下又停住。"那里高……高的天空上有人造卫星。"一个男人的声音说。"是谁说的？"有人问。然后篮球又弹跳起来。

"监狱不是你们孩子该来的地方。"父亲又说，他抬头用焦虑的眼神看着我们，前额暴起一条青筋。

"说得对，"监狱看守说，"但是他们爱你们。"

"我知道，我也爱他们。"他说，好像我们并不在场。

"你想让我们打电话给谁吗？"伯娜问。

父亲摇摇头。"让我们等吧，"他说，"我正在和一个律师沟通。很快，我们就会去北达科他州。"

伯娜和我沉默着没说什么。我的拇指上还戴着他的中学校戒，我把手放在身后，这样我们就不会谈及它。

"我希望能有办法让你们现在快乐起来。"父亲把双手紧紧握在一起，用力地挤压。"在这里，我能为你们做些什么？"

"他们知道，贝夫。"监狱看守说。这时候我本该问他关于钱的事，但是我忘记了。一阵电话铃声传来，尖锐刺耳的声音在囚室外的走道里回荡。伯娜和我又站了几秒钟。我们不知道还应该说些什么。我们只是期望能靠近他。

监狱看守用一只手拉着我的手臂,另一只手拉着伯娜,于是我们只好从站立的地方移步。我们知道,他得遵守监狱的规则。

"再见。"伯娜说。

"你们走吧。"父亲说,他没有站起来。

"再见。"我说。

"走吧,戴尔,我的儿子。"他说。他始终没有回答关于抢劫银行的事情。

三十七

经过一间间黑灯瞎火的牢房,在走道的最里端,就是母亲的囚室。它和父亲的囚室没有什么不同,除了有一块白色金属标牌,用一条细铁链挂在铁栅上,标牌上漆着红色印刷字体:"自杀者"。往这里走的时候,监狱看守告诉我们,这里没有适合"姑娘"的特殊设施,县里能够提供的最好的措施就是保护她们的隐私。

母亲坐在简易小床上,那床和父亲囚室里的床完全一样,但是床垫没有破裂,因此也没有团状的填充物散落出来。她旁边还坐着另一个妇女,她们在安静地交谈。可以看得出,囚室里还有另一张小床。里面的洗脸台也不像父亲的那样肮脏。

"吉娃,你的孩子们来探视你。"监狱看守用轻快的口吻说。他把我们推向前,然后自己退回去靠墙站着,这样我们几乎可以不受干扰地和她待在一起。"往前走一点,"他说,"见到你们她会很高兴。"

"哦,亲爱的。"母亲说着立刻站起来。她原本把眼镜拿在手里,向铁栅走来的时候就把它戴上了。她的个子显得很小,皮肤上斑斑点点,鼻尖红红的。她脚上穿着白色网球鞋,但没有鞋带;身上穿的是宽松的墨绿色上衣,门襟上是白色纽扣,没束腰带,所以一点也显不出她的胸部。她睁大眼睛,透过眼镜注视着我们。她对着我们微笑,仿佛我们看起来有些奇怪。我的目光自然而然地落到"自杀者"的标牌上。我相信,这一定和里面的那另一个妇女有关。"你们怎么知道来这里?"她问,"我说过要你们等米尔德丽德。"

"我们不知道还能去其他什么地方,所以就来这儿了。"伯娜说,"我们看过爸爸。他没说什么话。"

母亲把双手伸出铁栅。我还没来得及和她打招呼,就先抓住了她的右手;伯娜则抓住了她的左手。她紧紧握着我们的手。她甚至比那天夜里在我房里和我谈话时还要疲惫和憔悴。我注意到她已经褪下她的结婚戒指,这让我大为震惊。另一个妇女穿着同样的绿色上衣和网球鞋。她个子高高的,体型粗壮,即使坐着,你也看得出来。她从小床上站起来,躺到另一张床上,然后把脸转向墙壁。躺下的时候,她嘴里发出轻轻的嘟囔声。

"我们给你带来了一些盥洗用品,但是他们不让给你。"伯娜说,"我们以为你和爸爸在一起。"

"哦。"母亲说,她依然紧握着我们的手,注视着我们,脸上带着微笑。她的声音不怎么响亮。"在这里我感到很轻松,是不是很奇怪?"

"是,妈咪。"我说。她的声音平静如常,似乎她的境遇没什么特别的,她可以出来,可以自由走动,可以和我们随意交谈。看到她这样我内心甚为震动,比看见父亲时受到的冲击更大,父亲在囚室里待着一动不动。可是我的感觉很异样,我想不明白一些事情。我很想知道她的结婚戒指去哪里了,但是又不想发问。

"你们什么时候能出来?"伯娜直截了当地发问。她哭了,尽管她极力想忍住。

"我想,这有点令人沮丧和失望,"母亲说,"我的朋友和我刚刚谈到这些。"她回头看了眼那个大个子妇女,这人把脸对着墙壁,呼吸声很沉,一只脚搁在另一只脚的上面。"我试着打过电话给你们两人——他们只允许我打一次——你们没有接,我猜你们是去外面什么地方了。"她看着我们,眼睛在眼镜镜片后面闪烁。她身上散发着好闻的气味,这是一直以来她特有的气息。然而,她因衣上肯定残留着清洁剂,一股淀粉的气味还在空气中飘浮。

"现在我们怎么办?"伯娜说,泪水已经流到她的脸颊,她嘴巴紧闭,下颚在颤动。可以听见监狱外面街道上的车辆驶过,一辆车摁响了喇叭。外面的世界离我们如此之近。我不希望伯娜再哭下去,这对事情毫无裨益。

"我们将会去哪里?"我问。我想起雷姆林格女士,她会来我们家带我们走。

"你们等着瞧。这是个惊喜,很绝妙。"母亲隔着铁栅对我们微笑并点点头,"我在拯救你们两个。米尔德丽德会来的。我很奇怪她怎么还没来。"

一个身穿褐色西装、手夹公文包的年轻男子,在另一个监狱看守的带领下,通过两道铁栅门进来了。他朝我们的方向走来,但是在父亲的囚室外面停住了。父亲的一只手伸出来,这个人握住了它并摇了摇。父亲笑着说:"你好,你好。"看着这个人和父亲谈话,我意识到现在父母之间没有什么互动,这就是母亲感到轻松的原因。有些东西已从她身上卸下,那是常年来压在她心头的重荷。

"你们还是孩子,应该回家去,不是吗?"她在铁栅里面说。一束上午时分的阳光照进她的囚室。她松开我们的手微笑着。我们在这里还不到两分钟,还没有说什么重要的事情。我不知道我们在期待什么。

"你不爱我们了吗?"伯娜说,她强忍住眼泪。我看着伯娜,握住她的手。她似乎对每一件事都感到绝望。

"我当然爱你们,"母亲说,"你们不该担心这一点,尽管放心吧。"她伸出一只小手,想要摸摸伯娜的脸,可是伯娜没有向前靠近。母亲的手徒劳地举在半空,举了好一会儿。

"你想自杀?"我问。红字标牌就在眼前,我无法视而不见。问母亲这话之前,我从没说过"自杀"这个词。

"我当然不会。"母亲摇摇头。她抬头看着我们身后的窗子。这是谎话,她在北达科他监狱里走上了这条绝路,可能那天在这所监狱她就已经想好要这样做。"我告诉过你们,"她说,"以前我有些软弱。"

只听那个身穿褐色西装、和父亲谈话的人说:"哦,好吧,你就安心在这里待着,现在我要和你的配偶说几句话。"他的公文包啪地关上了。他拿出一些纸,让父亲在上面签字。

"她签署了一个反对我的联邦案件。"父亲的声音回荡在囚室外的走道里。

"我敢肯定,很多人都会这样做。"年轻人笑着开始向我们走来,他的靴子在混凝土上发出刺耳的撞击声。

监狱看守从后面靠近伯娜和我，说："孩子们，那是你们父母的律师。我们最好让他和你们的母亲私下交谈。以后再来看他们吧，我会让你们进来。"

伯娜看见这个人渐渐走近，立刻停止了哭泣。母亲对着我们微笑，但是我看到，她的眼中溢满泪水。

"我已经决定要写一些东西。"她朝我点点头，好像这是一个我会喜欢的消息。

"你说什么？"我问。监狱看守按着我的肩，要把我拉开。

"我还不能确定它会是什么。"她说，"不管怎样，它会是一部悲喜剧。那时，你必须告诉我你觉得它怎么样，你是个聪明的男孩。"

"你们抢劫了银行？"伯娜问。母亲没有回答。监狱看守推着伯娜和我离开她的囚室，这样她可以和律师交谈。她不会在这里待很长时间。此后我再也没有见到她，只是那时我并不知道这是我们的最后一面。伯娜还逼问她关于抢劫银行的事情，我对此深抱歉意，因为这使她非常难堪。

在出去的路上，我们又经过了父亲的囚室。他穿着短袜躺在床垫开裂的小床上，拿着一叠纸，读着。肯定是我们挡住了他的光线，他转过脸，半坐起身子，发现了我们。"怎么啦？"他说，对着我们拍打手中的纸。"你们见到妈妈了？"监狱看守继续推着我们前行。

当我们经过他囚室的门时，我说："是的，老爸。"

"很好，我知道，这会让她很高兴，"他说，"你们有没有告诉她你们爱她？"

我虽然没有说这句话，但是我爱她。

"我们说了。"伯娜回答。

"你们走吧。"他说。

这些就是在那一瞬间我们可以说的全部。我一次又一次地回味，因为此后我再也没有见过他，我实在不忍说出具体的细节，我觉得笼统地表述要比描述事情的细节来得好。

三十八

　　这是再好不过的明证,证明我们是多么微不足道,而大瀑布城又是怎样一个鬼地方,没有人来看顾我们,或者带我们走,把我们转移到什么安全的地方。青少年管理部门的官员没有来。警察没有来。没有监护人来为我们今后的生活承担责任。直到我离家之前也没有人来搜查屋子。如果没有人来关注,人和事情很快就会被忘记或被逐渐冲淡,这就是我们的遭遇。父亲在很多事情上是错了,但是对大瀑布城他问心无愧,那里的人们不想接受我们,他们希望我们最好自行消失。

　　那个星期一,伯娜和我探监之后,走了另一条不同的路线回家。此刻我们的感受有所不同,可能是走着走着,我们都觉得自由无拘。我们走到中央大街,过了邮局便朝河边走去,经过几家酒吧和几家当铺,经过保龄球馆和瑞克苏尔连锁店,还经过我购买象棋和蜜蜂杂志的娱乐用品商店。车辆川流不息,街上熙熙攘攘,声音嘈杂。但是,我再也感觉不到有人在注意我们。学校还没有开学,我们并非是不合时宜的异类。就这样,八月的一个上午,一个男孩和他姐姐在和煦的微风及河流散发的酸味和恶臭中,步行过桥回家。没有人会想到:这两个孩子的父母进了监狱。他们需要照顾和保护。

　　我们在桥中央的栏杆边停下来,看着鹈鹕忽而在水面滑行,忽而在河道的激流上空翱翔。一群天鹅在岸边悠闲地浮游,那里有一层黄色的漂浮物在水面来回摆动。我们看见两个人划着一只独木舟,朝冶炼厂堆场和第十五街桥顺流而下。一路上伯娜戴着她的太阳眼镜,一直沉默着——没有谈论父母亲。我们倚着栏杆,密苏里河就在脚下流淌,风是干燥的,吹得她的头发飞扬起落。她抓着铁栏杆,仿佛这座桥变成一列就要驰离的火车。她还太小,小得无法离家出走,独自生活。我们才十五岁。但我们的年龄真的无关紧要。我们正在面对的这些严酷事实,即使年龄小,又如何能幸免。

可是,我很好奇,是什么促使人去思索真理?即使你的生活发生了重大变故,你也很难从中挖掘到人生哲理。那时,有一段时间,我停止了对真理的思索,好像在事实中不可能找到正确的答案。是否有一股隐形的支配力量,它活动着但从来没有显形?这太容易使人想到国际象棋:棋子的真正角色总是从属于他人意愿,一种更高的力量在操纵着它们,主导全局。就在那一刻,我很想知道,我们——伯娜和我——是否就像那些卑微而被束缚的棋子,被比我们自己更强大的力量所左右着?我肯定我们不是。不管我们是否喜欢或甚至是否习惯了,现在的我们只对自己,而不对某个较大的棋局负有责任。如果我们的个性真的被束缚,以后它们必然会展露出来。

多年来,我养成了思维的习惯,喜欢推断涉及人类的每一种状况,这有助于提升心智,明白事理。有人信誓旦旦要我相信是真实的事情往往并不真实。支撑世界的信念柱石或许会、或许不会崩塌,这两种可能性都存在。事物不断变化,大多数都不会长久停留在某种状态。不管怎样,明白了这一点就不至于使我愤世嫉俗。愤世嫉俗意味着不相信人生还会变得美好;而我不认为有什么事情是理所当然的,我要竭尽全力,为即将到来的变化作好准备。

那时候我的人生经历已经使我懂得全局,懂得主次之分,懂得怎样使一件事情服从另一件事情,这是我从象棋博弈中学会的,而且几乎立即就将之运用于实际生活。在这年八月那个非常的日子,那些彻底颠覆父母人生的事件和目前我所面临的人生难题相比,已经退居到第二位。懂得了这个不简单的道理是这个故事到目前为止所涉及的主题,如此也使我把父母看得更为清楚透彻。我想,这就是那天伯娜和我站在桥上,我会感到自由无拘以及我的心会愉悦地跳动的原因。这也许是很难理解的事实:为什么我会将父亲的校戒扔进河里,而且以后几乎没再想起它。

但愿时间永远定格在那天上午的桥上，这总比不久后出现的一幅图景要好：我待在家里，站在门廊里，看着伯娜在我家门前树荫遮蔽的街上越走越远，走出了我的生活，走向任何她可能抵达的地方。把注意力集中在伯娜的离开，会让人感觉这是我人生的一个损失——但直到如今我都没有这样认为。我把它看作一个进程，是走向未来的必然，当你非常接近这两者的时候，往往反倒不容易看清它们。

第二部

三十九

后来的事情是这样：米尔德丽德·雷姆林格开着她那辆破旧的福特来到我家，她径直走上人行道，踏上阶梯，敲响我家前门，而等在门后面的只有我一人。她立刻走进来，要我赶快收拾包裹——其实用不着，我仅有的几件物品已经全在枕头套里。她问我姐姐伯娜在哪里，我告诉她伯娜前一天就出走了。米尔德丽德环视着客厅，说，不管怎样，这是伯娜自己的选择。我们没有时间找她，蒙大拿州青少年管理部门的官员马上就会来，要把伯娜和我带到监护所去。她说，这简直就是个奇迹，他们竟然还没有到。

然后我坐进她的车，就坐在她旁边，她开始载着我驶离大瀑布城。我不会忘记，这是一九六〇年八月三十日早晨的晚些时候。我们朝北笔直行驶，进入87号公路，不久前父亲还带着伯娜和我沿这条公路行驶，我们看到了印第安人的屋子和拖车，奶牛就在里面被屠宰，也许就是在这里，父亲第一次产生了朦朦胧胧的预感：他和母亲将麻烦缠身。

大瀑布城渐渐消隐在我们后面的远景中。起初，米尔德丽德没有多说话。她肯定觉得我非常明白自身的处境，否则我无法解释她为什么沉默无语。我们应该安静，我不该再引起任何麻烦。

上了海伍德山脉北面和西面的高地，什么也看不见，只有猛烈翻滚的黄色麦浪、穿越公路的蚱蜢和蛇，以及高远的蓝天和耸立在前面的熊掌山——一片湛蓝，薄雾蒙蒙，但是峰顶上还堆积着明亮的白雪。哈佛是蒙大拿州北边深远处的一个小镇，初夏的时候，父亲曾在那里交付给某人一辆新的道奇，并搭乘山间铁路公司的火车返回大瀑布城。他把这里描述成一个"荒无人烟的地方，在一个巨洞的底下，是天涯的背后"。他说在这里遇见了波兰海军的旗舰，当然，这是他开的又一个玩笑。我百思不得其解，为什么米尔德丽德会带我来这里。从地图上看，哈佛位于蒙大拿州的最北端，也是整个美国的最北端，它的上方就是加拿大。但我还是选择顺从，因为我相信：家长往往会做出令我们奇怪但最终被证明是正确的事情，之后就会有人来照顾你。而在当时，这是一个疯狂而离奇的想法，对我来说似乎是不可思议的，尤其是在我们家发生了所有这些事情的状况下。但是，我觉得我正在做母亲为我、也为伯娜规划好的事情。由于个性使然，我所需要思考的也就只能是这些。

哈佛，它躺卧在一条长带似的丘陵底部，被用作大北方铁路公司的车场。一条狭窄的棕色河流和由悬崖绝壁构成的河岸在北面沿着公路伸展。米尔德丽德把目光转向隔座的我，她说我身体单薄、消瘦，很可能贫血。她说我应该吃点东西，因为再往下走，我们这天可能碰不到可以用餐的地方。米尔德丽德臀部大而见方，是个行事泼辣的女人，她卷曲的短发乌黑油亮，一双黑色的小眼睛炯炯有神，嘴唇被涂得红红的，颈脖子肉鼓鼓的，脸上还扑了粉以掩饰不尽如人意的肤色，可是，她的修饰不怎样得体。她整个人和她的车都散发着纸烟和口香糖的混合气味。烟灰缸里堆满烟头、火柴和留兰香胶姆糖的包装纸，虽然在我们行车之际她没有抽烟。母亲说米尔德丽德曾经为婚姻问题而苦恼，现在她处于独居状态。我真的很难想象一个男人怎么会和她结婚，尽管我有时候也这样想我母亲。米尔德丽德个子高大，全然没有可爱之处，而且态度专横。她穿着一件绿色丝绸上衣，上面印有红色的小三角形图案。她还佩戴着红色的大珠子，脚上穿的是粗厚的袜子和笨重的黑鞋，这样的搭配令人很不顺眼。她身后车窗的挂钩上，挂着她的白色护士装和帽子，我觉得对她而言，穿上这样的衣服才更显她的自然本色。

在哈佛，我们的车下了小丘来到第一街，这是小镇的主街。在一家银行和大北方铁路公司停车场对面，我们找到一家三明治店，在用餐柜旁边坐下。我吃了夹有冷冻肉的面包和一个涂了黄油的软卷，还有一份腌菜和柠檬水，感到舒服多了。我吃的时候，米尔德丽德就开始抽烟。她看着我,重重地清了清喉咙,然后谈起她在密歇根甜菜农场的成长经历,她父母是基督安息会成员,她弟弟上过哈佛大学(对此我曾经有所耳闻);还谈到她怎样和一个空军小伙子私奔出走,并在蒙大拿州"着陆"。那个小伙子最终调防他处,她便一个人留在大瀑布城。她学习护士课程,并在悟出婚姻不属于她之前再次结婚;对婚姻彻底失望之后,她用回雷姆林格这个娘家的姓。她说她四十三岁,可我觉得她有六十岁,甚至还不止。这时候,她在凳子上转过身,捏着我的耳垂,问我是不是觉得自己在发烧,或者染上了什么病。我没有,可是,我一直为我们究竟要去哪里而感到焦虑和狐疑。她说午饭之后我该到后座去睡觉,于是我意识到,那天我们的目标不是哈佛,还要去更远的地方。

我们从哈佛再往北,穿过横跨在铁路和混浊河流上方的高架桥,沿着一条狭窄的公路行驶。公路一路向上,直到和悬崖同一海拔,它的高度足以让我回过头去鸟瞰整座小镇,它低低地匍匐在火辣辣的阳光下,显得凄凉而又黯淡。我身处从未踏足过的北方地界,感受到它的贫瘠、偏僻和邈远。我想,伯娜现在无论过得怎么样,都要比我来这儿好。我不敢在内心询问和思考任何事情,因为担心答案可能会是自己不喜欢的,即便思考有了结果,我也不知道怎么表述,更不知道如何应对生活,只会懊丧地面对一个事实:我留在家里,没有和姐姐一起离开,简直大错特错,尽管她并没有询问我的意向。

哈佛往北的土地和我们先前经过的一样:干旱,清一色的农田——一望无际的金黄色小麦海洋,和上方炙热的天空融为一体。天空蓝得没有瑕疵,仅有电线横亘其间。屋舍和建筑物非常稀疏,唯有它们才标志着这里有人安居乐业,或者有使用电力的需求。低矮的绿色丘陵起伏不定地向前延展,深入微光闪烁的远方。我们不可能到达那里,因为我猜这些丘陵是向加拿大境内延伸的,我想起搁在卧室里的地球仪,根据我的记忆,加拿大就在前面。

米尔德丽德又陷入沉默，只专注于驾驶。她点了一支烟，但并不贪恋，没抽完就扔到了窗外。秃鹫在空中飘浮不定，时而呈弧线飞行，时而悬着一动不动。我相信，如果一个人在我们所处的位置迷路了，能看到的活物就只有秃鹫，而他不可能活着走出这里。

这时，米尔德丽德深深吸了一口气，然后呼出，好像是对她始终为之保持沉默的事情作好了决定。她舔了舔嘴唇，捏了捏鼻子，又咳嗽清了清干燥的喉咙。

"戴尔，现在我应该告诉你一些事情。"她说。她两只手控制着方向盘，穿着短袜的脚搁在踏脚板上，脚上的黑鞋已被她脱下踢到一边，眼睛始终注视着前方。离开哈佛后，我们仅仅超越过两辆车，现在还看不出我们要去哪里。"我要带你去萨斯喀彻温省[1]，和我弟弟一起住一段时间，他叫阿瑟。"她突然说，仿佛这并不是件令人愉快的事情。"情况不会永远如此，但是目前也只能这样，我很抱歉。"她再次舔了舔嘴唇，"你不要自责，这是你妈妈的意思。你姐姐突然离开令我失望，你们原本是很好的组合。"

她用审视的眼光看着我，露出淡淡的笑容，她的短发被吹进窗来的热风搅得飞扬起落。她的牙齿不是特别整齐，所以她笑的时候会留意着不让它们显露过多。此刻，我突然有种奇怪的感觉，好像伯娜就在我旁边，而米尔德丽德是在和我们两人讲话。

"我不想这样。"我用斩钉截铁的口吻说。米尔德丽德的弟弟。加拿大。我非常肯定我一点也不想这样做。我有权这样说。

有一段时间，米尔德丽德一句话也不说，继续开着车，让公路在我们脚下倒退。也许她在思考，也许她只是在等待。最后她说："好吧，如果一定要我带你回去，他们会认为我拐骗你并因此逮捕我，把我投进监狱。那么，一个能够帮助你的人，她显然不是个罪犯，她愿意帮助你可怜的母亲实现她最后的愿望，可是她将无能为

---

[1] 萨斯喀彻温省：加拿大省份，位于加拿大中心地带，东西分别与马尼托巴省和艾伯塔省为邻，南部与美国的蒙大拿州和北达科他州接壤。被誉为加拿大的"产粮之篮"，以牧场和麦田而闻名。"萨斯喀彻温"的名称来自印第安语，意为遍布境内的湍急河流。

力。他们正在找你，要送你去孤儿院。你最好想清楚，我这是在试图拯救你，如果你姐姐聪明些，我同样也会拯救她。"

我的喉咙早就绷得紧紧的，不知怎的，此刻这种紧绷的感觉正向下传到我的胸部，使我一阵疼痛，我突然有些喘不过气。我们正以六十码的车速前行，饱含着热量的小麦芳香迅猛地涌进车窗。我感到有股强烈的冲动，想用肩撞开身边的车门，扑向飞驰的人行道。但这不是我的行事风格，我没有暴力倾向，不会唐突行事。这时我仿佛觉得这条黑色的道路就是我的生命，正以可怕的速度从我身上逃开，没有人能阻止。我想，如果我能够下车，徒步跋涉，就会走回家，甚至找到伯娜，即使她已到了天涯海角。我的手指摸到了门把，我紧紧握住它，准备来个猛推。伯娜曾说她讨厌父母说谎，但是我拒绝憎恶他们，我对他们保持忠诚，我留下来做母亲希望我做的，因此才发生眼下如此糟糕的事情。我说不出我期望什么，也不知道母亲对我做了什么安排。她向米尔德丽德交代了一切，而对我只字没说。但来这里不是我所期望的。我觉得好像遭到了欺骗和抛弃，我的忠诚没有得到尊重，以致此刻和这个古怪的女人来到这里；在这个鬼地方，即便我侥幸能生存下来，也只有秃鹫会发现我。一个人的稚嫩实在是最糟糕的，现在我明白伯娜为什么要和命运抗争、想变得成熟并离家出走了，她是在拯救自己。

我疼痛的胸部缺氧，感觉就像喝下冰冷冷的水，浑身无力，几近于瘫痪。但是我不能哭，哭是受到严重挫败的表现，米尔德丽德会因此而可怜我，小看我。我强迫自己把眼睛紧紧闭上，不让泪水涌出。我紧握温热的门把，然后松开，让外面灼热的风来炙干我的眼泪。现在我不太在意米尔德丽德说的——我是去加拿大，去接受陌生人的看顾——我把它看作上个星期我人生种种经历的延续，我试图控制那些事情但失败了。米尔德丽德只是想帮助我，帮助我的母亲。而我听到她这样说，怎么倒像是听到了比什么都更悲伤的事情？

"我没有责怪你，"米尔德丽德最后说，她肯定知道我哭了，

"这不是你的错,虽然明白这一点并不能带给你安慰,但你或许会好感一些。"她移动双腿,调整坐姿,又抬起下巴,身体前倾,好像看见路上有什么东西。我已经停止哭泣。"我们就要穿越国境,去北面的加拿大。"她说着重新坐稳了,"我会对他们说你是我侄子,现在带你去梅迪辛哈特市[1]购买上学的服装。如果你想告诉他们我拐带你,这正是时候。"她朝里收缩着嘴唇。"不过,如果可以,我们还是喜欢待在监狱外面。"

前方,公路就像一条细细的铅笔线,一直延伸到视力不及的远方,只看见地平线上有两个低矮而模糊不清的隆起物,后面映衬着万里无云的蓝天。如果我不顺着米尔德丽德的视线张望,根本注意不到地平线上那两个隆起的肿块。那里就是加拿大,没有多大的区别,相同的天空,相同的阳光,相同的空气,但就是不一样。我要抵达那里,究竟有多大的可能性?

米尔德丽德扫了一眼她放在车底的那只硕大红色皮革钱包,继续开车。模模糊糊的隆起物很快就显现为低矮的方形建筑物,并排地匍匐在大草原的高地上,每座建筑物的旁边都停着一辆车。想必那里就是边境的开始。我不知道到了那里会发生什么。也许会有人拘留我,给我戴上手铐,然后把我丢进孤儿院,或者把我送回什么也没有就只有一座空屋子的家。

"你在想什么?"米尔德丽德问。

我凝视着前面加拿大上方的天空。从来没有谁坦率地问过我在想什么。在我们家,伯娜和我想些什么是无关紧要的——虽然我们时常在思索。"我还有什么可以失去的?"我默默在心中说,我拥有和可能失去的只剩下我的思考,虽然我会有这种想法,仅仅是因为在象棋俱乐部听到别人说过类似的话。当然,我不会对米尔德丽德这样说,但使我吃惊的是我在思考中感觉到的真实。我的意思是,如果没有思考,"你怎么知道在你身上究竟发生了什么?"这正是此

---

[1] 梅迪辛哈特市(Medicine Hat):加拿大西南部城市,在艾伯塔省。

刻我想说的。

"哦，你别多想。"米尔德丽德那只控制方向盘的手同时捏着她的驾驶执照，我们已经接近两座并排搭建的木屋，公路延展到那里就被它们阻拦了。"世上有两种不同类型的人。"米尔德丽德说，"当然，人有很多种，但至少有两种这样的人：一种人认为自己并不是什么都懂，另一种人认为自己样样都行。我属于前一种，是更值得信赖的。"

当我们接近右边那座木屋时，一个身穿蓝色制服的肥胖男子走了出来。他戴着警帽，招呼我们向前。木屋旁边的旗杆上有一面红色的旗帜在飘扬，我认不出是什么旗，它的左上角有一面小小的英国国旗。旗杆下方有一块指示牌，上面写着："你正进入加拿大。萨斯喀彻温省，威洛克里克口岸。"

旁边另一座木屋属于美国海关，星条旗在上面随风飘扬，可是，我怀疑它上面的星星没有包括夏威夷在内的五十颗那么多。一个边防站同时处理着两件事情，进关和出关。我是出关，这架势让我感觉事关重大。一个没戴帽子的小个子男人身穿另一种蓝色制服，上面戴有徽章，腰上还佩戴手枪，走出隶属于美国海关的木屋，走进温热的微风中。他看着米尔德丽德驱车向前，我想，他可能知道我，正准备逮捕我们两人。我直视着前方，静静地坐着。出于某种我无法说清楚的理由，我的心绪复杂纷乱，既希望我们能顺利通过，但又为我们可能受阻而高兴，同时还为这个结果而感到害怕。米尔德丽德刚刚提到两种类型的人，我可能也属于第一种人。否则我为什么会来到此刻所在的地方，让自己熟知的一切消失在身后？这不是我期待的感受。我想起我在床上醒来时，发现只剩下我独自一人，我眼看着姐姐走出我的生活，可能永远不会回来，而我的父母又身陷囹圄，没有人照顾我或领养我。"我还有什么可失去的？这可能是最最应该质疑的问题。而答案似乎很清楚：我已经没有什么可以失去。

四十

公路地势上升，拐进加拿大境内，蹿入更加辽阔无际的农田，在我看来，这里和我们身后低海拔的美国国土没有什么明显的区别，只是多了屋舍、谷仓、风车和人迹。离开哈佛后我第一次看见绿色的丘陵，米尔德丽德称它为赛普里斯山脉。她说，它们就像阿尔卑斯山脉，孤零零地耸立在高地上，这是平原冰川时期一种异常的地质结构。它们有不同于外界的森林和动物，生活在这里的居民不喜欢陌生人。我们所经过的小镇，如戈文洛克、康沙尔、雷文克拉格、罗布萨特，看上去就像普通的蒙大拿州小镇。可是，我想如果你在一个有着这样奇怪名字的地方长大——包括萨斯喀彻温这个之前我几乎没有听过的名称——那么，你甚至对你自己都会感到奇怪。对我而言，以后的生活再也不会像在大瀑布城那样平稳正常。

车子在太阳西沉的余晖中朝北行驶，米尔德丽德向我讲述了她所知道的加拿大，她认为这些会对我有用。加拿大属于英联邦，由若干省份组成，它不是一些州的联盟——虽然这并没有特别的不同，区别只在于，加拿大仅有十个省份。加拿大大多数人讲英语，但各有不同的特点，对此她不能准确地描述，可我能领会，能明白。她说他们也有感恩节，但不是在星期四，也不是在十一月。在父亲投身的第二次世界大战中，加拿大和美国是并肩而战的盟友，它卷入这场战争甚至早于美国，这是因为它隶属于英国女王统领，实际上还因为它拥有和我们一样强大的空军。她说加拿大的历史没有美国长，让人觉得它还只是个拓荒者，而且那里没人真正把它看作一个国家，实际上，有些地方的居民讲法语。它的首都在东部，人们对它的尊崇远不及我们对华盛顿特区的拥戴。她说加拿大的货币也用"元"作单位，但颜色不一样，令人不解的是，有时候他们的钱比我们的更值钱。她说加拿大也有印第安人，和我们相比，他们非常善待印第安土著。加拿大的国土比美国辽阔，虽然大多数地区是杳无人烟的荒原，而且长年被冰层覆盖。

听着她的讲述，我的思绪缓缓流淌，就因为通过了那两座突兀在无名之地的小木屋，这一切对我而言成了确凿无疑的事实。我的心情比之前不知道要去哪里时有所好转，仿佛一场危机已经过去或是避免了。我感到安慰，只是希望我的姐姐，伯娜，能留下来看到这些。

更多的麦田从眼前掠过，黄昏的空气甜美而清凉。我感觉到一阵特别的尘埃风暴，我知道这是因为农场主在远处操纵联合收割机。运粮车停泊在收割好的地里，等着把小麦运走。当收割者出空谷物的时候，由于距离遥远，只能看到一些微小的人影在围着卡车打转，然后卡车开走了。一旦我们走出丘陵，就再也看不到地面有什么标志物。没有山岭或河流——像海伍德山脉或者熊掌山，或者密苏里河——可以让你知道此刻你身在何处。这里甚至没有几棵树，在远处，映入眼帘的是一间带防风墙的独立白屋、一个谷仓、一台拖拉机，然后，又看见另外一组。太阳的运行轨迹可以告诉你身处何方——根据你个人所知道的：一条路，一道栅栏线、有规律的风向。一旦丘陵在我们身后消隐，就再也没有方向感，找不到一个参照点，来确定我们所处的位置。在这里，人很容易迷路或者发狂，因为在每一个瞬间，每个地方和每样东西都是参照点。

接着米尔德丽德告诉我一些有关她弟弟的情况，他是个美国人，三十八岁，出于自己的选择，已经在加拿大住了好多年。他是她家唯一迈进大学校门的成员，原本立志要当一名律师，但是由于种种原因，没能完成学业，并且对美国彻底失望。他住在萨斯喀彻温省一个名叫罗亚尔堡的小镇上，那正是我们驱车北上的目的地，他在那里经营一家旅馆。她说，很凑巧，她和他就住在边境的两边，她经常去探望他，并不把这看成是多大的事儿，她爱他。她还说，她弟弟之所以同意接受我，愿意对我承担责任，是因为我是美国人而且没有地方可去，加上这可以讨她欢心。他会找合适的事情让我做。他还没有自己的孩子，会对我好的——当然也会对伯娜好，如果她没有出走的话。他是一个不同寻常的男人，这点我会看到。她还说，他有教养，有学识，我在他身边可以学到很多东西，我肯定会喜欢他。

米尔德丽德又点燃一根卷烟，两股烟从她那对大鼻孔里喷出来，然后冲出窗外。自从带我脱离险境之后，她已经连着开了好几个小时的车。她可能仅仅是疲惫了。我试图想象我们要去的地方——萨斯喀彻温省的罗亚尔堡。它听起来就是个外国地名，正因为是外国，我觉得它凶险莫测。对于这个地方，我想象不出什么，只能想象和我们周围的大草原是一样的，不是适合我的地方。

"我要在你弟弟那里住多长时间？"我想不出该说什么，只好以此来打破沉默。

米尔德丽德坐直身子，抓紧方向盘的双手握成了拳头。"我不知道，"她说，"我们得看情况。不过，不要把时间浪费在思考已经过去的悲观前景上。"她把卷烟叼在嘴的一边，只能用另一边说话。"在你有生之年，你还会经历很多令你激动的跌宕起伏。所以只要关注现在，全力以赴。不要拒绝你认为无足轻重的东西，并且确保总有一些东西是你不在意失去的。这点很重要。"她的劝告和那天我们没有去成博览会时父亲对伯娜和我说的没什么不同，所以我把这理解为成年人思考问题的常态，虽然母亲看问题的态度与此相反。她总是拒绝接受大多数人的观念，仅仅根据自己的好恶来理解世界。米尔德丽德汗水涔涔，脸颊泛光，她用手往脸上扇风。可想而知，她裹在绿色丝绸衣服里的身体肯定早已大汗淋漓。"这道理你懂吗？"她隔着座位伸过手来，用软软的拳头击打我的膝盖，就像人们敲门时那样。"懂吗？想想，想想看？"

"我想是的。"我说，虽然我的看法和她是否一致真的无关紧要。那是米尔德丽德最后一次和我谈及我的未来。

四十一

查理·夸特斯从他的卡车上下来，手中拿着一个小金属罐——后来，我知道里面装的是啤酒和冰块。这里是萨斯喀彻温省的梅普尔克里克镇，他在等我们，准备载上我和伯娜继续赶路，去米尔德丽德的弟弟居住的小镇。米尔德丽德说他是她弟弟得力的多面助手，但她不喜欢他。他是个混血儿[1]，很讨人厌。把我交托给他后，她就要驱车经由艾伯塔省的莱斯布里奇市返回大瀑布城，这样就不用经过我们先前进来的边境关卡，不然之前看见过我们的美国边防警察会奇怪为什么只有她一人返回。

查理·夸特斯把他的金属罐放在卡车的引擎罩壳上，走到米尔德丽德的窗边，双肘搁在窗底，咧嘴看着我，宽阔的嘴唇上泛出不友好的笑容。我抬头凝视着西方远天的马尾云，后面的天空相继呈现出紫色、金色和翠绿色，然后又在更高远的地方变成蓝色。我有些害怕，但我尽力不显露出来。

米尔德丽德用一只手掌把他推回去，我能闻到他身上有一股奇怪的酸甜味，这股味道来自他的衣服，也可能来自他的头发。他个子矮小，宽宽的胸膛，身体结实，肌肉发达，肩上顶着一颗硕大的脑袋。他穿着肮脏的褐色帆布裤，一双黑色的橡胶靴裹着裤脚；上身是一件褴褛不堪的紫色法兰绒衬衫，两个肘部都磨出了洞，一只口袋也是破的。他的油腻黑发，被一只妇女用的镶有假钻石的条状发夹夹在脑后。他有一双狭缝般的蓝眼睛和一对大耳朵。他笑的时候，容貌更难看，嘴中露出一颗颗大黄牙，简直令人倒胃口。他看上去像个侏儒。我曾经在我的《世界全书》（被留在大瀑布城）里看过一张侏儒的照片。但是他比侏儒要高，尽管他的腿弯曲着。他似

---

[1] 混血儿：特指加拿大历史上印第安人和法国人及英国人的混血后裔。

乎有些自大、粗野，我听说有些侏儒就是这样。

他把手伸进米尔德丽德的车中，从她搁在仪表盘上的泰瑞登纸烟盒里抽出一支烟，夹到耳朵上。

"我想我们的货物应该是两个包裹。"他再次盯着我看，好像知道我不喜欢被他称为货物。他说话又快又急。

米尔德丽德的话尖锐直爽："你只要照顾好这一个，否则我会找你算账。"

查理咧开嘴巴笑着，她再次把他往后推。我想，这种口无遮拦的谈话方式是不是加拿大人的习惯？"要不要吃东西？"查理说。

"不，"米尔德丽德说，"赶快带他走，让他上床休息。"

这时两个身穿背带裤、头戴稻草帽的魁梧大汉从马路对面旅馆的大门走出来。夕阳西下的黄昏，镇上空荡荡的，街上幽暗朦胧。旅馆前门上方的招牌上写着"商业之家"。当门打开的时候，可以看见里面亮着淡淡的灯光。这两个人站在人行道上，一边看着我们一边交谈，其中一个不知因为什么事情笑起来。然后他们分别走向两辆停泊的小卡车，从路肩向后倒车，再慢慢反向开走了。他们也是加拿大人。

"他是不是有些不对劲？"查理说，他绽放出笑容，好像被我逗乐了似的。

"他很好，"米尔德丽德伸手握住我的手臂，"他和我们一样，你说是吗？"

"他是孤儿？"查理·夸特斯说，他看到米尔德丽德挂在后座窗上的白色工作服，伸进一只手来摆弄它。

我的视线朝前穿过防风玻璃，看见外面有四台谷物起卸机，它们一半处于阴影中，轮廓被发光的天空衬托出来。一群展翅而来的燕子突然在黄昏的薄雾中转向而飞。在最近那台起卸机上，亮着一只灯泡，它摇摇晃晃地悬挂在一根漏斗状的管子上，地上有一堆被灯光照亮的谷物。直到这时，我还没有把查理的话和孤儿院联系起来。

米尔德丽德注视着查理谄媚的笑脸。"他有母亲和父亲，才不像你。他们爱他。你知道这些就够了。"

"爱他到死。"查理说，他笔直站立，然后渐渐后退到街上，仰望着天空。西边的天色是蓝的，而东边深沉黑暗，马尾云已经消失，黯淡的星星开始显现。眼前就是我今后要相处的人。很可能没有人会管我，我将被彻底遗忘。

"好了，以后我要做的就是，"米尔德丽德对我说，"写信给你，由我弟弟转交。我会弄清楚你家人的情况并告诉你。记住我说的，不要拒绝你认为无足轻重的东西。我保证你会很好。"出乎我意料的是，她靠近我，把我的脸拉到她的嘴边，抓住我的脖子，吻我的颚骨，当发现我没有回吻她的时候，又紧紧地拥抱我。我闻到她钱包里的纸烟味和水果味，还有她化妆粉饼的气味和她口里嚼着的留兰香胶姆糖的气味，这些都是她喜欢的气味。她柔软的肩膀挤压着我的耳朵。"过一段时间后你会好起来的。"她轻声说，"他们的人生毁了并不意味你的人生也毁了。这对你而言将是一个开始。你姐姐已经有了她的开始。"

"我不想要什么开始。"我说，因为对她的话感到生气，我的喉咙突然再次紧紧收缩。

"我们并非总有机会选择一个开始。"她伸过手来，按动我旁边的门把，脱开门闩，然后把门推开，并把我往外推。"好了，走吧。应该庆幸，我们来到这里，摆脱了不可避免的困境，这可是一次冒险。不要担心，你会很好，这是我说的。"

我的感觉并不好，我不想再和她多说什么，即使我有话要说。我的枕套里放着我的财产，那是为去西雅图而准备的，此刻它就扔在后座的地板上。我提起它爬出车，站到人行道上，然后关上车门。不管怎样，米尔德丽德是得到母亲同意才这样做的。现在她实现了她的承诺，可是我想做的是爬回她的车中，让她把我载到越远越好的天涯海角。只是这不是母亲的计划，不是她在还能为我安排未来的时候所定下的计划。所以，我按照她的要求做了——相信和其他事情一样，母亲有她充足的理由。我始终是个好儿子，一直到最后都是。

四十二

"那么,你听说过我的事情了?"查理·夸特斯问。我们坐在他那辆老旧的"万国牌"卡车里,顶着夜色前行,听它不停地发出咯咯的响声。在车头灯的照射下,我只能看见明亮的沙砾车道和蒙着尘土的路肩飞掠而过,茂密的小麦一直蔓延到公路边,由于太阳已经沉没,所以感到有些凉意,夜间的空气中飘浮着面包的香味。我们超过一辆在旁边摇摇晃晃行驶的空校车,车头灯光扫过窗里一排排空无学生的座位。在远处的田野里,虽然天黑了,收割还在进行。朦朦胧胧中,可以看见移动着的卡车灯光、涡旋飞扬的尘土。这时,天空布满星星。

我回答他没有听说过他的任何事情。

"这无所谓。"他说。一把上了子弹的杠杆式来福枪,就放在我们中间的座位上,靠在他腿上。卡车里弥漫着啤酒和汽油的气味,还混合着我分辨不出但同样强烈和刺鼻的酸甜味。车斗里装着一只动物的尸体,我说不上那是什么。"这里什么事都会发生,"查理说,"你在这里我就会对你负责。但你要照顾好自己,除非我需要你帮忙。你每天会有工作做。你就睡在奥弗弗洛屋[1]里,就在我的房车旁边。你将在旅馆里用餐,旅馆是阿瑟·雷姆林格开的。你自己去那里,自己回来。不过有时候我可以开车带你去。你可不要给我惹麻烦。"

查理把他的座位向后推,这样他的脚勉强能够碰到操纵踏板。他一只手放在方向盘上,开始抽米尔德丽德的那支纸烟,先前他将它夹在耳朵上。他又喝起另一罐罐装啤酒。一只鹿站在公路边,胸部以下淹没在小麦丛里,在车前灯的照射下,绿眼睛闪闪发光。查

---

[1] 奥弗弗洛屋(Overflow House):故事中一座简易棚屋的名称,位于荒废的帕特雷奥镇上。

理冲着它调整方向盘,但是它动作悠闲地后退而去。"这该死的,"查理叫喊道,"我能逮住它。"他斜视着我,像是想吓唬我,这样可以逗得他开心。"你猜猜我多大年纪了?"他问道,牙齿咬着纸烟。

"我不知道。"我说。即使有责任回答,我也不。我什么也预料不到,我甚至不知道一旦明天太阳升起,我会看到什么。

"你不想随便猜猜?"

"不。"我说。

"五十岁!但我看上去要年轻些。"他直截了当地说,"你认为我是印第安人,我早就知道你会这样想。"

"我不知道。"我说。

"混——血儿。"他说,"你不知道那是什么鬼东西,是吗?"

"不知道。"我说。米尔德丽德曾提到混血儿,但是我不明白这个词的含意,甚至不知道怎样拼写。

"它是指古代部落首领的血统。"说话的时候,查理抬起他圆润的下巴,让烟气从嘴巴的两边逸出,"向上追根,是卡斯伯特·格兰特[1]的血统。殉道者的血统。"他对着冷空气从鼻子里哼了一声。"而印第安人完全不同,他们中间精神病泛滥,有太多的人酗酒和近亲结婚。他们不接受我们,如果有机会,他们想杀死混血儿。"

他突然踩下刹车,我及时将双手撑到仪表盘上,可是上身倾斜着滑出了座位,我的心开始怦怦乱跳。我们停在麦田中间一条被车灯照得通明的沙砾小路上。"我要方便一下,你呢?"查理说。在我回答之前,他已经熄灭引擎并下了车。在明亮的灯光下,他在卡车前面叉开双腿站着,我能够看见他摸出阴茎,向泥土里喷射出一股激流,集中而迅猛。我也想小解,一路上我从没向米尔德丽德提过,虽然她是个护士,这样的东西见得多了。但是此刻我真的不相信在公路上,在查理的面前我能够尿得出来。和父亲在一起我能够。我是一个小镇男孩,所以我只好坐在吱吱作响的卡车里没下

---

[1] 卡斯伯特·格兰特(1793—1854):十九世纪杰出的混血儿领袖,父亲是英格兰人,母亲是克里族人。

去。车头灯照亮了查理，照亮了他用尿在地上浇出的椭圆，路上的尘土从打开的车门飘进车里，同时也带进来类似柠檬的尿酸味。"你到底出了什么事？"他从路上向我呼喊。在他的尿停住之前，他的声音因气喘显得有些急促。"你在那里无法容身？你犯了什么罪？"

我讨厌自己怎么会盯着他看，更厌恶看到了他的私处。我说："不是的。"我不想告诉他：我爸爸被关进大瀑布城的监狱，我妈妈不想我进孤儿院，她希望我来这里，来加拿大。

查理吐了一口痰在他的尿圈里，然后吸了一口气，擤干净鼻涕。"有秘密是好事，"他说着拉上裤子前面的拉链，"这里是绝好的藏身之地。"蚊子和各种各样的小昆虫渐渐飞出麦田，扑到车头灯温热的光亮中，还有一些涌入敞开门的车里，向我扑来。突然，一只拍打着翅膀的庞然大物穿过灯光飞快跌落下来，又扭动身体上升，然后飞离了。那是一只老鹰或猫头鹰，被昆虫吸引而来。我的心被它搅得一阵猛跳，可司空见惯的查理对它不置一顾。"你知不知道阿·雷？"他还站在路中，说话的时候，眼睛注视着车头灯圆锥形光束上方的黑色夜幕。我知道他说的是米尔德丽德的弟弟阿瑟·雷姆林格。

"米尔德丽德说是她的弟弟。"我说得很轻，我不认为他能听见。

他在沙砾上拖着黑色橡胶靴子走动。"你会觉得他很古怪。"此刻，他似乎不急于赶路。"怎么称呼你？"

"戴尔。"我说。

"你活了多少年，戴尔？"

我知道他这话的意思。"十五年，"我回答，"就快十六年了。"

查理回到车门外，攀上车，坐到驾驶座上，他的身上有股动物的气味。"你觉得孤单吗？"他开始发动卡车，引擎发出一阵吼叫，车头灯暗下来，然后又亮了。

"我想念我的父母，"我说，"还有我姐姐。"

"那么她去哪里了？孤儿院？"查理关上身旁的车门，摇上窗子。蚊子在里面围着我们打转。

"她出走了。"我说。

"这对她好。"他表情沉静,手放在方向盘上,"你应该是什么也不知道,是吗?"

"我不知道。"我说。

"你想我告诉你什么?"

"为什么带我来这里?"又一次,我说出心中唯一的疑团,就像问米尔德丽德一样。

不知道是什么,又有东西闯入车头灯的光束之中,令我大为惊吓,这一切发生在它还没有完全进入我视线的瞬间。原来是一只猫头鹰,长着弧形的白脸,双翅展开,锋利的脚爪紧紧收拢,眼睛盯着车灯边上的什么东西。然后它又飞走了。我从没见过猫头鹰,我只是夜晚在大瀑布城的卧室里听到过它们的叫声,可是我知道它们。查理好像依然对此视而不见。

"阿·雷很古怪,他是个美国人。"查理说,"他来这里有很长时间,也许因为没有同伴而感到孤独,我搞不懂他。让我摸摸你的手。"

他的手强健、硬实,而且大得可怕,摸到我的手后,他便抓住紧紧握着,一连快速捏拿了四到六次。他的手掌又粗又厚,手指短短的,指甲粗糙不平,布满纹理,就像他的帆布裤。我想要抽回我的手,但是被他抓住,甚至被握得更紧了。"那个老护士想和你做爱。"他说,仿佛就要笑出声来。

我不敢正视他。我说:"不是。"

"她想。我可以告诉你,她也想和我性交,我们两人都可以做这事,可是你不想让随便什么人这样干你,你等的是妙龄姑娘。向你解释这些事情还太早。我会随时恭候。"我开始挣扎,终于将手从他的手中挣脱,便把它塞到我的腿下,这样他就抓不到。他吓坏我了。"好吧,随你便,戴尔。"他开始加速,卡车发出一阵隆隆的喧嚣声,车头灯把路面照得通明,密集的昆虫向上蹿起。"我想,你不会对希特勒感兴趣,是吗?"

"我不感兴趣。"我说。我对希特勒的所有认知都来自父亲。"席克勒·格鲁伯,"父亲这样称他,"小阿道夫,贴墙纸的装修工。"父亲讨厌他。

查理推了下卡车排挡。"我对他感兴趣,他有他的'奋斗',而我大多数时候也被人误解。"他把两只粗短的手指伸到鼻子下,眼睛突然睁得圆圆的,转过身来,呆呆地望着我。"你看这,看见了吗?他看上去就像这样,嗯?还有他的可爱小胡子。不,不,不!注意!注意![1]"

我听父亲说过希特勒已经死了,他妻子和他一起死的,是自杀身亡。

"他是个出色的画家,你知道。"查理说,他再次加快车速,"我一直幻想自己是个诗人,但是现在我们不谈这些。"他猛踩油门,我们在黑暗的夜色中颠簸前行。这就是我现在寄身的加拿大,这就是我母亲给我做的安排。

---

[1] 原文为德语。

四十三

改变生活的事件往往是出人意料的,并非你想象中的样子。

一阵噪声把我吵醒。我听见一个人的笑声,然后是第二个人的嘟囔声,然后是汽车引擎罩壳关下时带有弹性的金属撞击声,然后是更多的笑声。"我正是这么希望呢,希望有个女人会告诉我一件我还不知道的东西。"这像是查理·夸特斯的声音。这些声音从我睡觉的房间外面传来,我记得昨晚我走进了一个房间,但现在我认不出来。泥土的清寒味混合着另外一些刺鼻的气味,其中有金属味和酸味,使得早晨的空气十分浓稠。一块带有白边的灰色薄棉布窗帘挂在我床边的窗子上,我睡的只是一张折叠式简易金属小床。早晨的阳光肯定是柔和的,但我不知道我的晨曦在哪里,也不知道昨夜我们开了多久的车、走了多长的路,更不知道这里是否是我的终点。

我坐起来。房间很小,天花板很低,到处被绿色的阴影所笼罩,好像水波在窗帘后面起伏荡漾。我的脑袋绷得紧紧的,我的背和腿又酸又痛。我穿着我的嘉基牌内衣裤,我的外衣、鞋子、短袜堆在床尾铺着漆布的地板上。我的记忆已经只剩下些碎片:卡车的车前灯扫过一座白色的小型建筑物;一扇门朝里打开;一束手电筒的光亮在一间置有小床的房间里来回颤动;查理·夸特斯在被照得明亮的沙砾上小解,聚精会神地注视着地面;一只猫头鹰毛茸茸的脸就仿佛是梦中所见;谈论希特勒和菲律宾姑娘;我——挣扎着想要醒来,但是失败了。

我把窗帘拉到旁边,朝灰蒙蒙的窗外看。一块窗格玻璃已经横向破裂,碎玻璃落在窗台上。外面是一簇淡紫色的灌木,后面是一块草地,草尖上的露水还在闪闪发光。再远处是一条狭窄的柏油马路,坑坑洼洼令人恶心,边上隆起的是混凝土人行道,杂草丛生,上面是一方澄清无瑕的蓝天，就像一块屏风。

　　破败的马路对面，一间旧的白色拖车式活动屋架在橡胶车轮上，这是间矩形的平顶活动房，只够一个人住。它的屋顶边上翘起一根电视天线。旁边，是另一座叫"昆斯特屋"[1]的半圆拱活动屋，上面开了个口作为风袋[2]。再过去是一台高大的木制谷物装卸机，带有一个尖塔形的顶部。刻在装卸机高处容器上的字已经褪色，但还能认出来，上面一排字是"萨斯喀彻温省共同资金"，底下一排字是"帕特雷奥"。

　　查理·夸特斯那辆遍布凹痕的万国牌小卡车就停在活动屋外面。查理站在车前，正在和一个手拿草帽的人说话。此人手臂上搭着一件褐色夹克，身上穿着淡蓝色衬衫。查理依然穿着黑色橡胶靴子，裤脚塞在里面，上身是和昨天一样的法兰绒衬衫。周围，也可以说是活动房屋的院落，散布着一些生锈的金属器具，有车辆轮胎、空桶、自行车、动物笼子，还有一辆过时的摩托车和一辆下面垫着木块的绿色斯蒂旁克轿车，车窗已经脱落。另外还有废弃的金属部件被螺栓拴在一起或焊在一起，形状古怪，各自散落在野草丛里。一辆自行车和一把收割机的刀片连接在一起；一台干草打包机装了一只驾驶盘和一面镜子；由一只轮缘构成的日晷仪，几只闪亮的玩具风车和几只闪光的陀螺竖立在杂乱的木棍上，反射着阳光；一根临时代用的木头旗杆斜靠在活动屋的旁边，顶端悬挂着一面和边境处相同的旗帜。

　　查理转过身，神采飞扬地用短而有力的手臂打起手势，起先指向活动屋，然后指向我正在探望的窗口。我猜想他在谈论我，那个身穿蓝衬衫听他说话的人想必就是阿瑟·雷姆林格，米尔德丽德的弟弟。我听见查理声音很响，好像想让其他人都听到他的话。"在我周围没有简单的事情。"他边笑边往后退。那另一个人注视着我

---

[1] 昆斯特屋（Quonset）：一种用瓦楞铁预制件搭成的半圆形活动房屋，因第二次世界大战时在美国罗得岛的昆斯特问世，所以被称为昆斯特屋。
[2] 风袋：用以测定风向和风速的袋形装置。

所在的建筑物,把一只手放在嘴唇上,说了一些什么并点了点头。查理转过身,开始穿过草地向我走来。

我赶紧穿上圆领汗衫和裤子。如果查理是来找我,我不想让他看到我只穿着嘉基内衣。我没穿袜子,直接把脚推进鞋里。我寻找通往外面的门。这间房里还有另外一张空着的小床,阴暗的四周堆满纸板箱,局促的空间勉强容下这两张小床。房里没有灯。我听见查理的声音就在外面,"谁会强迫自己?我问你……"我不知道他在和谁说话。

我匆匆穿过一道低矮的门进入厨房,这是一个凌乱、不通风的狭小空间。有更多的纸箱堆在里面,其中有一只铸铁炉、一台屏幕破裂的旧电视机。还有一样东西,看上去像是一只玩具填充狗或北美郊狼,放在一只插销锈蚀的橡木冰盒顶上。我赶紧将衬衫下摆塞进裤腰,走过一道门,走进一个很小很小、地面肮脏不堪的门厅,它另一边还有一扇带窗的门。一出这道门我就感受到骄阳的烘烤,脑袋被灼得昏昏沉沉,眼睛也被刺痛,不得不闭上,就在这时查理绕到了屋子角落。透过眼皮我感觉到很多绿色的点,然后是银色的点,再是红色的点,在眼前飘浮。我的头皮紧紧绷在头盖骨上。我不知道接下来会发生什么,但是我想这对我很重要。我已经远离大瀑布城。

"哦,他在这里。"查理大声说。我强迫自己睁开眼睛。我下榻的这座白色建筑,外墙经拉毛粉刷,似是梦中所见。在梦中,车头灯摇摇摆摆地扫过它。它坐落在平坦的地面,墙上的粉刷涂料脱落了很多,显得斑斑驳驳,露出里面的金属网和泥灰。我拉上裤子的拉链,来不及系鞋带。我用手遮住眼睛,脸在阳光的刺激下扭曲。"阿·雷在这里。"查理露出他的大方牙,咧嘴笑着,好像这对我来说不是好事,他却为之高兴。"现在快去,他要见你。"他转过身,我跟在他后面穿过杂乱的野草丛。我们过了这条破败的街,向平顶拖车活动屋和半圆拱活动屋走去,那里,穿蓝衬衫的人正站在一辆光亮的栗色别克轿车边上,对着车窗里面说话。以前我从没见过这种车。

　　我乘隙打量四周。这是一个镇，但是和我曾经见过的小镇不一样。虽然早先父亲驱车带伯娜和我去博克斯埃尔德印第安人保留区时，沿途我们见识过很多，还观察过印第安人的家，但这里和那里不一样。不多的几座灰色木屋，散落在几条城镇街道的遗迹中，周围还留有其他屋子存在过的残痕：空空的徒有砖石基础的广场、歪斜的木头附属建筑、一根矗立的烟囱，还有开阔的空地。显而易见，以前这里是热闹之所，可现在什么也没留存下来。虽然有五六座屋子还兀立着，但看上去里面空无人迹——它们大门半开，悬荡在铰链上，院子里遍是野草。它们有的没有屋顶，有的即使屋顶尚有木板但已破败不堪，而且烟囱崩塌，门廊荒颓。没有电线进入这些屋子，电力能送达的，只有白色平顶和半圆拱的两座活动屋，以及昨夜我人住的建筑，另外还有一座屋顶洞开的漏雨屋。一个身穿宽松灰色上衣的肥胖女人，站在那座屋子的后台阶上，远远地看看我们。后院有一根收得紧紧的环形晾衣绳，白色的床单和妇女的内衣在干燥的微风中拂动。

　　看似铺了路面的公路上，两辆摇摇摆摆的大型谷物卡车隆隆而来，经过谷物装卸机对面一排荒颓的平顶商业房。这些房子显然已被废弃，窗子跌落下来，门也残缺不全。没有迹象表明有人住在里面。我向半圆拱活动屋走去，我能看见，在镇的边缘，种植有梣叶枫和钻天杨（我在蒙大拿时就认得它们）作为挡风墙，但它们都已枯死。镇的外围和远处是一大片已经收割过的粮田，一个个稻草堆点缀其中。在看得清的远处，一台没有叶片的风车和一台重油抽水机在不知疲倦地运转。更远的地方，土地不是平坦延展，而是连绵起伏，没有山脉，没有丘陵，在我目力所及之处，几乎没有其他树木，能够阻断我视线的唯有遥远遥远的地平线。

　　"噢，他在这儿。"查理的声音依然响亮。我跟随他穿过野草地向拖车活动屋和半圆拱活动屋走去，那辆模样很新的别克车就停在那里。我能看见，一辆帆布顶的旧吉普停在半圆拱的"昆斯特屋"

阴影里，一辆浅浅的单轴拖车里装着的好像是一群鹅，其实是木头做的假鹅，用来作猎鹅的诱饵。车里还有一堆铁铲。"我把这小毛孩叫醒了，"查理继续说，"他在美国娇生惯养，来这里生存不了。"他扫视了我一眼。即使在白天的日光下，查理也像个天外怪客——他硕大的脑袋布满疙瘩，肩膀狭窄得有些反常，双腿在靴子所及的膝盖处朝外弯曲，一头黑发依然用那只镶有人造钻石的发夹夹在脑后。此刻，他简直就是这户外一道令人不安的奇景。

我把双手插入口袋，不再用它们遮挡眼睛。我感到眼睛疼痛。蚱蜢在茂密的野草丛里砰砰乱跳，甚至从地面爬到我的脚上，发出咔嗒咔嗒的声音，让我怀疑是蛇在梭游，不由得紧张起来。褐色的小鸟在闪亮的风车玩具和陀螺以及形形色色的金属雕塑中间轻快地展翅掠过。太阳烘烤着我的头发和肩膀，更刺痛我的眼睛，虽然我觉得手臂上的汗毛是凉冷而敏感的，我的发际开始渗出汗水。

那个人拿着他的褐色夹克和草帽，透过别克车的窗子和里面的人说话，看得见有一个女人坐在乘客座上，她正因为刚才听到的话笑出了声。那个人挺直身子，开始向我走来。

"我必须盯着他吓（下）床。"查理没有咬准音，但他的声音还是很响，为的是让那人听见，"这是雷姆林格先生。你得称他'先生'。"

我重新用手遮住眼睛，太阳照着那人的后脑勺。我有些紧张。他就是我的监护人，阿瑟·雷姆林格。

"我们一直在等你。"那人开口说话了。我抬起头看着他的脸。他长得高大英俊，一头漂亮的亚麻色头发在右侧向两边严整地分开，而我的头发刚好是从反方向分开。他面无笑容，但好像是个甚有趣味的人。我一句话也没说。"把你的名字告诉我们，好吗？"

"戴尔·帕森斯。"我说。在这里通报我的名字似乎很别扭。

那个人看着查理·夸特斯，笑着说："'戴尔'是不是有其他含意？这个名字不同寻常。"

"没有，先生。"我说。

"继续，说下去。"查理插嘴道。

"不是说好有两个人？"那人向我跨近一步，似乎想把我看得更清楚些。一副金属框架眼镜用绳子悬挂在他的颈上。他的一双大手瘦骨嶙峋，指甲修剪得很齐整。他的心情好像颇为愉悦。

"另一个在动身之前跑了。"查理抢着说。

"哦，太糟了。"阿瑟·雷姆林格说，"你看上去很累，是不是感到筋疲力尽？"他用草帽对着脸扇风。

"是的，先生。"我说。他没有报出自己的名字。我觉得阿瑟·雷姆林格这个名字和他本人并不相称，这像是一个老人的名字。

"有人在搜寻你，故事就是这样？"他的目光移向查理，然后又转回到我身上。他期待我接过他的话茬，但是我感到很不自在，我不想多说什么。

"我不知道。"我说。温暖的微风拂过野草蔓生的院落，在风的推力下那些银色的陀螺旋转起来，发出轻柔的滴答声，还带着微微的颤动。

"他不爱说话。"查理搭腔。他转过身，注视着那些正在旋转的装置，显得很高兴。

"好吧，如果加拿大皇家骑警来这里，"阿瑟·雷姆林格说，"你只需说你是我侄子，从东面来的。他们搞不清楚多伦多究竟在哪里。是不是要我给你取个加拿大名字？"

"不，先生。"我一口回绝。

他笑了，然后笑容又从他脸上消失了，好像他确定不了什么与我有关的事情。他笑的时候下巴会现出一个酒窝。他的脸庞光滑但有点苍白。他确实看上去不同凡响。"不管事情怎样，再没有麻烦了。"他说着开始让他的帽子在手指上旋转，仿佛在审视我。他的视线越过我的肩投向我下榻的那座墙面经拉毛粉刷的棚屋。"住在你的小屋里你会适应的，就是那里，你说呢？"他的话让你觉得每个词他都是认真斟酌过的。

汗水从我的脸颊流下来。我凝视着这座可怕的木屋，旁边野草丛生的地上还有用厚木板搭成的棚子，我知道那是个厕所。一条大白狗站在外面，脸对着门，摇摆着尾巴。一个银色的陀螺安置在旁边，这表明查理有使用这个厕所。我的父亲总爱开厕所的玩笑，以此编造笑料，比如：臭气熏天，用电话簿作手纸，永远没有隐私，等等。我从未想过我不得不用它。我不想回到那墙面拉毛的木屋。

"我不知道，"我说，"我……"

"你可以搬动里面的东西，只要你高兴。那些盒子是我的。"阿瑟·雷姆林格说，他还在转他的帽子，"只要我们不想，没有人能在这儿找到你，没有人会来烦你。"他用手背擦着他的大耳朵。现在他像是有些不舒服。"我就住在公路下去四英里的罗亚尔堡。"他转过身看着公路。"它在东面。我们会找些旅馆的事让你来做。从前你独自生活过吗？"

"没有，先生。"我回答。

"我想你也没有，可是我猜你打过工。"

"没有，先生。"我说。我不知道阿瑟·雷姆林格对我了解多少，但我相信他差不多知道我的所有事情，当然，这不可能包括我喜欢下国际象棋，对养蜂感兴趣，或者从没打过工是因为母亲不准。

"对这里你感到陌生？"他像是想起了什么事，不禁皱起了眉。我从没见过像他这样的人。米尔德丽德说他已经三十八岁，但他的脸是年轻人的脸，非常英俊。同时，看上去他的年龄又比实际的要大，他的穿着也和我习惯的不一致。

"是的，先生。"我回应道。

他用颀长的手指慢慢地转动草帽，一只手指上戴着一枚金戒指。"唉，"他说，"有些降临在我们身上的事情真的很可悲，戴尔，我们根本无能为力。"他的目光穿过我肩膀的上方，落到棚屋的拉毛墙面。"当我来到这里的时候……"他注视着那屋子停顿了一下，然后又继续说，"我就住在现在属于你的小屋。我站在草地上，凝视着天空,幻想自己看见了色彩鲜艳的飞鸟,幻想自己来到的是非洲,幻想天上的浮云就是连绵的群山。"听着,我突然觉得他的蓝衬衫在我眼中就像蓝天一样鲜亮,它的门襟被汗水浸湿了。他的土黄色夹克还搭在手臂上。

"他是美国人,就像你一样!所以他感到陌生。"查理突然说,然后笑起来。这就是他眼中的阿瑟·雷姆林格。查理看着褐色的鸟儿在他的"风车花园"里展翅而过,但耳朵似乎没有任何反应。他起步离开,向活动房屋走去,那里有只木头的板条箱放在门下作为台阶。他的橡皮靴子踢着野草,惊动了蚱蜢和小鸟,它们飞跃而起,形成一道道弧线。"你们两人是同命鸟。"他说。

"你有什么爱好,戴尔?"阿瑟·雷姆林格的蓝眼睛淡得几乎看不出颜色。他低下头,一只手不自然地塞进裤袋里,好像此刻要进行一场正规的谈话。他好像想要和我说些什么,但又不知道如何开口。米尔德丽德说他是个不同寻常的人,看来确实如此。

"我喜欢阅读。"我说。

他噘起嘴唇,对我眨着眼睛,好像我的话勾起了他的兴趣。"那么,你再大些,是否计划进一所好的大学深造?"

"是的,先生。"我回答。

他穿着一双柔软的小山羊皮靴子,一只裤脚管塞在靴子里。在我眼里这双靴子很昂贵,使他在这种地方更显得不同一般。他踮起一只靴尖,在落满尘土的地面摩擦,然后转身回顾那辆轿车。车里的那个女人正在凝视我们。她挥了挥手,但我没有向她挥手。"你大概会和弗洛伦丝投缘。"阿瑟·雷姆林格说,"她是个画家,疯狂迷恋美国夜鹰学派[1]。总之,她是个优雅的人。"他点着头,这似乎把他逗乐了,"我有她的一幅画,就挂在我房间的墙上。再见到你时会让你见识一下。"他的目光在我周围游动,投向灼热的野草丛和

---

[1] 指由美国画家爱德华·霍普1942年创作的经典油画《夜鹰》(Nighthawks)演变而来的绘画风格,主要特点是冷峻、疏离与孤独。

"昆斯特屋"，投向破败的拖车式活动屋及镇上没人居住的废弃建筑。"如果在美国，他们肯定会把这地方的残余物彻底烧光。"

"为什么？"我问。

我想，这几乎就要引得他笑起来，因为他光滑的下颚上突然显现一个酒窝，但是他并没有笑。"哦，这会吓坏他们。"他说，然后笑了，"不会再有成功的可能，美国人全都害怕这个，它们和美国的历史不相称。"

"我会在这里待多久？"我问。这是我想知道的最重要的事情，所以我会脱口而出。没有人提到我回大瀑布城的话题，阿瑟·雷姆林格也没有提到我的父母——似乎他不知道他们出事了，要不就是认为他们存在与否一点也不重要。

"噢，"他说，"你想待多久就待多久。"他把草帽扣到头上，准备离开。帽子的边缘有一根皮质带子，他把它扣在下巴下面，使得他的模样完全变了——显得有点傻乎乎。"也许你会喜欢这里，你能学到东西。"

"我可能并不会喜欢。"我说，这句话似乎很无礼，丝毫没有感恩之意，但这确实发自我的内心。

"那么，我猜你会找到离开的途径，"他说，"这会成为你的动力。"他转身向别克走去。"戴尔，我非常高兴你来到这里，我会很快再来看你。"他说话的时候没有转回身，"查理会安排你的工作。"

"知道了。"我说，我不确定他是否听到我的话，于是又说了一遍，"知道了。"

这就是我和阿瑟·雷姆林格见面的全部经过。正如我先前说的，改变生活的事件往往是出人意料的，并非你想象中的样子。

四十四

在母亲的"一个软弱者的犯罪手记"中,她写道,当她下笔行文的时候,好像觉得伯娜和我都在场,而且能够读到她的文字,了解她的所思所想,她确信我们能明白她的衷肠,并从她的思考中获得教益。对我而言,她的"手记"是她最真实的声音,是我们孩子从没听到过的,这是迄今为止她将自己的声音表达得最充分的一次,没有受制于生活的虚假。普天下的父母和他们的孩子必定都相同,他们彼此间的了解是有限的,仅仅只了解部分。母亲在北达科他州监狱的日子没有持续多久,任何人都能察觉——不管你能不能接受——当她写这些的时候,她已经开始崩溃。

亲爱的孩子们:

此刻,你们两人已经跨越了国境,你们肯定感受到,这不像逛街。这是一个新的开端,当然,并没有一个完全新的开端这样的东西〔显然她和米尔德丽德讨论过这些〕,它只是一段在一盏新灯映照下的、消逝了的过去。我明白所有的后果,但是你们将有机会在加拿大共同生活,不会因为你们的父亲和我而受到牵连和玷污。没有人会关心你们从哪里来,或是我们做了什么。你们不会惹人注意。我从来没有去过那里,但是我知道它和美国非常相像,是一个理想之所。

我还记得尼亚加拉瀑布。当我还是少女的时候,我和我父母曾经站在对面目睹过它。你们看过那张照片,分离人们的无论是什么,瀑布都强化了这种分离的感觉(不管怎样,它们确实留给我如此印象)。你们知道,我们没有细致认真地把看似相同、其实并不一样的事物区分开来,你们应该学会识别它们。哦,好了。在你们前面将会有千千万万个早晨,让你们充分思考所有这些问题，因为，没有人会告诉你们该如何去感受生活。戴尔，你已经能够想象和这个世界相反的另一极，你曾经对我这样说，那是你的长处。伯娜，你有独特的品位，所以你会很出色。我的父亲离开波兰，在来到华盛顿州的塔科马之前跨越过很多道国境。他总是着眼于当前，从中汲取能量，这几乎可以肯定。

现在，我发现自己内心有股前所未有的冷漠，如果一个人能在心中找到一块寒冷之地，倒也不是坏事。艺术家就是这样。也许对它可以有另外的称呼……力量？智慧？以前我很排斥它——因为你们父亲的缘故；或者试图排斥它。在这里，我唯一希望的是能为你们提供帮助，但是我真的无能为力，我相信你们会予以理解……

这封"信"我读了一遍又一遍。每次读的时候，我都意识到她从来没有指望能再见到伯娜和我。她非常清楚，对我们所有人来说，这个家已经不复存在，这是最最悲哀的事情。

四十五

我已经感受到,孤独是什么:那就像你排在一支长长的队伍里,等着抵达承诺会给你带来好运的前方。只是这支队伍从不向前移动,其他人还不断插到你的前面,你期望抵达的目的地离你越来越远,于是你不再相信它会给予你任何机会。

我第一次见到阿瑟·雷姆林格是在一九六〇年八月三十一日,在那之后的日子可能并不是孤独的,它们不会以灾难而告终,它们在处于我这种境地的男孩——被人遗弃,所有熟悉的东西悉尽消失,除了摆在自己前面的现实,没有任何前景——眼中,可能是充实和色彩绚烂的。

起初,即狩猎者到达以及猎鹅开始之前,我的工作范围全都在萨斯喀彻温省罗亚尔堡镇的伦纳德旅馆里面。旅馆为阿瑟·雷姆林格所有,他自己住在第三层顶楼的一套公寓里,窗子面对着辽阔的草原,在我的想象中,从这里可以向北和向西远眺数百英里之内的景色。我期待去做每天的工作,我或是步行,或是蹬着查理那辆破旧的 J.C. 希金斯牌两轮自行车顺着公路而下。沿途可以看到巨大的运粮卡车在人行道上撒下一层金黄色的小麦谷壳,像是亮丽的地毯。再远处,加拿大太平洋铁路公司的路轨平行地延展,在利德城和斯威夫特卡伦特市[1]之间为谷物起卸机服务。有的时候,查理会让我搭他的卡车去伦纳德旅馆,同车的常常有一个瑞典女人,格丁斯女士,是另一个帕特雷奥镇居民,她总是默默无言地凝视着窗外。在旅馆里,我的工作是打扫客房卧室和厕所,每天的报酬是三块加元,外加三餐。格丁斯女士在厨房工作,为旅馆的餐厅准备食物。下午我有一半时间可以自由支配,我会骑自行车沿着公路回到帕特

---

1 斯威夫特卡伦特(Swift Current),加拿大萨斯喀彻温省西南部城市。

雷奥，但在那里没有什么事情可做；不然我就会留下来，早早地进入亮着灯的简陋餐厅，和收割者及铁路员工一起用完晚餐，然后在溟蒙的暮色中返回。查理再三告诫我不要在公路上搭车，他说，加拿大人不相信搭车者，会误把我当作罪犯或者印第安人，可能会试图盘查我。还说，搭车会使我丢人现眼，容易引人怀疑，特别是招来皇家骑警的注意，这是谁也不想要的结果。我觉得，好像查理自己心里隐藏着什么事情，害怕经受严密的查问。

虽然我从没做过打扫工作，除了在母亲的要求下清洁过自家住屋，但是我觉得我能够胜任。查理向我示范过快速打扫客房的窍门，所以我能够顺利完成分派给我的任务——十六间客房，外加每层两个供住宿者共享的盥洗室。住在这里的有粗鲁的油田钻井工，有在铁路公司上班的小伙子，有旅行推销员，有定期从马里蒂姆斯来的收割者，他们每年秋季越过草原来到这里。这些旅客有很多是年轻人，比我大不了多少。很多人感到孤独，思念家乡；也有些人有暴力倾向，喜欢喝酒和打架。但是，他们没有谁在意自身的习惯，没人在意他们睡觉后留下的卧室、清洁自身及排便后留下的盥洗室是怎样一派景象。他们的狭小卧室充满腐臭气息，是他们的汗水、垃圾、食物、威士忌、污泥、瓶装搽剂和纸烟等等气味的混合。走廊底端的盥洗室更是恶臭难耐，而且潮湿，充满肥皂味。作为私隐之地的厕所简直肮脏得不堪入眼，因为这些男人从来不用费力自己清洁，就像使用他们母亲家的盥洗室一样。有时候我带着水桶、拖把、扫帚、抹布和消毒剂，推开一间客房的门，会看见这个置有几张床的房间里有一个男孩独自待着，在抽烟或凝视窗外，或者在读《圣经》，要不就是在看杂志；有时也会看见一个菲律宾姑娘独自坐在床边，有一两次甚至没穿衣服；而且不止一次，我看到她和一个粗鲁的大汉或某个推销员相拥着，睡在一张床上；要不就是和另一个姑娘一起睡懒觉，到上午很晚才起床。每次遇到这种情况，我就会默默退出，轻轻关上门，在那天的打扫中会跳过这间客房。当然，所谓的菲律宾姑娘并不是菲律宾人，查理向我解释过。她们是黑脚族或格罗旺特族[1]姑娘,是阿瑟·雷姆林格用出租车从斯威夫特卡伦特或者更远的梅迪辛哈特载来的,她们夜里在酒吧上班,能够活跃气氛并为伦纳德旅馆吸引更多的客人,而其他地方的妇女是不准许这样做的。我早晨上班到达的时候,经常看见斯威夫特卡伦特的出租车停在旅馆旁边的小巷里,司机坐在前座打瞌睡或者看书,等着姑娘从边门出来,载她们回家。查理告诉我,有个"菲律宾姑娘"实际上是个有孩子但没有丈夫的哈特莱特教姑娘[2],但是我从没在伦纳德旅馆看过她,我怀疑信奉哈特莱特教的姑娘会堕落到这般田地,也怀疑他们的父母会允许她们这样做。

以上这些,并不意味着我迅速并完全适应了罗亚尔堡镇的生活,我还远远没到这样的境地。我知道,我的父母亲被关在监狱里,我的姐姐已经出走,我很可能就这样被遗弃在陌生人中间。但是也可以使日子过得超脱一些——比你想象的要轻松些——那就是把注意力从所有这些不幸的事情上转移开来,让自己生活在当下,就像米尔德丽德说的那样,让每一天都过得实实在在,让每一天都有它自身存在的小小价值。

初秋时分,罗亚尔堡小镇一片生机勃勃,和四英里之外我的住地帕特雷奥有着天壤之别。帕特雷奥是个奇怪而破败冷落的鬼地方,除了查理住在他的拖车活动屋里之外,还有格丁斯女士,而她难得搭理我。罗亚尔堡镇则是个熙攘繁忙的牧场小区,坐落在利德城和斯威夫特卡伦特市之间的铁路沿线和32号公路旁边。它肯定和我父亲抢劫银行的达科他州小镇有些不一样。

伦纳德旅馆坐落在缅街西端,是一幢木结构建筑,有三层楼高,呈完完全全的正方形,漆成了白色,有一个平顶和一排排空洞而没有

---

[1] 黑脚族(Blackfeet)和格罗旺特族(Gros Ventre)都是北美印第安人的分支。黑脚族散居在加拿大萨斯喀彻温省、艾伯塔省、不列颠哥伦比亚省和美国蒙大拿州。格罗旺特族历史上是蒙大拿州中北部说阿尔冈昆语的印第安部落。
[2] 哈特莱特教派是基督教新教再洗礼派的一个分支。其来源可追溯到十六世纪激进宗教改革时期。其创始人雅各布·哈特(Jacob Hutter)死后,教民以和平主义社区的形式散居在欧洲,十八至十九世纪几乎灭绝,然后在北美大陆发展开来。目前绝大多数哈特莱特社区位于加拿大和美国北部大平原地区。

装饰的窗子。对着街的是一个平平淡淡、毫无特色的入口，通往里面幽暗的接待处和没有窗子的餐厅，经过一条狭窄的走廊就能到达后面灯光朦胧的封闭式酒吧。伦纳德旅馆有一块大招牌安置在屋顶上方，在镇里看不到它，但每天我骑车上班和返回住所时，从公路上能够看到。红色的霓虹灯以粗壮的方形字母组成"伦纳德旅馆"几个大字，旁边是用霓虹灯勾勒的一个人形轮廓，是个厨房男仆役，手拿一只托盘，托盘上放着一杯马提尼鸡尾酒（那时我还不知道马提尼是什么）。这是身处大草原可以看到的一道奇异景象，我来来去去的时候，总喜欢瞭望它。它代表了一个世界，这个世界虽然远离现实，远离我，但每天还会在我面前出现，像是虚无的海市蜃楼，像是缥缈的幻梦。

真的，与大瀑布城的彩虹饭店和我曾经见过的上等旅馆相比，伦纳德实在不像个旅馆。镇上的居民很少来，来这里的除了嗜酒成性的酒鬼和无所事事的懒汉，就是脾气暴躁的农场主——阿瑟·雷姆林格从他们手中租借猎鹅场，他们可以来酒吧免费喝酒。伦纳德旅馆容忍在罗亚尔堡镇不受欢迎的病毒，这个小镇曾经有段时间是禁酒的。可现在，赌博和色情活动在旅馆大行其道，正派的人从不涉足其间。

我的工作一般在两点钟就完事，如果留下来等到六点钟吃晚餐，这段时间我会经常见到阿瑟·雷姆林格。他总是穿戴得整洁得体，和他的女朋友弗洛伦丝·拉·布拉克一起聊天、说笑话，并和前来付款的顾客在融洽的气氛中互动。查理告诉我，不要指望和阿瑟·雷姆林格谈话——尽管我们第一次见面时他留给我的印象是和蔼可亲的。听查理话中的意思，好像阿瑟·雷姆林格身处一种没人能与之共享的优越地位，他的时间不容占用，所以我不应该向他质疑什么，不应该显出和他的关系非同寻常，甚至不应该去和他表示亲近。是的，我只是寄居在这里，我明白自己没有什么特殊的地位，也不享有任何特权。偶尔，我会撞见阿瑟·雷姆林格，在他的小小接待处，或者在我带着水桶和拖把打扫楼梯或做清洁活的时候，或者在厨房吃饭的时候。"噢，你在这里，戴尔。"他说，好像我有意躲着他似的。"你能应付你的职位吗？"或诸如此类的话。我已经从父亲嘴里知道"职位"是什么意思。"是的，先生。"我说。"如果你应付不了，让我们知道。"他说。"我能做好的。"我说。"那么很好，很好。"阿瑟·雷姆林格会一边说一边继续走他的路。然后，我又会有好几天见不到他。

这对我来说还真是一个谜：如果阿瑟·雷姆林格愿意对我和我的将来承担责任，他为什么又似乎没有意愿来了解我？要知道，处于我这样年龄的男孩对此很在意，很敏感。我们初次见面的时候，他好像很和善，仅仅有一点古怪——仿佛有什么事情让他心不在焉。但是现在他给人的感觉好像更加古怪，我猜想，这也许是他和陌生人刚刚认识的缘故。

我在镇上的日子很简单。每天一吃完晚餐，就骑自行车疲惫地返回帕特雷奥。我必须赶在黑暗的公路还没有变得危险的时候返回，因为再晚的话，谷物卡车会在公路上频繁来往，而农场的小伙子会在晚上牛饮啤酒并借醉寻衅。在晚餐之前，我会尽量找些事来打发时间。我经常在罗亚尔堡漫步，看看镇上有些什么东西。我这么做，是因为孤独和得不到关心是我面临的新课题；还因为这个地方太小，触目所及的东西更吸引我的眼球，我决定用这样的方法来摆脱笼罩着我的绝望和折磨我的病态想法，我要探索和钻研这里的环境，培养自己观察事物的兴趣，这也是有些人的职业习惯，他们会把观察到的事物写入《世界全书》之类的书中。但是，在这些偏僻牧场小镇的心脏腹地，我之所以缓步闲荡，还因为除此之外我实在没有其他事情可做，而选择做一个探索者，获取一份小小的自由，这是以前我从没体验过的，那时我的生活中只有我的姐姐和父母。最后，我这么做是因为此刻我寄身的是加拿大，我对它一无所知——它和美国有什么不同？它究竟是什么样子？这两点我急于知道。

我穿着新的工作服和二手的汤姆麦克阿斯牌鞋子，走在坚实的人行道上，沿着缅街往下走去。我不知道罗亚尔堡有多少人口，不知道它何以会建在这里，甚至不知道它为什么被称作罗亚尔堡——如果我猜得对，可能是因为拓荒时期一个军事哨所曾经设在这里。小镇的商业活动在缅街两边展开，这是一条大道，在我眼中，这里的事物对一个小镇来说是够多的。每天，谷物车、农用车和拖拉机在道路中间来往穿梭。这里有一家理发铺、一家中国人开的洗衣房和小餐厅组合店、一家桌球房、一家里墙挂有英国女王像的邮局、一个小区会堂、两家私人诊所、一家"挪威之子"俱乐部[1]、一家伍尔沃斯食品零售店、一家药房、一座电影院、六座教堂（其中包括一座莫拉维亚教堂、一座天主教堂和一座路德教会礼拜堂）、一家关闭的图书馆、一个屠宰场、一家埃索加油站。还有一家合作百货商店，查理在这里为我买了裤子、内衣、鞋子和外套。还有皇家银行、一个消防站、一家珠宝店、一个拖拉机修理铺、一个名叫"白雪女王"并带有酒吧经营权的小旅馆。镇上没有供学生上学的学校，但曾经有过——它白色的正方形框架还矗立在一个小型公园的对面，公园里几乎没有树木，但有一座刻着人名的战争纪念碑，还竖着一根挂有旗帜的旗杆。有十来座优雅的方形白屋，谦逊地匍匐在一条条没有铺砌的街道上，这是镇上居民的住所。这些住宅有清丽宜人的草坪，里面往往种有一棵修剪得很整齐的树，还带有一块园地，晚牵牛在花坛里绽放。有时候，会有一面英国国旗迎风飘扬，它的旗杆被漆成白色的基石围合。还有一个天主教育婴堂，我是根据在蒙大拿所见识别出来的。还有一个用栅栏围起来的泥地棒球场、一个入冬后可用于冰上溜石游戏和冰球比赛的溜冰场、一个野草蔓生没有安装球网的网球场，以及一块墓地。再朝南去，广阔的田野开始露脸，小镇的城区也到了尽头。

漫游时我会仔细端详珠宝店的橱窗，里面有宝路华手表、浪琴手表、爱而近手表，还有微小的订婚钻戒、手镯、银器、助听器、

---

[1] "挪威之子"：美国的一个挪威移民联谊组织。

摆在托盘里的亮丽耳饰。我走进兼售杂货的药房，店里光线朦胧，我买了一只小闹钟用于早上唤我起床。我呼吸到各种女士用的香水和香皂的芳香，闻到冷饮水的甜味和刺鼻的药品味，它们来自后面的空间和顾客柜台。一天下午，我在雪佛兰经销处驻足，仔细观看新型样车——一辆油光可鉴的红色硬顶雪佛兰羚羊，对于它，我父亲会给予很高的评价。我在驾驶座上坐了一会儿，想象自己在一望无际的大草原上肆意飙车。我回想起父亲把那辆崭新的德索托[1]开回家，停放在家门前，我也这样进去坐过，那时，伯娜和我的生活风平浪静，无忧无虑。一个打着黄色蝶形领结的销售员走过来，站在车门边，告诉我，如果我想的话，可以把这辆雪佛兰开回家，然后笑着问我来自哪里。我告诉他我是美国人，来伦纳德旅馆探望叔叔，还说我父亲在"美联邦"（我采用一种新的表达）也做汽车销售。听了我的话，他似乎并不感兴趣，然后走开了。

  有一天，我走到关着的图书馆门口，透过厚厚的玻璃门朝里张望，在幽暗的光线下，我看到排列着空书架的通道、翻倒的椅子、高而朝门斜转的图书管理员办公桌。我阅读电影院进口遮篷上的文字，知道电影只在周末放映，而且只上映"马背歌剧"[2]。我沿着镇边的泥土小路一直走到铁路调车场，目送火车的谷物运输车箱和油罐车箱东来西往——以前我在大瀑布城也见过这番景象——铁路骑手差不多都一样的疲惫憔悴，他们站在箱式货车门口，滑过的时候会看着我，仿佛认得我似的。我走过屠宰场，那里的"屠宰日"是星期四———块手写的标牌这样示意——一头奶牛站在后面的畜栏里，等着任人屠宰的命运。我经过马西-哈里斯修理铺，几个戴着面罩的男子在后面梁柱间的幽暗空间里，用电焊枪焊接农用设备。墓地位于小镇的边缘，但是我的足迹还没有到达那里。我虽然从没去过墓地，但我想加拿大的墓地不会有什么两样。

---

[1] 德索托（Desoto）：美国克莱斯勒汽车公司在 1928—1961 年间生产的汽车品牌。
[2] 马背歌剧（Horse Operas）：指美国西部以牛仔为主题的影片。

当然，如果你有一个温馨的家，你是这个家的一分子，一个成员，你在一个小镇漫步，你的家人正在相距不远的家里等你归来，这时你心中的感受肯定和另一种人截然不同，因为那另一种人的境况异若天壤，没有谁在等候他、思念他，没有谁想知道他可能在做什么以及是否安好。我在九月初对小镇作过很多次这样的漫游，虽然天气发生了变化，这种变化好似突如其来，不久前刚经历过的夏天消失得无影无踪，冬天的景象悄然显露在我和其他人的面前。很少有人和我搭话，虽然他们不像是在刻意冷落我。在街上，从我身边经过的每个人，几乎全都盯着我的眼睛看，打量我，审视我，力图记住对我的印象，我相信，他们每个人都对我留有记忆，我应该知道这点。根据我的观察，尽管我觉得罗亚尔堡的居民没有什么特别之处，但是在他们的眼里我是个特别的异类，他们彼此相识并借此相互守望（我的父亲就不明白这个重要的因素，这是他在北达科他州抢劫银行后迅速被抓的原因）。当然，也会有人认为我的漫游无足为怪，任何来到陌生之地的异乡人都会这么做。这真是个古怪的地方，虽然身处另一个不同的国度，可是，没有让我感觉它和我已有的认知有什么不同，也没有显露它的异样。不管怎样，它和美国的相似使得它的异国情调更加深奥和神秘，因此对我更加具有吸引力，以致最后让我喜欢上它。

一个妇女和她的女儿从我身边经过时，我正站在药房的橱窗前，我能做的无非是带着好奇注视着里面展示的各种物品：带有颜色的器皿、大口烧杯、粉剂、研钵、碾槌、铜质天平——所有这些都是大瀑布城的瑞克苏尔药品连锁店没有的，这显得罗亚尔堡的商店更加正规。那个妇女转身走回人行道，对我说："有什么需要帮你的吗？"她身穿一件有红白花饰的连衣裙，束一根别致的白色皮腰带，脚下是一双很相配的白皮鞋，同样十分别致抢眼。她的话里不带地方口音——米尔德丽德和我说起过加拿大人的口音问题，所以我对此颇为敏感。她态度很友好，可能以前看到过我，知道我不是本地人。作为一个十足的异乡人，我还没遇到过有人用这样的口吻和我说话。她看出我的孤独和彷徨，在我的生活中，我的一切总是逃不出成年人的眼睛。

"不，"我说，"谢谢。"我意识到，虽然在我听来，她的口音和我并无不同，但是她可能会觉得我说话的口音与她惯常听到的不同，很异样。那么，也许我的模样也很特别！尽管我不认为我是这样。

"你来这儿探亲？"她面带微笑，但是对我似有疑虑。她女儿站在她旁边，年纪和我相仿，顶着一头金色的长卷发，一双小而漂亮的蓝眼睛有些微微鼓凸，目不转睛地看着我。

"我来探望叔叔。"我说。

"噢，他是谁？"她那双可与女儿媲美的蓝眼睛闪动着，饱含期待。

"阿瑟·雷姆林格先生，"我回答，"他经营伦纳德旅馆。"

这个妇女收紧眉头，神态显得更为关切。她的姿势也变得僵硬起来，好像因为听到阿瑟·雷姆林格这个名字，我在她眼里也成了一个不同寻常的人。"他打算送你去利德城上学？"她问，仿佛这事让她感到困惑。

"不，"我说，"我和父母住在蒙大拿。我很快就会回去。我会在那里上学。"这样回答让我自我感觉很好，因为我说的还都是真的。

"我们去过大瀑布城的博览会，去过一次。"她说，"真的很不错，就是太拥挤。"这时，她笑得更灿烂了，一只手臂搂着女儿的肩膀，她女儿也高兴地笑了。"我们是 LDS，如果你想加入。"

"谢谢。"我说。我知道 LDS 就是摩门教徒[1]，因为父亲说过，还有鲁迪也谈起过他们：他们和天使对话，他们讨厌黑人。我以为这个妇女还会和我说些其他事，比如询问我的情况，可是她没有。她们两人沿着街一直走去，留下我独自站在药房门前。

---

1 LDS 是 Latter-Day Saints 的缩写。

有些下午我并没有留在罗亚尔堡,当然,也就没有作我的探索漫游,没有让自己沉浸在全神贯注的观察中。这时,我会骑着希金斯自行车径直回到帕特雷奥,车篮里放着一个小饭盒,里面装着冷食,是夜幕降临前我得以在我那荒冷颓败的住所享用的晚餐。如今,我就独自栖身于棚屋那两间阴冷而没有灯光的房间,无论在哪一间用餐都是极为凄惨的事,因为它们到处被乱七八糟的物品占据着。这座供猎鹅者使用的奥弗弗洛屋,里面多是些陈年积累的无用杂物,装在潮湿发霉的硬纸箱里一直堆到天花板。秋天是猎鹅季节,猎鹅者很快就会再来。这里几乎没留给我什么空间,只有一张供我睡觉的简易小铁床和另一张为伯娜保留的床。还有就是所谓的"厨房",地上铺着凹凸不平的红漆布,天花板有一只环状的吸顶荧光灯;还有一个两炉头的简易电炉,我会用泵抽取带有焦油味的地下水,盛在平底锅里,放在电炉上煮沸,夜里用来洗澡。这屋子里的每一样东西都散发着陈腐的恶臭:烟味、变质很久的食品气味、厕所的气味、刺鼻的人臭味,种种、种种。而我无法找到这些气味的源头来加以清洁。每天当我离开这里去上班的时候,都能在嘴里尝到这种味道,还能在我的皮肤和衣服上闻到这种气味,这使我甚为尴尬,自感羞愧。早上,我在外面的抽水机旁刷牙漱口,用我在药店买来的棕榄牌肥皂洗脸。可是,天气冷下来,风刺割着我的手臂和脸颊,使我的肌肉绷得紧紧的而且有些疼痛。如果伯娜来到这里,我知道她会感到沮丧并再度出走,当然,那样的话我会和她一起离开。

总之,我带回食物,天黑之前在昏暗的环形吸顶灯下食用完,然后借着灯光,径直走向小床凄然躺下,在幽暗的光线中费力地阅读我的象棋杂志;或者希望能在那台破烂的电视机上看到一档节目。这时,隔着薄薄的锡皮屋顶,我会听到鸽子的咕哝声,听到晚风把公路对面谷物装卸机的支架吹得咯咯作响,听到几辆轿车和卡车在夜色中从路上滑过,有时候还会听到查理·夸特斯在夜深时分从旅馆酒吧开车回来，站在拖车屋前的野草地上自言自语（那时我查了我的《世界全书》"M"卷，明白了"混血儿"的意思，知道他同时具有印第安人血统和法国人血统）。

这周遭的一切每天夜晚夹击着我，围剿着我，搅得我心神不宁，肝肠俱裂。我身不由己地陷入这凄厉的思潮的漩涡，我想起父母和伯娜，觉得自己落在青少年管理局部门中或许会更好些，至少他们会送我去一所学校，即使那里的窗上装有铁栅，但会有人和我说话，哪怕他们是粗野的牧场男孩和性情乖张的印第安儿童。相反，在这里，如果我生病了——我在秋天有时会犯病——没人会来照顾我或送我去看医生。我被抛在后面，而其他所有的东西都超越了我。没有人提到我，除了查理没人和我说话，但是我不喜欢他，他也从不关注我。因为我隔绝自己，不想和谁攀谈，所以我对自己的未来一无所知。没有人提到我会回到之前我熟悉的生活中去，或是去探望我的父母，或是他们有可能来这里找我。我就像被抛掷在帕特雷奥的可怕黑夜中，甚至不相信自己曾经有过美好的过往，不相信自己曾经是这样的人：一个多才多艺的男孩，对大学怀着热烈的憧憬，并且正一步步向它迈近；同时置身在一个完整的家庭，不仅有父母的关爱，还有一个姐姐。而如今，在这个世界里，我是多么渺小卑微，毫不起眼。所有这一切让我觉得虽生犹死，显然，这不是一个十五岁男孩应该有的感受，由于我就置身这样的境地，所以这种感受对我是切切实实的存在。我不再幸运，我可能永远和它绝缘，虽然以前我总相信自己是个幸运儿。事实上，帕特雷奥的这座破烂棚屋，就是我凄惨命运的剪影。如果在这样的夜里我能用哭来发泄，我会放声大哭，但是在这里，你能对谁哭诉？而且，不管怎样，我讨厌哭泣，我不想做一个懦夫。

可是，如果我不让自己每天都沉浸在这样的情绪里——痛苦，觉得被遗弃，在接下来的一整天都处于崩溃——如果我只是简单地蹬四英里的自行车返回帕特雷奥，在五点钟而不是天黑以后就把饭盒里的冷餐一扫而光，留一些时间去做自己感兴趣的事情，留意观察在帕特雷奥和我周围存在的事物（再说，米尔德丽德也这样劝过我——不要刻意排斥身边的事情），那么，我就能够对我的处境有一种积极的理解，就会觉得自己可以挺住，可以承受。

因为，被遗弃毕竟不是我所希望的，尽管每天夜里我都被一种空虚茫然的感觉所纠缠：不知道该如何是好，不知道我究竟身在这人世的何处，不知道现实的状况，不知道它们会如何因我而演变——所有的事情早就糟糕透顶！伯娜真的深知这种后果，所以她毅然出走，而且可能再也不会回来。因为她觉得，无论怎么做都比当两个被银行抢劫者抛弃的孩子强。查理·夸特斯曾对我说，在他看来，若是为了避祸而跨越国境并隐藏下来，最适宜的地方就是加拿大（可是我注意到，过境根本简单得算不了什么事情）。他还说，这个过程会促使你发生改变，成为一个不一样的人——这种改变正在我身上发生，我需要接受它。

如此，在这些漫长而寒冷的下午，天空显得高深邈远，当在日光中能够看到模糊月影的时候，差不多也就是我的晚餐时间。我在蓟草丛中发现了一张被扔弃、骨架已松动的破桌子，又从棚屋里搬出一张破椅子，把它们安置在窗外淡紫色的矮树丛旁，权作我的用餐之地，在这里我可以眺望北面。这些日子里，我开始在帕特雷奥周围展开另一种漫游。这次漫游对我而言性质似有不同。如果说我在罗亚尔堡的漫步是为了探究这个小镇和我所熟悉的生活之间存在着什么差异，并让自己尽快适应新的环境，那么我对仅仅相距四英里的帕特雷奥周边的巡察，则是为了探访一座展示文明衰落的博物馆——它曾经的辉煌被转移到其他繁荣的地区，或者甚至没有转移就沉寂了下去。

这里只有八条南北走向和六条东西走向的街道，街上实际存在的是十八幢破败的空屋，它们的窗子都已烂成空洞，大门也都脱落，唯见帘子在微风中摆动，每座屋子都有门牌号码，每条街也有路标——虽然仅仅是几个留在柱子上、还可以辨认出来的名字。在奥塔里洛南街上,坐落着一个废弃的小邮局和格丁斯女士的住屋。拉布拉多南街位于镇的边缘,沿着一块收割过的麦田延展,麦田被三面环围的树木圈成方形,其中有毫无生气的俄罗斯橄榄树、钻天杨、锦鸡儿和野樱树。草原松鸡栖息在树枝上,睁大眼睛注视着公路;喜鹊叽叽喳喳地在矮树丛里闹腾,寻找充作食物的昆虫。

这里曾经有过的住宅不下于五十幢,这是我漫游每个街区后清点空着的地块和残留的建筑基础统计出来的。在杂乱的野草丛中和屋舍的庭院里,留下的是锈蚀或烧坏的汽车残骸和摇摇欲坠的装置构架,还有一个个垃圾深坑,深坑里面填满橱柜、破碎的镜子、形状特别的药瓶、金属床架、自行车、烫衣板、厨房器皿、摇篮、便盆、闹钟,等等,全是半埋着的废弃之物。镇的尽头,在南面正对着农田及橄榄树的地方,有一个废弃的果园,可能是苹果园,已经颓败不堪。干枯的树干紧紧地堆积在一起,树皮贴着树皮,好像有人想要把它们烧掉或是作为木柴贮存起来,后来又忘记了。我还发现了一个荒废的游乐园,游乐设置已被拆卸解体,严重锈蚀——若干巨无霸斜转盘的红色金属网罩座椅,就是带有金属网外壳的子弹形小舱,还有三辆道奇碰碰车、一个摩天轮吊椅、一些重型齿轮、链条、线轴和滑轮,全都散乱而凄厉地躺在深草丛里。还有一个木制的售票亭翻倒过来,看得出它曾经被漆成亮丽的绿色和红色,里面还有不少卷成轮状的黄色门票。我没有看到墓地。

两只白色的蜂箱一时吸引住我,它们被端端正正地安置在那里,就在林木线外面自生自长的小麦草的草丛里,阳光照在它们的侧面。我猜想这是查理的,他曾经照管过它们。蜂箱落在砖块上,可是都缺少至关重要的顶盖,里面更是空空如也,根本没有蜜蜂。蜂箱内部的嵌板从连接处松开,底下完全腐烂;外表也破裂,薄薄的油漆早已褪得不见色泽;它的蜂蜡构架(那时,我对这方面已经所知甚多)落在草丛里,边上是一双霉烂的工作手套。蚱蜢在飞扬的尘土中绕着它们发出嗡嗡的声响。

再远一点,在一百码之外的农田,有一个干枯见底的蓄水池。

在附近，我探查了一个寂寞清冷的泵站，它的马达在下午的微风中嗡嗡作响，水泵运转的时候，散发出一股刺鼻的气味。坚硬而成圆粒形的泥土，被水泵抽出的油类浸透并染成黑色。两只白色的计量器安装在马达上，我不知道它们是用来测量什么的。有一天，我看见一个人开着辆小卡车远远地朝我的棚屋驶来，然后穿过镇区停在镇外的泵站那儿，爬下车在周围走来走去，察看计量器，检查各个运动部件，并在用垫板托着的纸上作记录；然后又开车离开，朝利德城的方向远去，后来再也没有回来（据我所知）。

另一些日子，我仅仅在一条小小的商业街游荡，各种各样的生意和商机曾经繁荣地沿公路延展，它们面对着硬质路面另一边的破旧谷物起卸机和加拿大太平洋铁路公司的路轨。深夜我躺在床上，经常会听到货车经过的声音，巨大的柴油机车在加速中隆隆而来，车轮的弹簧发出吱吱的声音，刹车和枕木发出惊人的巨响。这和住在大瀑布城时我在卧室里的体验非常相近。没有火车在帕特雷奥停靠，谷物起卸机长期闲置在那里。有时候火车的隆响和震动会将我惊醒，我披着冷漠的月光走入黑夜，赤着脚，穿着夹克，希望能看到北极光。我的父亲曾经说起过北极光，在大瀑布城我无缘目睹，然而，在帕特雷奥我也一直没有看到。运粮车、油罐车、无盖货车摇摇摆摆地颠簸而过，投下或浓或淡的阴影，刹车迸出火花，货车的最后一节车厢散射出暗淡的黄光。经常能看到一个人站在这节车厢门前的平台上，那架势就像我看到的一些照片：政治家在面对人群发表强有力的演说。我凝视着他身后静谧下来的夜色，红色的火车尾灯没有把他的脸映得太亮，他不知道有人在注视他。

但是，当我在这条商业小街的街面巡察时——看见一家空无一物的小型银行、一座用一九〇九年开采的石头建造的共济会建筑、一家鞋子狼藉一地的阿特拉斯鞋店、一所幽暗破败的会堂、一家油泵全都锈蚀不堪的加油站、一间保险公司办公室，还有一家美容院，两个银色烘发器被推倒，已经破裂分离，地上散布着砖块、破烂的家具及物品架，里面光线昏暗，阴冷，后门破损，以致肮脏的垃圾随风涌入,所有的设置无人使用——我发现,看到这些场景,我想到的总是生活还在这里继续,而不是被抛弃。与起初的想法截然不同,我不再把它看作一座博物馆。我有了更积极的想法,我觉得,虽然我还没有学会和环境同化相融,可是同化也许会在不知不觉中进行,我现在就处于这样的状态。我相信,只要肯独自默默去做,不受别人的干扰,融入可能并不艰难和可怕,也无须是永久性的。这种精神状态给予我另一种自由,就像生活重新开始了,或者像我说过的那样,使我变成了另一种人——但是,这种人不会停滞不前,而是时时在运动中求变。运动和变化就是世上事物的内在本质。我可以喜欢它,也可以讨厌它,但是不管我个人的感觉怎样,世界都会在我周边发生变化。

四十六

当气候由夏季转入秋季的时候,我的日常工作也发生了变化。这时,风变得更为强劲有力,它们大多来自北方,把田野里的尘土刮得四处飞扬。孕育着雨意的云块又大又厚重,它们飞快涌来,于是,灰色的大雨横扫漫无边际的草原并向东移动。我开始和查理·夸特斯有了较多的接触,他更有规律地载送我和格丁斯女士去上班,中午以后,他会用小卡车带我行驶很长的路程,去做他自己的营生——大多是捕猎郊狼。郊狼是一种生长在北美大草原的小型狼种,他先用望远镜远距离地观察它们,然后在弯弯曲曲的路上驱车前行,在预计它们会穿越道路的地点加以拦截。他还把水灌进囊鼠的洞穴,弄得它们惊醒后仓皇出逃;还布下各种各样的陷阱和圈套,用以捕捉兔子、狐狸、獾、麝鼠,偶尔还会捕到一头小鹿,有时候是一只猞猁或是猫头鹰、老鹰、野鹅什么的——所有这些都被他射死或用小刀杀死。他将这些有时还在微微抽搐和眨动眼睛的垂死猎物扔进车斗,回去后剥下皮,晾干,铺展开来,有时把它们晒成褐色,贮藏到他的半圆拱活动屋里,然后用车送到金德斯利,卖给布雷赫特曼皮货店,但是,他不准我去那里。他告诉我,他有时候会在草原上看见麋鹿栖息在遮阴地带或沼泽地里,它们的茸角非常值钱,可是这种动物现在变得稀少罕见。他把他的这些活儿称为"粗野的剥制术"。他告诉我混血儿如何用安置陷阱的方法捕捉动物,以维持他们独立不羁的生活,但是这一行业正在消失,省级法律反对过时的滥捕泛猎,所以他必须为阿瑟·雷姆林格这种人工作。他似乎很讨厌阿瑟,甚至想远远避开他,但是阿瑟应该是老天对他的赠予,使他的生活稳定无虞。

我成了他的搭档并借此学习如何开卡车,查理称这辆车为"半吨"。由于天气变冷,野鹅、野鸭、野鹤纷纷迁徙,它们从北方蜂拥而来（拉龙日湖和驯鹿湖是他经常提到的地方），中途会在麦田、平原以及位于罗亚尔堡北边几英里远的南萨斯喀彻温河的坑池停留。我希望自己能够参与其中，这意味着我得学会射击（可是他不允许我打枪）。我陪着查理来到田野，观察晚上野鹅的动向，以确定明天在什么地方伏击它们最为"有利"，再据此挖好猎鹅坑，在第二天早晨天亮之前安放好假鹅诱饵，并将狩猎的射手安置在坑里等候，如此，当黑暗消隐，黎明的曙光照亮诱饵，经过长途飞行的野鹅便会离开河流来到田野寻伴觅食，这时，潜伏的猎手便可开枪射杀它们。

我最重要的工作就是坐在卡车的驾驶室里，通过双筒望远镜注视着一千码之外的诱饵。当旭日在地平线上冉冉升起，查理和狩猎者蹲在坑里——通常是四个人占用一个坑。查理不用哨子，仅靠嘴巴发声就可呼来鹅群，这是他引以为傲的捕鹅妙招：他从喉咙里挤出一种奇怪、极不自然的声音"啊克——啊爱克"，吸引野鹅找到假鹅诱饵；野鹅一旦进入圈套，射手轻而易举就可以将它们射落（他说我永远都学不会吹哨，因为只有混血儿才精于此道）。在卡车上，我用双筒望远镜能看到多达三个坑的动静，还能监视到中弹的野鹅坠落，并清点坠落的野鹅和受伤逃逸的野鹅数目，以确定每个射手的射击不能超过法定的五次。射击过后，地上散乱地躺着僵直的或是奄奄一息的猎物。这时太阳已经升高，鸟儿不再容易受到引诱，查理和我就用卡车把狩猎者送回伦纳德旅馆，再开着吉普车和平板拖车返回猎鹅现场，收集诱饵和倒毙在地的野鹅，把它们载往半圆拱活动屋。在原木砧板上，我们用短柄小斧剁下野鹅的翅膀、双脚和头，用查理自制的禽类脱毛机拔光羽毛，掏干净内脏，然后用包肉纸包好，送到那天参加狩猎的射手手中，要不然就贮存在查理的冷藏箱里，等狩猎者回家时再带走，他们通常来自美国。

这对于我来说是一种全新的生活，以前我的视野只有空军基地和依附于它们的小镇和学校，要不就是其中仅有父母和姐姐的租用住宅，从来没有朋友或搭档，没有职责或冒险，也从不可能独自在草原度过一天的时光。虽然我没有工作过,正如我对阿瑟·雷姆林格坦承并意识到这是自身弱点,可是我发现我并不畏惧工作,无论是伦纳德旅馆的工作还是猎鹅场的工作,我都能认真对待,并持之以恒地把它们做好。不可否认,我的职责微不足道,但我觉得它们是值得重视的。在伦纳德旅馆,有些我认为值得了解的成年人,在他们独处或觉得没人注意他们的时候,我经常观察他们的行为举止,以作借鉴。在猎鹅场,我获得了其他像我这个年龄的男孩所没有的特殊知识,拥有他们期望但不可能经历的生活——这种生活一直是我追求的目标。而最重要的是,每天埋头于日常职责,我便心无旁骛,把那些时常纠缠我的事情弃之脑后,我会暂时忘了我的父母,忘记他们的悲惨命运和他们的犯罪,忘记我的姐姐,也会忘记我自己的未来。所以,在一天即将结束的时候,我躺在床上,疲惫不堪甚至经常肌肉酸痛,瞬息之间,我的脑子里会空空如也,什么也不想,然后可能很快就会入睡。当然,夜半时分我会醒来,孤独地在黑暗中反侧,种种忧烦又重新向我袭来,搅得我肝肠俱裂。

无论在哪一方面,查理·夸特斯都堪称我在生活中遇到的最为奇怪的人。正如我说过的,我不喜欢他,也不信任他,而且和他在一起总会有一种恐惧的感觉。我一直没有忘记来这里的第一个夜晚,他在黑暗的卡车里紧捏我的手。我还意识到,当我走出棚屋,无论是在我的小餐桌上吃带回来的晚餐,还是在周边漫步,调适心情,独自打发时间,他都在窥视我。有时候,当我和他一起坐着卡车,在野外弹弹蹦蹦地穿越一望无际的麦田,我注意到他涂了唇膏,有一次还发现他身上散发出浓郁的香水味,另外一次发现他用化妆笔画过黑眼圈。他的黑发有时会比平时更加乌黑油亮,偶尔前额会沾有黑色的污迹。当然,我不会和他提起这些,我假装自己并没有注意。我能肯定,阿瑟·雷姆林格也察觉到这些,但他可能并不在意。我觉得他们两人似乎是同样的怪异。我和查理两人共用我屋后的厕所,里面并排着两个供排便之用的洞坑,还有一袋石灰和一堆萨斯喀彻温省的旧《联邦》杂志。我一直有一种感觉，当我在里面的时候他会突然出现。厕所既没有门闩也没有锁，所以我必须用一根钉子和一根打包绳将门关上，它们是我自己安装的，如此，当我"身坐荆棘"之际——这是我父亲的用词——可以使门紧紧关闭。这种紧张不安自然迫使我保持警觉，只在查理离开他的拖车活动屋后再用厕所，或者在深夜使用，但我又害怕蛇会出没其间，所以我总是尽量使用伦纳德旅馆楼上的客用厕所。

然而，事实上，我对查理（我知道了他真实的名字叫查理·昆廷）的担心从来没有演变为真实的事件。当我在场的时候，他多半显得心不在焉，好像脑子被什么事情缠住了，而且似乎是不容易解决的事情，我不知道那会是什么，也从不问。他经常说他没睡好觉，还说他从来睡不安稳。有时候，郊狼的嚎叫声会在半夜把我吵醒，我朝窗外张望，会看见他的拖车式活动屋还亮着灯，我猜想他是醒着躺在屋里，睁开眼睛听呜呜的风声。他曾经说当他还是孩子的时候，患有一种"严重的肠道传染病"，经常发作，令他饱受折磨，以致不能过正常人的生活。有时候，我会看见他在拖车屋外面喂鸟，这些鸟绕着他的废旧金属"雕塑"和银色的陀螺装置飞来飞去；他经常调节它们的塑料小螺旋风叶，使之更好地适应风向。有时候，他会从半圆拱的"昆斯特屋"里拿出一副铁扛铃，在野草丛生的地上举起、蹲下、弯腰。还有些时候，他会拿出一根木头做的高尔夫球杆和一个装着高尔夫球的桃红色篮子，把球放在一簇野草上，然后用球杆笨拙地将它们一个接一个朝公路和铁路轨道的方向击去，它们落下后又跳跳蹦蹦地离开硬质路面。有时，它们会哗啦啦地撞在谷物起卸机的边架上，或者飞出人的视线，远远地落入田野之中。对于高尔夫球，他肯定有取之不尽的来源，因为我从没看见他拾回它们。

当猎鹅者来到这里的时候，他有责任指导我该如何工作，尽管他通常显得颇为勉强。很清楚，这是阿瑟·雷姆林格构想好的计划，在他能够考虑为我另作安排之前，让我处于忙忙碌碌和心无旁鹜的状态。但是，我的求知欲强，我渴望学习，因为自从来到这里之后，我就再没有上学校接受过知识，为此孤闷不已。我曾问过查理是否能够允许我去上学，因为每天早晨，我会看见一辆黄色的校车摇摇摆摆地经过帕特雷奥，向西驰去，车的侧面漆着几个字："利德城学校，2号车"，它和美国的校车没有什么不同。每天下午，它又会隆隆作响地朝罗亚尔堡的方向返回，能看到学生们的一张张脸显露在窗口。当我踩着老旧的自行车沿着路肩回来或去上班时，它经常从我身边掠过。里面的人看见我，没有谁向我示意，或是挥手招呼，或是改变表情。有一次我看到那个金发鼓眼的漂亮的摩门教姑娘在车上，她妈妈在街上和我说过话，但她似乎并没有认出我。尽管我的自我感觉已经渐渐好起来，尽管我在和自己置身的环境不断融合（就像雷姆林格说的），每次这辆校车经过还是会在我心中掀起波澜，那种被人抛弃的悲哀感觉又会重新袭来，我相信我再也不会有坐在学校教室里听课的机会，再也不可能去接受教育，再也不可能如我希望的那样，成为一个思维缜密的人。可能（这是我最糟糕的偏见），是我过于高估了学校在宏伟事业中的重要性。

我问查理有关学校的事情，他不搭理我。我是从格丁斯女士嘴里，从她对我说的几句话里理出一点头绪的：天主教学校是一所供女孩就读的学校，那些女孩大多刚愎任性；它坐落在属于萨斯喀彻温省的伯德泰尔镇上，沿着公路向利德城方向驱车便可抵达。我想，可能我骑自行车就能到达那里，而且可以去听周六的课，因为她说学校整周都上课。但是当我和查理提到这个学校时，他说加拿大的学校只有加拿大人的孩子才能上，不管有什么理由，我都不应该去加拿大的学校。天空清澈湛蓝的暖季就快消逝，这是季末的一天，冗长的乳白色云线悬挂在距此仅五十英里的艾伯塔省上空，正酝酿着第一场冬季风暴。查理把他那两把铝合金草坪躺椅搁在一块凸起在地表的岩石上，我和他坐在上面，朝低处眺望，看着一群野鹅排成队列飞行，然后在南萨斯喀彻温河岸上方越过一片大麦田后降落。越来越多的鸟儿斜着身子飞入这片区域，落到地面寻找食物。猎鹅季节还有一个星期就要结束,我们在这里估算野鹅的线路,以便决定最佳的猎区位置,还要估计现在鸟的数量有多少,哪里河水深,哪里河水干涸,在哪里挖坑可以达到最好的射击效果。虽然待在查理身边我很不自在,很是不安,但是我心甘情愿接受他的影响,希望他能把他知道的传授给我,因为我对狩猎或是猎人或是猎鹅这项运动一无所知。

查理解开他的黑发,穿着作为内衣的汗衫,露出短而肌肉暴鼓的手臂,使他的双手和胸部结实的躯体显得更大,更充满力量。他的两只前臂文了图案,其中一只文的是一个脸上露着笑容的妇女,有一头电影明星般的秀发,颜色和查理的头发一样乌黑,底下刺了两个法文字:Ma Mère(我的母亲);另一只臂上刺了个蓝色的野牛头,有一双直瞪瞪的红眼睛,看不出刺它的用意何在。查理有一把老旧的杠杆式来福枪,当我们坐着时他把它横搁在膝上,他的牙齿叼着一根纸烟,他用双筒望远镜对着从远处波光粼粼的河面上涌出来的一长列野鹅,还有两只盘踞在小山顶上的郊狼,它们正在慢慢向野鹅挪动。

"加拿大人要被掏空了。"他说,这是在他斥责我不该有不切实际的非分之想之后。但是我有什么错?我只是想进学校读书,我只是不想做一个被遗弃的落伍者。我想加拿大学校会教我和美国学校相同的课程,校车里的孩子看上去和我没有什么不同。他们讲英文,他们有父母,他们穿的也是和我相同的衣服。"另一方面,美国人什么都有,"查理说,"……欺骗,不可靠,好破坏。"他把望远镜紧紧贴着眼睛,他的纸烟冒出烟气,盘旋着游入温暖的空气之中。"你是银行抢匪的儿子,难道不是吗?"

我很是震动,他竟然知道这些,显然,是阿瑟·雷姆林格告诉他的。我不想否认,然而,我不认为他对美国人的看法是正确的,即便我的父母抢劫了银行。

"是的。"我愤然地说。

"我倒不认为那有多糟。"他放下望远镜,睁大眼睛看着我。他的脑袋、他超大型的颊骨、他浓郁的眉毛、他又阔又短的下巴,它们组合在一起显得怪异可笑。那天,他涂了粉红色的唇膏,但是没画眼线。他的一只深蓝色的眼睛,左边的那只,眼白中有一块永久性的血斑。我不知道他的这只眼睛是否还看得见。"我的父母住在艾伯塔省拉克拉比什市的一间肮脏平屋里,他们两人都死于肺病。"他说,"对他们来说,抢劫银行可是一件壮举。"

"我想这很糟糕。"我说,我指的是我父母抢劫银行,而不是他父母的亡故。感觉上,发生在父母身上的事情仿佛过去了很久很久,虽然此时距离伯娜和我到大瀑布城监狱探视他们才只有几个星期。

他用手掩着嘴巴咳嗽,咳出一些东西,他察看了一番,然后甩掉。"当我在低处走的时候,会吸进什么东西。"他说,"然后,我回到这上面,再把它咳出来。现在我不能再跑下去了。"他告诉我,以前他去过美国,游历了很多地方——拉斯维加斯、加利福尼亚、得克萨斯。但是不知发生了什么事,对此他没有向我说明,他不能再去美国。"这里,一切都被玩完了,他们全都认为他们被政府欺骗,其实并非如此。"他说。"这个地方迟早会被抹掉。"我相信,他的意思仅仅是指我们寄身的地方,而不是整个加拿大,可能他对加拿大并没有一个完整的认知。他把双筒望远镜放在他椅子旁边的地上。在我们下面二百码的空中,稠密地分布着黑白两种颜色的野鹅,它们相互挨着,配合默契地拍着翅膀运动,队形好像波浪一样忽起忽落。"你想在六个星期内离开此地,这不成问题。"他说,"将要进入西伯利亚!依我看,往北方那个方向去是错的。"

"为什么雷姆林格先生从没对我说过?"我脱口而出,因为我很想知道。

查理从膝盖上拿起来福枪举起,轻轻用肩顶着,这时他依然坐在他的草坪躺椅上。我知道他是在瞄准,他经常这样。"我管不了他的事情。"他说。

他靠在椅背有弹性的尼龙编条上,用以稳定身子,他用枪口对准我们已经发现的那两只郊狼中的其中一只，离我们大约一百码之遥，它慢慢跑上一片光秃秃的高地，那里没有种植大麦，然后朝附近另一个高地趋进，以这样的方式挨近野鹅，可以不被察觉。另一头郊狼远远站着，身旁有一堆石块，那还是农夫清理农田时堆积起来的。这第二头郊狼一动不动，默默注视着前面的同类。这时，我屏住气不出声。

查理把来福枪放低，凝视着远处，深深吸了一口气后又把它吐出来。他咬住纸烟的根部，重新举起来福枪瞄准，他自信地将坐在椅上的身体向后靠了靠，扳起枪膛的击铁，吸一口气，然后从鼻子呼出。他把纸烟吐到旁边，再一次深深地呼吸，然后扣动扳机，爆出一声震耳的枪声。这时，我就坐在他的旁边。

子弹落在第一头郊狼的身后。即使相隔很远，我依然能看到尘土和谷物壳粒像烟雾般腾起。那第二头郊狼立刻拔腿狂奔，长长的后腿几乎蹬到了前腿。然后，它回过头看后面，好像还能一直朝前飞奔或是立刻拐向旁边。在我们下方，大群大群的野鹅发出响亮刺耳、令人心惊的呼啸声，然后声音在空中慢慢减弱并消失。枪声一响，它们几乎立即发出尖叫，但是并没有一下子从它们栖身的那块宽阔的残梗高地飞走。野鹅实在太多，有一千只，也可能远远不止，简直不可计数。它们开始拍动翅膀，鸣叫着飞起来，在熙熙攘攘和吵吵闹闹中离去。

没被查理射中的那头郊狼停下脚步，看着野鹅纷纷飞起，然后在周围打转。它的头转向我们这边，可能我们在它眼中只是两个模模糊糊的点，由于查理的卡车停在我们后面一百码之处，所以它必是没有弄清眼前这些事情有什么关联——两个点、枪声、扬起的尘土、野鹅的突然飞起。它抬头看着空中巨大的圆柱形涡流，然后把左后腿伸到左耳后面，摆动脑袋以得到一个适合搔痒的角度，它抖抖身体，回头看了看我们，慢慢离开，朝第二头郊狼消失的方向走去，我想，它肯定是去寻找其他野鹅的栖息之地。

"我还会给这些狗东西颜色看的，等着瞧。"查理说，好像他并不在意自己射击落空，那不过是小试牛刀而已。他卸下用尽了的弹药筒，纸烟还躺在地上冒烟，他伸手去拿。"他的日子已被编了号——以我的名义。"查理说，"他认为他是安全的，他死我亡都是同一个游戏，这很滑稽，我知道，可他不这么认为。"

"雷姆林格先生怎么啦？"我说。

"我管不了他的事情，我已经和你说过。"查理把纸烟重新塞进两唇之间，显得有些恼怒，"他很古怪。好了，我们何苦在别人身上浪费口舌？"

我没明白他的意思，但也没再问他。就像我说的，查理·夸特斯让我感到很不安。他的人生似乎有太多的死亡经历。我想，这意味着他不把死亡当一回事。如果给他机会，让他向我透露更多这方面的经历，或是告诉我一些我从没想过要做的事情，他肯定会，这样的话，我会学到很多。

四十七

在查理带我到大草原学习猎鹅之前的那段日子，每当我离开罗亚尔堡镇之后，便可以独自待在我的棚屋里，这时候我的情绪并非总是那样绝望。实际上，我开始产生一种梦幻般的感觉，我觉得自己是一个生活快乐的人，我没有放弃，我还在继续我的人生，这生活就像父亲说的，是有意义的。

真的，时间像是停滞不前。我可能已经孤独地在帕特雷奥住了一个月，或是半年，或者更久更久，我来到这里的第一百天可能会和第一天完全相同，我被隔绝在一个如此狭小的世界里，但这是暂时的，我知道最终我会去其他地方，去学校，甚至去加拿大的学校，或者会去一个寄养家庭，要不就是通过某种办法，回到边境那边，去接受早就在等候我的命运。所以，我目前的生活和日常的生活模式，以及我每天的工作、每天接触到的人，所有这些都不会永远持续下去，甚至不会持续太久。但是我不像有些人想象的那样会想太多。正如我说的，要保持一种心情，而父亲会赞同我的说法。

日复一日，取代了时间流逝的，是气候。在大草原，气候比时间更重要，气候的变化意味着草原本身在发生一种看不见的变化。自从我离开大瀑布城以来，所经历的夏天炎热而干燥，经常刮风，天也是深蓝色的，如今夏季已经消逝，秋天的云彩汹涌而来。首先出现的是形如鲭鱼的云，然后是如大理石般坚实的云，再又变幻成须状的母马尾巴，后面拖着刚刚形成的断面，冰凉而冷漠。太阳朝着南方低落下去，以一个新的角度穿过帕特雷奥周围了无生气的树丛，明亮地照射在伦纳德旅馆白色的外墙上。有时候会突然下起雨来，并持续好多天。每一场雨后——强劲的、充满能量的风从低矮的云层里吹刮出来——空气变得更加寒冷和凝重，穿过我的外套渗入进来。我的这件红黑两色的格子花呢夹克衫，是查理在合作商店为我买的，虽然是新的，但带着汗水的气味。几乎没有暖和的时候。草地上出现了形如羊毛的蠕虫，黄色和褐色的蜘蛛为了捕捉苍蝇，在棚屋腐朽的窗扉间编网筑巢。寄身在钻天杨上的虫子跌落到我的床单上。阳光下，黑色和绿色的无毒蛇懒懒地盘踞在人行道的大块隆起物上。两只野猫在公路对面的谷物起卸机旁悄悄现身，而老鼠在墙后蠢蠢而动。有气无力的黄色蚱蜢，不再在野草丛里发出嘤嘤嗡嗡的振羽声。

每天从我身边经过的大型校车里，孩子们穿上了外套，戴上了帽子和手套。空中开始到处是野鹅、野鸭、野鹤在飞翔，由于太阳升得较低，阳光下，候鸟的飞行行列像是一根根上下摆动的银线，早晨和傍晚，甚至是在夜里，远远地传来它们的唳声，响彻云霄。当我醒来时——我总是醒得很早——我窗子的一半蒙着凝霜，棚屋门外的野草和蓟类植物僵直地挺着腰，叶尖上的露水在阳光下闪闪发光。夜晚，肆无忌惮的郊狼会进入镇区，捕捉鼠类和猫，以及栖息在颓败破屋里和废弃洞穴中的鸽子。我来这里第一天看到的那条狗，是格丁斯女士的，它经常在夜里吠叫。有一天我在屋里，身上盖着床单和毛毯，忽而听见它发狂的咆哮声，在用爪子抓我的门，突然又发出凄厉的叫声。这时，很多郊狼相继发出可怖的嚎叫，我想我可能再也见不到这条狗了（我母亲不喜欢狗，所以我们从来不养狗），但是，到了第二天早晨，它竟然昂首站在空荡荡的街上，夜雪的残痕在地面闪闪发亮，郊狼已经渺然无踪。

为什么气候和光的变化会使我的内心发生变化，而且我更能接受这种变化——甚至比起时光的流逝来，更能接受？我不知道。但是，在萨斯喀彻温省的那段日子，是所有这些年来我最重要的经历。也许，作为一个小镇男孩（在镇上，时间是如此重要），突然被置于一个自己毫不知晓的僻冷之地，置于自己从无了解的陌生人当中，让我更容易受到自然力的支配，这力量重塑了我内心所经历过的体验，从而更容易忍受它。与这些力量——地球旋转，太阳在天空改变位置和角度，风和雨的交响，野鹅迁徙而来——相比，时间只是一个虚幻的东西,并不那么重要,这是必然的。

在最初开始变冷的日子里,我有时会看见阿瑟·雷姆林格坐在他的三缸别克里,疾速驶下公路,向西而去。我不知道他是去哪里。我猜是某个特殊的地方。在驾驶座旁边的乘客座上,经常可以看到弗洛伦丝露出的脑袋。他们可能是去梅迪辛哈特,这是一个城镇,它的名字令我着迷。还有几次,我看见他的车停在查理的拖车屋旁边,两人在商谈事情,神情专注。我来到这里已经四个星期,可还没有和阿瑟·雷姆林格有过重大接触,正如我先前所说,这并非是我所期望的。并不是说我认为他会成为我最好的朋友,他的年龄和我相差太大。但是他可能会想知道有关我的更多情况,而我可以从他的经历中获得教益,为什么他要住在罗亚尔堡,他上大学的故事,以及发生在他身上的种种趣事——所有这些都吸引着我,就像我渴望了解我的父母那样。我相信,人就是这样在世上不断积累认知的。米尔德丽德对我说得很肯定,她说我会喜欢他,而且会从他身上学到很多。但是,迄今为止,我对他最主要的认知,仅仅是他的名字,我觉得这名字甚至比米尔德丽德更为古怪。另外,我能有印象的就是他的衣着习惯以及他与我的短暂谈话,还知道他是美国人,生于密歇根州。

结果,我陷入了对阿瑟·雷姆林格的疑虑之中,我等待着我们两人能有互动,这种等待的感觉令人惶惶不安。到达加拿大的时候,米尔德丽德还告诫过我,应该开始把注意力放在当前的现实上。然而,一个人一旦开始构思他日常中的重要事情,他的想象力就会随之展开,因而能预见到一时看不见的东西。我开始对这个小有名气的阿瑟·雷姆林格(他是我唯一认识的名人)展开想象,他肯定有什么"事业"纠缠在身,那是重要和隐而不露的。他希望保持这种隐形状态,因为这样能使他显得神秘莫测,或者说与众不同。我想起来,对于这一点,查理和米尔德丽德都曾说起过。我很肯定,经历过父母身陷囹圄这样的人生巨变,我习惯揭开事情的表象，从最为安全的地方，寻找可能存在的隐患。

世界上有这样的人——他们做了错事，这件错事虽然能被掩饰起来，但是无从否认，而且一直笼罩着他们。这样的成年人，那时我知道的只有父母亲两个人。他们一点也不特别，也并不超群脱俗，是两个仅仅有点个性的小人物。他们做了错事。在事情刚刚开始的时候，没有人知道，只有他们的儿子可能看出了一点迹象。我在察觉之后，原本有时间作出正确的决定，可是我认为有的事情无论我怎样做，也无法改变它是错的。这是我自己的一种思考方式，我称之为逆向思维，因为年龄小，我从来没有彻底摆脱过它，当时确实有太多的理由相信它。

有一次，格丁斯女士在旅馆厨房忙得无法抽身，便让我拿钥匙到三楼去打扫阿瑟·雷姆林格的房间：整理床铺，清洁盥洗室，换掉用过的毛巾和浴巾，擦抹房间里所有积了灰的表面，这些灰尘是从破旧锡皮天花板的缝隙间落下来的，还有窗框也得擦抹，风把尘埃刮到它下端的平面上并积累下来。

他只有三个房间，对于一个拥有很多行装物品的人来说，显得出人意料的狭小，更何况他离开房间时留下的是一片凌乱无序。对于目光所及之处，我不仅没有刻意不去详加打量，而且还希望能够从中挖掘更多的内涵。因为我相信，自从认识阿瑟·雷姆林格之后，我对他几乎没有进一步的了解。如前所述，由于对他所知甚少，我产生了想要多了解他的热望，这热望煎熬着我，引起了我的忧思，而这种不安的忧思又必然衍生出好奇和疑虑。

阿瑟·雷姆林格卧室里的活动百叶窗都关上了，仅有桌灯亮着，所以它和小客厅及盥洗室的深色壁板隔墙显得朦胧而阴郁，上面挂着各种各样别致有趣的东西。其中有一张黄色的美国大地图，图上的许多地区钉着白色的大头针，有底特律、克利夫兰、俄亥俄、内布拉斯加，还有西雅图和华盛顿。但看不出它们有何用意。一幅带框的油画挂在卧室的窗边，我认出来画的正是帕特雷奥的那台谷物起卸机，背景是向北方延展的大草原。雷姆林格曾说这幅画是弗洛伦丝以美国夜鹰学派的画风创作的——我不知道这种画风，也无从查阅，因为我把《世界全书》的"N"卷留在了大瀑布城。墙上还挂有一帧带框的照片，是四个身材高高的男孩，年轻而自信，面露微笑，双手全放在臀后，他们穿着深色的毛料西装，打着蝴蝶领结，在一栋砖墙大楼前面摆出姿势，大楼宽敞的大门上方有"爱默生"几个字。另有一张照片，里面有一个清瘦的青年男子，稚嫩的脸上带着笑容，顶堆着一头蓬乱的金发。（那双阴郁的眼睛告诉我，这是阿瑟·雷姆林格几年前的照片，绝不会错。）他站在那儿，一只长长的手臂搭在一个妇人的肩上，她身材苗条，穿着松垮垮的裤子，也面露笑容。他们两人旁边是一辆产于二十世纪四十年代的福特，我父亲称这款车为"福特圆帽轿车"。另外还有一张照片，任何人都能看出是一帧家庭合影，所有人排成一条笔直的横线，它摄于很多年以前。一个大个子的妇女，黑发被严整地扎在脑后，身穿不甚得体的粗质浅色衣服，皱着眉。站在她旁边的是一个高个子大脑袋的男子。还有一个年龄较大的黑发姑娘，脸上绽放着忘情的笑容，她旁边是一个瘦长的男孩，我认出是阿瑟·雷姆林格，他上身穿一件男孩穿的四纽扣毛料西装，下身搭配的是很短的短裤和靴子。那姑娘肯定是米尔德丽德，但认不出来。他们身后是一座很大的沙丘，照片边缘有一个湖泊，也可能是大海。

在这间毫无生气的房间，角落里立着一个衣帽架，钩子上挂着腰带、吊袜带和领带、领结。一只壁柜里面塞满了衣服，有厚重的西装、花呢夹克、上过浆的衬衫。壁柜最下面杂乱地摆放着看上去价格不菲的大尺寸鞋子，有的里面塞着脏兮兮的袜子。也有女人的衣服——一件睡衣和一双拖鞋，还有其他一些我猜是弗洛伦丝的衣服。在盥洗室，放着印有银色"雷姆林格"姓名字母的刷子、梳子和装有金缕梅爽肤水的瓶子，还有修面器具。旁边有一罐雪花膏、一只悬挂着的橡胶水瓶、一顶浴帽和一只放有发夹的蓝色装饰盘。

在刻着花体字母的木头双人床上方，墙上有几个书架。厚重的、蓝封面的是化学、物理和拉丁文方面的书籍，还有皮封面的小说,是吉卜林、康拉德、托尔斯泰的。有几本书只见书脊上印着人名:拿破仑、恺撒、美国格兰特、马可·奥勒留。还有一些较薄的书,书名是《自由骑手》《被劫持的旅客》《基本权利》《权贵者联盟》,还有J.埃德加·胡佛写的《欺诈大师》,我是从电视里知道他的名字的。

在两个房间的幽暗角落,斜靠在墙上的是网球拍和羽毛球拍。有一台电唱机,它旁边的地板上放着一个木盒子,我发现里面是瓦格纳、德彪西和莫扎特的唱片。在电唱机橱的顶部,放着一个大理石的国际象棋棋盘,棋子用白色和黑色的象牙制成,上面有杂乱的雕刻,如果用手拿起,会发现它们沉甸甸的(我这样试过)。我想以后见到阿瑟·雷姆林格时,我可以和他谈谈象棋,如果之前我和他有比较好的交情,我还可以和他下棋,从而学到新的棋术。

在他的小客厅里,有一只沉重的圆臂长沙发,带着粗糙的盖布。两只直背椅面对面地放着,中间一张矮桌,上面搁着一瓶喝掉一半的白兰地和两只小玻璃杯——好像阿瑟·雷姆林格和弗洛伦丝·拉·布拉克刚才还面对面地坐在这里喝酒,听音乐,谈论书籍。网球拍和羽毛球拍的对面,一根禽鸟栖木高高安置在荫蔽的窗子旁边,一根细细的铜链绕在栖木上,系在一个节上,没看见有鸟。

在栖木后面的墙上,有一块带有边框的铜饰板,因为被阴影笼罩着,几乎注意不到。上面铭刻着这样的话:"无论你想做什么,都该用你的力量去实现。因为不管你在何处,进入坟墓就是寂灭,不再有工作,不再有计划,也不会有知识,不会有智慧。"就我的理解,这句话是毫无意义的。铜饰板旁边有一个木制挂钩,上面挂着一只皮手枪套,配有复杂的皮带和搭扣。这是可以背在肩上的手枪套,我在警匪片里看到过。枪套里是一支银色的短筒手枪,手柄是白色的。

当然,我立刻触电似的把手枪扔下,这时,我已经把关着的门锁上了,我没有料到小小的一把手枪竟如此沉。我透过旋转弹膛后面的缝隙朝里看，发现手枪至少上了五颗子弹，子弹壳带着铜质底座。这是一把史密斯-韦森转轮手枪，我不知道是多大口径的。我将枪口对着鼻子——我经常在电影里看到他们这么做——闻到了硬金属的气味和用来清洁的辛辣机油气味。细小的枪管光滑、闪闪发亮，我用它瞄准窗外加拿大太平洋铁路公司的停车场，瞄准阳光下停满谷物车厢的路轨，然后为了不被人看到又飞速地退回来。我立刻意识到这把手枪意义非同一般，意识到阿瑟·雷姆林格在事业上对它的依赖——我觉得它比他房间里的其他任何东西都重要。我想起我的父亲也有手枪，我从不相信他会把它弄丢，当然，现在我明白它被用来抢劫了。我不知道那把手枪本身对他有多么重要，或者使他多么不同一般，毕竟，身为空军是可以随意佩戴手枪的。但是对于阿瑟·雷姆林格，我觉得这手枪更不同寻常，我内心再次涌起我曾经有过的担忧：他是一个怪异、行为不可预知的人。我有过太多次这种感受了，我对于我父母的种种疑虑，对于他们抢劫银行及带给伯娜和我可怕后果的种种感受，和这如出一辙，非常相似。对于心中的想法，我无法说得更多，但是我要说，这手枪是确切无疑的存在，而且是一件危险的东西。虽然，在我眼里，阿瑟·雷姆林格全然不像一个手枪持有者，他似乎很有教养——这无疑是我判断错误。我在衬衫上擦抹手枪的小把柄，抹去手指留下的污迹，然后把它放回枪套里。如前所述，我的职责是清洁房间，可我还什么都没做，只能等会儿再回来。但是，我突然害怕起来，担心被人发现，于是我打开通往走廊的房门窥探，看见外面没人，便赶快走下楼梯，去做我该做的其他工作。

四十八

当天气变得更冷，猎鹅者开始在十月初（这时允许美国人前来猎鸟）陆续抵达时，查理说他希望我把所有的时间都用于"鹅事务"。我已经在帕特雷奥的棚屋住了一个月，尽管如我前面所说，时间对我而言似乎已停滞不前或不再重要——与两个月前我对时间的感受很不同，那时候学校还有几周就要开学，我希望能像米哈伊尔·塔尔游刃有余地解决象棋难题那样，驾驭和击败这些悠长而缓慢的日子。

我对这个有着两间房的屋子调整了一番，使它比起初要好。使用厕所是不可避免的，但我仅在确认查理没有注意我之后才去，而且从不会逗留太久。好在有电，我的简便电炉和环形吸顶灯可以运作，提供一些热量。由于寒风刺骨，我不再在水泵边洗脸，而是夜里用桶装水提进屋，就着一只从垃圾坑里捡来的深平底锅洗澡，用毛巾和肥皂擦洗身体。我把肥皂藏在一只烟草罐里，以免遭到老鼠的觊觎。

我从后房把两张小床中的一张拖到厨房——这是我仅有的另一间房。后房位于棚屋的北面，近来，猛烈的寒风穿过泥灰和板条，呼啸着透过破裂的窗格玻璃涌进来，加上没有灯光，一到夜里，这房间最为凄厉可怖。厨房里有一只老旧的威尔铁炉，已经开裂，我用巡游时收集到的腐烂的木板、断折的枯枝、锦鸡儿的细梢做燃料。我会在水泵边洗衣服、床单和厨房器皿，用找来的扫帚扫地。我觉得自己已经很好地适应了这个环境，尽管我对其历史和方位还不了解。我想去罗亚尔堡镇的理发店修剪头发，因为在伦纳德旅馆的盥洗室，有时候我会对着镜子端详，发现自己消瘦了，而且头发很长。但是棚屋里没有镜子，静夜中，我很少想到自己的模样，总是等到上了床，才会想起要剪头发，我的指甲也该像父亲那样修剪了，但是，到第二天又会全忘记。

我把厨房里沿墙排列的几个纸板箱拖到最冷的朝北房间，把它们紧靠着窗沿墙根放起来，堵住和室外相通的裂缝。从罗亚尔堡的药店，我买回一支带有薰衣草芳香的紫色蜡烛，晚上点燃，因为我听母亲说过薰衣草能促进睡眠；还因为，无论天气寒冷还是暖和，这座棚屋都充满烟气的焦味，充满腐烂的气息，充满陈年烟草的恶臭，充满由于人在其中居住几十年而产生的气味。这座棚屋很快就会像帕特雷奥的其他建筑物一样倒塌。我知道，如果我离开，并在一年之内返回，这里剩下的可能只会有一丁点儿痕迹。

夜晚，当我结束了晚餐和巡游，能够静下来忍受孤独的时候（其实我从来没有觉得我的境况真的可以忍受），我会坐在我的小床上，在被单上面摊开我的塑料布棋盘，歪歪斜斜地放上属于我的四排塑料棋子，思索着怎样移动它们，来对抗被我理想化的、实际上并不存在的对手。除了伯娜，我从来没有和谁实战过，现在，阿瑟·雷姆林格是我想要较量的对手。我的战略通常是采用凶猛的正面攻击。我会采用和米哈伊尔·塔尔（他是我心目中的英雄）同样的方法，以牺牲性的进攻来击败对手。在对方防守不足的情况下，我总能以闪电般的速度实现战略目标。另外一些时候，我会采用慢攻、声东击西的佯攻和后撤（这是我不甚喜爱的战术）；我还得冷静地观察我和对手走的每一步，正确地评估他正在酝酿的计划。为了赢得胜利，在这个过程中，我从不暴露自己的谋略。就这样，在寒意浓重的晴朗之夜，我一个人下棋，一面听那台老掉牙的天顶牌收音机，它的光从数字后面透出来，既明亮又朦胧，然后散发开来；里面的声音像是从遥远的地方飘过来，在我听来，那就像是不受国界限制的风在席卷整个世界。有来自得梅因、堪萨斯城的声音，有芝加哥的 WLS 电台、圣路易斯的 KMOX 电台，有来自得克萨斯州的一个嘈杂不清的黑人声音，有教士阿姆斯特朗追随上帝的呼喊声，还有我相信是讲西班牙语的男人声音，另外，根据我的判断，有些声音是在讲法语。当然，还有加拿大卡尔加里市和沙斯卡通市的电台，声音很清晰，在播报新闻——加拿大人权法案，托米·道格拉斯的英联邦合作联盟——还听到的就是地名，像北巴特尔福特、埃斯特黑齐、阿西尼博亚，等等，对这些城镇我一无所知，只知道它们不在美国。我想最好能调出一个北达科他州的电台，它离这儿不怎么远，这样也许会听到关于我父母身陷监狱的报道，但是我从来没有找到这样一个电台。黑暗中，我躺在小床上，火炉在噼噼啪啪作响，有时候如果久久无法入睡，我就会展开想象，想象我听到的声音是美国人在和我说话，他知道我的情况，他在劝慰我。这种方法和我的薰衣草蜡烛一样，在很多夜晚帮我入眠。

有些夜晚，我会随意打开一只我没搬到北房间去的纸板箱，为的是转移自己的思绪，了解在我来之前的那些年里，这屋子里曾经发生过什么。在大草原，历史和记忆似乎就像时光的流逝一样悄无声息，已经消失得无影无踪的帕特雷奥镇民仿佛并没有成为过去，而是进入另一个生机勃勃的现在。这恰好可以解释为什么它没有庄严肃穆的墓地，而留下如此多的遗迹。

阿瑟·雷姆林格曾经向我提过，他刚到加拿大的时候就住在这座棚屋里，还说那许多纸箱是属于他的。在这些软软的、散发着陈腐气味的纸箱里，我发现了一些东西，和我在他的房间里看到的有关，可以作为一种旁证。在一只用铅笔标着"AR"记号的纸箱里，装的是书籍，还有破损和泛黄的杂志，是二十世纪四十年代出版的，用棉绳捆扎着。有一本杂志是《自由思考者》，另一本是《决定因素》；有两本书我已经在他的公寓里看到过，是《被劫持的旅客》和《世界分析》，我不知道它们的内容或大概说些什么。我抽出那本《自由思想者》，封面上提到里面的一篇文章，由"A.R.雷姆林格"撰写，题目是"无政府工团主义：豁免和特权"。我读了第一页，这篇文章属于被称为"丹伯里制帽工会[1]课程"和"异议工作原理"的范畴，详细论述了工人如何没有"获得他们充分的个人

---

[1] 丹伯里制帽工会：丹伯里是美国康涅狄格州西南部的工业城市，早期为制帽业中心。曾发生美国第一起诉诸法庭的罢工事件。

自由"。这本杂志的封底,有提供给读者的资讯,介绍 A.R. 雷姆林格是"一个来自中西部的年轻哈佛人",他把他所受的"金光灿灿的教育"服务于民众的人权事业。很可能阿瑟·雷姆林格在其他杂志上也发表过文章,但是我没有兴趣去翻阅。

在另一些没有标"AR"姓名首字母的纸箱里,我发现一些人寿保险单和一些已支付的支票,还有一张萨斯喀彻温省的驾照,属于一个名叫埃丝特·玛格努森的女子,还有一把用橡皮筋箍着的黄色铅笔头、一堆旧的小册子和一本"英国银河"战争债券手册,由于老鼠在里面做窝,它们已经破烂不堪并散发出陈腐的气味。一些小册子和"社会改革理念"有关,有的题为"节欲的楷模",有的是"建屋者协会"会员手册,还有关于"小麦和妇女"以及"粮食种植者指导"的新闻简报。还有一本小册子是有关"加拿大联盟"的,在第一页上宣称外国移民没有担负起他们的责任,还呼吁从前线归来的战士应该有"选择最佳职业的优先权"。插页中有一张黑白新闻照片,画面上一个十字架被放火焚烧,一群蒙着脸、戴着白色头巾和身穿白色长袍的人站在一旁看着它。照片下面有一行用墨水写的字:"穆斯乔[1],一九二七年",字迹已经褪色。

另一只纸盒里有许多金属的电影胶片筒,生了锈,里面放着电影胶卷,但没有标注是什么片子。一面折叠的美国国旗放在胶卷筒的顶端,那种折叠样式是父亲向伯娜和我展示过的——"三角形"。纸箱里还有几个装着信件的鞋盒,很多信上的姓名是萨斯喀彻温省莫斯班克的 L. 莱顿先生,邮戳显示的年份是一九三九年和一九四〇年。这些信用打包的细绳紧紧地扎成一捆一捆,有些信封上贴着红色的三美分美国邮票,我认出上面是乔治·华盛顿的头像。我认为,阅读这些信,至少阅读一封,对我来说是很自然和正当的,因为在加拿大没有人会写信给我,而读别人的信可以使我感悟到这个世界还有其他人存在,在帕特雷奥的生活里,除了我之外,几乎所

---

[1] 穆斯乔:加拿大萨斯喀彻温省南部城市。

有的人都不复存在了。我读到这样一封信：

亲爱的儿子：

我们在德卢斯[1]，是和你父亲从一些非常美丽的城市驾车抵达这里的，这里的风光确实宜人（很有现代感）。在这里要比待在艾伯特王子城[2]那只"冰盒"里温暖得多，那是肯定的。我不知道那里的人们是怎样生活的——我一想到那里的风，我的天哪！太可怕了。当然，对于那些，你可谓深知熟谙。我正在试图忘记加拿大的一切，那还是我孩提时代在学校学到的——真是自作自受。杰奎利恩只是表示遗憾，无疑两地之间是壁垒分明的。但我不是十分确定。肯定有人认为他们熟知这一切。总之，田纳西州是我乐意终老的地方。

我知道（或者听说）你正在考虑加入加拿大皇家海军，这很勇敢（如果你喜欢大海），我希望你对此再想得长远一些，好吗？如今，在一场重大的战斗中，我们没有得到什么。最糟糕的事情有可能发生，当然你不会想到，这只是你妈妈的忧虑。

我做了一张明信片，我会寄给你。它展现了我们的"魅力王子"，那是在一九一九年（二十年前！天啊！），我们的王子乘火车去萨斯喀彻温省作神奇之旅。你不会记得，但我们记得，你爸爸和你祖母以及我，拉着你站在里贾纳市[3]的铁轨旁，你穿着精纺的小西装，挥舞着一面小小的加拿大国旗，我相信你如此爱国就是那时候的延续。那是肯定的，你没有理由不这样。好吧，照顾好自己，等着我的明信片，它不适宜用信封，保存好，不要弄坏它。你爸爸送给你最好的祝福——这是我从来不曾享有的。

爱你并吻你
你的妈妈

---

[1] 德卢斯：美国明尼苏达州东北部的港口城市。
[2] 艾伯特王子城：加拿大地名，在萨斯喀彻温省。
[3] 里贾纳：萨斯喀彻温省的省府。

我在纸箱深处摸索,寻找那张展现"魅力王子"的明信片,想知道他是怎样一个人。我发现在箱底还有一捆捆扎着的东西,是圣诞卡和干燥的剪报,剪报里有面带笑容、剃着平头、身穿冰球衫的球员照片。再下面有几张散开来的人体扑克牌,上面是全裸的女人,在华丽的台座边摆着姿势,台座上有花卉摆设和搁着书的桌子。这些女人体格强健,快乐地微笑着,丝毫没有不穿衣服的尴尬。我从来没有看过这样的图片,虽然我早就从学校男孩的嘴里知道它们的存在。这种照片可以在州博览会的售货机里买到。我花了好长时间一张张地仔细欣赏,最后拿了三张夹到我的《世界全书》"B"卷里,因为我意识到我还想看它们。我确实还想再看,我看了又看,并将它们保存了好多年。

还是在硬纸箱的底部,我发现了一副金丝眼镜和一枚造型简朴的金戒指。戒指放在一只黄色的拜耳牌阿司匹林药罐里,里面还有两片磨得非常光滑的阿司匹林药片,一只带有埃菲尔铁塔复制品的迷人手镯也放在罐里。在看到之前我就知道有一枚戒指在里面,可别问我怎么会有这种感觉,我说不清楚。"这可能是一枚结婚戒指。"我几乎要这样自言自语地说。当然,我理解,这代表了一种结局,代表了某人对过去的迷恋,这很痛苦。

大多数纸箱我没有彻底翻看,有一只纸箱装着里贾纳市的报纸,另一只放着污秽的衣服和鞋子,已经有老鼠光顾了它们。还有的纸箱装着文件、收据,以及有关小麦作物、谷物起卸机和购置滑铁卢男孩牌新款拖拉机的费用清单。另有纸箱存放的是没拆开的关于一九四八年萨斯喀彻温省选举的印刷品,还有关于民联盟和"社会信贷"的印刷品资料。我试着想象,有多少人或多少家庭曾经在这里生活,他们的生活痕迹混杂在一起,混杂在现在属于我的这个屋里。一定有很多很多——我想——他们都希望以后能从新的安身之地返回并利用这些东西,但是他们从来没有回来。他们或者死了,或者选择把那段生活彻底弃绝,义无反顾地去追寻在其他地方更好的生活。

然而，我想知道，阿瑟·雷姆林格曾对我说，美国人绝不会让帕特雷奥这样的地方存在，他们会点一把火把它作为进步的耻辱烧掉，他这话是什么意思？当我举起这些纸箱，把它们放回厨房靠着穿风的墙壁时，我觉得他可能是对的。我的父母，没有真正的财产，永远没有，他们从来没有拥有过一个住宅，他们的财物少得可怜，他们拥有的少数物品（除了伯娜和我）那时候都被夺走了，被扔进大瀑布城的垃圾堆场——我的父母就是阿瑟·雷姆林格提到的这类人，他们不会关心帕特雷奥，即使他们不会烧毁它。他们是想要摆脱过去的人，他们不会过多地回头顾盼，斟酌着是否要加以补救，而他们的整个人生总是处于视野内的邈远海面，虽然可见，却无比虚幻。

四十九

现在，我一下子学会了很多东西。比如如何选择猎鹅坑的位置：要考虑到不能让早晨的太阳过早地照到，但是又得在足够高的高地上，这样当飞鸟离开河流的时候，猎鹅者能够看到，并作好射击的准备。我还学会了如何安置沉重的木头雕刻的假鹅诱饵：分别放在坑洞的左右两边，并留下一个供野鹅着陆的空间，它们看到后就会从空中降落下来——以为所有的事情都和前一个晚上相同——然而又不能放得太近，以免它们注意到猎枪或猎手苍白的脸，他们经常过于紧张急切。查理说，美国的猎鹅者通常肥胖，或是年龄大，或是两者兼有，他们不能忍受井坑里冰凉而容易碎成粉状的里贾纳黏土[1]，因此总是在不恰当的时候站起来并爬出去。查理还说，野鸭——白颊鸭、针尾鸭、帆背潜鸭——总是先席卷而来，尖叫着飞向坑洞，像是从黑暗中显身的幽灵，它们低掠斜飞，翅膀发出砰砰的撞击声。可是如果射击这些野鸭，就会惊走野鹅，它们听觉十分敏锐，所以这时还不能开枪。在猎手向他们听到或是看到的目标射击之后，我得小心翼翼地去变更诱饵的位置。这弄得不好会中弹毙命。查理自己就中过枪，还留下几个疤痕。他只允许猎手在他发出暗号的情况下才装填子弹，可是，还是有不受管控的"空中杀手"，他们会带来危险。所以，我的责任还包括向查理报告哪些猎手可能喝醉了酒，虽然前一天夜里他们全都会在酒吧喝到很晚，我有望通过闻到的酒气来辨出他们。我还必须报告谁看上去像在生病，或是走路及行动显得困难不适，或是拿枪的姿势粗手粗脚，不够熟练麻利。射击开始和结束——这时太阳升得很高，野鹅能够看清地面环境，不再上钩——的时候，查理会检查猎手的持枪执照，

---

[1] 一种黏土，以加拿大城市里贾纳命名。

加以确认。就像我先前说过的，我会留在卡车里用望远镜观察那些飞鸟，记下被射落的和受伤跌跌拐拐逃走的野鹅数目，保留好我的计数。因为猎区监督员届时总会到场，他们负责监督狩猎，甚至使用高性能的双筒望远镜，当我的计数和他们观察的数目不符时，他们会用中弹跌落的野鹅数来除以猎手的人数，以核查射击次数是否超出规定。如果超出了，他们会发出传票，没收枪支，做酒精测试，对查理处以罚款，但大多数情况是罚阿瑟·雷姆林格的款。这会迫使他缴纳一大笔款，为的是避免他们把注意力放到他镇上的经营活动，比如菲律宾姑娘，比如餐厅旁边暗室里的聚赌，以及其他可能触犯城镇法规的营生。阿瑟·雷姆林格持有"导游服务"的营业执照，虽然他本人不担当导游，也没有打猎和野鹅方面的知识，而且他对此从不过问。他是业主，是经营者，他的工作是登记，记账，安排猎鹅者入住旅馆，以及收取费用。他把这笔款项的部分转付给查理，查理再从中拨出一小部分给我。虽然按照惯例，每天猎鹅结束时猎手都会给小费，经常给的是美元，因此每个人都满意。

十月初的那些日子，是一年中最后的温暖时日。一天早上，查理和我耗时仔细勘察野鹅的动向，在它们惯常出没的田野开挖好猎鹅坑后，我便踩着我的旧自行车骑上公路，离开帕特雷奥向利德城的方向奔去。它在西面二十英里的地方。我想去寻找格丁斯女士提到的那所为刚愎任性的女孩设立的学校。沿着硬石路面下去，到达伯德泰尔镇只有六英里。我想去那所学校咨询一下，未来我有没有可能作为一个学生注册入校——可能是在冬季，到那时我的猎鹅工作已经结束，我可能得以自立。我不知道任性的女孩会是怎样。我想它可能是指：一个女孩正在按自己的意志向某个目标迈进——这正是我目前在做的。我还不相信仅仅为了女孩而建立一所学校。至少接收几个男孩应该是允许的，我想——即使是在加拿大。格丁斯女士告诉我这所学校由修女管理。根据我母亲和普罗维登修女学院修女们接触的经验，我相信修女是慈善而慷慨的，她们肯定会找机会帮助我，这是她们的使命，否则她们为什么要放弃婚姻和正常人的生活？我是美国人应该不会成为她们帮助我的障碍。我不会吐露我母亲是犹太人，或者她和我父亲身陷北达科他监狱。为了成功，生活开始需要我的谎言。如果能让我进学校，让我不在学业上落伍，我宁可对一个人说谎，或者对更多的人说谎。

　　我还陷入了这样的微妙状态，我开始觉得待在女孩子身边感觉会很美好。当然，伯娜是个女孩，但因为我们是双胞胎，在我们生活的大多数时候，我们把彼此看作是相同的。这种相同和男性、女性都没有关系，只和我们两人间的默契有关。当然，它没有持续下去。偶然有两次，查理带我去缅街上的一家炒杂碎餐馆用餐，两次我都看到中国店主的孩子，他们坐在后面暗处的桌子前做家庭作业。我特别注意到他的一个女儿，长着漂漂亮亮的圆脸蛋，我觉得她的年龄和我相仿。每次她也注意到我，但是却刻意不表露出来。自那以后，有好多次，当我在帕特雷奥漫游的时候，或是一个人在棚屋排列象棋棋子的时候，我就会冒出一种梦幻般的想法：我们会成为朋友，她可能会前来造访我，然后我们一起在这荒僻空漠的小镇漫游，然后下国际象棋。（我觉得对于象棋她知道得会比我多。）我还幻想我能够帮助她做家庭作业。从来没有什么事情如此频繁地闯入我的脑中。我不知道她的名字，也从没和她说过话。我们的友谊仅仅存在于我个人的幻想之中，永远不可能变成现实，事实上也的确没有。死守孤独，能感受到的就只是生活的这种可悲现实，然而，如果展开想象，它和其他很多东西都有可能改变色彩。

　　从帕特雷奥往西的公路和草原，与向东去往罗亚尔堡的硬石路上所见没有什么不同，可是此刻骑在自行车上我有一种全新的感觉，好像眼前是只属于我一个人的领地，虽然它只是一片连绵起伏、光秃秃的庄稼地。我目力所及，是一捆捆散落的麦草堆；还有一个个黑点，那是油泵；一群刚刚进入视线的野鹅，在上方的天空闪动着银亮的羽翼；缕缕灰白的烟气沿着地平线游动，那是农家在沟渠里燃烧野草。

当我到达竖立着伯德泰尔镇标识的地方时，发觉这里不像个城镇。加拿大太平洋铁路公司的路轨在公路旁边延展，就像它们在帕特雷奥和罗亚尔堡一样。但是看不见一个城镇该有的人行横道，也看不见一道锦鸡儿防风林、一台风车、一台谷物起卸机，或者标志着曾经矗立过住宅的建筑物基础。格丁斯女士难道会对我撒谎？我不相信。我停下来，看了看天空，又环顾四周，根本没有学校，于是决定往与伯德泰尔镇标识相反的方向再骑一英里，看看是否能够找到。当我到了那里，路边有另一块标志，上面写着"圣名修女学校"，还有一个箭头，指向南面田边和公路相交的一条沙砾小路，在学校名字的上方，漆着一个十字架。小路一直盘旋到丘陵的顶部，那里有一座废弃的住宅，道路就在它旁边消失了，仿佛一下子融入湛蓝的天空。一座学校可能在任何地方冒出来，当然，也可能在十英里之遥。这种感觉很特别，有点像我和查理一起驾驶着卡车，一英里又一英里地在大草原上穿越，丝毫看不到人类居住或者曾经有人在此生活过的迹象。然而对于此刻的我来说，学校依然是重要的目标，因此我想继续骑车前行，直到至少有一座校舍出现在视线中，让我看看我对它的幻想正确与否。

我用力操纵前轮冲上令人厌烦的沙石小路，在我的踩踏之下，查理这辆旧希金斯自行车在石头和沙砾上摇摇晃晃地前行。蹬车上坡确实不是一件易事，虽然很快我就到了坡顶。那座空屋就矗立在丘陵的最高点，在这里可以俯瞰周围数英里之外的景象。学校，那躺在道路尽头的建筑物一定是学校，一览无遗地出现在丘陵另一侧的底下。那是一座庞大的、用红砖砌成的方形建筑，有四层楼高，孤立地坐落在大草原的低洼之地，如果大瀑布城高中被安置在这里，看上去也不会有多大不同。但是，我一看到这座建筑，就立刻明白了所谓的"刚愎任性"意味着什么。换句话说，如果青少年管理部门的官员找到了伯娜和我，我们就会被送入里面。孤儿，只有孤儿才会置身于这样的地方。

学校占据的这块宽大的方形土地，和一条小溪旁边的牧场相连，小溪狭窄而干涸，上方平而狭长的高地上长着小麦。可以看见学校的草坪上植有细长的树木，散落着星星点点的人影——我想，那些应该就是"刚愎任性"的女孩。十月的太阳还火辣辣的，刺得我冒汗的颈脖生疼。在阳光的照射下，学校显得沉闷、安静，少有生气。我几乎就要转身返回公路。这不是我想象中的地方：那里应该有很多高大的橡树，有一个足球场，有能够接受我的同龄男孩。那样的地方，我在大瀑布城时，几乎就要踏足其中。这里绝不是我想要的，何况是在加拿大。

转念一想，我已经骑了这么久的车来到这里，何不让自行车继续颠簸着滑下丘陵？我猜现在是一点钟光景。两只老鹰在高高的天空慢慢盘旋。当我把车蹬到和学校同一平面的平坦路面时，看见一些女孩坐在草地上，三三两两地交谈，还有几个女孩在草地边缘散步，她们注意到我。我想，很少有人会骑自行车跑来这里，因为到了这里，除了回头走人，没有别的事情可做。

一个身材修长、穿着黑袍、披戴着白色头巾的修女，站在校舍前的台阶上，她负责管理学生的户外活动。这是午饭之后的休息时间。她正在和一个脸上带笑的女孩说话。她发现了我，目光顺着草坪越过长长的距离，落到我的脸上。

在学校地界和道路接壤处，有一座高大的铁栅门，它孤零零的，旁边没有附设栅栏和篱笆，这倒令人觉得奇怪，因为任何人都可以随意进出，这不像我脑中臆想的孤儿院。在道路伸展到更远的地方，我能够看见有车辆停泊在那里，沿着学校大楼的侧面排列。这座大门的两扇铁栅门用铁链和挂锁锁死了，上方两个砖柱上顶着一块金属匾额，匾额上有一个镀金的基督像，向前伸展着手臂。一旦大门打开，就意味着欢迎有人加入学校。

我坐在自行车上，冒着汗，虽然刚才下坡的时候有一阵冷风吹过路面，等会回去时还得在寒流中作一番搏斗。大门里面无论什么地方，包括在草坪上活动的人群中，看不见一个男孩。但我觉得，里面肯定会有男孩。这个地方不会不接受男孩，不会不需要男孩。

正当我坐在自行车上从大门外向里张望的时候，操场上有两个女孩向我走来。其中一个又高又瘦，面无血色，嘴巴冷漠干瘪，这使她看上去像个成年人。另一个身材普通，一头淡棕色的头发，有一张不漂亮的方脸，一只手臂比较细小，虽然它并不比另一只手臂短。她的脸上带着可人的微笑，令我陡生好感，她隔着栅栏把笑容投向我。她们两人的穿着相同：难看的淡蓝色女装、白色的网球鞋、齐踝的短袜。"圣名"两个白字被缝在上衣胸袋上，这使我想起在监狱最后一次见到母亲时她身上穿的囚衣。

"你来这里做什么？"个子高而纤瘦、显得老成的女孩发问，口吻生硬而不友好，俨然是想赶我离开。说话的时候，她细长的身子松弛下来，臀部翘起，好像在期待我给她一个机巧的回应，那样子就像伯娜。

"我来看看这所学校。"我回答，我突然觉得置身这里十分唐突和别扭，这不是在美国，我没有理由跑到这所自己一无所知的学校来，我想我该赶快骑车离开。

"你不能在这里。"笑容可掬的那个女孩挥动着细小的手臂说，她依然面带笑容，可我能分辨出这并非出于友善，笑里含有一点儿尖刻。她缺了一颗门牙，露出一个深暗色的空洞，把她可人的笑容给破坏掉了。两个女孩的手指甲都被啃咬过，她们手臂上留有抓痕，嘴巴周围有许多微小的痘疱，腿上像我一样长着体毛。显然，和她们做朋友是不可能的。

在两个女孩身后很远的地方，那个高个子修女从校舍前台阶上走下来，她垂到脚踝的长袍下摆在微风中飘拂。还有一个女孩站在操场上，睁大眼睛注视着站在大门边上的我们三人，好像担心会有什么事情发生。修女大步迈着她的长腿，挥动手臂向我们走来。我打算在她向我喊话或是呼唤学校保安之前就离开。两个女孩环顾四周，但看上去并不在乎那个修女，她们对视了一眼，会意地笑了。

"你有女朋友吗？"年长一点的女孩问。她把手伸过大门的铁栅栏，对着我摆动手指。我往后退，避开她。罗亚尔堡的中国女孩不会这样对我摆动手指。

"没有。"我回答。

"你叫什么名字?"手臂细小的小女孩问。

我紧紧抓住自行车把手,把脚放在踏板上,准备用力蹬车离开。"戴尔。"我说。

"你走,你赶快走!"修女穿过长长的草地就快要到达这里的时候,开始叫喊起来。一条镶着珠子的带子束在她的腰上,下面有一个硕大的十字架在晃来晃去;她那张洁白的脸——她的嘴巴、眼睛、脸颊、前额——被白色头巾紧紧包裹着。"快离开,你这个男孩。"她喊道。

两个女孩再次看了她一眼,彼此又交换着冷漠的目光。

"喂,你这个人,快离开!你想在这里做什么?"修女叫喊着,好像以为有什么可怕的事情将要发生或是已经发生。

"那个老婊子。"年长的女孩说,这句话像是自然就脱口而出了。

"我们讨厌她。如果她死了,我们会欢天喜地。"年纪小些的女孩说。她有一双小而狭窄的黑眼睛,说这句话的时候,眼睛睁得大大的,好像对自己的话深感震惊。

"戴尔可是个捣蛋鬼的名字,我是来自萨斯喀彻温省的肖纳文。"年长的女孩说,丝毫不介意已经走近的修女。她突然将顾长的手臂从栅栏中间伸出来,飞快地抓住我的手腕。我感到害怕,试图甩开她的手,可是没能挣脱。她开始拉我,这时另外那个女孩笑了起来。我开始向一边倾斜,便伸直了右腿,但只有鞋跟支撑着我。我开始从车上往下滑。

"别碰她们。"修女喊道。可我并没有招惹任何人!

"他害怕我们。"笑容可掬的女孩说着举步离开,留下那个把手伸过栅栏揪住我的女孩。她注视着我,没松手,以折磨我取乐。她用营养不良的小指甲死命掐我手腕的皮肤,像是要想撕裂它。

"松开他,玛乔丽,"修女喊着,她几乎就要走到大门前了,

"他会伤害你。"因为穿着厚重的长袍,她的动作没办法敏捷。

玛乔丽用力想把我拖离自行车,我靠在了大门的铁栅上。"放手,"我说,"你不要这样。"

"我就要。"玛乔丽拉着我紧贴着门栅,像是要有进一步的举动。是要打我,我心中思忖。她比伯娜强健得多,个头也更大。她的表情平静,但是那双蓝色的大眼睛死死地盯着我,下巴的肌肉绷得紧紧的,好像正在拼命使劲。说不出什么原因,我猜她要比我小,也许只有十四岁吧。"我要让你面目全非,"她说,"或者叫你狼狈不堪。"

修女到了门栅前,立即抓住玛乔丽的肩膀,把她朝后拉。玛乔丽依然抓住我不放。修女握住女孩的下巴,把她的脑袋转离大门。"错了,错了,简直无法无天!"修女气愤之极,抱怨声从她呆板而没有血色的嘴唇中间冒出来。她的黑色长袍使她的动作处处受到限制。通过栅门,她把目光投向我。"你为何来这里?"她问道,涨红了脸,"这里和你没关系,快离开。"她还很年轻,那张脸光滑清秀,即使是怒气冲冲。事实上,她比玛乔丽和我大不了多少。

学校上课的铃声敲响了,我的身子还在从旧自行车上往下滑,但还没有跌倒。玛乔丽依然死死抓住我的手臂不放,脸上没有任何表情。我把左手插到她粗壮有力的手指下面扳撬,皮肤已经被她的指甲划破了。我扳开她的一只手指,然后另一只——当然,我并不想弄伤她。终于,她松开了我。我挣脱开来,摇摇晃晃地朝自行车上退,不想却重重地摔倒在沙砾上,弄得我气急败坏。

"你是谁?"修女在栅门里面凝视着倒地的我,精致而泛着光泽的脸上隐含着怒气。她还在用力抓玛乔丽的肩膀。玛乔丽看着跌在地上的我笑了,似乎觉得我狼狈的样子很是滑稽。"你叫什么名字?"修女问。

我不想说任何关于自己的事情。我开始爬起来,同时想扶起倒在沙砾上的自行车。

"他叫戴尔,"玛乔丽接话道,"这是个捣蛋鬼的名字。"

"你为何来这里?"修女问,她还抓着玛乔丽的肩,没有松手。

"我只是想上学。"我跪在地上,显得很矮小。我觉得自己很可笑,简直无地自容。

"学校不会收你。"她说话的口音我从来没听过,完全不同于其他人。对着我,她把话说得很快,浅黑色的眼睛含着怒意——在生我的气。"你住在哪里?"

"帕特雷奥。"我回答,"我在罗亚尔堡打工。"学校操场上的所有女孩都朝校舍大门前的台阶走去,有秩序地形成一支队伍,依次进入校舍。另有一个修女,矮矮胖胖的,站在台阶最上面,双手叉在胸前。玛乔丽还在隔着栅门朝我笑,好像我很可悲。

"我想吻你。"她像是在梦呓,"可是,你不想吻我,是吗?"

"回里面去。"修女说,她转身松开玛乔丽的肩膀,并推她离开。玛乔丽向后甩了一下头,戏剧性地转过身,大声笑了出来,然后迈开步子去追她的朋友。

"很抱歉。"我说。

"我不想在这里再看到你。"年轻修女隔着大门说。她对我摇摇头,然后把脸伸过来注视着我,想要确认我是否听懂了她的话。"如果你再来,我会打电话叫巡警,他们会押着你离开,你记住了吗?"

"是的,"我说,"我感到抱歉。"我还想再说些什么,但是毫无头绪。我不知道绝望是什么,但是这一刻我确实感到绝望。年轻修女已经举步离开了,她那厚重的黑色长袍在阳光下摆动。我把自行车扶起来,推着它在沙砾中前行。我攀上我的坐骑,开始在冷风中蹬车上坡,朝公路和帕特雷奥的方向进发。

五十

弗洛伦丝·拉·布拉克开着她那辆小巧玲珑的大都会牌粉红色轿车来到帕特雷奥,留下一个硕大的马尼拉信封,把它斜插在我棚屋的门上。那是从美国寄来的,信封底下潦草地写着"转交戴尔·帕森斯",我辨认不出是谁的笔迹。这发生在我骑自行车去那所收容任性女孩的学校后没几天,也是我要从帕特雷奥搬去罗亚尔堡住的那个星期。因为来了大量的猎鹅者,查理被要求得安排一个猎鹅者在我棚屋的另一张小床下榻,如此我就得单独和一个陌生的成年人同睡一个房间,这被认为不甚"妥当"——我知道,这是弗洛伦丝的看法。查理对此也很敏感,他说这个猎鹅的老酒鬼半夜后会有"亲昵不轨之举"。在伦纳德旅馆的三楼,从雷姆林格的房间顺着走廊下去,有一间很小的"僧侣面壁室",他们便让我睡在这里,与那些粗鲁的无赖及铁路工人共用楼下的厕所,半夜则用一只白色的搪瓷罐解决内急。查理会开着他的卡车来旅馆和我会合,然后一同去执行猎鹅事务。天气开始转冷,刮风的日子越来越多,我很高兴能告别蹬车往返两地的辛苦日子,而且得以住在通风良好的小房间,独自一人不受干扰。如果忙忙碌碌或是很少有自己支配的时间,我就不会再想到我的父母、学校和伯娜——所有这些对我无比重要,但想念的结果是带给我无限悲哀。

我之前和弗洛伦丝·拉·布拉克几乎没什么接触。查理告诉过我,她在梅迪辛哈特市经营一家贺卡店。她是个寡妇,曾经是当地的美人,一九四一年她丈夫驻守香港时,她凭着自身的魅力,过得自由无拘。现在她要照顾自己年迈的母亲。另外,她还是个画家,喜欢在旅馆的酒吧喝酒,在赌博室玩纸牌——没人会想到她会去那种地方。人人都喜欢她。她和阿瑟·雷姆林格相处融洽,因为他有钱,且风度翩翩,英俊洒脱,虽然他神秘莫测,又是个美国人,还比她年轻。当她对他感到厌烦的时候，就会回梅迪辛哈特去。

　　偶尔，当我在棚屋的时候，朝外张望，会看见弗洛伦丝带着她的油画架，把它安置在帕特雷奥的不同位置——有一次就在镇子后面，面对着一丛锦鸡儿，透过树隙可以看到油泵和白色的蜂箱。另一次，她站在我屋前的街上，画查理的拖车活动屋和半圆拱的"昆斯特屋"。查理绝对禁止我触及阿瑟·雷姆林格的隐私，但是没有提到弗洛伦丝。她的举动像是对我颇为友好，至少在某种程度上，和她讲话，我也觉得放松随意。再说，除她之外，没人会来帕特雷奥。在特定的日子里，我几乎没人可以说话。我想她不会介意我的存在，所以，这天当我看见她坐在小木凳上，穿着褐色的工作服，戴着一顶柔软的布帽，在废弃的帕特雷奥邮政局前面的街上作画时，便穿过野草丛和颓败的房屋朝她走去，想看看一幅逼真如活的图画是如何在画家的笔下完成的。她作画严谨认真，不以数量取胜，我知道，如果那样肯定出不了真正的画作，也成不了艺术品。

　　当她看见我走近——此时是下午时分，她已经在我门上留下马尼拉信封——她举起长长的画笔，来回挥动，就像那是个节拍器。我把这个动作视为她认出我来的一个信号，尽管她的目光始终落在她的画上，仿佛在暗示：在外界干扰下，不从画上转移视线是画家的重要素质。

　　"我给你留了个神秘的小包裹。"她说，没有看我。"你比一个月前长高了很多，是吗？"弗洛伦丝瞥了我一眼，脸上带着微笑。她不是个高大的女人，有一张漂亮、直率、笑时张得大大的嘴巴，她有些嘶哑的声音像是在宣示她过得很快乐。我能够想象她的笑声。偶尔，她会和阿瑟·雷姆林格在酒吧随着自动唱机的音乐跳舞，这是我观察到的。他穿着笔挺的西装，她僵硬地拉着他的手臂，表情严肃，笨拙地踏着舞步，乐得酒吧里的其他顾客都笑出声来，她自己也笑了。如我之前所说，她还喜欢在她称之为"赌窖"的小室玩纸牌，它就在酒吧的隔壁，我难得有机会进去。她那头短而卷曲的金发，已经有灰色的细丝掺杂其中，还有，"她的口袋沉甸甸的",这是我父亲论及某些女人时说的话。她大概四十多岁,我能够在脑中勾勒出她年轻时的模样,更为漂亮,清瘦苗条,丈夫在前线作战时无拘无束。她的脸颊上有些细微的静脉血管,我知道这是曾经历经艰难生活的印记。她笑的时候那双闪动光亮的眼睛会眯缝起来,以致几乎看不见眸子。在我的眼里,她做阿瑟·雷姆林格的女友是不般配的,但是我想我应该会喜欢她。几个星期前她就开始关注我,这令我甚为高兴。

我时而站在弗洛伦丝的旁边,时而站在她的身后,这样我可以直接目睹她如何作画。我仅仅在阿瑟·雷姆林格的房间里看过那幅谷物起卸机的油画,我不知道"夜鹰学派"是什么,对爱德华·霍普这样的大画家一无所知,也弄不懂一个人怎么仅仅用一管管颜料就可以绘出栩栩如生的图画。我相信绘画的人必定要训练他们的眼睛,就像我父亲所做的那样,如此才能把事物看得清楚准确。

弗洛伦丝正在马尼托巴街的中央写生,画上不外乎是直接观察到的景致,从空洞洞的邮局和两座内部破损的房屋,一直画到后面这条商业街的尾端。我曾经在这条街上漫游过,当帕特雷奥还是一个完整的城镇时,这里曾经充满生机。建筑物上面的天空还没有画,露出的只是空白的画布。谷物起卸机、通往地平线的铁路轨道,以及在远处上升并变得开阔的麦田,也都还没有画出来。我不理解她怎么会将这里作为题材,这幅画将会一直存在,供人们欣赏,可是画面并不美丽,一点也不像弗雷德里克·丘奇笔下的尼亚加拉大瀑布,也不如我父亲用成套工具画出的花卉。但是我喜欢她的画,对此我应该礼貌地表达出来。最后我说的——但愿我选择了比较得体的措辞——就是:"你为什么要画那些景致?"

风把干枯的野草吹刮得来回摆动,前俯后仰。前方一条阴云带遮住了东边的蓝天,天空变得越来越苍白阴郁。查理的旋转装置在疯狂地打圈。野鹅从北边匆匆飞来,追赶着即将消隐的太阳,它们飞行的队伍像一根根摆动的曲线。这似乎不是一个适合户外作画的日子。

"噢,"弗洛伦丝说,"你知道吗,我画的这些都是我喜爱的,否则,我就画不出它们的可爱之处。"她的左手大拇指从木头调色板的手孔伸出来,稳稳地扣住。调色板上堆积着一团团不同的颜料,是从颜料软管里挤出来的。她用油画笔的笔端将两到三种颜料混合在一起,然后涂到画布上。她画的正是我切切实实看到的东西,我猜这就是美国的夜鹰学派画风,它不仅与众不同,更是非常奇妙。我还是不明白她把邮局画得那么美,到底有什么用意。因为它在我眼中就是个普通的邮局,根本谈不上漂亮。"我并不是真正的画家。"弗洛伦丝说,"我的姐姐戴娜-罗才是画家。她死于心脏病。我的父亲也是画家,但用古老的传统作画,他是马尼托巴省苏里斯出色的冰雕手。也许这就是我画这条南马尼托巴街的原因。"她的丰满圆脸转向我,那双狭长的眼睛是棕色的,熠熠发光;她的手虽然手指短小却显得强劲有力,被寒风吹刮得通红。"你恐怕还不知道马尼托巴在地球的哪个地方,是吗,戴尔?难道不是吗?"她的自我感觉很好,我想她可能总是如此。

"我知道它是什么。"我说。它是一个省。我很高兴她知道我的名字,但是,对于加拿大,除了米尔德丽德和查理告诉我的,我确实所知无几。我在想刚才她说我的个头高了,我乐见自己长高,但是我不认为一个月的时间足以让我的个子拔高。自从来到这里,我对自己最大的感觉就是矮小。

"你可能还不知道'萨斯喀彻温'的意思。"弗洛伦丝一边说一边审视着她涂在画上的颜料。

"我不知道。"我说。

"那好,我很高兴能告诉你,它的意思是'湍急的河流'。现在我们这里这样的河流并不多。它是克里族人的语言,这种语言连我都不会说。你只需要一张地图和一本历史书就会明白。你会看到马尼托巴,我就在那里出生,离这儿不是很远——如果从人造卫星上俯视的话。""人造卫星"这个词从她嘴里出来,和我在无线电广播里听到的不一样。她把"卫"字说得又长又重,就像鲁迪说"罗斯福"时将"罗"音拖成了"祖",在她嘴里,"人造卫星"成了"人造威星"。她继续加暗画中邮局的白色正面,使它和实际的状况相一致,而在我眼中,真实的邮局简直一败涂地。"另外,"她说,"我喜欢户外活动,当然,我这是觉得无聊。在我和阿瑟早期的浪漫日子里,我经常从梅迪辛哈特开车去看望他,经过这个小镇就会停下来逛逛。那时候,这里还有一两幢屋子住着人,会莫名其妙地对我喊叫。"她对着自己的画皱起眉头。"你生活里有过这种情况吗?你老是听到一个词,然后突然你对它的感觉变得完全不同?我就总发生这种情况。"

我也是。"罪犯"这个词就是如此,过去它总是只意味着一件事。邦尼和克莱德。阿尔·卡彭[1]。罗森堡夫妇。而现在,它意味着我的父母。但是,我不想说这些。我只是简单地回答:"是的,我有。"

"那么,你喜欢我们加拿大吗?"弗洛伦丝第三次瞥了我一眼,确定我在注意她,看她小心地把颜料涂到画中的邮局上。我想,这让她感到高兴,她乐意别人观察她作画。"加拿大人总是希望人人都喜爱这里,喜爱我们——特别是喜爱我们。"她用一支小画笔在邮局的门上轻轻点了一下,然后把头歪向一边,注视着前面的景物。"但是,等你以后真的喜欢我们的时候,我们又会怀疑你可能有什么不良动机。想必美国迥然不同,我觉得这里没有谁过多地关注美国,我对它也不甚了解。对于加拿大,关键是要有行事的正确动力。"

"我喜欢它。"我说,虽然我从没使用过这样特别的措辞来思考加拿大。我想我是不喜欢它的,因为来这里是违背我的意愿的,没人会乐意遇到这样的事情。但是我也不能确定是否此刻我就想离开,其实,我无处可去。

"好吧……"弗洛伦丝耸耸肩,凳子上的身体向前倾,把调色

---

[1] 阿尔·卡彭(1899—1947):美国著名的黑帮人物。

板拿得离自己远远的,指甲涂得红红的短拇指轻轻按在邮局的门上挪动,把颜色弄污,让它看上去更接近我所看到的那扇现实中是灰色的门。"那很好,"她说,神情显得专注,"我想,心情凄惨并不有趣。"她坐在凳上向后倾斜,凝视着画。"生命流逝,留给我们空虚,我们要把握住快乐。"她把拇指直接按在褐色的工作服上擦拭——她之前这样做过很多次——然后又挺直身体,欣赏自己的作品。"你生活过的美国是个好地方吗?还有,你住在哪里?我从没去过美国,实在挤不出时间。"

"我喜欢我的学校。"我想,我应该是喜欢它的。

"那很好。"弗洛伦丝说。

"你知不知道为什么雷姆林格先生让我来这里?"我问。我没有料到自己会这样问,但是和某个看上去喜欢我的人交谈,让我放松了。

弗洛伦丝环顾画架四周,她的画架就架在空空的通往公路的街道上,一辆灰狗巴士正从公路上开过,巴士一天两个班次,此时过去的是第二班。她的目光重又回到画上,画笔在她的拇指和食指中间扭动。她的金色发缕在肤色浅淡的颈背和柔软的帽子下面飘拂。她的颈背有一粒痣,我猜她梳头的时候会经常碰到。"哦,"她一边揣摩她的油画一边说,"因为他没有关注你,所以你担忧?"

"有时候吧。"我希望用"是的"来作肯定的回答,因为事实就是这样。

"那好,不要为此烦恼。"弗洛伦丝边说边把手中的画笔浸到一只锡罐里,锡罐就放在她脚下的人行道上,"可以说,像阿瑟这样的人,不会自觉和外界联系沟通,他甚至意识不到忽视了你。他很聪明,上过哈佛。可能他觉得,你通过自身力量来调整适应,这比什么都重要。另一方面,人们不会按照你想要的方式行事。他正在帮助你,也许你使他感到新奇。"她对我做了个鬼脸,露齿一笑,然后仰望天上的游云。"我很讨厌这毫无表情的冷漠天空。"她用画笔对着天空划了个叉,好像这样就可以跳过天空不去画它。然后,她将画笔放回锡罐，让它留在里面。

不远处，在风刮过的麦田里，油泵正发出嗡嗡的声响，杠杆臂在平稳地、周而复始地上上下下——这是空气中仅有的非自然噪声。到了夜里我几乎不去听它，可是，上床后我会侧耳倾听着这声音入眠。

我站在她身后，什么也没说。弗洛伦丝斜着身体把调色板搁在地上，打开木制的油画盒。盒子带着闪闪发光的铜质配件，里面放着清洁过的画笔、银白色的颜料锡管、几把小刀、一些白色的碎布和深色的液体瓶，还有一副背面红色的扑克牌、一包埃克斯波特牌A级纸烟、一只银色长颈小酒瓶。云朵在高远的天空浮动，慢慢朝东飘去。一架飞机呈银白色小点，出现在游云的前面，机翼在阳光下闪闪发亮。在"国家卫士"空军基地，父亲曾经带我坐到F-89型"蝎子"战斗机里，给我戴上驾驶员的头盔，让我移动操纵装置，说相信我能驾驶着飞机飞行。我很想知道，当飞上高空时，从飞机里面能够看到什么？地球的弯曲表面？落基山脉和密苏里河？赛普里斯丘陵和萨斯喀彻温河？还有罗亚尔堡、帕特雷奥和大瀑布城以及它们之间的任何东西？它们全都能看得一清二楚吗？

"阿瑟告诉过我你的困境，谈到你的父母以及其他种种。"弗洛伦丝说。她拿出一只深颜色的瓶子，把锡罐里的液体直接倒在马尼托巴街上，又拧开瓶盖，把里面的清洁液倒入锡罐。"你将告诉人们你生活中的一个有趣故事，漂亮的女孩会喜欢上你。我们喜欢男人有黑色的过去，有非凡的经历。我父亲曾经被关进马尼托巴省监狱，但是我认为，他没有抢劫任何东西。"

她把画笔戳入罐中，晃了晃，又把视线投回到画上，上面只有邮局已经完全画好。"当然，第三方面，"弗洛伦丝说，一边忙着清洗画笔，"也许，阿瑟在你身上看到了当年的自己，只是更为纯真。我不会这样想，但是男人们会有这种感觉。而第四方面，人们说话、做事，但往往并不知道为什么。然后他们所做的影响了别人的生活，再后来，他们说他们明白了一切，但其实他们并没有。那可能就是你母亲送你来这里的原因,她不知道自己还能做什么,所以,你就来了这里。你不应该气馁,我也是一个母亲,也会这样做。你多大了,宝贝?"

"十五岁。"我回答。

"你有一个姐姐,她出走了?"

"是的,女士。"我答道。

"她叫什么名字?"

"伯娜。"我说。

"我知道了。"她把锡罐连同里面的画笔放到地上,从画盒里挑了一把小刀和一块布,用刀把堆积在调色板上的颜料刮掉,再用布擦干净。这样的谈话是我从没经历过的。我想,只有我和伯娜的谈话和这有些相似——谈到事情为什么会变成这样,它们怎么会发生,我们又该怎样应对。唉,也不知伯娜如今在什么地方。我觉得,和一个不是自己父母的成人交谈,能获得更多教益。

"你怎么会认识雷姆林格先生?"我问。

弗洛伦丝把刮干净的调色板斜靠在支撑画布的三脚架底部,将画笔的笔梢塞进白棉布里轻轻挤压。做这些时她就跪在地面,我则站在旁边。"如果我能够回想得那么远的话。"她冲我笑了。她的布帽——用柔软的黑天鹅绒制成——被风吹得从她的前额向后移。没有完成的画还在画架上,看上去色彩纷乱。"我是……在萨斯卡通的贝斯伯勒旅馆酒吧遇见阿瑟的,在一九五〇年。那时我有个男友,是个法国水彩画家,名叫让·保罗或让·克洛德。我们为了橄榄球而争吵,我一直很喜欢橄榄球,因为我说了些什么,他对我发火并离我而去。阿瑟恰好也在酒吧,他一头金发,英俊文雅,衣着得体,风度潇洒,不过作为一个年轻男子,显得有点古怪。总之,他算得上是个绅士,而且带有几分神秘,有一种吸引人的戏剧特质。他好像充满了愤懑、烦恼,不合群,总是带着一点困惑的神情,这种特质是会令女人迷醉的。出于某个原因,他隐居在这里,希望被人忘记,也丝毫没有任何想做些什么的打算。我没有充足的交通费回梅迪辛哈特,我本可以乘坐红巴士到斯威夫特卡伦特市转车,但他有一辆好车,是通用汽车公司的奥兹莫比尔。那时旅馆还不属于他,他只是在那里工作。事情就是如此。我说什么来着?我说一九五〇年?那时他才二十来岁,我比他大一点,也比他瘦,我的母亲还在莱普克斯公司工作,我家里还有一个孩子——如今住在温尼伯[1]。这就是我的人生故事,带着明亮的色彩。"她再次对我露出笑容,并继续整理油画盒里的绘画器具,只见她的红指甲在杂乱的物件中移动。我试图根据她说的对阿瑟·雷姆林格得出一个更为清晰的印象,并将之和我难得一见的真实的他联系起来,融为一体,但是我做不到。我觉得,即使在那时,他对我来说似乎也是模糊不清的。

"我马上就会搬到罗亚尔堡去。"她话音刚落我就连忙提到新的话题。因为我已经提过一个问题,而她回答了。

"这是我的高明提议。"弗洛伦丝说,她还单膝跪在地上,"阿瑟认为你在这里很好,在你这间小小的棚子里。我能理解,一个人独自住在里面会甚为有趣,很浪漫。可是一旦猎鹅者来了,这里就不再适合你了。遗憾的是,我真的无法照顾你,但我可以试着了解你。你母亲会感谢我的。"

这是真的,我相信我母亲知道了这些事情会感到安慰并心怀感激的,因为有一个人在关注我,看到我身上的一点价值,不让我迷失方向。我不认为一个有价值的人会永远迷失方向,即使他无法解释自己的一切,比如,他为什么来到现在的安身之地。"雷姆林格先生为什么会来这里?"我问。

弗洛伦丝僵直地站立起来,她的身材不是很高,也不像我母亲那样单薄。她刷干净褐色的灯芯绒裤子,抖落全身的灰尘和脏物,轻轻拍着双臂,又按下柔软的帽顶,似乎是觉得冷了。我穿着的是带格子图案的夹克,此时天气确实更冷了。"他来这里,来加拿大,

---

[1] 温尼伯:加拿大第八大城市,马尼托巴省省会。

这是必然的。"她咧嘴一笑。"我们并不总去别的地方,"她接着说,"有时我们仅仅是最终待在了那儿。阿瑟就是这样。他最终待在了这儿。'我不是去美国,而是离开巴黎。'这是伟大的艺术家杜尚说的话,他会认为我的画是很可笑的东西。"她看着画中的邮局和寂寥空漠的街道——正是我们眼前所看见的景象。"我喜欢它,可是,"她说,"我并不喜欢这里的一切。"她后退一步,透过眼角凝视着她的画,然后挺直身子。

"我喜欢它。"我说。我思忖着,如果搬到罗亚尔堡,我会经常见到弗洛伦丝,这样我的生活就会以更积极的方式展开,包括我和阿瑟·雷姆林格的相处,我希望能更透彻地了解他。

"我知道,宝贝,来到这里,你会感到孤单陌生。"弗洛伦丝说,"但是你有弗洛伦丝作你的朋友,不是吗?我常对我的孩子们这样说,虽然他们已经听厌了,但这是我的真心话。"她朝她的大都会轿车走去。"能否帮个忙?帮我把画具搬到我的小车里。我载你到镇上,你能在那里吃晚餐。查理可以再带你回来。如今你留在这里的时间不长了,明天你就可以搬来。"她收拾好油画盒,我从画架上取下画布,收起她的锡罐、木凳、画架,和她一起坐进车里。这就是我在帕特雷奥的最后一天。

五十一

在厚厚的马尼拉信封里有三件重要的东西,收信人写的是 A. 雷姆林格先生,由他的姐姐米尔德丽德寄来,注明转交给我。其中有一封信是姐姐伯娜写的,被投递到我们空无一人的住宅。自从我们全都离开以后,米尔德丽德隔几天就会去检查我家信箱,这封信就是由她转来的。大信封里还有一张米尔德丽德自己写的简短便条,她说:

亲爱的戴尔:

　　附上令人遗憾的消息。我将驱车去北达科他州聆听对他们的审讯。只有如此,你才会知道发生了什么。他们知道你母亲什么也没做,但不管怎样,她和此事有所牵扯。

你的老朋友,
米尔德丽德·R.

和米尔德丽德的短笺放在一起的,是一份完整的九月十日的《大瀑布城论坛报》,把信封撑得鼓鼓囊囊。头版是关于我和伯娜的父母亲的另一篇报道。这篇报道说,"一个亚拉巴马州的男子"和他"出生于华盛顿州"的妻子,在放弃他们的申诉权利后,于九月八日从喀斯喀特县监狱押解到北达科他州,关进戈尔登瓦利县的比奇监狱。他们被指控在八月持枪抢劫北达科他州克里克莫尔镇的国家农业银行,行事后在大瀑布城第一大道西南角的家中被警探逮捕。女的叫吉纳娃("Geneva"被误拼写为"Neva")·雷切尔·帕森斯,被蒙大拿州肖堡学校董事会聘为五年级教师。男的,"悉尼·贝弗利·帕森斯",被捕时正失业,他是"二战"的退伍老兵,曾担任美国陆军航空兵团的投弹手。这对夫妇的两个孩子——未提及男孩和女孩的名字——失踪了，据猜测是和身份不明的亲戚在一起。目前正在努力使这两个青少年回到蒙大拿官方的监管之下。这对夫妇在戈尔登瓦利县首次法庭听证时的"无罪"诉请已进入程序，法庭为他们指派了一名律师。报道说，大瀑布城今年的犯罪率，到目前为止已超出一九五九年全年四个百分点。

印在文字报道上的照片，和父母亲被捕后第二天早晨邻居塞在我家门里的那张报纸上的照片一样，照片上他们看上去像死硬的暴徒。还有另一张照片——我久久地注视着它——照片显示我的父母亲由身穿制服的警员押着，走下一个陡峭的混凝土台阶，向一辆侧面有一颗星的小型黑色囚车走去。他们都戴着手铐。父亲穿着宽大而颜色俗丽的条纹囚衣，眼睛看着自己脚下的地面，以免摔倒。母亲穿着没有腰带、软皱皱的女囚服，和那天伯娜和我去探监时穿的一样，这衣服使她显得特别瘦小。她直视着照相机镜头，昔日线条柔和的脸如今变得消瘦，神情专注而饱含愤懑，好像她知道谁会看到她的照片，好像她想让看照片的人知道她讨厌他们（当然伯娜和我不在其列）。

这份报纸一直被我保存到今天。我记得，我无数次地阅读上面的新闻报道，注视着上面的照片——怀念他们。但是那时，在那座阴冷的、到处穿风的、充满腐臭气味的棚屋里，我坐在窗子旁边的床沿上，看着第二张照片，读着文字报道，这报道使我父母听起来就像所有终生晦气的罪犯一样，短暂地令世人对他们瞩目，然后就被忘记（这篇报道仿佛就是他们整个人生的概括）。突然，我的胸口涌起一种奇怪的感觉，好像有一种游离不定的疼痛在折磨我。这种痛感朝下蔓延到腹部，犹如饥饿时的感觉，然后停留在那里，有一阵子我以为它可能再也不会消失，会在静默中持续不断地折磨我的余生。当然，尽管我的父母穿着囚衣，但样子还像他们本人：父亲高大，虽然瘦了一点，但不改整洁英俊的本色（显然，他为自己的转移修过面梳过头）；而母亲，焦躁、决绝、紧张。然而，他们又不再是我曾经非常熟悉的人。他们身上发生的所有事情都是那样不可思议。但是，不管他们身上发生了什么变化，不管他们的想法令我多么陌生，他们看上去依然是我所知道的那两个人：他们隔着远远的距离相互对视，这距离是不可跨越的，远比分隔我们的边境线还要遥远深邃。可以说，作为我的父母，他们亲密熟悉，他们共有的普通人性使他们得以结合，而一个人的特质会冲淡中和另一个人的，故而，他们两人对我而言，既不是完全熟悉的，也不是完全意料不到和平庸无奇的。他们小心地走下混凝土台阶，朝着囚车而去，这囚车将隆隆作响地把他们载往北达科他州，那里就是他们的未来。他们对我变得有点神秘，我能肯定，这是我和其他无辜的罪犯子女所共有的感觉。明白这一点并不使我对他们的爱有所减弱。当我看到这张照片时，我想我永远不会再见到他们，所以，在短短的时间里，他们就成为如此贫乏的两个人，他们彻彻底底地失去了我。他们所拥有的似乎就是他们彼此，但是他们根本不可能真正拥有对方。

我吃惊地发现，就这样看着照片，读着报道，我竟然获得了一种满足感，想必正是这种满足感，使得我身上游离不定的疼痛消失了。整整一个月，我心焦如焚，忧虑父母亲的命运——常常在焦虑中惊醒。我日渐消瘦，变得老成，变得更冷静。有时候，我会梦见他们驾着车，带着伯娜，前来解救我，但是没能找到我，只得颓然离去。我另外要说的是，由于他们可怕的沉沦，我只能向我的童年时代说再见。然而，如今我知道了他们的命运（或多或少），这样，我可以开始考虑我自己的事情，看来这倒不是一件坏事。我很欣慰伯娜没有看到他们的照片或报道。无论她在哪里，我希望米尔德丽德还没有把这样一个马尼拉信封交到她的手中。幸好我后来得以证实，她没有看到。

五十二

亲爱的小鬼头戴尔：

我把这封信寄往大瀑布城，虽然我不认为此刻你会在那里，但是除此之外，我实在不知道还能把它送到什么地方。也许有人会把它转给你，也许，会是妈妈的那个神奇朋友，米尔德丽德。但愿你不要在青少年收容所之类的地方读到这封信，如果这样，可真是个可怕的结局。我想知道你是否见到了我们可怜的父母亲？这些日子里他们怎么样了？我还想知道我的鱼儿怎么样了？你知道吗，我是多么爱你！想到我的荒唐，不顾一切拿走你分给我的那一半钱，想到我飞离牢笼之后，留下你一个人，而你会被他们投入监狱，真是抱歉，抱歉，万分抱歉。

你在哪里？我和其他一些人住在一个宅子里，其中一个也是离家出走的女孩，她真的非常好。还有一个英俊的男孩，他没有得到批准就擅自脱离了美国海军，因为他不喜欢打仗。另外还有两个男子和一个妇女，他们不是一直住在这里，但是对我们非常照顾，而且不求回报。这座住宅位于一条名叫加利福尼亚街的长街上，这很自然，因为我是在旧金山，我差点忘记告诉你。我没有见到红头鬼鲁迪，这个不忠实的流氓。我们相约星期六在旧金山的一个公园见面，这个公园叫华盛顿广场。但是我没有见到他或他的母亲。如果你见到他，别忘了关照他照顾好自己。我并不爱他。他可能还会写信给我。

彼此写信联络，这种感觉很新奇，是不是意味着我们长大了？如果可以，我希望你能来这里。这样，我又可以对你颐指气使了。在这里你可以下象棋，我经常看见人们在华盛顿广场下棋。你会学到很多，会提高棋艺，甚至成为冠军。我已经明白，其他人（孩子）也会和他们的父母发生问题，不是说出走、抢劫银行——没那么糟糕——和可能自杀,而是其他事情。你有没有收到他们的信?自然,我是不会收到。我想知道,这个时候他们会怎样想我,他们知道我出逃了吗?这里很美,也不冷,而我感觉事情好像正在发生之中。我喜欢自己能够独立。我把父母亲的事情告诉别人,可没人相信。也许我也会不再相信它是真的,或不再提它。我希望能够再见到你,尽管在离开的那一刻我以为我们永远不会重逢,可现在我认为会有这么一天。令人安慰的是,你我毕竟同处于一个地球。当然,我庆幸我不在大瀑布城,那是一个垃圾之镇,它永远都是这样。

总有一天,我会告诉你我是怎么来到这里的。我千辛万苦奔赴目的地,幸好没有被杀死,没有被人利用,也没有因饥饿而倒毙街头。必须要有乘滑橇鬼混的技能。

爱你
伯娜·帕森斯

又及:我刚刚又想到一些事情。你可以给我写信,写到这个地址。你一定要写。我为时间的不息流逝感到高兴,所以你不必太匆忙。

如果你再见到我,肯定会认不出来。两耳穿了孔,剃了腿上和腋下的体毛,还把蓬松的头发剪短并整得漂亮。我不在意我早先的老雀斑。现在,我的胸部有些隆起。那个人,我们称他鲍勃叔叔,问我是不是犹太人。我说当然。不幸的是,我的皮肤发出丘疹。我有一份一天两次的工作,做一个婴儿的临时照顾者,你是否相信我能胜任?我还能记起自己的婴儿时期。在那里工作时,你也是我时时想起的人。当我再见到你时,我会把你分给我的那些赃款还给你。

我们有这样的父母亲真是太糟糕了,确实够倒霉的,如今我们的生活毁了,虽然有许多事情有待我们去补救。有时候我很想念他们。我时常做一个梦,梦见我杀了某个人,我不知道那是谁,然后就什么也不记得了。然后这个念头又冒出来——我杀了人——我意识到我做了这件事,而别人也意识到了。可怕极了,我真的没有杀人,但还是做这样的梦。后来,我觉得我在大声喊叫和拼命奔跑,于是醒了过来。你做过这样的梦吗?因为我们是双胞胎,我相信我们的感觉相同,所见事物也相同(整个世界都是这样?),我希望这是真的。我想起妈妈的一首诗,我大声读给那个曾经是海军的男孩听过:"我有过美妙的青春,像史诗和传说,被书写在金灿灿的纸上,准备去迎候幸运降临。穿越罪恶……"抱歉,现在我记不完整。那是法文。我猜,她一定认为这首诗表达的就是自己。

再次祝福你
你的孪生姐姐　伯娜·雷切尔·帕森斯

五十三

在罗亚尔堡伦纳德旅馆里开始的生活，和几个星期来独自在帕特雷奥的生活有很大不同，方方面面都是异样的。境遇要优越得多，让我觉得——虽然这种感觉没有持续多久，并在灾难中结束——这像是我真正想要的并且在切切实实过的那种生活，而不是处于静止状态的死水生活。这死水般的静止生活，让一个人把他的部分人生消磨在空旷的大草原里，他努力使它成为自己的避难之所，却又因此而迷茫不已，对于他，这里再不可能有什么好的事情发生。

开始有更多的猎手到达，每次五到六人，他们驾驶的美国车体形庞大，挂着各种颜色的美国牌照，停泊在旅馆后面的泥地停车场里，车里放着他们的狩猎工具，因为旅馆的客房过于狭小，难以容纳它们。我那间被阳光照射得充满暖意的小房间，就在雷姆林格房间外面走廊的另一头。在房间里，我听见有谈话声通过地板和管道传过来，是几个男人在用很低的声调交谈，一直持续到深夜。我静静地躺在狭窄的小床上，试图弄清楚他们说的事情。因为他们大部分是美国人，我觉得他们谈论的事情我能理解，而且能从中获得有用的知识。我不知道他们谈论的事情可能是什么，我没有听到太多，但我听出了说话人的名字叫赫尔曼、威尼弗雷德、舍尼，其中有人在抱怨自己遭受的侮辱和伤害，有人放声大笑。

夜晚，我会在伦纳德旅馆的酒吧里打发时光。每天傍晚，查理和我会在日落后去做猎鹅侦察工作，决定该在何处开挖新的猎鹅坑（雇用了两个乌克兰男孩，天黑后去挖坑，并用稻草堆覆盖它们），之后，我通常会返回旅馆，在厨房里吃晚餐，然后来到烟雾腾腾的嘈杂酒吧，守在自动电唱机边上度过入夜时分，或是在赌窖里站在打牌人身后观看，或是和菲律宾姑娘交谈。她们在酒吧幽暗的灯光下招待酒客，并和猎鹅者跳舞，有时候她们自己互为舞伴，翩翩而舞。如我先前所说，她们中常常有人陪着某个男人消失，之后，在剩下的夜晚不再露面。我不再整理房间，所以难得看见她们钻进等候她们的出租车，回她们的斯威夫特卡伦特市。

酒吧里的美国人大多数长得高大，说话声音洪亮，穿的是粗制猎装。他们放声大笑，他们抽烟，喝黑麦酿的威士忌酒和啤酒，个个兴高采烈。他们很多人认为加拿大非常可笑，拿加拿大人在十月份过感恩节[1]以及奇怪的谈话方式（我从来没有觉得奇怪，虽然我也试着去感觉这一点）开玩笑，嘲笑加拿大人虽然讨厌美国人，但都想去美国生活，渴望发迹致富。他们谈到"底下"[2]的竞选活动，谈到怎样期望尼克松击败肯尼迪，谈到这场选战的重要性。他们还谈论自己所在地的足球队，他们有的来自密苏里，有的来自内华达，有的来自芝加哥。他们拿自己的妻子作谈资，津津乐道于自己孩子的成就和回家后的工作。他们还就发生在狩猎远征队里的其他显耀事件高谈阔论，自诩射杀了多少野鸭、野鹅和别的动物。有时候，他们也会谈到我——如果他们注意到我，或者在此前的白天派给我一项任务，要我去药店或五金店买一些他们短缺的打猎装备。他们想知道我是不是加拿大人，是不是"雷姆林格先生的儿子"，或者是某个当地猎手的小孩。我告诉他们我是从蒙大拿州来这里走亲戚的，我的父母患病在家，我很快就会回去，重新返校读书。这常常引得他们大声叫喊或放声大笑，他们会拍着我的背，说我比那些逃学的学生要"幸运"，说我在成为一个"狩猎向导"之后绝不会还想要回去，因为这种冒险生活是大多数男孩梦寐以求的。他们认为加拿大虽然可笑，但是很神秘、浪漫，住的地方虽然单调无聊，充满乡下气息，然而，他们还是想住在这里。

快到八点钟，这些猎鹅者的夜间活动就得结束，这时查理已经

---

[1] 美国和加拿大感恩节时间不同。美国的感恩节在十一月的第四个星期四，而加拿大的感恩节在十月的第二个星期一。
[2] 在地图上，美国的位置处于加拿大下方，所以加拿大人习惯于称呼美国"底下"。

检查完猎鹅坑，他穿行于酒吧之中，告诉猎鹅者该上床睡觉，因为第二天早上四点钟就得起床。我也攀登楼梯回到自己的房间，躺在床上，读《象棋大师》杂志。再晚一些，会听到狩猎者砰砰嘭嘭地上楼回他们的房间，他们发出笑声、咳嗽声，跌跌撞撞，弄得杯子和瓶子叮当作响；他们使用盥洗室，小便，打呵欠，靴子重重地撞击地板；直到他们关上门，打起鼾。再后来，我能够听到牛饮的单身汉走出旅馆，走入罗亚尔堡镇夜晚寒冷的缅街，车门砰地关上，狗吠叫起来。还会听到旅馆后面调车场扳道工的吆喝声，他们在调度运粮车。还听到卡车的空气制动器发出尖叫，它们经过十字路口时被红灯拦阻，片刻之后，它们的重型引擎又在啮合中隆响起来，然后向艾伯塔省或里贾纳开去——对于这两个地方，我一点概念都没有。我的窗子就在屋檐下面，伦纳德旅馆的红色霓虹灯招牌，给我漆黑的房间渲染上颜色。而在帕特雷奥的棚屋，相伴的只有月光，只有我的蜡烛光，只有布满星星的天空，还有就是查理拖车活动屋的灯光。此刻，我缺少一台无线电收音机。所以，我只好静下心来准备入睡，我回顾这天经历的事情，以及伴随而来的想法。我的思绪好像一直无法从父母身上摆脱，他们身陷监狱是否意味着彻底完了？他们会想到我现在的处境情况吗？要怎样我才能出现在他们的庭审中？我们会说些什么？我是否该告诉他们伯娜的情况？我是否会当着别人的面说我爱他们（我会的）？我又想到猎鹅者的美国口音和粗鲁谈笑，想到他们取得成就的孩子和等在厨房门口的妻子，还有他们的事业。这并没有引起我的妒忌和怨恨。但是，我不得不说，到目前为止，我毫无成就可言，也没有谁对我抱有期待，我甚至没有一个可以回去的家，有的只是每天的工作和一日三餐，以及这个仅仅放有我几件物品的房间。然而，我几乎总是出其不意地在宽慰中进入睡眠。米尔德丽德对我说过，不要有什么自责，因为发生这些并不是我的过错。弗洛伦丝告诉我，生命的流逝让我们觉得虚空，而用工作来充实可以使我们获得快乐。我自己的母亲，她虽然从来没有到过我现在居住的地方，虽然对加拿大一无所知，除了隔着一条河流远远地眺望过,她甚至不认识那个受托付照料我的人,可是她觉得我来这里比在蒙大拿某个青少年收容所要好。她爱我,为我好,这是不容怀疑的。

伯娜在信中写道,我们的生活被毁了,但是它还得继续下去。虽然我不能肯定我是真的快乐,但是我感到满足的是:我无须再用桶去提水,不用再借助水泵、简易电炉和肥皂棒来洗澡;不用再独自一人睡在阴冷的、四处透风的、弥漫着辛辣气味的棚屋里,看不见一个认识的人;而且也不用和查理·夸特斯共用一个厕所。我觉得,我的境况也许正在改善,对此,在过去的一段时间里我简直不敢相信。所以,可以这样认为——这对我很重要——对生活不气馁,相信它会变得更好,这至少是我性格的一个组成部分。

仅有一次,我碰到阿瑟·雷姆林格,并且真正和他说上话,这时他半开玩笑地问我,是否希望改名,我对他说不。我想,任何人都会这样回答,我的反应尤为强烈,每当我处于彷徨不定的时候,总想固守住自我,固守住我对自己的认知。但是,当我回到屋檐下的那间斗室,思忖后,我觉得阿瑟·雷姆林格可能深谙某些我还不甚明了的事理。这就是:如果人在世间的使命就是获得经验,不断改变,那么像我这样一个已经决心要成为与众不同的人,则更是必须如此——即使我不知道那是怎样一种人,即使我相信,就像母亲曾经教诲我们的,我们始终是那个从有生命起就存在的自我的最忠实的演绎者。当然,我的父亲,可能会说,这第一个人——那个开始的我——如果不再明智,他就该让路,让给另一个可能会更好的人。那时候,他或许就是这么想自己的,可是,对他来说为时已晚。

五十四

　　随着我逐渐适应了罗亚尔堡的生活，我觉得这是一个生活纯朴并有它自身内涵的小镇，我搬来这里，意味着我将更加深入阿瑟·雷姆林格的生活，有机会更加接近他。弗洛伦丝已经向我表明过这种必然性，而我的这种渴望在与日俱增，我恨不得大声发问：为什么要冷淡我？可是我不能。我住在帕特雷奥的那几个星期，每次接触到的阿瑟·雷姆林格，都不像是同一个人，这自然令我深感迷惑，另外，也使我的孤独感变得愈发强烈。有时候，他会对我友好热情，好像他正在等我，想要告诉我些什么，可是他没有；有时候，他的表情冷淡而尴尬，像是想要赶快离开我；还有一些时候，他显得很严肃，举手投足都带着高傲——这时，他通常穿着一身昂贵的（在我看来是这样）东方人服装。我觉得，他是个前后行为最不一致的人，像这样难以猜透的人，我倒是从未遇到过。可是，这反倒更吸引我，希望他能喜欢我。以前，除了母亲，我从不和完全陌生的人接近；除了伯娜，我从没发现谁对我关注入微，我知道，她比其他任何人都更喜欢我。

　　一次，在我们的短途汽车旅行中——这是我搬进伦纳德旅馆后，开始和他有较多的见面机会——雷姆林格忽快忽慢地驾驶着他的别克，在颠簸不平的公路上行驶，其间他侃侃而谈，对各种各样令他关注的事物发表自己的观点。比如，他宣称他讨厌阿德莱·史蒂文森[1]；他认为由于工团主义的力量，导致我们的自然天赋堕落；他称赞他自身拥有的敏锐观察力，他说，这种禀性本该让他作为一个著名律师而荣耀一生。当别克的时速差不多达到一百四十五公里

---

[1] 阿德莱·史蒂文森（1900—1965）：美国政治家，以辩论技巧闻名，曾于1952年和1956年两次代表美国民主党参选美国总统，但皆败给艾森豪威尔。

的时候，掀起一阵漫天飞扬的尘土，只见路上有六只色彩艳丽的野鸡在悠闲自在地踱步，用嘴尖嗑啄沙砾和麦粒，麦粒是从开往利德的运粮卡车上吹落下来的。我预计他会刹车或转弯，我已经抓住了座位的边缘。但是，突然间，我想象着这辆硕大的别克会漂移、滑动；会突然转向，撞进遍是断桩的麦田；或腾空飞起，以时速一百四十五公里的惯性，在远处重重摔落；这些，都足以让我们死于非命，于是我的双手扑到仪表板上，脚死死顶住车子底盘，双膝紧紧靠在一起。但是，阿瑟根本没有想要刹车，他镇静若定，面不改色，车子径直向野鸡冲去，只见一只野鸡撞在挡风玻璃上，两只蹿向天空，第四只和第五只躺倒在公路上，成为两团没有生命的羽毛，所幸第六只安然无恙，没被撞到，只是惊异地看着车子驶离。"这里，有太多这样的鸟。"他说，眼睛没看后视镜。我惊愕不已。

后来，我们巡游到萨斯喀彻温省的利德小城。停车后我们进入一家名叫摩登餐馆的小饭店吃三明治。隔着桌子，阿瑟用他清澈的蓝眼睛注视着我，他抿起两片薄薄的嘴唇，差不多就要露出微笑，好像在酝酿要说的话，但是，后来他并没绽出笑容。他身穿一件带有毛皮领子的褐色皮夹克，很像我父亲在"二战"中穿的投弹手夹克，当然，雷姆林格的夹克质地更好。他把他的绿色丝绸手帕塞在衣领里充作餐巾；他的阅读眼镜被绳子系着，悬荡在胸前；他的亚麻色头发梳理得整整齐齐；他的手指瘦骨嶙峋，指甲修剪过，手指背长着细细的绒毛，他用它们操弄着叉子和餐刀，仿佛眼前的食物是他最大的兴趣。真奇怪，这几个星期，他毫无缘由地无视我的存在，而现在，我猜来想去，也无法解释他为什么突然不再无视我。事情就是这样。

"你来这儿有多久了，戴尔？"阿瑟·雷姆林格问，他突然对我满脸堆笑，好像意识到我是他喜欢的人。

"五个星期。"我回答。

"是否喜欢你的工作？有没有从中有所收获？"他的表达清晰精准，说话的当口，嘴巴富有生气地一张一合，每个词和下一个词之间都有一个停顿,他似乎很欣赏自己吐出的每一个词、每一句话。意想不到的是,像他这样英俊优雅的男子,说话时竟然带有厚重的鼻音。他身上的这些特质,使他好像一个"老时髦",虽然他并不老。

"是的,先生。"我说。

他拿起叉子,试图从他点的炸猪排表面叉进去。"米尔德丽德告诉我,你可能是个情绪容易波动的人。"他从边上切下一小块肥肉放入口中,同时转动叉尖,我没见过谁这样吃东西。他是个左撇子,像伯娜一样。"如果你真是这样,倒不赖。"他说,"我也是个情绪容易波动的人,我容易被击溃——或者说我曾经是这样。我们都在这里游移不定,来这里实属情非得已,这点,你和我很相像。"

"我不是游移不定。"我讨厌米尔德丽德告诉他这些,也因为她知道这些而对她耿耿于怀。真的,我不希望自己如她所言。

"好。"他看上去心情愉快,这和他的优雅容貌很相称,"以前你从未独自生活过,你有了一段不同寻常的经历。"

餐馆里还有其他几个人,他们是农夫和城里的居民,另有两个警官,身穿带有铜纽扣的深褐色制服,在午餐长柜上用餐,他们注意到我们,他们知道阿瑟·雷姆林格是何许人物,就像那天我在罗亚尔堡街上遇到的那个摩门教妇女。他的外貌很容易识别。

他并不是在期待我问他什么,而是期待我告诉他一些事情。但是,我想知道他为什么驱车直撞野鸡,置它们于死地。他的所作所为让我深感震撼。虽然我想查理·夸特斯会这样做,但我的父亲决不会,雷姆林格当时似乎是不假思索,毫不犹豫。"在这里快快乐乐过日子并不容易。"他说,慢悠悠地嚼着嘴里的肥肉,"我从来没有喜欢过这里,加拿大人封闭隔绝,内向自守,没有足够的亢奋。"一绺亚麻色的头发垂到他的前额,他用拇指挪了回去。"作家托尔斯泰,你一定知道他。"——我在他房里的书架上看到过这个名字——"在上个世纪,他为农民支付费用,让他们来这里。我相信，他们都已消亡，但是不管怎样，他们的遗风尚存，他们有子孙后代在这里繁衍。这里有过一段短暂的文明，人们欣赏戏剧、露天表演和轻歌剧，有可以自由讨论问题的社交界，有来自多伦多的著名爱尔兰男高音的献唱。"他的淡黄色眉毛在上下跳动，他露出笑容并环顾餐馆里的其他顾客，包括那两个警察。餐馆里飘浮着三三两两的低语声和餐具在盘子里的碰撞声，他似乎喜欢这种声音。"现在，"他继续切猪排，一边吃一边说，"我们正在返回青铜时代。这也并不全是坏事。"他用丝手帕擦拭嘴唇，视线再次落在我的脸上，然后把头转到某个角度，那副神态表示他有问题要问。我看到他颈脖上有一块微小的紫色胎记，是叶子形状。"你觉得你头脑清晰吗，戴尔？"

我不明白他这是什么意思，清晰的头脑可能就是游移不定的对立面，我当然希望我是。"是的，先生。"我说。我点的是一份汉堡包，我开始吃起来。

他点了点头，舌头在嘴唇后面蠕动，然后清了清喉咙。"来这里生活，会产生一种虚幻的确定感。"他又笑了，但当他看着我的时候，笑容慢慢消失了，"当确定无疑的事情成为泡影，出于绝望，人们会行事疯狂。我想，你不会有这种倾向，你还不至于绝望，是吗？"

"不会，先生。"他的话让我想起身陷囚室的母亲，她的微笑中饱含着无助的悲哀，她处于绝望之中。

阿瑟呷了一口咖啡，他捏着杯子的边缘——而不是弯曲小柄——喝之前，吹了吹咖啡表面。"那么，已经安定下来，没有绝望。"他再次绽放出笑容。

我已经在阿瑟·雷姆林格的房间里看到过他的照片、他的书籍、他的象棋棋盘，还有他的手枪。现在，他仿佛正在向我趋近，将要成为我的朋友，这是我十分期待的。我从来没有想过要询问一个人，为什么会来到这里，踏上这片土地。这不是我们家的问题，我们家的不断搬迁总是受制于别人的权力。但是我想知道他为什么来这里,这个问题甚至可能超过我对他撞杀野鸡的质疑,因为我觉得,他来这里似乎比我更不适合,而我,不管怎样,已经有所适应。我们并非完全相像,我没有这样想过。

"既然你不喜欢这里,那为什么要来?"我问。

雷姆林格哼了一声,从领口拿下手帕,用它捏着自己高挺的鼻子,又清了清喉咙,这动作几乎和他姐姐米尔德丽德完全一样,在我眼里,这是他们仅有的相似之处。"问得好,更贴切的问题是……"他转过脸,目光透过我们旁边的窗子,投向外面的街道,他的别克就泊在警察的道奇旁边。餐馆的窗玻璃里面,用金漆反写了"摩登"两字,是印刷字体。这时,开始下雪了,一阵微风刮过,雪花漫天飞舞,街道上方像是蒙着一层迷雾;每当有车辆经过,即使是中午也亮起车前灯,形成一道旋转的漏斗形光束。阿瑟仿佛忘记了他想说的——更贴切的问题。他用拇指指甲轻轻弹着他的金戒指,他的思绪被其他事情所纠缠。

他从夹克口袋里摸出一包埃克斯波特牌A级纸烟,和弗洛伦丝抽的是同一种。他点燃一支,对着窗玻璃喷出一口烟,烟气向着白蒙蒙的背景飘浮而去。我想,他是觉得需要说些什么,需要展现他得体的风度,需要显示对我和我的提问甚感兴趣。可是,对他而言,究竟什么更加反常?那就是面对一个他毫不了解的十五岁男孩。他对我怀有好感也许因为我是美国人,也许他在我身上看到自己的影子,正如弗洛伦丝说的那样。像他这样一个男子,能有什么难言之隐呢?

雷姆林格就这样抽着纸烟:左手的两只手指呈"V"字形,烟就夹在"V"字中间,他的眼睛转向一边,这使他看上去显得年长一些,他的皮肤不够光滑;他的侧面轮廓比直视我的时候更见消瘦,有棱有角;他带有胎记的头颈细细的。一时间,沉默在我们所处的空间扩散开来。"V"字形手指旁边,是他薄削的嘴唇和向上颤动的嘴角。"你是持枪暴徒和银行劫匪的小儿子,"他说着,对我这边的窗玻璃吐出一口烟,"你不想你的人生因此蒙上阴影,不想就这样下去，我说得对吗？"

"是的，先生。"我说。这时我想起伯娜在信中说，对于我们父母所做的事情，没有人相信她所说的，连她自己都快怀疑这是不是真的。

"你希望自己会有不同的前景。"他再次一字一句地说，"有更多一点，美好。"

"是的，先生。"我说。

他舔舔嘴唇，抬起下巴，好像又在改变自己的想法。"你读过传记作品吗？"

"是的，先生。"我回答，虽然我只是在《世界全书》里读了一些简介：爱因斯坦、甘地、居里夫人。我在学校作文里引用过他们的事迹。但是他所谓的"传记"，肯定是指他书架上那些厚厚的、我看不懂的书籍。"拿破仑""美国格兰特""马可·奥勒留"，我想读这些书，总有一天我会理解的。

"我的想法是，"雷姆林格说，"富有内涵和胸襟开阔的人，应该洞悉伟大的将军是如何运筹帷幄的。他们深谙命运。"他似乎心情愉悦，说话更加自信。"他们懂得要实现计划非常不易，他们了解失败的规律。他们知道常人难以想象的烦恼是什么，他们对死亡有透彻的领悟。"隔着桌子，他用询问的眼光凝视着我，他的两条眉毛紧紧收拢，似乎想用这些来搪塞我，作为刚才我问他为什么来这里的回答。他和我父亲一样，希望我是他们的听众，但只是倾听他们需要作解释的事情。显然，此刻他不打算回答我的问题。

雷姆林格从夹克衫里掏出钱包，放了一张纸币在桌面上结账。这纸币是红色的，不像美国的钞票。他突然急于离开——回到别克车中，然后驾驶着它在大草原飞驰，直奔他想要去的地方。

"我很不喜欢美国。"他边说边站起来，"在这里，很少听到有关美国的事情。"柜台那边的两个人在上下打量他，他确实引人注目，高高的身材，亚麻色的头发，英俊，超群脱俗。一个警察还回过头来看他，但雷姆林格并没有注意。"真奇怪，这里和它如此近，"

他说,"我一直这样想。"他是指美国。"才相距一百二十英里,你觉得很不一样吧,和加拿大相比?"

"我不这样认为,先生。"我说,"好像是一样的。"我的感受确实如此。

"噢,那么很好,"他说,"你已经适应了。我想这就是我为什么在这里的原因,我也适应了。可是,有时候我爱出国旅行,去意大利。我喜爱地图,你喜欢吗?"

"是的,先生。"我回答。

"好,这似乎不是一场我们必须取胜的比赛,是吗?"

"不是,先生。"我说。

他不再多说什么。他要去国外旅行的想法让人觉得很新鲜,就像他本人是如此不同凡响和超群脱俗一样,他还是适合这里的。其实,认为每个人都适宜他们的居住之地,这只是我幼稚的想法。我们离开了小餐馆,以后,我再没来过此地。

五十五

我无法对接下来的事情，给出任何可能成立的理由和合理的解释，使之和人们对世界的认知相一致。然而，我明白，当阿瑟·雷姆林格说我是持枪暴徒和银行劫匪的儿子时，他是在以他的方式提醒我：不管你自身的人生轨迹怎样，不管你怎样相信自己的为人，不管你怎样因获得赞誉而快乐，而得以汲取力量，而引以为自豪，一切都将按原样沿袭下去，不会更改。

很快，查理·夸特斯就以确定无疑的口吻向我披露了阿瑟·雷姆林格的一些情况——关于他犯下的罪行以及怎样惊心动魄地逃离当局的掌控；还有他粗暴的脾气和反复无常的性情，这点我已有所察觉。查理鄙视他，不认为隐瞒这些真相是忠诚的。他说在这个世界上，雷姆林格不是一个值得忠诚的人，也不是一个值得尊重的人，知道他是怎样的人并非坏事，可以保护自身免受伤害。

还是那样的状态（那时我尚不能这么说，只是脑中有一些不成熟的想法），在我眼里，阿瑟·雷姆林格看上去是那样不可捉摸，就像他在其他人眼中一样——这源于他特有的隐秘生活，和我的迥然不同。我的生活对他而言根本无足轻重，他的生活才是最迫切的，也是需要付出的——生活暴露了他自身的缺失，这缺失成了他生活的主要特征，是他意识到并且竭力想弥补的（从你接近他的那一刻起，就会发觉）。他反复遭遇内心的这种冲突，他认为，这是一个如何保持自我的核心问题；而在我看来，这使得他孤僻怪异，使得他如此前后矛盾——可以说，他弥补自身缺陷的努力是失败的。他想要（后来我得出了这个结论，因为他想有所得，否则我就不可能在那里待下去）证明——从我这儿或是通过我——他已经成功弥补自己的缺陷。他想确认他做到了这一点，他不应该再为自己犯下的严重错误遭受惩罚。我住在帕特雷奥的那几个星期，遭到他的冷淡对待，这期间我努力让自己树立信心，相信不会永远孤独下去。他之所以冷淡我，是因为那时他尚不能确定我是否值得信赖，以及能否给予他想要的东西。在我调整自己去适应恶劣的环境之前，在我将自身的悲剧远远抛诸脑后而去接受他的悲剧之前，他一直没能确定。他需要我做他的"特别的儿子"——虽然只是很短的时间——因为他知道不祥的阴云正向他袭来。他需要我做他的"儿子"，去为他这个"父亲"辩白：证明我这个儿子是真实存在的，并非杜撰，并非子虚乌有，证明其他似乎无足轻重，唯有我这个儿子对他至关重要。

　　那时，我才十五岁，习惯相信人们对我说的话，这种对他人的深信不疑，有时甚至会压倒内心的真实感觉。如果我再大一些，如果我是十七岁，我就会有更多的经验和阅历；如果我对世界有更为成熟的思考，我就可能明白我正在经历的感情——被雷姆林格所吸引，将对父母亲的念想置于这种感情之下——同样，这种情绪意味着坏的事情将要降临于我。但是我太年轻，我的知识和经验实在过于贫乏，我已经有一种感觉，它和我父母计划和实施抢劫时我的感觉相似——当我们清洁屋子的时候，当伯娜和我等待着他们回来的时候，以及后来当我准备登上火车去西雅图并放弃入学高中的时候——但是我没有把那时的感觉和现在的感觉联系起来，更没有认识到它们是相同的，我缺乏这种联想能力。可是，我们为什么会被那种人所吸引？没有人认为他们是好的和健全的，他们身上有的只是危险和变幻莫测。在那以后的好多年里，我反复思考，在父母被关入牢狱之后，我如此快地就陷于和雷姆林格的纠葛之中，这是多么不幸。还有，当身边的事情糟糕透顶时，当自己面临威胁时，任何人都需要联想自己以前有过的感觉，对现在的感觉进行分辨和确认。这如同你独自站在一个广漠空阔之地，面对着周围的一切，这意味着你暴露无遗，毫无遮蔽，因而必须谨慎以对。

当然，我所做的不是谨慎以对，而是让自己成为阿瑟·雷姆林格和弗洛伦丝·拉·布拉克的"俘虏"。我母亲在自己的悲惨厄运降临之后，筹划把我送来这里，在这里我被他们所征服，这似乎是最自然、最符合逻辑的结果。这种状况只延续了很短的时间，但是，就像一个没有自制力的儿童，我彻底深陷其中——再说，我确实还是一个孩子。

五十六

十月初,这时我已经在伦纳德旅馆的逼仄小室安顿了下来,我对阿瑟·雷姆林格有了更多的了解——好像我突然成了他特别钟爱的男孩,他不可能厌烦我。我依然做着分配给我的工作,这是我喜爱的:晚上和查理去侦察野鹅的动向,第二天早晨四点起床,把猎鹅者送到尚被黑暗笼罩的麦田,安置好诱饵,和猎鹅者松散地闲聊,然后坐到车上用望远镜观察,点清楚被击落的野鹅数目。

当我不用为工作奔忙的时候,阿瑟·雷姆林格也为我的空余时间做了安排。我对此颇为欣喜,因为我还没有把我先前提到的两种感觉联系起来,我缺乏谨慎,或者说没有足够谨慎,认为我喜欢他,觉得他甚有魅力,把他看作一个以后我可以仿效的人。如弗洛伦丝所言,他富有教养,风度翩翩,衣着得体,阅历丰富,是个美国人,似乎还喜欢我。而且,如我所说,我已决定遵循母亲的意愿,被陌生人所接纳,认同将之作为我人生新的起点。

雷姆林格提议我直呼他的名字,不要称他"先生",这种感觉对我是全新的。他带我去中国餐馆,教我用筷子和饮茶。在那里,我又瞥见了店主的女儿,但是我已经不再想她,也不再抱有和她成为朋友的希望。有的夜晚,我会在伦纳德旅馆的餐厅里和阿瑟及弗洛伦丝一起共进晚餐。她带来鲜花装点餐桌,并提议我去分送给其他顾客,好像我就是他们的亲戚,好像我们在一起有好些时日,而阿瑟负有照顾我的责任。从这个角度看,他待我就像待自己的儿子,而且就像我现今住在罗亚尔堡伦纳德旅馆一样确定,所以,作为一个男孩,这样去送花,是完全顺理成章,不足为怪的。

逢到这样的场合,阿瑟总是穿着他颇为大气的花呢西装和油亮的皮鞋,系着色泽明丽的领带,充分施展他能说善辩的语言技巧,就像一个观察员,他相信,这种能力用以经营一家平庸的旅馆只是牛刀小试，有大量的行业都有它的用武之地。他说我应该扩展自己的能力，如此我的未来才会得到保证。他以笨拙的手工自制了一本小小的笔记本，纸页上画着蓝色横线，好像是特意为我做的。他指导我，要我把自己的所思所想以及观察到的记在里面，但是切记，自己写的东西永远别给别人看。如果我定期阅读以前的笔记，就会发现，这看似风平浪静的世界，其实发生了多少事情——真可谓"大量，大量"。这样的话，我就可以评估和改善我的生活进程。他说他自己也写日记。

这段日子里，他又带我驱车作过几次短途旅行——一次是去斯威夫特卡伦特还一笔借款；一次是弗洛伦丝的车子坏了，我们一路开到梅迪辛哈特，去把她载回旅馆。有一次，他载着我在大草原的偏僻小径上颠簸，开上萨斯喀彻温河上方黏土层的绝壁，一艘人力渡船在底下慢慢横渡河面。别克车里开着暖气，我们俯视着河流，有上千只野鹅在波光粼粼的水面上浮动，发出熙熙攘攘的嘈杂声；还有些在对面蜿蜒的河岸上，星星点点地铺展开来，而雪白的河鸥在上方骚乱的天空盘旋。雷姆林格的淡黄色头发总是修剪得长短得体，梳理得整整齐齐，泛有光泽，给人印象深刻。他的眼镜悬挂在颈上，他身上带有朗姆酒的味道。在车里，他会抽着烟，谈论哈佛大学，说它是个完美的实体（对哈佛我仅有一点模糊的概念，我甚至不知道它在波士顿）。他谈论更多的是希望能去国外旅行——他还对爱尔兰和德国感兴趣——偶尔谈到加拿大和美国之间四千英里长的边境，他称之为"美国国境"。他说国境不是天然或合理的分隔线，实际上它并不存在，应该予以废除。因为，它代表腐败的利益，是对不合理差异的保护。他是"一切生物皆天然"和遗传论的热烈支持者。他引用卢梭的话——上帝创造的世界尽善尽美，而人类把它搅浑，使之充满邪恶。他讨厌他所称的"残暴政府"，讨厌教会，讨厌所有的政党——特别是民主党，但这是我父亲（还有我）一直最喜欢的政党，那是出于他对罗斯福总统的感情，可是雷姆林格称之为"坐在椅子上的人"或"跛子"，还认为是他将国家引入歧途,是他将国家出卖给犹太人和工会的。谈及这些话题的时候,他的蓝眼睛熠熠闪光,似乎愤慨不已。他特别讨厌工会,称之为"虚伪的救星",这些是他在那些小册子和杂志——贮存在棚屋的纸板箱里的《决定因素》和《自由思考者》——的文章里写到的。和他在一起的时候,我几乎默不出声,只是听他讲,因为他很少或是根本不问我的情况,他问过的只是:我姐姐的名字,我出生在哪儿,我是否有上大学的打算,以及是否适应我的新工作。我没有和他谈及我的父母亲,没有告诉他我母亲是犹太人。我猜想,在当今的美国,他会被称作"激进分子"或"自由意志主义者",会比在萨斯喀彻温的大草原更出名。

然而,这些谈话似乎没有使他快乐,滔滔不绝地讲话倒像是他承受的一个负荷。他喋喋不休地带着鼻音说话,嘴巴张合分明地运动着。他的眼睛闪烁有光,但总是避开我,好像我不存在似的。有时候他情绪激烈,有时候他愤懑不已,我觉得这是他忍受自身缺陷的方式。所有这些都使我对他深感同情(尽管他对犹太人没有好感),并喜欢和他一起打发时光,即使我难得参与谈话,也没有对他的所言有透彻理解。他是奇异而吸引人的,就像我们置身的这块奇异土地。我从没遇过像他这样具有魅力的人,虽然我不习惯对他人下这样的结论。

这些日子我在床上睡得香甜,对身居罗亚尔堡感到乐观。我有了一点归宿感,有了一点对业余生活的参与感。我用归宿感来充实自己并使之成为常态,这是我的个性所致。我去理发,用加拿大货币付账——它们来自我的小费收入。我随时可以在公共浴室沐浴,从镜子里观看我是怎样一个模样。我在梳妆台上摆放棋子,构思如果和雷姆林格对垒的话我会采用的战术。在伦纳德旅馆我如同在家里一样,自由无拘地和狩猎者、旅行推销员及收割者走后入住的油井装配工相处。出于偶然的机缘,我和一个名叫贝蒂·阿舍劳尔特的菲律宾姑娘建立起友谊。她逗我、笑我,她告诉我,我让她想起她弟弟,他像我一样,个头小小的。我说我有一个高个子姐姐,住在加利福尼亚州，当然，我闭口不谈我的父母。她说她希望今后能去加利福尼亚，正因为这样，她才能够忍受目前的生活状态：从斯威夫特卡伦特来到罗亚尔堡，每夜在伦纳德旅馆充当"舞女"。她脸色蜡黄，身体消瘦，头发染成黄色，抽烟，因为怕露出牙齿，所以很少笑。她是我之前推开客房门时看到的姑娘中的一个，她坐在光线幽暗的床沿，旁边睡着一个男孩。我从没想过要和她做什么，从来没有产生过和她做那种事的清晰念头，说起这个，我仅有的短暂经历是和伯娜，我的记忆已经模糊不清了。

我发现我不再想起帕特雷奥。虽然每天早晨我都会和查理·夸特斯驱车来到这里，在我棚屋对面那座半圆拱的"昆斯特屋"外，冒着寒冷，在干净的砧板上清理猎杀的野鹅。但是我感觉自己像是从未进过棚屋，从未沿着街道漫步，也好像从未站在锦鸡儿树边，朝着我认为是南面的方向眺望，思忖着是否还能见到我的父母。时光是无情的，如果你对它没有透彻的认识，它会把你的记忆淹没。然而，在这里，就像我说的，时间对我没有多大意义。

就在这些日子里，弗洛伦丝·拉·布拉克告诉我，她为我的将来构想好一个计划。那天是在餐厅，餐桌上铺着白色的亚麻桌布，上面放了折叠的餐巾和她从梅迪辛哈特带来的银餐具，还饰以鲜花。她说，要在大草原制造一个文明的幻影，因为这天是感恩节，也是我在加拿大碰上的第一个感恩节。她说，按照正常情况，我应该在学校上学，然后在这天放假休息。对我而言，这天是星期一，所以毫无感恩节的感觉。但是，弗洛伦丝烤了一只火鸡，配制了调味酱，做了马铃薯泥和南瓜馅饼，兴冲冲地驱车而来，宣布我们必须一起庆祝这个节日。那时，餐厅里有几个用餐的人：一个销售员和一对结伴去东面旅行的男女。而油井装配工、铁路工人、狩猎者，全都在酒吧尽兴地吃喝。雷姆林格远远地凝视挂在餐厅墙上的一幅大油画，一盏小而明亮的顶壁灯朝下照着它。画面展现的是一头棕熊，戴着红色土耳其毡帽，在一群呼喊者围成的圈子里跳舞。

那些人的眼睛里充满狂野,嘴巴张得大大的,血红血红,他们高声喧嚷,短短的手臂在空中挥动。

弗洛伦丝的脸颊泛着红光,她对我说,她一直在想我和我的"困境",她的看法是:我应该在阿瑟的看顾下留在罗亚尔堡过完秋天,我应该学会把自己修饰得更好,增加自信和力量,理发的频次也要更多。然后,在圣诞节之前她会让我搭乘巴士去温尼伯,搬去和她儿子一起住。她儿子叫罗兰,有一个年轻的妻子,他们的儿子死于小儿麻痹症。她已经和他谈起过我,他同意这个安排,他会把我送入圣保罗天主教高等中学。他妻子在里面任教,知道届时会问哪几个问题。如果问到一个问题,她说——对我露出笑容,眼睛斜视,闪烁着光亮——他们会说,我是一个避难者,被身为美国人的父母遗弃,他们进了监狱,而我独自冒险来到加拿大,因为我没有别的亲戚,加拿大人有责任照顾我。她说,加拿大的官员决不会把我送回蒙大拿,而蒙大拿当局也不会过于认真和在意。无论如何,她说,还有三年我就十八岁了,这几年很快就会过去,然后我可以和其他人一样,选择自己的生活。我们为此感到欣慰。她似乎丝毫没有想到我可能会再和我的父母住在一起,虽然那是三年之后的事,如果我的父母被释放,我能找到他们,他们肯定也希望我回去。此刻这一切听起来很平淡无奇,但那时针对我的未来谈论这些很是别扭,况且我的生活处于如此无助的境地。

当弗洛伦丝继续讲述她的计划时,雷姆林格把他的蓝眼睛转向我。他穿着一件大气的黑色夹克衫,戴一条紫色领带,在他旅馆的所有寄宿者中间,他总是显得出类拔萃。他笑着对我眨了眨眼,薄薄的双唇绷得紧紧的,下巴上现出一个凹陷。他回头看着油画上面的熊和喧嚷的人群,好像在对我进行估量,以便作出他的决定。然后,他回转身来,谈论对宇宙和自然秩序的思考,以及人类怎样破坏上帝创造的完美世界。我不喜欢他用这样的眼光看着我,我不知道他在对我估量什么,也不知道他的估量有多大准确性。这是我的部分感觉,然而,我的话不会比一个观众或一个见证人更多——不祥的阴云在向我逼近，我说过，我相信阿瑟想在我身上有所得，否则我不会在那里待得下去。他可能还想把一种坏的感觉传递给我，或者通过我的存在来证明其他什么，如果真是这样，那么，一开始他就错了。

可是，弗洛伦丝还在高兴地讨论我的前途，我也感到欣慰，认为自己可以把握住它。她说我应该考虑加入加拿大籍，她会给我一本关于这个问题的书籍。上面会解答所有的问题。她说，加拿大比美国更好，除了美国人，人人都知道这个事实。凡美国有的，加拿大全都有，而这里没有人会发疯失去理智。人人都可以在加拿大正常生活，加拿大也会欣然接纳我。她说阿瑟在几年前就成了一名加拿大人。阿瑟摇着头，用手指摸了摸淡黄色的头发，眼睛看着别处。对此，以前我毫不知情，只是听查理说他是从密歇根来的美国人，像我一样。顿时，我对他的感觉变了，倒不是觉得他不好，仅仅是感觉不一样，好像他身上的奇异色彩消失了，他不再像我认为他是美国人时那样具有魅力。在某种程度上，也没有原先那样高深莫测。根据弗洛伦丝所言，我想，地球上两个地区唯一和真正的差异可能就是：怎样对待人；对于这个问题的不同思考，就是它们的差异体现。

五十七

在那些天，我写了一封信给伯娜。就在那间逼仄的斗室，我坐在床上，靠着面对城镇的小方窗，用从药店买来的薄蓝纸，用我在帕特雷奥的纸板箱里找到的一支自动铅笔写的。我希望伯娜和我能够经常给彼此写信，让分隔我们的巨大空间贯通起来，我希望借此使我在这里的这段时日平静安稳，容易度过。

我在信里告诉她，我来到加拿大，似乎是经过了长途跋涉，远离了先前的一切，其实不然，我从大瀑布城乘车到达这里仅用了一天时间。我告诉她，我正在考虑成为一名加拿大人，这和原来没太大的区别。我很快就会去温尼伯的一所学校，开始新的生活。我说我遇到的人都甚为"有趣"（我写的这个词看上去很是怪异）。他们给了我一份工作，那可是真正的职务，非常独特，我喜欢它，并且已经适应、能够胜任。我因此学到很多东西，我为这种状态而欣慰。我没有提到我们的父母，好像我一点也不知道他们的消息，这样，我们相互通信就可以不再谈及他们。我也没有提到阿瑟·雷姆林格或弗洛伦丝·拉·布拉克，因为我不知道该如何描述他们，或是如何表达他们在我生活中所占的位置。我没说我不知道温尼伯在哪里，没提弗洛伦丝把我目前的生活定义为"困境"。我没有提我的奇怪感觉，这只是我隐约模糊的意识，我想她若知道的话会为我担心的。我告诉她我爱她，为她的快乐而高兴；还说，如果她在公园见到鲁迪，代我问候他。我说，一有机会我就会从温尼伯乘巴士，去旧金山看望她，我依然是她的弟弟。我在信上签上名，把它折叠起来，放进蓝色信封，计划抽空去邮局投寄，让它抵达旧金山，送往我所写的地址。然后，我把信放在木制的梳妆台上，默默站着，眺望窗外那片鳞次栉比的屋顶，眺望向远方无限伸展的土地，它像一片趋于地平线的海洋。我想到我和伯娜之间的距离是何等遥远，我怎么没有写任何重要的事情，或者私密的事情，或者关于她的事情。根据我信中所说，她很难了解我的现状，因为我的情况不容易表达，要准确描述，任何人可能都会感到为难。我写的不是家里的生活，不是每天动身去学校，不是乘火车去西雅图，如果这样，会简单得多。我想，等我到了温尼伯，所有的事情都安排妥当，进入了圣保罗天主教学校，到那时写信就会更容易落笔，我就可以告诉她更多她感兴趣和能够理解的事。

我拿起这封信，放进我的枕头套里。这枕头套还是那天早晨，我们——伯娜、母亲、我——准备离开时我装物品用的。我想，以后我会阅读这封信，就像雷姆林格要求我做的那样，把我的想法和观察写在有蓝线的小笔记簿里，定期阅读，这样就可以重温当时的生活。可是，我从没在那个小簿子里写过什么，离开罗亚尔堡的时候，我把它留在了那里。

五十八

查理·夸特斯告诉了我阿瑟·雷姆林格的完整故事，这是我迄今听到的最奇特的故事。他说我应该听他说，因为像我这个年龄的男孩都想知道事情原本的真相（和大多数人的兴趣不一样），这有助于我为自己划定严格的界限。而正确的界限可以让我在社会上保住属于自己的位置。他说，他知道原始真相，但是他没有为自身设定正确的界限，以致现在还单独住在帕特雷奥，住在被废弃的拖车活动屋里。查理总是用这样的方式谈论他的事情——提到属于他自己的阴郁事件时，他不会详细描述，如果有谁想盘根问底——我就这样——会被他认为可耻和可悲。查理肮脏不堪，有暴力倾向，还可能有性变态，我不喜欢他，如我前面所说。但他是个聪明人，他曾向我吹嘘，他曾经想要进大学深造，但是遭到拒绝，因为他是个混血儿，还因为他过于聪明。我很想知道，是不是他从来就和我这样的男孩挨不上边，是不是好男孩的某种品质还存在于他内心深处——比如，他心怀诚意，主动教我认识界限和原始真相。

那天早晨，我们正在清理被猎杀的野鹅——一大堆鹅毛被倾倒在地面上——就在我们用来做砧板的铁路枕木旁边，就在大门洞开的半圆拱活动屋里面。此刻，一些野鹅还抽搐着双脚，一些野鹅还张开带血的嘴，奄奄一息地喘着气。在用刀剖腹开膛，挖出它们的内脏之前，我们先用短柄小斧剁下它们的脑袋、翅膀和脚等无用的肢体，然后把它们推到查理自制的拔毛机械里清除羽毛。这天，是我第一次进入他的拖车活动屋，也是仅有的一次。

我要说的是，这拖车活动屋里面简直不成样子，它的肮脏和零乱是我从未见过的。在某种程度上，它有点像我的棚屋，狭窄，空气不流通，散发着腐臭的气味。但是，这里面还充塞着查理在生活中累积下来的所有杂乱之物——尽管繁杂，我还是能够看得出来。这是一个过于闷热的矩形房间，窗上糊着硬纸板，并用胶带封死了。角落里放着一只德尔玛铁炉，上面有凝结成块状的沥青，它的排烟管穿过低矮的天花板伸到外面。一只污秽的蓝色长沙发，上面堆着毯子，这就是他的卧床。更有一大堆乱七八糟的杂物，看了令人厌烦，其中有椅子、硬纸板质地的破烂衣箱、一大堆晾干后准备出售的兽皮，加上他的高尔夫球杆、一把吉他、一台没有插电的小电视机、几盒满得撑开盒盖且被老鼠光顾过的鸟蛋，还有堆在墙角的罐头食品——玉米粒、听头鱼、茶、维也纳香肠、管状椒盐饼干——还有肮脏的盘子、器皿、化妆盒、带框小镜子，还有很多银色陀螺、需要修理的破裂螺旋风叶、点火盒、一只台式风扇、一只装有黄色液体的罐子、一副挂在墙上的拳击手套。还有一台老旧的冰箱和一只立式衣柜，衣柜的抽屉被拖了出来，表面的胶合板已经剥落。衣柜顶上放着查理阅读的书籍，一本是《红河起义》[1]，其他还有两本：《合作联盟和混血人》及《路易斯·瑞尔传》[2]。另有几堆随意扔着的纸张，上面有手写的字迹，我想可能是查理写的诗，但我没有走近审视。墙上挂着好多幅带镜框的照片：希特勒、斯大林、洛基·马西安诺[3]、一个手持长杆在河流上方一根绷得紧紧的绳索上行走的男子、埃莉诺·罗斯福和下巴前倾的墨索里尼，墨索里尼的旁边，是另一幅他被倒吊在电灯杆上的照片，他的衬衫从肚子上滑下来，他的情人被吊在边上。有一张查理小时候的照片，上身赤裸，正弯腿投掷标枪；旁边一张是一个年长的妇女，神情严肃地看着照相机镜头；再旁边是查理的又一张照片，身穿军装，蓄着希特勒式的胡子，举起手臂行纳粹礼。那时候我还不能识别这些，可是我知道墨索里尼，因为我在旧报纸上看过他的照片，他活着和死后的照片我都看过，那是父亲在战争中保存下来的。

---

1 红河起义：1869 年，加拿大以路易斯·瑞尔为首的混血人和印第安人为维护生存权利举行起义，导致马尼托巴省创立。1884 年又举行第二次起义。
2 路易斯·瑞尔（1844—1885）：加拿大政治家，加拿大高草草原混血人的政治领袖和精神领袖，是建立马尼托巴省的创议者。
3 洛基·马西安诺（1923—1969）：美国拳击手，1952 年到 1956 年间的世界重量级拳王。

查理让我进入他的屋子，名义上是要我去拿他那块表面弯曲的磨刀石，用以磨快斧头，这样可以更省力地斩断野鹅的脖子、翅膀和脚。但是我觉得他还有另一层用意，他要让我看看，没有设定界限的生活会是什么样子。屋里有一种腐坏的臭鸡蛋味，那是芳香性化学品和食品气味的混合，是制革用的溶剂和查理自身的气味的混合。更糟的是里面热得难耐，让人仿佛深陷困境。那气味几乎是看得见和触摸得到的，就像一堵实实在在的墙。即使我在里面只逗留了两分钟，而且拖车活动屋的金属门还敞开着，冷风朝里面使劲吹，我还是想要赶快离开。有时候，当我靠近查理，或是风从他那儿朝我这边吹刮时，我就会闻到一点这样的气味，似乎来自他油腻的衣服和染了颜色的头发。这种怪异的气味让你觉得没人能够忍受，我决心抵制它。可是我已经渐渐习惯这种独特的气味，所以每当我走近查理身边，我会下意识地闻他的气息，且不知不觉沉浸其中，好像他的气味有一种吸引力似的。此后一段时间，我内心会激起一种欲望，想闻我不该闻的，闻我熟悉的味道会令我厌烦，于是我睁大眼睛去注意那些其他人不屑一顾的东西——换言之就是忘掉了界限。当然，等你稍大些或是阅历足够丰富之后，这种吸引力就会消失。但是，它们是你成长的组成部分，就像你懂得了火会把你烧伤，太深的水也能够伤害你，或者懂得站得太高可能使你跌倒，而且不会活着谈论对它的感觉。

查理始终对阿瑟·雷姆林格抱有恶感，可是，他总把这种感觉默默放在心里。尽管如此，他还是告诉我，雷姆林格是个危险、虚伪、残忍、混账、无耻的家伙，要我小心提防，因为他还富有智慧，有极大的迷惑性，能诱人误入歧途，堕入险境。查理暗示这些曾经就发生在他身上，但和往常一样，他没有具体指明。我们继续处理野鹅的尸身，突然，他的目光从我们清理野鹅的枕木上离开，望着外面帕特雷奥镇空空荡荡的破落街景，好像发生了什么事情似的。他猛抽一口纸烟，浓浓的烟雾在强大的吸力下逸入他的肺，他屏住气，然后将它们从两只大鼻孔里连续不断地喷射出来。现在"有人"正赶往这里来，他说。"他了解他们的情况，他试图用精心设计的谋略拯救自己。"他这是在指雷姆林格。他说，我应该注意到雷姆林格的举动比平时更加古怪，因此应当谨慎小心，和他保持距离，因为他的古怪举动意味着将要发生可怕的事情。他要我千万别参与，千万别介入。他再次要我和他划定界限。他还说：这一切太荒谬。但是，这是多么糟糕的事情，它们在人世间经常发生（当然，从我自己的生活中，我已明白——不管我是不是能够这样说——令人匪夷所思的事情常常会像太阳升起那样真实确凿）。

　　查理说，雷姆林格还是名大学生的时候，持有不同于常人的观点——我知道一些这样的人。他鄙视政府，讨厌政党，还仇视工会、天主教教会及其他东西。同学们都不喜欢他。他为孤立主义者、反战分子和亲德国的杂志写了一些小册子，引起教授们的疑虑，他们希望他退学返回密歇根老家。阿瑟小时候，他父亲被非法雇用为机械操作员，由于坚持基督复临论者的非战主义信仰，工会没有保护他，于是引起一场可怕的家庭危机，在年幼的阿瑟心中留下阴影，导致他在高中时就接受激进思想。他的家庭并不认同他的观点，他们抛开厄运，移居到乡下，开始以种植甜菜为生。他们不理解他们的儿子——阿蒂，他们这样叫他——他英俊、善于辞令、聪明而富有才智，他注定要成为一个律师或者政治家，赢得成功的人生，他已经以自己的非凡才华跨进哈佛大门。查理说到"哈佛"这个词时，好像他非常熟悉而且去过那里，他说，雷姆林格在几年前把一切都告诉了他。

　　每年夏季，阿瑟从大学回家度假，会在底特律的汽车厂找一份短期工作，其间他借住低劣的公寓，为的是省下钱来支付新学期的费用。这期间他的家人虽然很少关心他，但是他们赞赏他自食其力、身体力行为大学费用打工，认为这是一个预示他将会有远大前程的信号。然而，在大学第三年的暑假，也就是一九四三年，情况发生了变化。那时他在雪佛兰汽车厂打工，做推式路甹，收入很不错。阿瑟和一名工会董事发生了争吵。工会董事来检查工作，确认雇员包括暑期工的入会登记。双方因阿瑟没有加入工会而展开了激烈的论战。阿瑟说，这个工会董事了解他，知道他就是那些小册子的作者，专门散布煽动性的反工会言论。工会对此甚为重视，并且和哈佛取得了联系。争吵的结果是阿瑟被炒鱿鱼，并告知他永远别指望在这座城市找到工作，他应该搬离这里。

这给他带来另一场灾难，因为失去工作意味着阿瑟没有钱支付大学费用，而他的家庭又没有能力供他，他一文不名，甚至没钱交付房租，如此，他的大学抱负突然就要成一场空。他去找哈佛大学的行政官员，请求为他提供奖学金，但是，由于他的观点暴露并被视为异端，他没有获得奖学金的资格。他对查理说，哈佛的校门从此对他关上，年轻的他，就只剩下混乱不堪的生活。

此时此刻，突如其来的剧变把他压倒，阿瑟称之为"精神崩溃"。他变得沮丧，和家人日趋疏远，只是偶尔和他姐姐米尔德丽德有些交谈，她也不问他任何事情，包括他怎样供养自己。绝望中，阿瑟开始浪迹他乡，与志同道合者交游，从中寻求安慰。这些人住在芝加哥和纽约州中北部，认同他的——直到现在——更为激烈的反工会、反教会和孤立主义的观点。他们自认是自由工作权理念的支持者，和工会的对抗延续了几十年。阿瑟离开底特律，搬到纽约州的埃尔迈拉，和一个家庭同住，并在他们的奶制品农场工作，这时他的精神得到恢复，又坚定和自信起来。这些农场主本身就有暴力倾向，由于工会和政府错误地对待他们，更是激起他们的怒气和怨恨。阿瑟是这些人中思想最深刻的，在一段不是很长的时间里，他和他们同仇敌忾，被报复的欲望点燃，参与过很多危险的计划和阴谋。特别是有一次潜回底特律，将一颗炸弹放在工会门厅的背后。放这颗炸弹的目的并不是想让谁受伤，而是意在宣示他们的自由工作权理念。

那时阿瑟还在为自己被大学拒之门外而耿耿于怀，精神焦虑不安，这让他确信自己应该去放置这颗炸弹，放在工会大楼后面的垃圾桶里。他对查理说，他应该被送到精神病医院，如果他的家人和他有所联系，肯定会这样做，更何况他的姐姐还是名护士。只是很遗憾，没有出现这种情况。

所以，事情向着反面发展，阿瑟借了一辆汽车，把炸弹放在车后的行李箱里，从埃尔迈达开到底特律。他把炸弹放入预定的地方，安置了粗劣的定时器，然后离开了。在炸弹设定的起爆时间——晚上十点——到来之前，工会副主席文森特先生为了拿回他的帽子，返回工会门厅，他忘了把它放在哪里。当他从后门进入时，刚好阿瑟的炸弹爆炸，文森特先生身受重伤，一个星期后不治而亡。

一场针对炸弹客的大规模搜捕行动立即展开了，虽然主犯藏而不露，但是已锁定这是一个暴力团体的成员所为，这个暴力团体在美国横行不法，专事破坏工会的营生。

阿瑟知道自己的炸弹杀死了人，非常沮丧和后悔，他从没想过要置人于死地。他害怕会被抓住，投入监狱。警方已经确定涉案罪犯就在底特律，但是没人怀疑当时才二十三岁的阿瑟·雷姆林格。警方知道他的名字，知道他反对工会，但是没有人提到他可能涉及此案。这时搜捕炸弹疑犯的工作还在进行，阿瑟已经回到埃尔迈达的农场——如果不公开宣布放弃他的观点（他从来没有彻底表态过），他就始终不可能摆脱噩梦，他觉得此刻自身是一个被追捕的罪犯，他的生活彻底变质。

他对查理说，他面临两种选择，要么挺身而出，为他的行为承担后果，并走进监狱；要么远走高飞，逃往他能够想到的任何地方。既然他还没有遭到怀疑和犯罪指控，他极力使自己相信没有人会找到他，时光的流逝能够冲淡他的罪孽。

查理看了看身边的我，想知道我是不是在听。我已经停止清理野鹅，专注地听着，这个故事令我如此震撼。查理把一根新的纸烟塞进两唇之间，他左眼眼白里的血丝在动，好像在漂浮和闪亮。他没有涂唇膏，有狩猎者在场他不作这种修饰，但是他满是凹痕的脸颊残留着胭脂,只是待在猎鹅坑里时被弄污了。他的眼睛四周用黑笔勾勒过。他穿着焊工用的黑色围裙,前面染有血迹,他的双臂和双手也都沾染血迹,有一股野鹅内脏的气味。一些硬粒雪花,被风吹到我们工作的半圆拱活动屋门口,散落在周围。轻盈的雪花还飘落在查理的头发上,然后融化渗入,使他染黑的头发褪色。我的双手和脸颊发烫,像针刺一般。我们清理出来的鹅毛,被风吹刮到僵直的野草中,吹刮到查理的陀螺四周。格丁斯女士的那条白狗跑来,把鼻子伸进装着内脏的盒子里嗅闻,还用舌头舔盒子的边缘。我们每天在油桶里烧这些内脏,然后,查理把野鹅的头、脚、翅膀抛散出去,供郊狼和他喜欢猎射的鹊类食用。

　　查理扬起两道浓眉,丰满的前额松弛下来。"你听过他那样说,是吧?你知道?他的'精神崩溃''遭受羞辱',他的'大学抱负',难道高于一切?"查理不高兴地把嘴唇卷曲起来。"事情就是这样,他跑来这里,正是一九四五年,战争刚结束。他想,或许之前照料过他以及现在仍在照料他的那些人也这么想:这里是地球上最不容易到达的地方。他们这样认为是错的。"查理的大门牙从嘴唇后面露出来,他用宽大的舌尖顶着纸烟,让它在嘴里抖来抖去,好像这样使他愉悦。"现在他不得不面对他的命运,嗯?另外一种命运才是他应该的。逃过一劫,他吓得要死。"查理眼睛朝下,注视着前面枕木上一只渐渐僵硬的野鹅尸身,操起刚磨快的短柄小斧向它的颈脖砍去,然后把鹅头抹到地上,让狗去美餐。

　　"自由工作权"策划团体的成员开始行动,努力为阿瑟寻找一个藏身之地。虽然还没有人追捕他,但阿瑟知道警方最终会这样做,他不能让自己面临这样的命运。他的同伙还没有意识到他还是消失为好,他游走不定,是一个隐患和威胁,有可能将他们全都牵扯进去。阿瑟承认,他也不清楚那时为什么没被杀死灭口,埋尸埃尔迈拉的农场。"我就会这样做,想都不用想。"查理说。

　　后来,阿瑟和他谈到伦纳德旅馆原来的老板赫舍尔·博克斯,那是一个身材矮小、狡猾而又狂躁的人，查理还是个孩子的时候曾为他工作过。是博克斯出手将阿瑟藏匿在萨斯喀彻温省。博克斯是来自奥地利的移民，上了些年纪，他赞同埃尔迈拉和芝加哥阴谋者的危险政治倾向，和他们串通一气，并踊跃参与许多在美国境内的破坏活动，制造混乱。比如烧毁斯波坎市的一座住宅，导致一人残废，引发一起抢劫和一场骚乱。博克斯之所以同意接受雷姆林格，是因为他有个德国人的名字，还因为阿瑟读过哈佛大学，博克斯认为他具有超常的才智。

一九四五年秋，阿瑟乘火车从渥太华到达里贾纳，博克斯接到他以后，驱车把他送到帕特雷奥的小棚屋。那时这个镇上还有人居住，正如他告诉我的，就在这里，他开始展开了在加拿大的新生活。

阿瑟和我一样，每天骑自行车到镇上工作，听从那些狩猎者的差遣，为他们跑腿。博克斯把这些人安排在旅馆里住宿，并向他们收取狩猎费。然而，阿瑟不必像我这样去猎鹅现场，或者清理猎射到的猎物，或者开挖猎鹅坑。博克斯认为他不甚强壮的身体不适宜做粗活，所以让他做客房预订员，后来做核算员和夜间值班经理，直到博克斯搬回哈利法克斯市，那里，他有一个女儿和被他抛弃的妻子。而阿瑟则留下来单独经营旅馆。阿瑟告诉查理，他每个星期把所收款项汇给博克斯，在博克斯活着的三年中从没中断。博克斯死时出人意料地把伦纳德旅馆遗赠给他，他取得了对方的欢心，博克斯想要保护他，把他当作儿子看待。"一个不寻常的儿子，"查理说，"我可不想要。"

然而，阿瑟并不满足于现状——住在博克斯的狭窄房间，眺望大草原，与博克斯那只伫立在客厅栖木上的绿鹦鹉为伴，和以前他熟悉的生活完全隔离，忍受内心渴望重返哈佛的煎熬，担心陌生人跑来对他"不可挽回的行为"和激进"观点"进行惩罚。他说，他的观点和文章，仅仅是些使他显得比老师高明的空想。他觉得他能够承受所有一切，继续朝成为一名律师的目标迈进。"当然，他已是一个完全被吹成碎片的人。"查理说。但是这无关紧要。

　　查理说，阿瑟开始陷入困境，心情阴郁，常常无端地发脾气，生活中唯一剩下的就是他那短暂谋杀生涯所留下的阴影，而比这更糟的是，一切都已无法改变，无可挽回。由于早年那些生活，他觉得他是成熟的，但是他的成熟并不是件好事。查理说，如果他被捕、进监狱并付出代价，都要比这样好，至少，现在他可以重获自由，居住在自己的归属之地美国；这比被放逐到荒凉的牧场小镇，引起当地居民的猜疑，把他当作一个讨厌的"奇特玩意儿"（这是查理的话，和我父亲说的一样）好。镇民们散布着形形色色的传闻，说他是一个古怪的百万富翁，或是一个同性恋，或是一个曾经隐匿在美国受人指使行恶的被驱逐者（这不是真的）；或者有国外势力保护他（这是真的），或者他是一桩神秘罪案的避难逃犯（"谣传全都是有根据的，难道不是？"查理说）。可是，在罗亚尔堡镇，没有人有太多的兴趣追根究底，去弄清事情的真相，反正，有谣传就好。这个镇从来就不认可也不接受老博克斯，因为他提供淫荡的印第安姑娘，让赌博大行其道，怂恿狂饮滥喝，还任由农场的男人抛弃妻儿来旅馆独居，以酗酒为乐，并让陌生人在夜里随意进进出出。而他们之所以容忍这些，是因为他们不想小题大做，是因为罗亚尔堡镇对他们不赞成的东西素来习惯置之不理。查理说，博克斯曾经离开小镇去滨海诸省，这里竟然没有人知道那是加拿大的一部分（"没有人去过那里"），这个镇沿袭旧例，容忍了阿瑟——不想归属于这个小镇的阿瑟。

　　查理说，阿瑟告诉他，他还感到自己是"僵化的"——我从没听说过这个词，查理则为之傻笑不已——被他从来不想接受的人们"恼恨和排斥"。这使他憎恶自己，感到孤寂和无助，以及深深地悔恨，回想一九四五年他逃到此地的时候，是何等的年轻，又是何等的惊恐，而现在，他完全改变，但是他却不能离开此地，因为这个"僵化的人"害怕被抓。阿瑟说，跑回去面对法律制裁太过愚蠢，他不可能接受这种选择，正如他想不通为什么他不能返回大学——他的政见正好让他的教授们抓到驱逐他的机会。他在任何地方都显得格格不入，他渴望去更远的地方（他向我提到去"国外旅行"，意大利、德国、爱尔兰）。他差不多三十九岁，可是看上去要年轻十来岁，亚麻色的头发，光滑的皮肤，清澈的眼睛，英俊的容貌，好像时间为他而驻留，使他停止衰老。时间仿佛仅仅验证了一件事：阿瑟·雷姆林格，他拥有永恒不变的青春年华。他告诉查理，他经常想到自杀，他饱受夜间狂躁症的折磨，毫无预兆地，脑子会突然像着火一样骚乱不堪（就像他驱车压过野鸡）。他的真实本性受到压抑。他开始讲究自身外表的修饰，他年轻时从不对此用心，他从波士顿的一家商店购买时髦服装，并送到外面——交给弗洛伦丝带到梅迪辛哈特——去裁剪、缝补、洗涤。查理说，他有时把自己看作一名律师（像是"法律顾问"），有时又以重要作家自居。不过，我倒没有注意到。查理说，阿瑟改变了他周围的每一件事（从来不是正面的），但是没有给人留下好的印象。对此我意识到了，这就是我早前在他身上感觉到的前后矛盾和多变不定。他本人也知道这一点，并为此感到痛苦，他希望改变这种状态，但是做不到。

查理说，要不是邪恶的德国老家伙博克斯把自己的私人隐秘吐露给了阿瑟（有关他的过去，就像阿瑟、我父母还有我本人所拥有的隐私，是查理不可能坦然倾吐的），多年前他就已经离开，永远不再和雷姆林格见面。查理告诉我，他有"契约束缚在身"，这契约，雷姆林格想要他履行多久就得履行多久。他充当仆役、雇工、不情愿的密友、笑柄、家务总管、秘密对手等多重角色，就这样度过了整整十五个春秋，和我存在于人世的时间恰好相同。

"我敢说，他如今在打你的主意。"查理说。他把一堆拔光羽毛、表皮紧缩的野鹅尸身收拾好，搬到半圆拱活动屋里面的阴凉处。"他对你抱有某种目的，这是他生存下去的策略。如果我没说错的话——我不会说错。"

他的冷冻箱放在一大堆乱七八糟的东西中间,有铺开晾着的兽皮、盐罐、一堆堆需要修理的假鹅诱饵、他的摩托车、各种挖掘工具,那里散发出一股溶剂和制革化学品的气味。

"我才不钦佩他呢。"我说,虽然我几乎就要为他而倾倒。我带着由我自己清理和拔掉毛的鹅身,准备和查理的一起扔进冰箱。

"一个人想用了断自己的方式来逃避他完全该受的惩罚,这是绝望的人。"查理说,他宽大的后背正对着我,所以我能够看见他的条形发夹在幽暗中闪光。"你不懂那些,"他粗着嗓子说,"你什么都不知道。"

在查理的半圆拱活动屋里,我感到寒气袭人,碰触到的每件东西都僵硬阴冷,令人不快。"我应该知道些什么?"我问,"我对他有什么用处?"

查理·夸特斯转过身,他的手臂上堆满了灰色的、褪了羽毛的野鹅身体,脸上露出冷酷的笑容,这使我想起我们第一次见面的那个晚上,在车里,在梅普尔克里克北面黑暗的路上,他抓住我的手挤捏着,吓得我几乎要跳下车子逃跑。"实话对你说吧,就是现在,有人在赶来这里。他明白他的处境,他比我更了解他自己,但是他软弱,这我不怪他。"查理用手肘推开冷冻箱的厚重盖子,下面是泛着白光的冻鹅,硬得像是金属锭块。他扔下臂上的鹅身,它们重重地落在那些冻鹅的上面,然后他转身就往回走。我照着他那样做,并且飞快转身向活动屋的光亮门口走去。我不喜欢单独在里面。我紧跟着他。我不知道他会不会突然冒出什么骇人之举。

在开车送我回罗亚尔堡的路上,查理告诉我,来者是两个人,他们来自美国的底特律,就是十五年前雷姆林格的犯罪之地。今年夏末,和阿瑟尚有联系的同伙通知了他这件事,要他早作准备。那时候,他把这消息告诉查理(阿瑟承认,他们仍然认为他甚为古怪)。虽然警方在很久以前就放弃了这个案件,但是有人一直牢牢记着它,睁大眼睛,竖起耳朵,注意着动静。令人意想不到的是,阿瑟·雷姆林格的名字还挺响亮。"侥幸的成功，简单得很。"阿瑟这样说。没有人怀疑他和犯罪有牵连，或者认为他可能是官方提到的人。这是一件受到私人关心的事情，被谋杀者的家属和他工会的同事都日趋衰老，他们一直不相信阿瑟有能力在犯罪第一现场作案。但是，当得知他在这里——在加拿大萨斯喀彻温省一个偏僻荒凉的小镇上，毫无理由地孤身一人住在一家旅馆里——而且还和虽已死去但臭名昭著的老赫舍尔·博克斯有所牵扯，这个名字是圈内人所熟知的，于是，所有和阿瑟有关的事被联系到一起，比如和工会董事争吵，印刷小册子，在哈佛校园滋事生非。这样，关于这个雷姆林格，一个好端端的美国人，却奇怪地成了一个加拿大人，这开始让人觉得貌似有理，其实却解释不通，因此觉得他可能需要他们亲自来鉴别。如果有人能够在他不知道被窥视的情况下观察他，乘他不注意的时候进入他的生活，那么他是不是罪犯的可能性就能得到判断。这以后，假设他被认为是有罪的，或者至少是个同谋，就会开始讨论该如何处置他。"他肯定会认为是我传播和吐露了他的虚伪生活。"查理一边开车一边说。

阿瑟说，对于送这么两个人来鉴别他，他觉得没有什么可担忧的。他不应该有任何非常之举——逃跑或承认一切，或是以一种暗示自己有罪的姿态出现——这只能给这些人理由，让他们怀疑是他炸了工会门厅（这是他做的，查理说，"因为没人会做这事"）。

可以想象，这两个人上了路——坐在一辆黑色的克莱斯勒纽约客里，穿越美国中西部，向北跨过边界来到加拿大——去做对他们的使命没多大用的事情。他们的名字已被获悉，年轻的叫克罗斯利，是被害者文森特的女婿；年长的是位退休警官，名叫杰普斯，不是这个家庭的成员，但是对此案一直保持关切。这两个人觉得雷姆林格有点像他们要寻找的人。他们一路旅行来到萨斯喀彻温省，如同展开一场冒险的追捕。如果事情能够顺利办妥，所有的怀疑都得以消除，他们可能会参与一些猎鹅活动。他们还没有想好切实可行的行动计划，如果阿瑟确实就是他们要找的罪犯，该怎么办？他们该如何面对他？在陌生的外国，除了语言，他们什么也不懂，但是他们需要做这样一些事：要求他回到底特律（怎么做到？）；他们自己原路返回，说服警方重启这个案子（拿出什么证据？）；绑架阿瑟，一个手续完备的加拿大公民，押着他越过加美两国的国境线（又能怎样，然后对他做什么？射杀他？不言而喻，他们带着手枪，这成为他们致命的错误）。他们是普通而单纯的人，更像那些夜间聚集在旅馆酒吧里的狩猎者，一点也不像被正义或复仇目的所驱使的人。也许，有人已经告知雷姆林格，他们认为这两个人来到伦纳德旅馆，不会有任何收获，不会看到什么不正常的破绽（即使有），最后克罗斯利将无功而返，返回他两千英里之外的底特律。

查理说了两个要点：第一，为什么我需要小心提防；第二，切莫做傻子被利用。阿瑟已经陷入痛苦之中，变得喜怒无常和心理阴暗。他想到陌生人的现身，想到他们知道他是谁和他做了什么，想到他们意欲将他带回边境那头的美国去面对他的过失，头脑就更加混沌骚乱，几近失控。他的父亲还活着，他的前途将一片黯淡，对他过去的审判指日可待。查理说，阿瑟不是个遇事镇静自若的人。他缺乏无视自己是个罪犯的心理能力，他的整个生活笼罩在犯罪感的阴影之下，这导致他的性情和举止发生变化，这对我而言应该是很明显的事情，但是我竟没有感觉到。

查理说，来到此地的这些年，阿瑟一直期待有人来这里找他，他在痛苦的煎熬中等待着。住在一个狂风肆虐、空漠凄凉的小镇——它疏远、荒僻、陌生；作为同伴的只有博克斯，然后是查理，然后是弗洛伦丝，而现在是我。后来我想，这日子他怎么过得下去？反常的气候，翻不完的日历，枯燥无味的日子，永恒不变的孤闷，谁都会觉得难以忍受。那天在摩登餐馆，他没有回答我的那个问题，正是一个"要害问题"。他适应下来，就像他对我说的那样。

但是这仍然使他发生了变化，他变得古怪、焦躁，充满悔恨，带有轻微的精神错乱和受挫的狂暴，死抱着他不能放弃的残破生活。如果他有勇气或有想象力，他会放弃并旅行到一个更遥远的国度，再度隐匿起来。查理说，阿瑟还通过这种方式替自己开脱：把自己看作一个天真的年轻学生，从没想过要谋杀什么人，他遭受痛苦是因为他做了，可这纯粹是一场意外和他的一时糊涂，但是，他希望对他的惩罚能够就此结束，因为内心的折磨已成为他的生活常态，令他不堪忍受。

"你。"查理说。我们刚经过罗亚尔堡的地界标志，低矮的建筑，包括伦纳德旅馆在内，成了大草原上不断扩大的点。灰蒙蒙的缅街现在并不拥挤，寒流开始来袭。几辆敞篷小型货车停在路肩，发动机隆隆空转；邮局和银行的标牌在风的吹刮中咯咯作响；罗亚尔堡的居民都贴近建筑物行走，而不是走在空旷的街心。"你不要多嘴多舌，泄露我说的话，不能对阿瑟说，也不能对弗洛伦丝说。否则，看我不扒了你的皮！"他对我说的话（他又重复了一遍）是一个警告，这样，我会守住我的界限，"保护"自己不陷入预想不到的困境，不至于因为"必然的事件"却产生了意料之外的结果而措手不及。很明显，对于这些事件，查理已经谈了他的想法，只是没有具体描述，所以，我也不想费神去想象。

当我们的卡车在缅街上行驶时，我的思绪也在蔓延。我想到那两个正在路上的美国人。他们来自底特律。听父亲说，在底特律，人人都有一份高薪职业，生活安然无虞。它是美国的熔炉，力量的中心，具有多元色彩。它吸引着整个世界，他说。还有"底特律制造，全世界通行"，也是他常说的话。那两个人从那里驱车而来，来找出真相，来证实他们的预感。我从没去过底特律，但是我有兴趣去那里，它离我的诞生地奥斯科达不远，就在北面。我就是这样一个人，能够有这些观念和想法，但是却没有任何和它们真正有关的经历和体验。

"我为什么会被牵扯进去？"我问道。那时我壮起了胆，我的惊异已经平复下去。车子在伦纳德旅馆狭小的前门停下，门厅上方漆的是黑色。风猛烈地撞击卡车的窗子，我注视着查理那张脸的侧面轮廓，觉得它非常奇特，上面疙疙瘩瘩，还涂了胭脂。他的脸小得好似侏儒，可是他的身体高大而强健有力。

"如果你幸运，就不会卷进去。"他说。他噘起大而多肉的嘴唇，形成凸起状，就像送出一个飞吻，这是他正在思索的表征。"如果你聪明的话，就带上你的积蓄，赶快搭巴士离开，到边境附近的某个地方，乘机溜过去，从此再不要在这里现身。如果你留在这里，你只是他的一个参照点、他棋盘中的一枚棋子，他才不管会有什么降落在你身上，他只是要试图证明什么。"

"他们抓到我的话，会送我回青少年收容所。"我说。

"我觉得还是在家里好。"查理说，"你总认为这是最糟的事情，但是它绝非你想象的那样坏。"

他的意思是我最好返回大瀑布城，走进警署，承认我是失踪的戴尔·帕森斯，让所有的焦点全落在我身上：被关在上了锁的房间里，窗上装了铁栅，每天对着面前一成不变的僵化景象，什么事也不能做，只是一天天地等待，等到十八岁来临。这是我母亲认为最糟的事，对我来说，也似乎是最糟的。我无法回答查理，我绝不会照他说的去做。他了解的仅仅是他自己，而我明白对我来说什么才是最糟的，我不管阿瑟·雷姆林格会出现什么情况，也不管作为参照点的我会发生什么。我把这所谓的"参照点"理解为：我仅仅是他奇思妙想的一部分，等事情过去了就会被遗忘。

查理不想我再说什么，也不再像先前那样专注地听我说话。我从他这辆老旧的卡车上爬下来，踩着罗亚尔堡街面上的沙砾，身体裹在凌厉的寒风中，随手关上车门。"大多数失败者都是自作自受，"当门关上的时候，他说，"别忘了我所说的。"我无言以对。他驾车离开了，留下我一个人在那里，茫然地面对着不可知的未来。

五十九

还是查理一早告诉我雷姆林格私隐的那天,下午,当我经过伦纳德旅馆小小的大堂时,正碰上两个美国人抵达。伦纳德旅馆没有正规的大堂,它实际上只是一间灯光昏暗的正方形登记室,就在房屋中央的楼梯底下安置了一张服务台,上面放着一只摇铃和一盏桌灯,墙上装有一排挂着钥匙的钩子。我已经吃完午餐,正要回房睡觉,因为我四点钟就起床了,晚上还得去侦察野鹅。查理的话让我想到美国人很快就要到来,我脑中一直惦记着这件事,想象着他们的模样,打算尽可能频繁地从大堂经过,以期得到一些蛛丝马迹。然而没有想到,他们抵达的日子正是这天。

他们由格丁斯女士作入住登记,她在厨房工作并兼听这里的登记铃声。格丁斯女士几乎没和他们说话,即使在他们每个人通报自己姓名——雷蒙德·杰普斯、路易斯·克罗斯利——的时候。她的眼睛从旅馆登记册上抬起,那双具有瑞典人特征的眼睛扫视着他们,目光严肃而带着不信任,好像这两个美国人说了什么谎,而她是谁也骗不了的。

他们两人各带着一个皮质手提箱,因为有时候会要我把狩猎者的行李送到他们房间,这样我可以得到一个面值二角五分的硬币作为小费,所以我就站在挂有伊丽莎白女王照片的墙壁旁边等着。格丁斯女士告诉他们,他们被安排入住奥弗弗洛屋(即我的棚屋),因为旅馆的客房已满(其实并没有)。只要他们准备就绪,她便安排查理带他们过去。这是第一个迹象,我觉得查理对我讲的全是真的,这两个人从美国来,他们的身份得到证实,他们的到来是预想中的事情。起先,我对这个故事的真实性还半信半疑,觉得有些是查理捕风捉影编造出来吓唬我的。但是这两个美国人通报的姓名确确实实对上了号——杰普斯和克罗斯利。他们说他们来自美国的"汽车之都",他们精神抖擞,并没有试图掩饰自己的身份,压根儿没想到有人会认出他们,或知道他们来罗亚尔堡的目的。而实际上,甚至连格丁斯女士也可能知道他们,可以这么说,除了这两个美国人不知道自己的行踪已经暴露,在这里,所有的人都在关注他们。

"我们打算去加拿大西海岸。"杰普斯,年纪大的那个退休警官带着笑容说。他的脸通红,戴着假发套,它是用光滑的黑发制成的,戴在他圆滚滚的脑袋上显得一点也不自然。这人还带来一种滑稽可笑的气氛,因为他矮而肥胖,裤腰拉到肚子上,穿了一双咖啡色的翼波状盖饰皮鞋,大得就像是小丑穿的。他没说他们去加拿大西海岸做什么。克罗斯利较为年轻,注重修饰外表,模样严肃而机敏,修整过的短发乌黑乌黑的,同样面带灿烂的笑容,但是目光游移不定。他的肤色较深,神经质地弯曲着的小指上戴有一枚金戒指,好像这枚戒指让他心情愉快。后来,当杰普斯遭到枪击倒在我棚屋的地板上毙命的时候,我恐惧极了,尽管如此,我还是深陷其中,参与搬移他的尸体,那时我拾起了他的假发,这是我做的一件可怕的事情(他被子弹打中时,假发脱落了下来)。以前我从没见过假发,但我看得出来,我没想到它又轻又薄,是如此小的一块东西,后来它被扔进燃烧桶,和野鹅的内脏和羽毛一起焚烧掉了。

克罗斯利问格丁斯女士有什么食物可以提供,因为他们在埃斯特万市吃过早餐后还没吃过东西。格丁斯女士皱着眉说,午餐(她说成了"晚餐")早就结束了(这时已快三点钟),但是街那头的中国小店会有食品供应。我说我可以为他们指路,我是想提醒他们注意我的存在,但他们说罗亚尔堡不是个大得摸不着边的地方(由于鼻音,杰普斯把"大"字说成了"达",就像雷姆林格一样),他们自己能行,能找到镇上这家唯一的中国"小餐馆"。他们还说,底特律有一座规模完整的中国城,他们常和妻子去那里逛,他们很想比较一下加拿大和密歇根两地中国人的差异。

他们要求把手提箱留在大堂,还问格丁斯女士是否可以参加猎鹅活动，他们说开车过来时看到天空飞着成千上万的野鹅，偶尔会有一只从空中跌落下来，显然是被地面射来的子弹击毙。他们也带了猎枪，克罗斯利说，但是说这句话的时候显得有些踌躇。也许接下来两天他们会有猎鹅的安排。难道他们开车来这里，就是想看这番景象？他们好像想要表达：作为来访者，冒着十月初的猛烈冷风，来到萨斯喀彻温省罗亚尔堡，就是为了领略它的魅力。这种解释是无法让人置信的，它似乎佐证了查理的消息，使我对他们的来路更加确信不疑。

格丁斯女士告诉他们，他们该去和"雷姆林格先生"接洽，他是旅馆的业主，由他组织猎鹅活动。今天晚上可以在餐厅或酒吧找到他。她说，旅馆里住着其他猎鹅者，现在名额已经满了，除非清晨动身前有人喝醉了醒不过来或是病了。

在幽暗的大堂里，我就站在他们旁边，我注意到格丁斯说起"雷姆林格先生"这个名字时他们的反应。他们驱车两千英里，想要观察和确认的就是这个雷姆林格先生。他们需要就他是不是凶手得出结论。还有，如果他的确是凶手，他们需要决定怎样应对。令我猜不透的是，他们会用什么方法来获取真相，得出结论？因为，按照查理的说法，雷姆林格绝不会供认这一罪行，而且几乎没有还活着的人知道内情。那一天我就已经开始思忖：一个谋杀犯看上去会是什么样子？一旦你犯了案，不管你是有意还是无意，会把你的所作所为永远写在脸上吗？杰普斯和克罗斯利难道会把他们的侦查想得这样简单？再说，在被判罪之前，你会将"谋杀犯"这几个字写在脸上？我看过谋杀犯的照片，还在电影院看过新闻纪录片。我的父亲颇为他们和他们的冒险经历所吸引。阿尔文·卡皮斯[1]、"小帅哥"弗洛伊德[2]、克莱德·巴罗、约翰·迪林

---

[1] 阿尔文·卡皮斯（1907—1979）：二十世纪三十年代横行于美国的暴徒，1936年被捕，因绑架、抢劫、谋杀罪被判终身监禁。
[2] 查尔斯·阿瑟·弗洛伊德（1904—1934）：二十世纪三十年代美国银行抢匪，绰号"小帅哥"。被判终身监禁，越狱后被联邦调查局探员在玉米田里击毙。

杰[1]，在我看来，他们的模样全像凶手。可是，那时他们已被判为谋杀犯，所以是无可怀疑的，加上他们已经死了，其中很多被警方击毙，然后公布他们的照片。我想，远在我父亲进入银行抢劫之前，我的父母可能就已被识别为银行抢匪，而对此毫无意识的，恐怕只有姐姐和我。

但是，当雷姆林格的名字说出来之后，伦纳德旅馆大堂的上方一片沉寂，并没有激起杰普斯或克罗斯利面部表情的任何变化。好像这个名字根本与他们无关。"可能的话，"杰普斯说，一边用粗短的拇指把裤子提到他鼓起的肚囊上面，"请你转告这个雷姆林格先生，我的朋友和我想和他见面。如果能够安排，我们也想去打野鹅。今晚我们会在酒吧见他。告诉他，请他作个自我介绍，我们是友好的美国人。"他们两人笑了起来，虽然格丁斯女士依然一脸严肃。

缅街上冷风吹刮，两个美国人一起跨入这条短小的街道，去寻找中国人的餐厅。而我急忙转身去往伦纳德旅馆后面，想看看那辆黑色的克莱斯勒纽约客是否在那里，挂着密歇根州的牌照。如果他们邀请我和他们一起用餐，毫无疑问我会去，虽然我已经用过餐。这似乎是一个大胆而勇敢的举动，去接近他们，了解他们究竟是什么人，而不让他们知道我的底细。仿佛我是个乔装的侦探。这使我激动起来。我可以探知他们的事情，比如他们的计划——虽然事实上我被严禁谈论他们，而且我不知道我能够说些什么以及和谁去说。接下来，读者能够看到，一个十五岁的男孩怎样被这些可能发生的事情所吸引。

然而，两个美国人几乎没有注意我，他们径直朝街上红色的"吴-卤"招牌走去。我站到门外看着他们，杰普斯用他的短臂勾住那个年轻一点的人的肩膀，开始认真交谈。"这是我们希望的。"我

---

[1] 约翰·赫伯特·迪林杰（1903—1934）：二十世纪三十年代大萧条期间，活跃于美国中西部的银行抢匪和黑帮分子，后被警察跟踪，看戏出剧院时因拒捕身中四枪丧命。

想没错,我听到杰普斯这样说,他带有鼻音的说话声随着冷风传来。"是,我明白,我明白。"克罗斯利说,"但是……"我没听清其余的,虽然我知道他们在谈什么。我猜得没错。

我来到伦纳德旅馆后面的泥地停车场,狩猎者的汽车和其他客人的车辆都在那里,和雷姆林格那辆紫红色的大别克一起停泊在冷风中。风搅动着空中细小的雪花。太平洋铁路公司的调车场在一块长形空地对面五十码的地方。转辙器正牵引着一节红色的箱式货车慢慢通过空着的路轨,铁路转辙员拿着提灯在冷风中忙碌,操纵转辙器,当车厢经过时便跳上去。我想,我已经渐渐喜欢上了工作,如果我不能重返学校,如果我不能如弗洛伦丝所愿去温尼伯,这倒是我想做的工作。就像阿瑟·雷姆林格所说,计划并不是总会有结果,我觉得这话真的很对。

在那排静静停泊着的车辆尽头,是一辆黑色的纽约客,两扇车门被路上的砂泥弄得肮脏不堪,挂着绿黄两色的密歇根牌照。"水上仙境"密歇根,我想象着那里绿毯般的森林和浩渺开阔的湖泊,有人——我自己——在湖中划着独木舟。这是我从没做过的事。我想象过大瀑布城高中会有一个划船俱乐部,让我有机会泛舟密苏里河。我把手放在克莱斯勒车的引擎盖上,它还带着温热,虽然冷空气已经慢慢渗入其中。这辆车来自美国,来自它的产地。不管怎样,它代表与我的父亲(还有我)有关联的美国。那是座熔炉,它把世界拉近。我拥护这些价值观,我的父母不断将它们灌输给我和姐姐,这使我再次感到杰普斯和克罗斯利以及他们来加拿大的使命是正义的,是无可非议的——虽然我不想它成功,不想因此而让阿瑟·雷姆林格送回美国坐牢。我已经说过,这真是神秘而不可思议,当所有的迹象都在警示我们应该止步时,我们为什么不当机立断,还和这样的人交往下去?

我依然站在停车场上,内心非常困惑,几乎快要崩溃。我的太阳穴紧绷,疼痛不已,我的下巴和鼻子已经麻木(可能是冷的缘故），我的手有种被刺痛的感觉，我的脚似乎不愿挪动。他是个怪异的人，尽管我了解这一点，但阿瑟·雷姆林格似乎不像个会运送炸弹并安置它来杀人的凶手，从表面看，他应该是和这件事最无关联的人，相比之下，倒是查理·夸特斯更有可能做这种事，或者是老新闻纪录片里的那些凶手。我丝毫看不出阿瑟·雷姆林格的脸上有任何"谋杀犯"的印记。

在他脸上看到的是"古怪""孤独""沮丧""聪明""机警""世俗""讲究衣着"，所有这些都是我甚为赞赏的（尽管我嘴上不肯承认）。所以我认定——就因为这样，我才能开步走动，脸上恢复了知觉，手很快就灵活起来——阿瑟·雷姆林格不是凶手。虽然这两个美国人的名字、车子，还有他们来自底特律，全都对得上号，但他们的背景和来意也许并非如查理所说。这是我的思维习惯，我母亲在她的"手记"里留给我一句话：应该充分去思考事物的对立面。相反的东西结果可能是真实的。根据我个人最近对真理的体验，任何罪犯迟早会露出真面目，不管之前他被认为多么不可能犯罪。但是我不愿意相信它。如果那是真的，我不知道这世界还有何处可作我的容身之地——因为我不想自己也卷入犯罪，和环境融合是我最想做的事情。所以我尽力迫使自己相信阿瑟·雷姆林格是清白的，相信对他的猜疑是虚妄不实的——显然，无论从哪一方面看，我这样希望似乎是最合理的。

六十

那天，我做完我的固定工作，因为在大堂有所耽搁，然后又到外面察看美国人的汽车，所以只睡了一会儿。现在这个季节日照时间很短，下午五点钟光景，查理和我就驱车去河边的田野，寻找野鹅的栖息地点，并确定猎鹅坑的位置，然后让乌克兰小伙子去开挖。那是两个农场男孩，体格强健，四肢发达。他们还是两兄弟，和格丁斯已故的丈夫有姻亲关系。他们沉默寡言，鲜有笑容，像格丁斯女士一样。当查理告诉他们在哪里挖坑的时候，他们不和我搭一句话，只是用轻蔑的眼光看着我，好像我只是个享有特权的美国男孩，根本没有权利认识他们。我想，我全然没有享受任何特别的恩惠，我有的只是奇怪的特权：我没有真正属于自己的地方，我跑腿买东西，以及我可以离开，反之，他们认为他们不能。

那天白天，阿瑟·雷姆林格没有现身。平常我会看到他在旅馆里走动。偶尔，如我所说，他会拖住我，让我坐进他的别克，谈论一些虚无的话题。我们会驱车离开罗亚尔堡，开上去斯威夫特卡伦特市的公路，或者朝西而行。其间，他滔滔不绝地展开他的话题。那天他什么也没做。虽然我站在旅馆后面的寒流中暗自"决定"，要使用逆向思维（认为他不是一个凶手，等等），我相信他不露面是和那两个美国人的出现有关。我明白，我对于那两个美国人的逆向思维是错的。

我知道，查理·夸特斯已经把美国人带去奥弗弗洛屋。当我走下楼梯时，我看见他们的手提箱已经不在，停车场里也没有他们的车子。我以为查理会向我炫耀，他告诉我的全都是确实可信的事实。可是此刻他变得守口如瓶，滴水不漏，而且非常敏感急躁，甚至连平时老挂在嘴上的那些轻视我的话也不说了——说我没有见识，孤陋寡闻；说我软弱无能；说我在这里困难重重；说我永远不会重返学校。在卡车里,他极少的片言只语都与猎鹅有关,而且毫无新意——这些话他早就对我讲得烂熟:什么因为要避风,野鹅通常在高空飞行,但有时也会低飞;什么它们要比野鸭来得聪明机灵,虽然它们并非真的机灵,但它们有很好的直觉;什么腹斑鹅喜欢吃小麦,但雪鹅不爱;什么野鹅在一个夜晚能飞越一百英里;什么你真的不需要使用诱饵——"一个身穿黑衣的农村胖姑娘"可以替代,如果从天上能够看见的话。我有一种感觉,查理又和往常一样说着这些事情的时候,其实并不是想和我说什么,而只是想借此把思绪从一些令他烦心的事情上转移开来。我想这必然和那两个美国人有关。

我像平常一样在厨房里吃晚餐,然后在七点钟进入酒吧和猎鹅者混在一起——查理要我这样做——此外我还听电唱机,和酒吧侍者说话,和贝蒂·阿舍劳尔特谈加利福尼亚(伯娜现在就在那里),听她讲她男朋友的故事,讲他怎样粗暴威胁她。猎鹅者在喝酒笑闹,他们喋喋不休地说故事,夹着雪茄或纸烟腾云驾雾。两个团体来自多伦多,另一个来自美国佐治亚州,这些人带有很重的口音,就像父亲在"谈论美国南方"时那样。那时,两个来自底特律的美国人已经进入酒吧,他们就着边上一张桌子坐下,桌子上方挂着一幅很大的油画,上面是两只纠缠在一起的雄性麋鹿,它们用角死死顶住对方,谁也不肯罢休。这幅画名叫《殊死之斗》。画上方有一块黑白招牌,写着"天佑女王",上面有人写了一些亵渎的话。这幅画我颇为喜爱,我觉得它比餐厅那幅舞蹈熊还要精彩。很多年以后,有一次我看到和这相同的一幅画,或者说和它非常相像,那是在艾伯塔省埃德蒙顿市麦克唐纳旅馆的墙上,这神秘的巧合让我惊异不已,以致我在那里默默坐了几个小时。

在充塞着狩猎者、铁路员工、新药推销员的烟雾腾腾环境中,两个美国人显得很突出。他们喝啤酒,每人身边放着一瓶,直到离开。他们身穿干净的衬衫、得体的裤子、系有鞋带的普通坚硬短靴。反之，猎鹅者全都身穿猎装，好像待会他们将从酒吧直接赶赴猎鹅现场。两个美国人显得有些局促不安，年轻的克罗斯利像是把他的紧张传给了年纪大的那个，他们不和别人搭话，只顾自己交谈，并且频频环顾酒吧的上下四周——他们的目光在马口铁天花板上游走，穿过大厅的门，扫向厨房，最后停留在那扇关闭的通往赌博室的门上。阿瑟·雷姆林格是他们要等的人，他们说要和他商谈有关猎鹅事宜。但是阿瑟没有出现，这是一个重要的信号：可能雷姆林格不能容忍有人探查他的隐私，或者他已经逃跑。这意味着他就是他们要查找的人。

我站在电唱机旁看着，期待雷姆林格迈开大步走进来，像往常那样走来走去，开玩笑，买酒喝，祝愿每个猎手获得好成绩——他的举止总显得不自然。弗洛伦丝的车不在停车场，我猜她回去照顾她母亲和照看她的店铺了。不过，可以想象，两个美国人在此地逗留的时候，阿瑟·雷姆林格不希望她在场。

当然，我不知道一旦两个美国人见到雷姆林格，而且必须作出结论时，会发生什么。但是，我宁可相信：也许他们见到他，会确认他不是那个放置炸弹的杀人凶手。在这种情况下，他们会满意地驾车返回，从此忘掉所有一切。可是，如果他们断定他就是谋杀犯，那么他们计划如何行动？想到这里，我不由得激动起来，在这喧闹的酒吧里，这两个美国人正头昏脑涨，他们毫不知晓，我和这里所有人对他们的底细了如指掌，具有压倒性优势。这些事情将会有一种结果。查理没有说，不过很清楚，他肯定这么想，而且这可能是坏的结果。

一瞬间，我内心涌起一种想和他们攀谈的强烈欲望，这不是出于我的自然天性，这种欲望就像想要趋近某件危险而富有戏剧性的事情。我想告诉他们我在奥斯科达出生，这个地方他们可能熟悉。无论我站在他们的车旁，用手抚摸温热的金属时是怎样的感觉——实实在在的满足感，甚至喜欢这两个人的感觉（尽管不认识他们），和他们共担一个秘密的感觉——所有这些，我都想要重温，我相信我不可能对任何人构成威胁。我不会告诉他们查理对我说的。我仍然觉得他们偶尔会泄露有关他们使命的重要信息。比如，他们对雷姆林格有什么看法？根据对他的观察和判断，他们希望做些什么？

但是就在这一刻，在我鼓起勇气和美国人说话之前，阿瑟穿过大厅门走进酒吧，两个美国人似乎立刻就知道了来者是谁，好像他们脑海中印着他的照片，他的模样和他们预知的完全相符，毫无二致。

双颊泛红的圆脸假发男子，即那位前警官，立即和年轻的克罗斯利说了些什么，点了点头，看着雷姆林格。雷姆林格正大声和满桌的狩猎者打招呼、说话。克罗斯利转身看着他，表情突然变得严肃起来。他点点头回转过身，双手握着啤酒瓶，简短地说了几句话。然后两人面对面地坐在酒吧昏暗的灯光下，就在那幅角力的麋鹿油画下面，静默着不再说话。

雷姆林格戴着那顶他常戴的毡呢软帽，身穿昂贵的波士顿花呢西装，这身打扮在酒吧里很是古怪别扭。他的阅读眼镜挂在头颈上。他打了根亮红色的领带，花呢裤子往下拖到皮靴的顶面。当时我弄不懂他何以如此穿着，后来才明白，他是把自己装扮成一位英国公爵或男爵，仿佛正在自家的庄园散步，顺道过来喝杯威士忌。这是一种掩饰，防止他期待了十五年的人认出他来——即使他并没有改名，任何想了解他的人都可以知道他。也许实际上他不是想隐匿自己，仅仅是在对这一天的等待中让自己分心而已。

当雷姆林格在酒吧里走动的时候，克罗斯利一直注意着他，而杰普斯没有转身看他，只是注视着对面的克罗斯利，好像他在开始盘算什么事情。好像他又重新成为一名警察——起初和颜悦色，然后神情变得严厉。我想知道他们是否带着手枪，因为查理说过他们有枪。

雷姆林格看见了站在电唱机边上的我。"唔，戴尔先生在那里。"他笑着说，一边随意挥了挥他的一只手。下一刻，他就会走到那两个美国人的桌边。我守在这里就是想目睹这一幕。我想知道当三个人见面时会发生什么,阿瑟·雷姆林格确切地知道他们是谁,他们却浑然不知他已经掌握他们的内情,而美国人需要判断他是否就是凶手。任何人都会对目击这个场景抱有兴趣。可是,存在发生危险的可能性——如果他们三人都带着枪,事情恐怕会画上句号。

我看见雷姆林格的目光落到两个美国人身上,而且停留了一会儿,然后,他回过去和来自多伦多的那桌狩猎者闲聊。其中一个人将手挡在嘴边说了些什么,好像在告诉他一个秘密。雷姆林格飞快地扫了我一眼,然后身体靠向那人,那家伙又低声嘀咕一番,引得他们两人都笑了起来。雷姆林格第三次看向我,好像他们正在谈论我——但我不这么认为。接着,雷姆林格转身面对两个美国人,举步向他们走去。

克罗斯利,那个紧张的美国人,立刻站起来,一只手在裤子边上擦抹,满脸堆着笑,然后向雷姆林格伸出这只手,好像最终发生的这一刻使他得到解脱。当阿瑟和他握手之际,我听到阿瑟报出了自己的名字。我又听到回答的声音:"克罗斯利。"杰普斯,年纪大的那个人,站起来和阿瑟握手并自报姓名,还说了些别的什么,使得两人爆发出一阵笑声。我听到杰普斯说"不列颠哥伦比亚"和"密歇根",接下来阿瑟说"密歇根",他们两人都笑了。阿瑟就像是个演员,扮演一个最后被怀疑为引爆炸弹的凶手角色。在很多方面,我都无法相信事情会是真的,但是他在加拿大的整个生活,必然是为这一刻所作的排演,如果他成功了——他认为应该如此,因为他相信自己已遭受足够的痛苦——那么,结局会是好的,生活会继续下去。如果不是这样,他被确认为凶手,甚至必须面对被送回密歇根的现实,那么,没有谁能知道将会发生什么,但是我们会看到。

我听不到他们三人接下来的谈话。两个美国人坐下了。阿瑟把一张椅子拖到他们桌边,拉了拉裤腿,岔开双腿,动作不自然地坐到椅子上。他没有把帽子脱下。由于我睡得太少,加上一直对美国人的出现深感忧虑,所以觉得有些倦意,但是我依然站在原处。雷姆林格坐在那儿，神采飞扬地和那两个人谈了十五分钟。他为他们点来啤酒，但他们没有喝。他说话时，目光朝我掠过几次。美国人时而因为他们说的什么而笑出了声。有些时候，雷姆林格的说话方式很别扭，那不是他惯有的，他笑着说："噢，是的，是的，是——的！你们说得对。"他们三人都点着头。然后雷姆林格坐直身子，伸出手臂，似乎还舒展了一下背部，说："我们将为你们安排好明天的活动。"我相信这一定是指猎鹅，看来，丝毫没有认出他是杀人犯的迹象。我觉得美国人可能已经暗自得出结论，他不是他们要找的人。或者，即使他是，他们也觉得他已经洗心革面，变成完全不同的另一个人，应该让他留在空旷的大草原，让他在平和中生活下去（我已经说过，由于生活中这些前所未有的经历和突变，我正在经受巨大的困惑。我不应该对自己看到的事物缺乏正确的理解）。

　　我攀上楼梯，进入我那间位于房檐下的斗室。我锁上门，爬到紧靠墙壁的床上，感到床铺冰凉。墙外就是伦纳德旅馆的灯箱招牌，把空气染成红色，这时我脑中又冒出一些想法，使纷乱的心得到一丝安慰。我想起我在帕特雷奥的那座棚屋连锁都没有，很高兴现在自己的房间能够上锁，否则夜晚人们在走廊来来往往会令我不安。我想到现在一切都在好转，阿瑟和那两个美国人见面后似乎已经释怀，他热情友好，似乎美国人并不是他预想中怀有敌意的来者，而是猎鹅者，正如他们自己所称，一旦明天早晨在查理和我的安排下猎射野鹅之后，便会去往不列颠哥伦比亚省。我理解为什么查理说雷姆林格"具有欺骗性"，他欺骗了美国人，假装不知道他们是谁。我已有自己的看法，我认为，在这个人世，虚假是必要的，即使没有犯过罪的人也在所难免，人人都有虚假的一面。我没有警示那两个美国人我知道他们是谁，这就是虚假和欺骗。还有，我把钱藏匿起来不让警察找到，我坐在米尔德丽德的车里跨越边境时没有说话，隐瞒自己的身份，也是在欺骗。如今的我和身居大瀑布城的我不可同日而语，大不一样，虽然我的名字没有变。虽然不清楚我还会不会变回原先的那个男孩，但是在我的整个生命历程中，虚假和欺骗将会继续，因为我觉得很快我就会去温尼伯，在那里开始一种截然不同的美好生活，所有的一切，包括真实，都将留在我的身后。

当我朦朦胧胧将要入睡的时候，我试着想象身材高挺、头发浅黄、动作笨拙的年轻的阿瑟，正把一枚炸弹放进垃圾箱，在某个我想象中像是底特律的地方。但是这一想象游离恍惚，我无法将它定格在脑中，每当遇到重要的细节我想深入探究时，总会陷于这种飘忽的状态（例如，我想不出炸弹是什么样子）。我试着想象那两个美国人和我进行了一场对话。我构想出一幅画面：我们在罗亚尔堡的缅街上行走，不是在十月酷冷的劲风之中，而是在八月下旬蓝天骄阳的好天气里，就像我刚到达时那样。杰普斯把大手按在我的肩上，他们两人想知道我和阿瑟·雷姆林格有什么关系？我是美国人吗？为什么会来到加拿大而不去属于我的学校？我的父母在哪里？这个雷姆林格是怎样一个人？结过婚吗？知不知道他的背景？他有没有手枪？

在我的意识还清醒的最后几分钟里，我不认为自己知道这些问题的答案——当然，除了手枪——也不为这些问题而焦虑烦心。像往常那样，我分明睡着，却不相信自己已经熟睡了好一阵子。虽然半夜我突然"醒过来"，听着屠宰场畜栏里奶牛在呻吟中等待明天的命运，听着卡车鸣响，在旅馆前面的红绿灯路口换挡减速。所有的事情似乎都在按它们应有的方式进行。慢慢地，我又回到睡眠状态，我还可以睡几个小时。

六十一

第二天是星期五,十月十四日,我无法将这一天和其他日子相提并论,它是我生命中最不寻常的一天——因为它最后的结局。然而,这天发生的很多事情,都和这段时期其他日子发生的事情雷同。整个早晨,我想到美国人在奥弗弗洛屋,后来,又想到他们在罗亚尔堡,在漫步中度过这寒冷的一天,先是下雪,后来下起了雨,再后来又是雪花飞扬。风重重地拍打悬挂在高处的交通灯,冰在路肩上结成厚厚的硬块,镇民尽可能待在家里不出门。我不知道两个美国人会做什么,或者会发生什么。清晨,沐浴在朝晖的红色霞光中,我彻底放弃了我的逆向思维——他们不是预想中的那两个人,或者雷姆林格不是传闻中的那个人(一个杀人凶手),或者美国人会放弃指认他是逃犯的使命,然后返回美国。我不知道,在烟雾缭绕的拥挤酒吧,他们那十五分钟的交谈,有没有帮助他们作出他们想要的决定(判断雷姆林格的脸上是否写有"杀人凶手"的标记),然后决定接下来该做什么。我记起查理说过,美国人对雷姆林格是不是他们要找的那个人并没有多大把握,所以,他们可能还没有具体想过,万一确定他就是罪犯,该怎么办。在那重要的时刻,他们可能会努力作出决定。查理曾暗示,至少我认为是他的暗示:他们可能决定杀死他,为此他们带着手枪;或者把他绑回去,让他面对密歇根法庭的审判。但是这似乎有悖于他们显示出来的善良本性,也和三人在酒吧晤面的友好气氛不甚合拍。虽然整整一天,我的思绪一直被这个问题所纠缠,但我依然百思不得其解。想着想着,我的胃开始骚动以至于疼痛起来,而且这痛感渐渐向上蔓延,直到肋骨的下方,我意识到这种身体上的症状很不寻常,得加以重视。

查理和我在黎明前把狩猎者带到麦田。我坐在卡车里观察三个诱饵安置点，统计被击落的野鹅数目。查理则亲临猎鹅坑现场，发声招引野鹅，虽然，阴郁的天空低沉，加上下雪和刮风，低飞着离开河面的野鹅较难辨识诱饵，但有很多还是难逃厄运，仍然被击落。查理和我像往常一样，把射死的野鹅带到半圆拱活动屋进行清理。我注意到美国人的黑色克莱斯勒没有停在棚屋外，这是一个迹象：可能美国人已经离开，驾车走了。

然而，查理告诉我，雷姆林格已经说了，让我们明天早上带美国人去猎鹅坑，为他们选一个好地方。一组从多伦多来的狩猎者已经离开，所以现在有多余的客房。他们带着猎枪和其他打猎用具，想要去旅馆住。我没有向他打听美国人的详细情况：查理和两个美国人在奥弗弗洛屋交谈之后，对他们有何感觉？雷姆林格指令查理带他们去猎鹅的时候，有没有透露什么？当我们给野鹅拔毛和清除内脏时，查理郁郁不乐，还我的话回以几句奇怪的评论。其中一句是："勇敢的人往往被撞得头破血流。"另一句是："要想不杀人而求生，这可真难。"正如我说的，查理的心情经常莫名其妙就恶劣起来，他也不说明原委，令人一头雾水。他只有在抱怨他的不幸童年和他的内脏问题时会直言不讳。最好不要去激怒他，因为我想保持自己独立的观点和主见，而他的坏心情和奇怪的言论可能会推翻我的所有想法。根据他不多的几句话，我相信，如果明天我们把两个美国人视作普通的狩猎者，带他们去猎鹅，事情绝对不单单和猎鹅有关，还会冒出其他事情，因为美国人不仅仅是猎鹅者，他们另有图谋。

这天中午，我又没有看见阿瑟·雷姆林格露面。显而易见，情况不同寻常。我看见那两个美国人在餐厅里单独用餐，那里还有一些猎鹅者聚集在一起，高谈阔论早晨的打猎经历。我跑了两趟差事，一趟是去药店购买一瓶硫柳汞，另一趟是到邮局购买贴在明信片上寄往美国的邮票。那两个美国人在热烈地交谈，没有注意我和其他人。这似乎很荒唐可笑，他们的行踪早已暴露无遗，全在他人视野之中，他们居然还在谈笑风生中打发时间。事态是严峻的：他们抱有特殊的意图；一人已经死于非命；雷姆林格洞悉他们，很可能正在自己房间构思对付他们的办法；他们携带手枪并可能用到它们。查理说过，坏事情的序曲可能是荒谬可笑，但也可能是不起眼和平淡无奇的。这令人信服，因为它揭示了一个道理：可怕的灾祸和平安无事往往近在咫尺。

我觉得和他们讲话是冒险的举动，所以只能用其他方法来吸引他们的注意。我问另一桌的猎鹅者（我刚在早晨认识他们），他们过得是否愉快。通常我不会这样问，但是我希望借此让那两个美国人听出我的美国口音（我假设自己带有美国口音），可能会和我说些什么。可是，两个美国人没有看我一眼，也没有停止他们的谈话。他们中的一个人，就是那个神情紧张、黑头发的克罗斯利，似乎比圆脸秃顶的杰普斯更为严肃，我听到他说："没有万无一失的事。那只是个该死的谎言。"我猜他们碰到了什么问题，正在讨论该怎么办。但是我不知道这些话的真正含意，我也不想显得像在偷听他们——虽然我确实是在偷听。所以我悄然离开，去睡我的午觉。

六十二

"我给你带来一本好书。"弗洛伦丝站在我房间外面昏暗的走廊里。我的小室位于走廊尽头,远远地斜对着雷姆林格的房间。我正在午睡,被敲门声惊醒后,只穿着内裤就跑去开门。我立刻明白她是从雷姆林格的公寓里过来。"里面有一些精美的地图,"她说,"我们曾经提到这本书,所以……"她低头看着这本厚重的书,然后把它放到我手中,脸上露出笑容。

她身后的走廊仅有一盏灯亮着。此前,只有查理·夸特斯来敲过我的门,叫醒我早起出工,可我不会在没穿好衣服的状况下开门见他。"你得穿些衣服。"她转身要走,仿佛感觉到我的窘态。

她说过想带一本讲述加拿大历史的书给我。这本就是。书脊上贴有白色的图书馆标签,在厚厚的书页顶端,盖着"梅迪辛哈特公共图书馆"的印章。书名是《建立加拿大》,著者是乔治·布朗先生。我们已经讨论过,她将送我去温尼伯和她儿子同住,我还有可能成为一个加拿大人。我一直在考虑这个问题。她觉得这对我是个较好的安排。可是我在加拿大没待多久,总共才六个星期,我对加拿大几乎一无所知,我需要从基本的开始学起,比如加拿大国歌、效忠宣誓(如果有的话)、每个省份的名称和总督的名字。在很多方面,我还不能够说喜欢它,因为我还没有决定要留在这里。但是住在加拿大,和我们以前的生活相比,似乎没有太大的区别。对于以前那种生活,伯娜向我描述过,就是在小镇"度日":我们搬到一个镇上,寻找学校上学,然后又离开搬到另一个镇。我在大瀑布城住了四年,可是从来没有觉得我和它是血肉难分的。由此可见,你对一个地方有无归属感,和你居住的时间长短没有太大关系。

"看完后别忘了还给我。"弗洛伦丝说,她退回到走廊里,在昏暗的灯光下,她温和而丰满的容貌变得模糊不清,"我不是有意让你措手不及。"

"谢谢。"我说。我把书抱在胸前,有一种全身裸露无遗的窘迫感。

"我是有孩子的人,"弗洛伦丝说着挥动她的一只手,"你们全都一样。"

然后她离开了。我关上门并上了锁。我能够听到她在楼梯上一路往下的脚步声。

六十三

　　雷姆林格在伦纳德旅馆的厨房里找到我时，我正在等查理，一起去为明晨的猎鹅作日常的晚间"考察"。我喝着一大杯加了糖和牛奶的咖啡，这是每天早晨在卡车里觉得太冷而养成的习惯。我穿戴得很是暖和——耳套、格子图案的羊毛外衣、帽子、羊毛裤和代顿牌靴子。在炉火通明、蒸气腾腾的厨房里，我热得有些受不了。这里并不比一个家庭住宅的厨房大，有一台老旧的舍勿尔冰箱、一只用木头作燃料的烹调用炉、一堆点火干草、一张配制食品用的桌子和一个餐具柜。格丁斯女士之所以允许我进来，是因为我除了独守在自己的房间，实在没有别处可去。但是，她从不和我讲话。此时，她正在水煮蔬菜，另外把肉条装进罐里，准备放入烤箱。她皱起眉看着雷姆林格，好像他们吵过架——这是有可能的。

　　"你现在和我一起走。"阿瑟对我说。他看上去非常急切，似乎已确定了什么事情。他的模样和我平时所见大相径庭，没有修面，眼睛疲惫无神，呼吸中带有一股酸醋的气味。他穿着昂贵的毛领皮夹克，戴着咖啡色的男式毡帽。他是从屋外进来的，脸颊通红。"走，我们得开一会儿车。"

　　"我在等查理。"我的衣服底下已经汗水涟涟。我不想和他一起走。

　　"他已经走了。我要他走的。他会和别的男孩一起去勘察地形。"

　　"我们要去哪里？"我知道这个问题的答案，或者说大体上可以猜到，所以这并不是我真正想问的问题。我们去做的事情肯定和那两个美国人有关，此刻，毫无疑问，他们脑中有了明确的结论。我宁可留在厨房里等查理。这已经成为我的习惯，我喜欢这样。但查理没来，看来，我没有其他选择。

"有两个猎鹅人想要和我谈一谈。"雷姆林格说,他的眼睛闪烁,好像还处于某种运动中没缓过来,虽然他和我们一起身在厨房。他从不和猎鹅者攀谈,除了在巡游酒吧和餐厅的时候,倒是查理总是和他们搭话沟通。"昨天晚上你肯定看到他们了。"他说。他出人意料地笑了,而且把笑脸对着格丁斯女士。她只是转过身去背对着他,关注着炉火。"走,这对你大有益处,会开阔你的眼界,是你该受的一种教育。那两个人是美国人,你会学到有价值的东西。"

他以雄辩家的口吻滔滔不绝地说着,好像听众不单单是我和格丁斯女士,还有其他人。又好像他需要讲给他自己听。我想,没有人对会他说不,除了弗洛伦丝,她比他年长,只要她一句话就可以阻止我跟他走,但是她不在这里。顿时,厨房里的一切都变得强烈而不可忍受——热量、我肋骨下方的瘙痒、灯光、水煮蔬菜产生的气泡。我实在无法启口,回答他说不去。

"就是那两个从底特律来的人?"我问。

雷姆林格将头侧向一边,看着我,他的笑容消失了,好像我说了什么令他吃惊的话。可是我没有说任何我不该泄露的事情。美国人到达的时候,我正好在场,所以我会知道。但是他不知道这些。我的话似乎引起了他的警觉,他用奇怪的眼神看着我。此刻,我只想作一些解释。

"你知道了什么?"他问,"你听谁说的?"

"他们到的时候,他就在这里。"格丁斯女士说,她背对着我们,正在搅动一只罐里的食物。

"真的吗?"雷姆林格挺直身子,转过他漂亮的脑袋,好像这样就能探出事情的真相,"你在这里?"

"是的,先生。"我说。

"好吧,"雷姆林格说,他看了格丁斯女士的背一眼,"既然你这么说。"

"我要用一下厕所。"我说。一瞬间,我紧张得似乎不能控制自己。

"好的，去吧，"阿瑟说着从我身边走开，"我在停车场等你。车子已发动，赶快。"

他走出厨房后门，一阵冷风吹进来，然后砰的一声门关上了，留下陷入沉默的我和格丁斯女士。她一声不吭，什么话也没说。

我并不需要用厕所，而是要想清楚某些事，因为我突然发现有雷姆林格在场，我无法自行思考。从前一天开始，我花了很多时间去思考身边发生的一切，去观察我需要知道的细节。我因为不知道事情的全部真相而盲目地感到宽慰，认为情况未必会那么糟糕，那两个美国人不至于引发可怕的后果。我记得，当母亲或是伯娜和我因为什么事情焦虑而深受折磨时，父亲惯常说这样一句话："我们最深奥的体验是体能活动。"我一直视它为真谛——虽然我不知道它的确切含义。但是它已经成为我意识的一部分，自然而然地认为能改变我们生活和命运轨迹的重要体能活动实际上是罕见的，几乎是从没发生过。我父母的被捕是那样可怕，成为一个明证——和我以前的生活相比，那时的体能活动非常之小，仅仅是等待和期盼。尽管我相信父亲所言，体能活动是重要的，但我开始觉得更重要的是精神活动：你怎样感受事物；你在假定什么；你在思考什么，忧心什么，记取了什么。这就是我通常的生活——是我脑中一直持续的精神活动。这并不奇怪，鉴于最近几个星期我的状态——孤独地生活在加拿大，没有未来的蓝图。

因此，在这最后一天，我试图让我的思维做出正确的判断，来确定会发生什么，即确定美国人到来后会产生什么后果。我希望最后能安然无事。例如，我想，既然阿瑟对"这两个人"（他现在这样称呼他们）的到来有所准备，甚至知道不同寻常的细节：他们的姓名和年龄、他们开的车、他们拥有武器但对自身的任务没有太多信心，那因他就可以完全控制事态的发展，使一切按照他的意愿结束。我还相信，美国人绝不可能对他作出重要决定，因为仅仅观察是不会有结果的,"凶手"的标记不会写在他的脸上,当然,也不可能写在任何人的脸上。我想这怎么可能呢?去接近一个完全陌生的人,以确定他是不是凶手,这是异常困难的判断。显然,我在餐厅偷听那两个美国人说话时,他们正在为此事烦恼,他们也意识到了他们的困难。在我看来,两个美国人对待雷姆林格的方式会和他们善良的本性相一致,直率、诚恳、友好。他们会和他交谈,以理念来感化他,说出他们的推断,提出解决方案。而这之后,雷姆林格会否认一切,表示他什么也不知道,说他们绝对搞错了,对于这个"权益",早在美国就应该提出。于是,一切都会妥善解决,不管他们是否相信雷姆林格所说,美国人都不得不接受他的说辞;还有,基于他们温和的个性,基于他们感受到的冷淡,他们会返回家,回到底特律去。此外他们还能做什么?他们不是那种会用枪杀害他的人。也许明天清晨,他们会随查理和我一起去猎鹅。

我甚至还想象了两个美国人会怎么接近他,因为他不会主动接近他们。随意在旅馆大堂和他寒暄一番?或者,当雷姆林格出去开车,杰普斯迎上去说:"我们两个可以和你私下谈谈吗?我们有事和你说。"(或者"我们有事问你",或者"我们有事向你打听")好像他们想要他派一个姑娘前来棚屋,或者想知道更多有关赌博的门道。阿瑟则会信心满满地推托说:"不必来我房里,到你们下榻处,在奥弗弗洛屋,我们可以隐秘地交谈。"

我一直在思考——借着思想的力量对抗体能活动。但是现在,似乎体能活动正在展开,控制着我。不管我的想法准确与否,都无法再去深究。看来,父亲的话是对的。

我透过二楼厕所的窗子朝下看,内心依然非常骚乱。停车场上,雨雪交加之中,雷姆林格站在他的别克旁边。车子的车头灯亮着,玻璃上的扫雨刷在笨拙地甩来甩去,引擎把白色的烟气喷射到夜色中。他正在和一个我从未见过的人说话。那人又高又瘦,戴一顶羊毛帽子,穿一件土黄色防雨牌夹克衫和一双便鞋,双手抱肩,似乎是太冷了。他的帽子接住被风吹过去的雪花。雷姆林格正在神情严肃地和他说话，他的左臂先是朝伦纳德旅馆挥动，然后又扫向朝帕特雷奥方向延展的公路，好像在对那人下达指令。他们没有抬头看我。在某个时刻，阿瑟将一只手放在那人的肩上，我看到，这个人三十多岁，和阿瑟一样高，但比阿瑟瘦，他也用一只手指向公路，两个人会意地点点头。我猜想这和那两个美国人有关，我们正要去和他们谈话。

　　这幕情景让我思考，为什么我会被卷进去？为什么雷姆林格要带我去？为什么我会成为这事件的一部分——一个参照点，查理说的——这究竟意味着什么？就在这时，雷姆林格转过身抬头看着厕所的窗子，眉头紧皱。大片大片的雪花和淅淅沥沥的冷雨在这一瞬间突然消失了，就像暴风雪中留下一个清晰的空洞，将我显露出来。他的嘴巴开始嚅动，他在说话，表情愤怒。他用手臂作了个大幅度的挥舞，是给我的信号，这在他是很不寻常的举动。他又对那个戴帽子的人说了几句话。那人抬头看了看我，但是没有什么动作，然后转身离开，穿过停车场消失在黑暗中。无论如何，这几个星期我应该倍加小心，不要去理睬对我的吆喝。我希望弗洛伦丝能够出现；我希望带上积攒下来的钱——我把它们藏在我的枕套里——然后爬上巴士，远远地离开罗亚尔堡和阿瑟·雷姆林格，这是查理曾经为我指出的一条出路。我甚至希望从给伯娜的钱里取回二十美元。我觉得自己被困住了，无法抵抗。我从窗口举步离开，开始走下楼梯，走向停车场。雷姆林格正在等我。

六十四

"建立在谎言上的说辞是无法真正理直气壮的。"当我们驱车前行时,阿瑟这样说。更大更厚的雪花在车头灯的光亮中凌空飞舞,向前延展的公路就像条隧道。他兴致勃勃地说着,好像我们是在愉快地交谈。"你知道吗,我更感兴趣的是这些谎言是如何维持的,"他看向我,那双戴着金戒指的大手放在驾驶盘的顶面,我知道他想继续说下去,无线电的灯亮着,但是声音调小了,"如果它们贯穿你整个人生。好……"他的下巴前倾。"那有什么差别?我可看不出来。"他又看向我,希望我能赞同他。他的面容笼罩在毡帽缘口的阴影下,我看得不甚清楚。

"没有,先生。"我说。但我心里并不赞同。

我们的车子没有平时跑得快,他似乎谈兴正浓,我们还没有到帕特雷奥。

"你不能把它完全抛在脑后。"他继续说,"我曾经认为你能,穿越国境而没有真正改变什么。你还是回去的好。如果我是你,我就会回去。每个人都应该享有第二次机会。我准是犯了一些错。我们俩都是。"

我听不懂他在说什么。我暂且假设我犯了错,因为我父亲过去总说"人遇麻烦,如同火花飞腾",说的就是错误。但是我不明白雷姆林格知道我犯了什么错误,我几乎就要脱口而出:"你很清楚,我没有犯任何你知道的错误。"但是,我不想和他争论。

"当然,我将在这里终老一生,这令我烦恼,"他说,"我会告诉你。"他依然像雄辩家一样滔滔不绝。"你有没有问过自己:'我为什么活着?难道只是为了变老、死亡?'"

"我不知道。"我说。

我们经过公路旁边的两只母鹿,它们的皮毛、脸部和眼睛在纷飞的大雪中闪闪发光。当我们驶过时,它们站着不动,仿佛压根没有看到这辆别克,也没有听到它的声响。雷姆林格依然沉浸在自己的情绪中——与以前和我在一起时很不一样。这不禁让我好奇:他究竟有着什么样的感受?我不会花时间去想别人的感受——只有伯娜,她总是告诉我她的感受。我们在车上,他没有提到那两个美国人,好像这次会晤并不重要,没什么可说的。

他再次打量我,一边驾车在暴风雪中穿行。"你是一个秘密特工,不是吗?"在帽檐的阴影之下,他像是在微笑,其实并没有。"你不说话,但你就是。"

"我当然说话,"我回答,"并没人问过我什么。"

"鹦鹉也说话,只是出于绝望,"他说,"这就是你为什么说话?我对你感兴趣,你明白,难道不是?"

"是的,先生。"我说,虽然我并不知道"秘密特工"的意思。

"嗯。"他伸直双臂,牢牢地抓住方向盘,凝视前面大雪飞舞的旷野。"今天晚上,到那里之后,你可能会听到我们谈的事情,说不定会让你感到吃惊。那两个人可能会说,我做了一些其实我没做的事情。你懂吗?以前你可能也碰到过同样的麻烦,有人认为你做了你没做的事。这就是所有秘密特工必须接受的生活,我自己就是一个秘密特工。"

我觉得我必须说是的,否则他会怀疑我知道他做了什么,这会对我不利。虽然我很想听这个故事,让他说下去,现在提前知道它没什么关系。但是我说:"是的,先生。"可是这不是真话,我从来没有被人指控违法!

"那么,如果你听到我对那两个人说你是我儿子,"雷姆林格说,"不要反驳。懂了吗?他们会满意吗?尽管我并不满意?"

在雪花飞扬的夜色里,帕特雷奥的谷物起卸机出现在我们的视线中,我们还看见所有那些熟悉的空置建筑物,但是看不清它们在公路沿线的正面。查理的拖车活动屋坐落在他的半圆拱"昆斯特屋"旁边,粘贴在窗上的报纸已经开裂,透过裂缝,可以看到里面亮着灯；但是看不见他的卡车。曾经属于我的棚屋——奥弗弗洛屋——里面也亮着灯，美国人的克莱斯勒停泊在溃败不堪的街上，白雪堆积在挡风玻璃和引擎罩盖上。我们也将在那里泊车。

雷姆林格竟然说我是他的儿子，这令我非常吃惊。我曾经暗暗怀着这种在我心里自然形成的想法，但是前一天查理在卡车里向我披露内情时，这种感觉就全消失了。雷姆林格的话十分古怪，我开始觉得胃里很不舒服，而且不能集中精神应对他的其他问话。不管我的思维处于怎样半真半幻的境地，阿瑟·雷姆林格不是我的父亲。我的父亲在北达科他的监狱里，绝不是这个黑暗中戴着帽子的人。

"你没有详细告诉我，查理说了什么。"雷姆林格目光严厉地看着我。我们转入南艾伯塔街，别克急速前行，摇摇晃晃越过路面的凹坑和凸块。这段路几近崩毁。一座座废弃的空屋显现在前面车头灯的灯光中，还有破败的游乐车和枯死锦鸡儿树篱。"这些人和你说过话？"我们的车在美国人的那辆车后停住，它的车牌被冰雪覆盖住了。雨已经停歇，雪还在下。

"没有，先生。"我说。当他说我是他儿子时，我没有这样回答，这使他感到愉快。有关他的每件事都是欺骗，我不知道为什么我必须成为这谎言的一部分。自然，他才不管我是不是愿意。

"你看，现在。"雷姆林格说着关掉引擎，然后关掉车头灯，因为戴着帽子，他的样子很引人注目。他做了个深呼吸，他的夹克皱成一团，散发出皮革的气味。"你不必心烦意乱，只是让那两个人知道我是怎样的人，你什么也不用说。"

他不再假装来这里是为了打猎、赌博或是姑娘之类的事务，他什么也没告诉我，但他允许我知道——因为他明白我都知道。

我做了个深呼吸，试图消除喉咙里不舒服的感觉，我肋骨下面的瘙痒还没停止。我想说我不想进去，我不想呼吸那种变质的腐臭气味和霉烂的泥灰尘埃，那低矮的天花板更是令我压抑，加上灰暗的、发着微光的环形荧光顶灯，使得这里就像一间牢房。我不知道一件事怎样"蕴含着"另一件事,但是,这座棚屋,加上那两个正在里面等候我们的美国人,意味将要发生某件我不想沾边的坏事。

但是,如果我不进去,会掀起一阵风暴。因为遭受过挫折,雷姆林格脾气暴躁,查理曾经这样说过。之前,他还从没对我有过恶举,如果我坚持不肯进去,他可能会转而以我为敌,对我的好感将化为乌有。我想,这就是人类,他们的所说所为或对事物的感觉,大都支离无序,没有连贯性。

如果我跟他进屋,一切将变得简单:美国人会以合理的方式表明他们的立场,我相信这符合他们的天性。而雷姆林格可能会否认一切,用谎言搪塞。然后他们可能会离开。到了明天,我就对弗洛伦丝说,我准备去温尼伯。我想雷姆林格不会阻拦我。总之,这样,我就能从糟糕透顶的僵局中摆脱出来。

"我才不心烦意乱。"我说,由于认识到进屋可以使一切变得简单,我喉咙里想要呕吐的感觉消失了。

"我想你是犹豫不决。"雷姆林格说。他的脸笼罩在阴影中,他在座位上转动身体,靴子重重地踩着车的底盘。

"我没有。"我说。

"噢,那好。对这两个人没什么可担心的,他们什么都不知道。我们不会在此久待,完事后,就能和弗洛伦丝一起去吃晚餐。"

"知道了。"我说。我想如果弗洛伦丝在这里,我会多么高兴啊。她会找个说辞,让我和她一起留在车里。但是此刻我孤独无助,情况就是如此。雷姆林格从车里出去了,我也下了车,我们一起朝棚屋走去。

六十五

雷姆林格在带有窗子的门廊里叩响那扇小门,我跟在他后面。门立刻打开了,年纪稍大的杰普斯站在门口,戴着假发,穿着格子图案的衬衫和看上去很新的毛料裤子。克罗斯利坐在暗处的一张小床上,因为屋里寒冷——这里始终如此——穿了件很厚的毛料外套。他神情专注地看着我们。他们好像与前天登记入住时很不一样,与后来在酒吧和雷姆林格交谈的时候也不一样。他们似乎怀着一个重要目的,让这间小小的屋子无力承受,变得更小了。尽管那依然是那个我曾经在里面睡觉的厨房,一切都没有变。冰冷的泥土味让你感觉这漆布底下就是赤裸的地面,这气味中还混有我以前用过的薰衣草蜡烛香味。我闻得出,他们中有人抽过纸烟。

简易电炉的炉头在工作,发出明亮的红光并产生热量。环形荧光吸顶灯亮着,发出黯淡无力的白光。填充郊狼玩具还放在冰箱顶上。后房间——我曾把纸板箱移到那里面——的门关着(我心想,或许会有第三个人在里面;我不知道那会是谁)。要说这里和我住的时候有什么不同,那就是多了美国人的手提箱。我站在雷姆林格身后,想知道这两个美国人会做什么,会怎样提起他们想要谈起的话题,为了这个目的他们才长途驱车而来。他们相信他就是他们要找的人,他们的手枪放在哪里?

"我想,我还是带我的儿子一起来。"雷姆林格大声说,他的嗓音和口音都变了,显得很放松。因为门太低,进屋时他不得不停一下,把手放在呢帽顶上,以免撞到门框。立刻,我们就把房间挤得满满的,我感到无法顺畅呼吸。

杰普斯看着双膝合拢坐在床上的克罗斯利,克罗斯利摇摇头。"我们不知道你有儿子。"

雷姆林格用手勾着我的肩膀,我就站在他旁边,离门更近些。

"起初觉得这里似乎不适合他,但对一个男孩来说,这里确实是个适宜成长的地方,所以就让他来了。"他说,"这里安全,而且空气新鲜纯净。"

"我明白。"杰普斯说。他说话的时候下巴显得松弛,让人感觉他总是在微笑。

雷姆林格静静等了几秒钟,似乎已经彻底放松。

杰普斯把双手插进裤袋里,手指在里面扭动。"我们需要谈些事情,阿瑟。"

"你之前已经说过,"雷姆林格说,"这就是为什么今晚我们会跑来这里。"

"我想,我们最好还是单独谈,"杰普斯说,"你明白我的意思?"

"难道不是谈猎鹅的事情?"雷姆林格说,假装有些吃惊,"我认为那是你们关心的。也许,你们要我为你们安排什么别的事情?"

"不。"克罗斯利说。他坐的简易小床就在窗子边的阴影下,冷风通过窗缝窜进来,窗台上放着我的薰衣草蜡烛。

"我们不想麻烦你什么,阿瑟。"杰普斯说着在一张老旧的直背椅子上坐下,我曾在这椅背上挂过衬衫和裤子。他身子往前倾,双手放在膝盖上,硬实的大肚子把绿衬衫的下半部绷得紧紧的。我的小床下面有我留下的裸体女人照片,没有人会发现。

"我对此真是感激,"雷姆林格说,"但我愿意效劳。"

"我们认为……"克罗斯利说。他停了下来,好像接下来要说的事情非常重要,他需要最后一次理清思路。他抬头看着阿瑟,眨了几下眼睛。"我们认为……"他又这样说,然后再次停住。

"我以前是个警察。"杰普斯打断了克罗斯利。"逮捕过无数人,这你不难想象——就在底特律。"杰普斯的下巴松弛,又露出微笑的样子,其实他没有在笑。"我逮捕的很多人,至今还待在监狱里——有时候,需要待好多年——事实上,他们并不真的需要进去。他们仅仅是做了一件错事。因为这我抓了他们,而他们可以向我解释自己做了什么,我知道他们今后绝不会再犯。你知道我是什么意思,雷姆林格先生?"杰普斯第一次向我们露出严肃的表情。他抬头打量着阿瑟,好像他,杰普斯,就习惯用这样的眼神注视别人,而且也希望此刻自己受到别人的注意。他们历经辛劳来到这里,就是为了达成他们矢志不渝的重要目的。

"是的,"阿瑟说,"这很在理,想必通常都是这样。"

(此刻,我回想起这段故事,已是五十年之后,在另一个世纪。那时我可能意识到,阿瑟会枪杀杰普斯和克罗斯利两人,但没想到他是如此深思熟虑,装得好像还在继续否认。其实,他是在怀着杀机聆听他们说话。有时候人们说话时,会错误地按照自己的逻辑展开,仿佛在倾听的只有他们自己,全然忘了旁边的聆听者是什么人物。杰普斯和克罗斯利不忘自己的目标,正在按照他们相信是理性的方式进行,这就是他们判断自己会成功的原因。他们哪里知道,很早以前,阿瑟就弃绝了理性。)

"我们相信,"克罗斯利开始情绪激昂起来,"事情的最好结果就是澄清是非,纠正错误,雷姆林格先生。在此地我们无法控告你,因为是在另一个国家,这点我们理解。"

"也许,你可以告诉我你说的究竟是什么,你难道不能说?"阿瑟说,他的靴子在破裂的漆布上微微挪动,他的皮夹克还打着皱,他的帽子依然罩在他淡黄色的美发上面。厨房里空气不流通,感觉很热。

"我想,只要你坦诚和我们对话,就可以让你的生活继续安然无恙。"克罗斯利说,并朝阿瑟点了点头。"我们来到这里,并没想好要做什么,我们不想现在再生什么事端。我们只要能了解事情真相,然后回去,就足够了。"

雷姆林格拉着我靠近他。"什么,我会同意?"他说,"或者我会告诉你们什么?我才不管你们是不是坦诚,我可不是一个来路不明的神秘者,我没有假冒谁,我的出生记录就存在密歇根州伯里恩县法院。"

"我们知道。"克罗斯利说。他再次摇摇头,像是有些灰心。"这不是你儿子该听的事情。"

"我可不认为他不能听。"雷姆林格说。他把他们当傻瓜,他们心里明白,甚至连我都意识到他们可能知道我不是他的儿子。

"可以让坏良心晾晒晾晒。"杰普斯说。他用了"晾晒"这个词。"对于我抓获的人,我一直认为让他们作个声明比较好,即使他们害怕这样做。有时候,甚至在很多年之后还得做,就像你。然后我们会回家,你再也不会见到我们,雷姆林格先生。"

"很遗憾不能后会有期,"阿瑟说着,微微一笑,"但是我需要声明什么?"到目前为止,还没有人明确说出我们聚集在这里的缘由。我相信,没人想说。查理说过,美国人对他们的使命缺乏自信,所以他们可能不会说。雷姆林格也不会。然后我们可能会离开,事情没有取得任何进展。一个墨西哥式的僵局[1],没有谁再有兴致去唠叨那些。

"你放置了一颗炸弹……"克罗斯利突然说,说到一半的时候清了清喉咙。这句话我还以为他不会说,他停住,是不是立刻后悔了?我想。"有一个人因此丧生,这是很久之前的事。而我们……"这时他呼吸急促起来,好像整件事沉重得让他喘不过气。我虽然不愿意听到这些话,但还是想听。由于这些话,小小的空间顿时充满了火药味,克罗斯利看上去像个胆怯的懦夫。

"我们怎么啦?"雷姆林格说。他的态度傲慢,好像他取得了压倒杰普斯和克罗斯利的绝对优势,而他们暴露了自身却无所收获。"简直可笑,"他接着说,"我可没有做这种事。"

那一刻我在想——同时感受着词语的分量——他们真的了解这个谋杀犯吗?他们来这里并没有作好过多的筹划。而现在,又没有信心去指控谋杀犯。对这个人,他们也不了解。这个人和犯罪的联系只有他本人最清楚。可是,重要的是他不想承认。不管怎样,雷

---

[1] 墨西哥式的僵局:美国西部电影的典型场景,三个人拔枪互指,但谁也不敢开枪,形成僵局。

姆林格无意"晾晒"他的良心,他要做的恰恰相反。

显然,杰普斯和克罗斯利忘记了他们不想在我面前说这些,虽然我已知道所有一切,我不感到震惊,并且我知道我的脸上并没有现出惊讶的神色。雷姆林格没有装出对这桩谋杀毫不知情的样子,他只是坚称自己与之毫无关系。这就是他们来到这里,到目前为止所观察到的情况。"我可没有做这种事。"他的这句话软弱无力,几乎等同于承认。每个人都满足于某样东西,那就是力量,这能让他进一步趋近目标。雷姆林格说我会学到有价值的东西,他说对了。我学到了仅由话语和思想构成的东西会转变为体能活动。

"我们考虑用坦诚以对的方式解决这件事,看来这是最好的方式,"杰普斯说,"我们给你一个解救心灵的机会。"

"如果我没有什么好告诉你们的,那又怎么样?岂有此理,解救?"雷姆林格嘲笑说,"如果这个主意毫无道理呢?"

"我们不这么认为。"克罗斯利说,他的呼吸恢复了正常,但声音还是很微弱。他从裤袋里掏出一块手帕,吐了口东西在里面,然后折好塞回口袋。他显得忧心忡忡。

"好吧,"雷姆林格说,"但是记住,如果我说了什么,是因为事实就是如此。如果你们两个不能满意,不能满意地回到你们所住的地方,那又会怎么样?"现在只是他们的意志问题,无关事实的争辩。

"好,我们必须谈一谈。"杰普斯说。他站起来,我立刻想到他的手枪可能已经准备好了,子弹也上了膛,就放在身边。这时,再没有谁愿意奢谈什么真相:杰普斯和克罗斯利无意于此,他们偏离了这个目标;他们比我认为的有自信。这不过是决定一件他们想要做的事。可能,此刻他们还没有下手的唯一原因,就是我在场。这就是我的用处,让事情在原地停摆,为雷姆林格赢得时间,看清楚自己的处境。我是他的参照点。

"我确实有些话要说,"雷姆林格说,他深深叹了口气,以一种他估计杰普斯和克罗斯利能够听见的音量,"也许这会让你们感到满意。"

"我们乐意知道。"杰普斯赞许地看向克罗斯利，克罗斯利点了点头。

"你们是对的，戴尔不该在这里听。我先把他送回车里。"雷姆林格谈到我，对我守在他的身旁没有丝毫感激之意。不管怎样，他先前没有明确表达过自己的想法（但是我觉得他马上就会），现在总算要明确表态了。他脑中到底在盘算什么，是不是想再一次利用我？

"很好，"杰普斯说，"我们在这里等你。"

"我马上就回来。"雷姆林格说，"这样可以吗，戴尔？你在车里等？"

"我无所谓。"我回答。

"我用不了多久。"雷姆林格说。

阿瑟领着我走出门，进入屋外的冷风中。我们向静默的别克走去，他紧紧抓住我的肩，好像我要去接受处罚。飘落到地面的雪花越来越大，风已经停了，天气更加寒冷。查理的卡车停泊在他的拖车活动屋旁，灯光从门底下的缝隙泻出来，格丁斯女士的白狗坐在卡车的引擎盖上取暖。

"这两个人荒唐透顶。"阿瑟说。他似乎很生气，但看得出不是发自内心。他好像已经屈服，放下了他的高傲。他拉开车门，把我从驾驶盘后面推进去。"启动它，"他说，"打开加热器，我不想让你挨冻。"他把手伸进来，打开车头灯，明亮的光束从雪花飞舞的黑暗中穿过，射向南艾伯塔街上颓败的住宅废墟。

"你会告诉他们什么？"有一瞬间，我觉得他可能会进来坐在我的身边。我向旁边的乘客座挪了挪。

"告诉他们需要听的，"他说，"现在，他们绝不会放过我。"他把一只手伸到驾驶座的防晒板下，取出一把银灰色的小手枪，正是我在他房间里看到的那一把，只是此刻它没在背肩套里，是单独一把枪。"我要让他们明白！"他吸了口气，然后呼出来，几乎是喘了一下。"你就留在这里。"他说，"我去去就来，然后，我们去吃晚餐。"

他关上车门，把我留在冰冷的车里，热空气慢慢地从仪表盘下面吹出来。透过驾驶座前面的玻璃——雪在上面融化成水——我看见他的帽子在黑暗中朝棚屋的门移动，那扇门是半敞开的。他没有环顾四周，也没有丝毫犹豫。他的手枪就垂在他身体左边的下方，没有隐藏起来，因为它很小，且光线幽暗，可能并不会引人注意。我想，当雷姆林格走进去的时候，杰普斯和克罗斯利可能也已经掏出了他们的手枪等着。他们并没有相信他，而且知道会发生什么，这很合理——如果他们知道自己在做什么的话。

雷姆林格经过了泥泞的、窗玻璃残缺不全的门廊，走到门前，用穿着靴子的脚把门推开。

我能够看见，杰普斯还站在暗淡的灯光下，就像刚才那样。而克罗斯利，从我坐的地方只能看到他的双腿，他依然坐在床上。他们只是在期待一次诚恳的谈话，他们是单纯而直率的人，正如我前面说过的。雷姆林格完全误判了他们，他们根本没有他想象中那样可怕。他跨进亮着灯光的门里，我看见杰普斯的脸上对他露出满意的神情。阿瑟对着杰普斯举起银灰色的手枪，扣动扳机。我没有看见杰普斯倒下，但是，当阿瑟迈向厨房去射击克罗斯利时，我看见杰普斯躺倒在地面的漆布上，一双大脚分开。手枪只是发出"砰"的一声，这不是大口径手枪。我听说过，这类手枪被称作"女士手枪"。我没有听到震耳的射击声，或是不寻常的喧嚣声。我的窗子是摇上去的，热气正从缝隙逸出去，但我还是听到射杀克罗斯利的几声枪响。先是"砰"的一声，我看见克罗斯利笨拙地朝右边移动，想躲到床的后面。阿瑟在逼近他，我非常清晰地看见，他银色的手枪朝下对着克罗斯利，克罗斯利已滚到床后，寻找可以防卫的位置。阿瑟接连射击两次，"砰"，"砰"。然后他环顾地面——这几乎是不经意的——杰普斯倒在那里，左脚以非常快的频率上下抖动，阿瑟没有丝毫犹豫和迟疑，用手枪瞄准杰普斯的头，也许是脸，再一次发射，又是"砰"的一声。一共射击五次，一共"砰"地响了五声，这就是我坐在别克车里透过敞开的门听到和看到的。阿瑟低头看着倒地的杰普斯，然后把手枪放进夹克衫的侧面口袋。他非常激动地说了些什么，好像还对杰普斯做了个鬼脸，一根手指朝下，对着他甩动了三次，然后又说了什么，但是我听不到声音（其实，杰普斯肯定也听不到），无非是用污秽的语言发泄内心的感受。然后他转过身，看着门外，目光穿过雪花飞舞的黑暗空间，这空间已经将我们截然分割开来。车窗映出我的脸的轮廓，带着一种我不能想象的表情。然后，他又说了些什么，这次是对着我的方向，嘴唇大幅度地张合，几近于喊叫，他的硕大毡帽还戴在头上，好像他的话可以使他刚才的行径变得合理。我觉得我知道他在说什么，尽管它们压根没有进入我的耳中。他是在说："可不，现在好了。现在搞定了，不是吗？一了百了，永无后患。"

六十六

那两个美国人被杀的当晚,我们就把他们埋了。这件事清楚地表明了阿瑟·雷姆林格是怎样一个人:他逼迫我协助查理·夸特斯和奥利·格丁斯(格丁斯女士的儿子,就是我在伦纳德旅馆停车场看见的那个戴着帽子、穿着防风牌夹克的高大男人)把尸体运到大草原,放入事先挖好的洞坑里——原本第二天早晨会由我作他们的"向导",带他们到这里猎鹅。这件事还证实了第二个问题,那就是他对我没有一丁点关心,也对我全然没有兴趣,除了一时兴起说空话,他根本没有为我做更好的安排;当然他也不是为了拓宽我的教育,而是为了让我发现(再一次,以更糟糕的方式)可能发生多少超乎一个十五岁男孩所能想象的事情。以后,当他想起这些事情——假如他会想起的话,他也应该不会想到我——他或许已经忘记我在现场——就像留在照片里的锤子,仅仅是为了提供比例尺才存在,一个参照点,一旦照片拍好,它的价值也就消失了。他肯定会这样的,毕竟他早已弃绝了他自己可能为自身提供的比例尺,就如同他弃绝了理性一样。他只按自己的意志行事,在只有他自己能辨认的界限内。有人会说那天晚上他不该带我去那里,那晚他即便没有改变我的人生轨迹,至少改变了我人生的本质;还拿我的生命冒险(我很可能轻易就会被射中、被杀死,使事情产生不同的走向)——如果谁这么说,那说得对。而结果会和他完全无关,因为事情发生时,受害者在不属于他们自己的国度,地球仍旧以它固有的规律运转。在很大程度上,其他人对他而言都是死人,就像那天晚上被我们搬到查理卡车上的死了的美国人,其间雷姆林格站在雪花纷飞的阴暗处,嘴里叼着纸烟,监视着我们。把所有这些记忆的碎片聚拢到一起,对他,人们将会拼凑出一个完整的感觉。

六十七

　　你或许以为,把两具死尸从奥弗弗洛屋搬出来,再把它们放进卡车的车斗,是那天晚上最让人难忘的事情,甚至可能是一个人一生中最刻骨铭心的行动——意想不到它们那样沉重,活人的身体似乎远没有这样的重量;他们的模样非常可怕,让人领悟到死亡带来的变化。我之前说过,是我拾起了杰普斯的假发,它跌落在漆布上,上面粘着浓稠的、正在凝固的血液。但是,这才是让我印象最为深刻的——它那奇怪的、又轻又薄的、色泽浅淡的、浸染着血液的小小顶部。我记不清尸体本身是什么样子,也记不清它们的气味,记不清它们是松弛还是僵硬,记不清子弹击中的部位,火药的气味怎样(它们必定弥漫整个屋子),移走它们是不是就像搬运一捆东西,还是像通常搬运尸体那样,拖着它们的手或脚后跟。这些,我全记不清了。

　　我记得非常清楚的是射击和杀人快得只是一瞬间的工夫,没有电影里的戏剧情节,它即刻发生,短促得就像什么过程也没有,仅仅是接下来就有人死亡。有时候,我甚至相信事情发生时我就在屋里,而不是在车上。这显然是种错觉。

　　我记得发生枪杀的那一瞬过后,阿瑟·雷姆林格脸上的表情,他对死者说话,带着谴责的神态,我坐在车中透过棚屋开着的门看到他的模样。那时候,根据他的表情我相信,如果觉得需要,他也会杀死我,我应该明白我的处境。凶手的标记就写在他的脸上,这副嘴脸正是杰普森和克罗斯利苦苦寻找的,可叹,这重要一幕他们只能在自己生命的最后一刻目睹。

　　我记得枪杀发生之后,雷姆林格看着我,嘴里说着什么,我——出于本能——看向了别处。我将整个身体从窗口那儿转过去,透过另一扇车窗看到了查理·夸特斯。他站在拖车活动屋门口,身后亮着灯。寒风中,他仅仅穿着内衣裤。他斜靠在门框上,看着这些。也许他早就知道这一切,只是在等,等着接手属于他的工作。

我记得的最后一件事情就是掩埋他们时——剥光他们的衣服,准备和他们的手提箱及行李一起扔进查理的焚烧桶里烧掉,还准备把他们的手枪、戒指、猎枪投入南萨斯喀彻温河中——我们把尸身蜷曲着放入为他们挖好的洞坑中,洞坑挖得很深,深到郊狼和獾类不可能刨出来。过程相当简单。我站在尸体上方朝下看,每具尸体占用一个坑,彼此只相距几码的距离。然后,我朝着黑暗的大草原瞭望,在它的上面,我能够听到一只野鹅蹿入交织着稠密雪花的夜空,发出凄厉的鸣叫。此外,我还看到——这很出乎我的意料,但确实看见了——伦纳德旅馆红色的霓虹灯招牌在夜色中闪动,那里就是小镇罗亚尔堡,比我想象的近,霓虹灯构成的仆役长端着马提尼鸡尾酒酒杯。在这一瞬间,好像什么也没有发生过。

我能不能说出目睹那两个美国人被杀所产生的影响,说清楚它对我产生的影响?我必须发出声音,因为不能让真相处于沉哑之中。

人们可能会以为,这么多年来,我一直在思考阿瑟·雷姆林格的事,想了很多很多,把他看作一个谜,是一个值得长期琢磨的人物。但是错了,他绝不是一个谜。我确实一度认为他是一个意味深长的人,不仅具有驾驭现实的能力,还有着潜在的深奥内涵。但是他不是,他除了是杀死三个受害者的元凶,其他什么也不是。他希望成为一个内涵不同寻常的人,这是毫无疑问的(例如进入哈佛大学,以及他犯下的第一桩谋杀)。但是他无法克服自己的缺失,这种缺失成为他的人生指南,引导他步入歧途。逆向思维,这种思维习惯让我把只不过是虚无缺失的东西看作意义非凡,相信那可能是一种良好的抽象特质(它使我比以前更加关注我的母亲)。但是,逆向思维的一个问题是容易忽视明显的事实——这是个严重的错误——导致各种各样的背信弃义和更多的错误，甚至于死亡，就像那两个美国人在最后一刻发现的。

可是，比起将雷姆林格留在记忆中，我做得更多的是，努力记住两个美国人——杰普斯和克罗斯利——活着的样子，因为他们永远地消失了，不留一丝痕迹，我的记忆或许是他们死后唯一可能的再现。我前面说过，他们的死似乎让我联想到我父母抢劫银行的毁灭性选择——通过作为常数、连接物、逻辑核心的我。当读者对这些漠无兴趣的时候，不经意间就会悟出一个道理：原来正常的举动和罪恶是多么接近，虽然它看似和邪恶毫无关系。经历过所有这些难忘的事件，我所力求的正常生活就是保护自己。回想那些时光——从在大瀑布城期待一所学校开始，到我们父母亲的抢劫银行，到我姐姐的出走，到越过边境来到加拿大，还有美国人的死，再延展到温尼伯和我现在的所居之地——这是我人生一个阶段的全部，就像一部带着运动感的乐谱，或一个谜，我力图在其中恢复和维持我生活的完整和良好状态，尽管我已经跨越了国境。我知道只有我在这样联想，但是我并不想让这些联想把读者卷入波涛之中，再把他们抛入或是推向绝望的深渊。从象棋游戏中可以学到很多东西，所有的单个交战都是长期博弈的一部分，是为了寻找一种状态：它不是逆境，不是冲突，不是失败，甚至也不是胜利，而是内在的和谐。

阿瑟·雷姆林格为什么枪杀了那两个美国人，我只能根据明显的事实来推测，但并没有得出任何结果——只是在以后的某个时候还原了他，这个时间点推迟到后来他消失在比萨斯喀彻温更幽深的阴暗里，即他提到的"国外旅行"。

也许他经过深思熟虑，不过他的思维方式与其他人全然不同，其他人慎重思考问题时，会权衡利弊，让思想和正确的判断引导行为趋于理性，以避免出现那些可怕的行为。可能他认为那两个美国人最终会枪击他；即使不这样，他们也绝不会让他太平（如他所说），他们绝不会离开，绝不会从此罢休，再不回来；他们会比以前更坚定地追查下去。经过慎重考虑，他觉得枪杀他们是非常紧要的，除非发生什么意想不到的事情阻止他。谁知道那会是什么事，既然它没有发生。也许很多人眼中的"慎重思考问题"具有这样的特征：如果能够，做自己想做的事。也许事情就是那么简单，他只是想杀死他们：因为他们找到他并试图和他理论；因为他们要和他谈话的想法令他愤怒——多年以来，他默默地忍受挫折、渴望、沮丧、孤独、等待；可能，被两个不知从哪里冒出来的无名之辈约谈，还意指他邪恶，这大大地激怒了他，因为他对自己的智力有一种不容挑衅的优越感；也许他听到"晾晒"和"解救"之类的词，这暗示那两个美国人怜悯他——所有这些因素可能导致他的情绪反复无常，使他忽而是可以接近沟通的，忽而又凶相毕露，变得不可理喻。他可能早就知道，非理性是他最大的失败。他的所为背离了人的善心，是冷血，他不可能有更好的举动，因为不理性正是他的本性，借此，他可以得到他想要的任何东西。他是一个杀人犯，就像我父母是银行抢劫犯，虽然他们所犯的罪行比他小。他可能会认为，为什么要隐瞒，他以此为荣光。任何时候，谋杀两个人，必然是一种丧心病狂的结果。

这两起谋杀，它们的结果怎样？我私下里打听到不多的情况。美国人的那辆克莱斯勒先是藏在查理的半圆拱活动屋，然后由奥利·格丁斯和他的一个堂兄弟开回美国，用的是美国人的驾照，在进入美国国境时没有谁会对他们加以注意（这是一九六〇年的加拿大）。这两个加拿大人在蒙大拿州的哈佛住进高线汽车旅馆，登记的是杰普斯和克罗斯利的名字；然后两人悄然消失在蒙大拿州的夜色中，把车子留在了旅馆前面。官方搜索失踪的两个美国人时，相信他们从加拿大返回后，入住了哈佛，然后在夜里神秘地失去了踪影。过了些时候，加拿大皇家骑警到伦纳德旅馆问话取证，出示他们两人的照片，但是没有人将阿瑟·雷姆林格和死者联系起来，就像多年前没有人将他和炸弹杀人案联系在一起一样。至于杰普斯和克罗斯利,被掩埋在即将冰冻的大草原里(松软的泥土很容易挖掘洞穴),永远都找不到已经死亡的证据。后来,又有人来这里实地了解情况,是一位受害人的妻子和另一位的亲戚,不过那是在我乘巴士抵达温尼伯很久之后。

在谋杀发生后的日子里,事情肯定像流通的电流,在伦纳德旅馆流传开来。然而,查理·夸特斯仍然在每天早晨带着猎鹅者进入田野;雷姆林格依然在晚上精神抖擞地在餐厅和酒吧巡游。我被禁止参与任何事情,好像他不再信任我。不过还是允许我在厨房吃饭,允许我逗留在自己的房间,允许我在伦纳德旅馆无所适从地走来走去,或者在罗亚尔堡刮着风的街上游荡,就像我在九月温暖的日子里做的那样。我看见查理·夸特斯那辆半吨级的小卡车停在街上或泊在旅馆后面的停车场上。有一次,我在大堂——就是那两个美国人登记入住的地方——遇到了雷姆林格。他在读一封信。他抬起头看着我,那种神态是以前从来没有过的。他显得精神饱满,好像那一刻希望能向我表示点什么他之前没表示过的,尽管他的脸色很快就变了,几乎变得严厉起来。"戴尔,有时候,为了不留后患,你必须大胆行事。"他说,"我们都应该有第二次机会。"我知道,他是指那天夜里的谋杀。他的话我听不入耳,不知道该如何回答。我看见他杀了两个人,我无法用言语表达自己内心的感受。他把信放入外套口袋,然后离开了。我想,这就是他对枪杀了两个人并把他们埋在大草原的猎鹅坑里的解释:他是为了做到所谓的不留后患,为了减轻自己的痛苦。我试图去理解并借此削弱自己的感受——内心的窘迫感和惭愧感,仿佛雷姆林格缺失的某部分在我的心中蔓延开来。但是我做不到。

我不知道弗洛伦丝是否知晓这起谋杀,我个人的看法是她知道,但不甚清楚。她是一个画家,脑中装着很多有待解决的事情,有很多生活内容属于她考虑的范畴。结婚,是首要的,她要去实现这个目标,这是我对她的有限了解。

在谋杀发生之后的第四天,即十月十八日,弗洛伦丝来到我的房间，把我叫醒。她带来一只有皮革搭扣的纸板手提箱，侧面贴了不少签条，上面写着"巴黎""新奥尔良""拉斯维加斯"和"尼亚拉加瀑布"等地名。她把它放在梳妆柜上，说我不能将东西放在枕套里去开始新的生活，等以后再见到她时我可以把箱子还给她。她拿出一张巴士车票交给我，还送给我一幅她画的小油画，画的是帕特雷奥镇后面的锦鸡儿树丛，白色的蜂箱在远处，广袤的大草原和湛蓝的天空把整个画面填满。"这幅风景比以前画的要好，"她认真地说，"它可以使你在乐观中回忆往事，小镇在画面外。"（最重要的是，这些话让我感觉她知道谋杀。）我对她说我喜欢这幅画，很想拥有它，简直不敢相信它是属于我的。这些话是我对她另一幅画的感觉，我应该早点告诉她的，我希望用这来作补偿。我整理好我那几件衣服、我的棋子、《象棋基础》、可卷起来的棋盘和那两大本《世界全书》，还有她给我的《创建加拿大》，把它们全放进手提箱，但是没有带上那本《蜜蜂的感官》，我决定放弃它。手提箱很沉。我们一起走下楼梯，走出旅馆，进入罗亚尔堡嘈杂的缅街，来到一家理发店——前几天我刚在这里理过发，好像我知道有什么事要发生似的。我们站在玻璃门里面。弗洛伦丝对我说，她现在要送我上巴士，我会待在车里直到抵达温尼伯，这中间有五百英里的距离，要明天早晨才能到。她的儿子罗兰会在那里接我，我和他住在一起，然后入学就读，在作出"适当的选拔分类"之前，先由修女教导。一切都会顺利无虞。我在酷冬主宰此地生活之前离开，正是适逢其时。她说，千句万语无法表达内心感受。当巴士到达时，她拥抱我并吻我，此前她从没这样做过，我知道，她是因为对我怀有歉意才这样做。她说她会再见到我的。除了她，我没有和任何人说"再见"道别。就好像我早已经离开了一段时间，正在自我调整过来。离别，这种到处可见的礼仪，对我竟成了生活中一个非同寻常的特殊记忆。

当然，能够离开这里，我的内心狂喜不已。从枪杀发生到搬运美国人尸体的那段时间里，我坐在雷姆林格的车里，透过车窗朝外看，看到美国人的车子，看到帕特雷奥镇，一切都笼罩在大雪弥漫的黑暗中，我断定这是一个谋杀横行的地方，一个虚无和没有希望的地方。我想象着我几乎就要从中逃脱出去，可是最终没有。而此时，我坐在巴士座位上，车轮滚动，我终于踏上离开罗亚尔堡和萨斯喀彻温省的旅途，我感到这是我最后的也是最好的机会。

当巴士向东行驶之际，我很少回首往事，沉浸其中是痛苦的。事情必须沉入地底，然后再次自然地渗透出来，引起我适当的关注。否则就被遗忘了。我没有哪个瞬间想过，所有发生在我身上的事情会改变自己对我的父母和他们轻得多的罪行的想法。我渴望见到他们，但是没有什么能够增强我的信念，让我相信有朝一日会和他们重聚。雷姆林格利用我，让我当他的听众，然后作为他假想中的兴趣源头，然后扮演他的儿子，然后作为他的护身盾牌、他的凶杀目击者和共犯。这些全是我极度讨厌做的，但是，所有这些，没能阻止我登上这辆巴士的踏梯，也没能阻止我去实现我无比热望的未来。

难道他没有想到我会把自己看到的吐露出来？我能肯定，他丝毫没有想过我会说出我所看到和参与的，他认为我不会比那两个躺在凄厉埋身之地的美国人更多口舌：有些事情谅你不会说。实际上，这让我产生一点小小的满足感，觉得他至少是了解我的，最终他还是对我有所关注。

米尔德丽德·雷姆林格劝导过我要尽可能开拓自己的思维，不要让自己的思想不健康地盯在某一件事情上，要懂得有的事情是可以放下的。我的父母，以他们的方式，婉转地劝导我要善于接受（"灵活"是母亲使用的词）。我想，总有一天，我能够对自己解释清楚——在某个地方，以某种方式。也许是对我的姐姐伯娜解释清楚，我相信自己在有生之年会再见到她。在那之前，我会努力在我获得的那些良好忠告中取得平衡：做到宽宏大度、健康长寿、善于接受、懂得放弃、让世界走近我的内心——然后用这些禀性，去创造自己的生活。

第三部

六十八

我总是建议我的学生思考托马斯·哈代的漫长一生,他生于一八四〇年,死于一九二八年。我要求他们思考他是怎样认识和解读自己充满变数的完整人生的。我试图鼓励他们在内心树立一种"生活理念"并发展之,试图激发他们的想象力,并试图理解,在地球上他们是作为一种抽象和具象相结合的生命而存在,而不仅仅是无穷随机隐秘事件的一个目录。这是我思考问题的基点。

我指导他们阅读,我推荐他们读的书有《黑暗的心》《了不起的盖茨比》《遮蔽的天空》《尼克·亚当斯故事集》和《卡斯特桥市长》。对我而言,这些书叙述的似乎就是我自己青年时代的隐秘生活——使命落空;遭到遗弃;一个人物,看似神秘,最终并非如此。在加拿大,现在已经不再推荐高中学生阅读这些书籍了,也不知道为什么。我的幻想时常"穿越国境";成为这些小说的改编本,它来自一种生活方式,由活生生的现实发展而成,它还能够跨越一条永远回不来的界线。

在这期间,我告诉他们的即便不是我的亲身经历,至少也是我漫长生命历程的一些教训和感悟:如今,在我年届六十六岁之际,我真不能想象我在十五岁(他们正处于这样的年龄)时的生活;不要去寻求生活中太难理解的隐性或反面含义——即使在他们所阅读的书里——而是尽可能直接观察光天化日下能够看到的事物。在把看到的事物和自身联系起来的过程中,要始终保持明智和理性,学会去接受这个世界。

要他们这样做似乎并不容易。一个学生经常说:"我看不出这和我们有什么关系。"我回应说:"难道世间的每一件事都是你经历过的?难道你不能将你的视野拓宽到自身之外?难道你不能从别人的生活中取得借鉴?"那个时候我有兴趣对他们讲述我整个青年时代的生活；告诉他们，教学对于我是一个不可放弃的连续的过程，是一个曾经无比热爱学校的男孩的天职。我一直觉得我有很多很多东西要传授给他们，可是又觉得没有太多时间，我自知这是个不好的信号。确实，当我正处于良好状态的时候，退休的生涯悄悄临近。

我是美国人这一事实是不容置疑的，虽然我归化并持有加拿大护照已有三十五年。数十年前，我和一位名叫克莱尔的加拿大姑娘结婚了，那时她刚从马尼托巴省的一所学院毕业。我在安大略省温莎市的蒙矛斯街拥有自己的住宅。我从一九八一年起就在沃克维尔学院教授英语。我的同事对我放弃美国籍礼貌以对，偶尔有人会问我是否不再渴望"回归"，我说不全是这样，美国就在河的对岸，我能够看到它[1]。他们两个似乎赞同我的许多选择（加拿大人将自己看作天生的领受者、忍受者、理解者），但几乎还是不能忍受迫使我作出选择的怨恨。我的学生年龄在十七岁到十八岁之间，我经常和他们开玩笑。他们对我说，我说话"像美国佬"，虽然我并不像。于是我对他们说，美国和加拿大没有什么不同。我对他们说，要做一个加拿大人并不难，即使是肯尼亚人、印度人、德国人也并不费力。我是美国人，只做了如此一点小小的训练就成了。他们想知道很久以前我是否是一个逃避兵役者（他们怎么会知道这些，我不清楚，历史不是他们的研究范畴）。我告诉他们，我是一个"加拿大应征士兵"，是加拿大把我从生不如死的困境中拯救出来——他们知道我是指美国。有时候，他们开玩笑地问我，要不要改名字，我毫不含糊地作了否定的回答。我对他们说，伪造和欺诈，是美国文学上很普遍的主题，但在加拿大，这类题材不是太多。

过了一段时期，我不再这样声称。加拿大并没有拯救我；我之所以对他们如是说，仅仅是因为他们希望这是真的。如果我的父母没做他们不该做的，如果他们作为我们的父母存活下来，我和姐姐

---

[1] 加拿大安大略省温莎市，距离安大略首府多伦多市约四小时车程，而到隔河相望的美国汽车城底特律则只需五分钟车程。

两人就会过上美好的美国生活，快乐无忧。但是，他们没有这样，所以我们也不可能在美国幸福生活。

这些年来，我妻子和我利用假期到"底下"的美国作了一次短暂的旅行。我们没有孩子，从某种意义上说，这代表我们各自家族和血统的终结。那时，我们仅仅去我们想去的地方：跳过奥兰多、奥兰治县和黄石，去造访在历史和文化上具有重要意义的胜地——肖托夸、佩特斯桥、康科德、华盛顿特区，对于这些，克莱尔认为"有些过多"，但我觉得恰到好处。我参加过多次由哈佛大学教授授课的暑期学院，有一次还造访过梅奥医学中心，我们经常驾车经过长途跋涉回到马尼托巴。

我从来没有回过大瀑布城，但一直觉得它很亲切，这个城镇——它还只是一个小镇，不是城市——远比一九六〇年我们居住在那里的时候要繁荣，那年我被永远带离那里。要是现在，我不可能像当年那样轻易地穿越国境，因为如今有很多高耸的哨所，国境是封闭的。已经有很久，我的父母亲在我的记忆中只占据较小的空间。我经常想起查理对我说过的话，当我们坐在草坪躺椅上观察野鹅时，他告诉我，当他一九四八年从美国驾车返回加拿大的时候，心中好像"失去"了什么东西；而我的感觉正相反，当我回来的时候，内心总是感到平静安宁，如果说有东西失去了的话，那正是我想要丢弃的。

在驱车去温哥华的旅途中，我们曾经在萨斯喀彻温省罗亚尔堡镇停留。我妻子知道那些日子里发生的所有事情，对此她深表同情，还略微有些好奇，因为我并没有一遍又一遍地重复这些故事。在我们还年轻的时候，我告诉过她，我猜她应该还记得，而且从那以后，我再没有旧地重游。

罗亚尔堡几乎不再是原先的模样。药店、空关的图书馆和空无学生的砖墙学校全都不见了，也没有留下丝毫痕迹。两排空空的建筑物、一个合作加油站、一个邮局、一台废弃的起卸机还在。火车停车场还在使用，但好像比以前小了。奇怪的是屠宰场居然还在，现在被称为"卡斯汤姆牧场肉类加工厂"。小小的白雪皇后旅馆在门外装了块轻便的招牌，上面写着："猎鹅：秋天就要来了，请预约你的狩猎！"伦纳德旅馆已经不复存在，它位于城镇边缘的旧址上没有任何招牌。那时正是七月初的夏季，收割还没有开始，镇上大多数居民都待在自己家里，那些互成方形的短小街道上，到处可见枫叶旗在迎风飘扬，这情景和五十年前大不一样。而且这里似乎没有地方可供人们工作，我猜，所有的人都驾车去斯威夫特卡伦特或更远的地方上班。

至于帕特雷奥镇，我们后来也驱车经过了。它已经完全消失，甚至不见谷物起卸机的残败骨架。好像有一台怀着复仇目的的巨大引擎驶过，把它刨底翻犁了一遍，还在泥土里撒上咸盐。我驾车离开。我们驶入麦田里的小路，稠密的庄稼摇摇摆摆像是起伏不定的波浪，高远的天空呈现一片明净的湛蓝，含着热量的风一阵接一阵吹刮，空气里尘土飞扬，密密点点的蚱蜢在疾风中起舞。老鹰展翅巡游，在温热而巨大无边的天穹盘桓不去，或者停伫在田间某处一棵孤独兀立的树上。我什么也没说，只是驾车前行，让延展的记忆引领着，趋近那两个美国人的埋身之地。多么奇怪啊，一块土地能够保留它自身一丁点的意义，不过幸运的是，因为这点意义，那些地方显得庄严而神秘，反之它们将是别样的状态。如果有幸，我们最终会赞同，它的意义将成为我们复杂记忆的一部分。广袤农田里的粮食作物摇摆不定，发出嘶嘶的响声，并变幻着颜色，背着风弯曲它们的躯干。我停下车，停在这不断吹刮的热风里。我走到车外，呼吸着充满浓郁泥土味和小麦味的空气，其中还掺杂着某种稀薄而分辨不清的腐烂味。那两个美国人静静地躺在属于他们的地下；如果他们死于现在，也会这样躺着；即便他们能活得更加长久，也是这样。我站在那里，双手插进裤袋，鞋尖深陷在泥土里。我试图悟出这一切的意义所在，还有它们的启示，我好像渴望得出些结论。可是我无法做到。于是我回到车里，我妻子心怀好奇地在酷热中等着。我们转过车头，朝着西边遥远的地方驶去，山脉从我们的视线中消失了，再一次，我永远地离开了这个地方。

六十九

　　去年秋天，在我姐姐去世之前，我去双子城[1]探望过她。从底特律大都会机场飞到那里只需一个小时，我们经常光顾这个机场，犹如家常便饭。我之前并不知道她在那里。当时为了筹划我的退休聚会，我的学生在电脑里设置了一个"找到我"网页，以期找到他们希望寻获的——某件令人难为情或伤感的事；某个或许也在寻找我的人：一个旧日的女友、一个军队里的伙伴、一个警察准尉。你再也无法保守太多的秘密（虽然我在这方面做得比大多数人好）。他们发现了一张"寻人"启事，粘贴在某个页面。上面写着："寻找戴尔·帕森斯。他是名教师，可能住在加拿大。他的姐姐病了，希望联系他。时间很紧急。贝夫·帕森斯留言。"还留有一个电话号码。

　　学生神情严肃地把打印下来的纸交给我，他们想让我知道，尽管他们是抱着较为轻松的心情在筹备活动，但还是觉得应该让我看到这份启事。我拿着纸，看到上面父亲的名字，震惊万分。

　　自从父母亲离开大瀑布城去北达科他州监狱之后，我就再没见过他们。我最后一次见到他们是在大瀑布城的监狱。我收到过一两封信，是米尔德丽德寄来的，告诉我他们的情况。其中一封信令我震惊，呆呆地沉默了许久，信上说我母亲在北达科他女子监狱自杀身亡（那时，我在温尼伯的圣保罗高中上学，时间久远，已经无法清晰地回忆起自己当时的感觉）。但是对于父亲，在他监禁期满之前我一直没有他的消息——我不知道他是否还活着。我猜想他一定认为我在什么地方安然无恙地生活，没有必要通过重温早已过去

---

[1] 双子城：美国明尼苏达州东南部的明尼阿波利斯市（该州最大城市）与毗邻的圣保罗市（该州首府）的合称。

的生活来徒增感伤。我相信这是真的,但这并不意味着我忘记他了。在早先一次对伯娜的探访中,那是一九七八年,在内华达州的里诺镇,伯娜说她相信自己看见了父亲,在内华达州杰克波特一个加油站赌场,他坐在凳子上,朝一台老虎机嘴缝里塞二十五美分的硬币。坐在他边上的,用伯娜的话说,是一个"墨西哥姑娘"。他留着胡子。伯娜承认,有时候她会把这个形象和另一个人混淆起来,那是她在俄勒冈州贝克的一家酒吧看到的一个男子,是独自一人。"但他依然很帅。"伯娜说,"我没和他搭话。"伯娜嗜酒,她讲出这样的故事完全不稀奇。

但是,当我想到我的父亲——已经九十高龄——可能正守在姐姐身边,陪她度过一段艰难时日,在这人世间找我,寻求我的帮助时,我又感到我的平静生活受到了威胁,而且将陷入一种从没经历过的危险境地。两种感受旗鼓相当地在我心中交织,令我十分惊异。现在,他们都在那里,在那里等我,心怀神圣的亲情,不屈不挠,望眼欲穿!他们等待着,无时不在念中。我意识到自己在潜意识里是多么想忘记他们,我的快乐和他们的不存在是多么紧密关联。

在漫长的五十年之中,伯娜仅和我见过三次面。这样简省的家庭关系在美国可能非常典型。我不能对加拿大和加拿大人一概而论——我觉得自己仅仅是他们中的一个。但是,在我妻子的父母逝世之前,我们经常去看望他们;我们还多次去巴里看望她的姐姐。加拿大人和美国人在很多方面是相同的,然而,上面所述可能就是两者的一个差异,这是一个客观存在。

我一直觉得我应该多去探望姐姐,如果读者问我,我会说我是这种类型的弟弟。但是我并没有这样做。她的生活变得很异样,和我拥有的生活大相径庭,格格不入。我有一个妻子;我是一名高中教师,从工作开始就是象棋俱乐部的主办人。伯娜至少有过三任丈夫,而且不幸的是,只要生活能达到普通水平的边缘,她似乎就满足了。我无从知晓她生活的详细情况。她曾经是个嬉皮士,直到嬉皮士运动过时。然后成了一个警察的妻子,没有被丈夫善待。然后是一个失败的晚期学院学生。然后又做过赌场女招待、餐厅女招待、收容所的护士助理。她的另一任丈夫是加利福尼亚州格拉斯瓦利的摩托车修理工。她没有孩子,这使她的生活更加不尽如人意,虽然她自己对此只字不提。

我们去里诺探访她的时候,她和一个叫温·鲁瑟的男人一起生活,他说他和沃尔特·鲁瑟[1]有亲戚关系。他们两人都嗜酒。我们在赌场的餐厅吃晚餐。伯娜皮肤上的雀斑长得更大了,使她扁平的面相更加凸显。她时而发出带着嘲讽的刺耳笑声,这笑声泄露了她内心很多没有说出来的话。她狭小的绿灰色眼睛显得强势而冷漠。她对我的妻子语带嘲讽和挖苦,似乎不记得或不愿意接受我们是加拿大人这个事实。她仍是那样喜欢争论,神情冷淡怪异。这是她身上以前一直令我着迷的特质,父亲称之为"傲慢"。当我们还是孩子的时候,我们可以说是一枚硬币的两个面,可是现在,在晚餐席上,她喧嚷地说话,声音压倒那个叫鲁瑟的家伙,我觉得她成了一个陌生的人,虽然她特殊的习惯和手势,以及她脸上闪过的梦幻般的表情让我认出她来。终于,她说我——不是克莱尔——说话像加拿大人,这并没有使我烦恼。她又说加拿大人"平凡无奇",这激怒了克莱尔。最后她对我说,我背弃了我的国家,逃避为它服务的责任。这以后,我转而和温·鲁瑟争论——是有关伊朗的事情——使得这个夜晚很快就过去了。当我们站在黑暗、闷热、荒凉的停车场里——80号州际公路上的卡车川流不息,在我们上方橙色的钠光灯和明亮的赌场霓虹灯的光照下轰然作响——这时,伯娜对我说的最后一句话是:"你放弃了很多。我只是希望你知道这点。"她其实不知道自己在说什么。她喝得太多,想必是对这种"借酒浇愁的生活"感到痛苦,她用这种生活来替代原本她应该有的理想生活,这

---

[1] 沃尔特·鲁瑟(1907—1970):美国底特律汽车产业工人,工会领袖。1935年领导"要工联主义,不要福特主义"运动,在全美引起轰动,遂成为罗斯福总统的座上客。

得归咎于我们的父母以及其他种种意外。自然,她是对的,我放弃太多。我所做的,正是米尔德丽德劝导我的,应该有所放弃。我满足的仅仅是在放弃中得到的回报。"真奇怪,是什么使人变得各不相同?"克莱尔说,她的神情有些古怪。我们钻进车里,前面的景象开始掠到我们身后。"大自然和她的儿女们不同调。"我说,我为自己还记得爱默生的诗句,更为能恰到好处地加以运用而高兴。可是,我觉得那个夜晚是短暂而不完美,甚至是悲哀的。我想我可能永远不会再和伯娜会面了。

在双子城,我安排在康福特旅馆和她见面。康福特旅馆就在飞机场附近的大型商场旁边。之前,我们在电话里就应该谁去见谁经过一番礼貌的争执,一旦解决了这个问题,又开始讨论究竟由我开着租来的车去她家看她,还是她驱车前来旅馆见我。

"当我累了的时候我必须回家。"她在通往温莎的电话里说,她的声音疲倦但很笃定,好像她想回家的时候我不能带她回家似的。她发出一声轻而刺耳的咳嗽,说话的声音有点嘶哑。"我每个星期二做化疗,"她说,"所以很容易疲惫。"

"爸爸在你那儿?"我问。"贝夫·帕森斯"这个名字闯入我的脑海。我不想见他,但是如果他还活着并且在照顾她,我很难拒绝。

"爸爸?"伯娜的声音含着怀疑,"我们的爸爸?"

"贝夫·帕森斯。"我说。

"哦,看在上帝的分上,"她说,"我忘了告诉你,不是他。是这样,我最终决定放弃我那糟透了的原名:伯娜。"她悲伤地说:"这么多年来,它跟着我,就像坏运气。我觉得他的名字似乎要好些,我一直对它心生爱慕。我会保存珍爱的东西——如果我有的话。"

"我一向喜欢你的名字,"我说,"我觉得它与众不同。"

"好呀,那么你拿去。它是没人要的,我愿意给你。"她再次笑出了声。

"你的病到底怎样?"因为是通电话,不是面对面的交谈,我恍惚置身于倒流的时光之中。突然,我意识到我们不像以前那样年幼,而是可以问出这类问题的成年人,是另一对双胞胎,要更为亲近。

"哦,我吗,"她说,"我只是出于某种原因在做化疗,已经两个月了。因为一个没人想要的淋巴瘤,这是真的。"我能够听见她对着电话接收器的呼吸声,接着是一声叹息。她总是这样叹气,虽然她的性格桀骜不驯。

"我很抱歉。"我说。我们又回到了彼此近乎陌生人的状态。自然,这是我想要的。

"好了,我也是。"她说,精神似乎好了些,"治疗真的很痛苦,而且治疗并不能把病治愈。你最好快些来,行吗?我想见你,我要给你一样东西。"

"好,"我说,"我下个周末就来。"

"你还在做教书匠?"她问。

"还要做到六月,"我说,"然后就退休。"

"我想,我肯定看不到你毕业了。"她笑出了声,这带有嘲讽的刺耳笑声,自从上次见面后就一直留在我记忆中,那时她对我说我"放弃了很多"。

"她只是想知道你会不会去。"克莱尔十分肯定地摇着头。她正在帮我整理一只小旅行袋。我打算只在那里逗留一天一夜。"当然,你会去。"

我说:"如果你姐姐病了而且就要死去,你也会去的。"我们在蒙矛斯街的住宅坐落在一个小公园旁边,屋子前面和外侧有长得不是十分繁茂的榆树,都呈现出一片热闹明丽的金黄色。正是十月,是人们热切盼望的好季节。

"我会去。"她说,她轻拍我的肩膀,吻着我的脸颊。"我爱你。"

她又说,"无论她想要什么,你都答应她。"

"除了希望我过去,她没有其他念想。"我说,"她要给我一样东西。"

"我们会看到。"她说。我妻子是个注册会计师,她喜欢把密友和至亲所构成的小圈子,看作一个特定的调和世界:赞成与反对的调和,利益与亏损的调和,给予与领受的调和——但是,绝不是邪恶与善良的调和。这些观点没有使她愤世嫉俗,只是使她对世界持怀疑态度。她的内心,是慷慨大度的。"该来的总会来,你将得到你应得到的,不管那是什么。"她说,"向她转达我由衷的祝愿——如果她还记得我。"

"她记得,"我说,"她会心存感激。我将转告她。"

明尼阿波利斯市的天气是寒冷的,这是一座我一直喜欢远眺的城市,我爱在远处瞭望它的规模,瞭望它优美而欣欣向荣的景象。我们偶尔会按照自己的路线到达那里:先抵达克莱尔父母的居住地波蒂奇拉普雷里市[1],然后乘坐渡轮,进入湖对面的美国威斯康星州。

我穿着大衣站在康福特旅馆外面,抬头看看几队匆匆从南方飞来的野鸭,这时伯娜驾驶一辆有凹坑的蓝色福特探针跑车抵达,它的轮壁周围以及引擎罩和车顶,到处是生了锈的疤痕。她摇下窗子。"你好,大男孩。有时间吃一顿快餐吗?一份快餐我还请得起。"她看上去很糟糕。她的脸,在窗子里露出笑容的脸是深黄色的,三十年前的浮肿不见了,一如她下巴上消失殆尽的少女特征。她那副红框深度眼镜,尽管老年人戴了会显得年轻,但是,在这眼镜后面,她的眼神异常疲惫。她瘦了,几乎和我们小时候一样。她看上去像一个年迈的妇女,干瘪的嘴巴显得她的牙齿更大。因为化妆的缘故,她脸上的雀斑倒像是少了些。曾经又密又厚的头发,如今带着灰白,变得稀疏。

---

1 波蒂奇拉普雷里是加拿大马尼托巴省南部城市。

"我必须先回一趟家,"我们出发的时候,她说,"没多远。我忘了带我的药。然后,我想我们可以去苹果蜂餐厅[1],我觉得那里很舒服,你知道吗?"

"太好了。"我说。她右手上有一只注液头,用一块干净的护创膏固定着,是做化疗的缘故。她的每一个动作都很困难,需要费很大力气,包括转身看我。她的车子里面脏乱不堪,一块肮脏的绿色绳绒床单铺在斗式座椅上,无线电被拿走了,用一条宽胶带封住塑料仪表盘上的开口。后座放着一只轮胎和一只千斤顶。伯娜穿着一件长长的中空紫色旧外套,脚上穿着一双白皮靴。她身上散发出浓重的医院气息,那是外用酒精的气味和某种甜甜的气味。很明显,她病得不轻,正如她自己所说。

"一用完餐我就得吃药,"我们汇入了星期六早晨商场附近的车流,她说,"我还有三十分钟好时光,然后我就必须回家,你回你的旅馆。要不然我会开始头昏脑涨,晕头转向。现在我是一个瘾君子,再不是以前那样了,用它治疗我的过敏症,非常有效。"她笑了。"你还认得出我?黄肤色是我新添的秋季阴影,因为我的肝脏已经败坏,惨不忍睹,它将陪伴我走到最后。我想,恐怕就是这样了。"

"我认得出你。"我说。如果她不是这样,我不想在旁边装出严肃的样子。"有什么我能为你做的吗?"

"这个嘛,"她靠在椅背上,好像有什么东西在体内啃咬她,她深深吸了一口气,然后慢慢吐出来,"除非你愿意教我数学。我想,在死之前能够再学数学,这种感觉真好。我的数学一直不赖,还记得吗?现在不行了。想必死亡使人渴望知识,还有其他东西。"她微微一笑。"有时候,我真的好想你。"

"我记得,"我说,"我也想念你。"

"自然,你有记忆。我似乎找不回我自己的记忆。"她转过身,

---

[1] 苹果蜂餐厅(Applebee's):美国平价连锁餐厅。

神情严肃地注视着我,好像我说的不是真的。她看上去是在向我表达她内心的暖意,欢迎我的到来,让我知道她想念我。"可是,我记得你的事情。"她说着抬起下巴,这个动作和父亲非常相像,而且,我也习惯这么做。我心中突然涌起一股令我痛苦万分的渴望——回到年轻时代,去重温所有的生活,那是一个梦,一个我会在去往西雅图的火车上醒来的梦。

"所以你喜欢成为贝夫?"我没有触摸她,而是笨拙地伸出手来轻拍她的肩膀,我能感觉到她中空外套下面的瘦骨嶙峋。

她剧烈地咳嗽,脸涨得通红。"噢,是的,"她一边说一边咽下咳出的痰,"我做了十五年贝夫,这是我的正常状态。可怜的老伯娜在某处跌倒在了巴士下,无法跟上我的步伐。"

"我喜欢这样。"我说。

"爸爸在贝夫的名字下没有做好,我想我来尝试一下。他们只不过是孩子,你知道吗?他们两人都是。"

"不,他们不是,"我说,我没想到自己说起这些会如此激动,"他们根本不是孩子。他们是我们的父母,我们才是孩子。"

"好吧。精神失常,"她一边说一边操控着驾驶盘,她的双手看上去是红色的,像是擦伤了皮,"你不这样认为?疯狂?精神严重失常?"

"有时候吧。"

"精神失常,"伯娜说着点了点头,露出宽容的微笑,"我就精神失常。我的脑子常常疯癫,所以,你也是,因为我们是双胞胎,遗传基因不会失忆。"

"说得对,"我说,"我们是这样。"

伯娜的家是一辆较新的白色宽型房车,在一条笔直而狭窄的小弄里面,小弄把两排宽宽的活动房屋隔开。大多数住宅都比较新,带有修剪整齐的小院子,地上栽着仅有一根笔直树干的树苗,花哨的汽车停泊在没有路肩的柏油路面,所有的屋顶都安置了碟形电视天线。此时是星期六早晨,孩子们都在外面。北面大约一英里的地方,一架架巨大的银白喷气式飞机接连升空,进入秋日高远的天宇,即使消失了影踪,也还能听到飞行引擎隐隐约约的响声。

伯娜把车停在一条铺有路面的车道上,一个小个子男人站在拖车活动屋的尽头,把莴苣叶塞进一个铁丝编的兔笼,给兔子喂食,几只肥壮的灰兔和白兔挤在这狭小的空间里。

"这是天底下最有耐心和最忠实可靠的人,他还是拼字游戏的世界冠军。他照顾很多人。"她把车门推开,可是要从驾驶盘底下移动双腿有些力不从心,异常困难。"帮忙推我一把,亲爱的。"伯娜显得痛苦而疲惫。"一旦停车,我就陷入困境,一时恢复不过来。"当我们接近她的住宅时,她开始用她柔软的南方口音说话。"我们没有结婚,"她回头望着车里说,"但是,他是我遇到的最好的丈夫。我总算有了个好丈夫,不是吗?他有点害羞。"她僵直地站起来,目光朝那个男子投去,他正闩上宠物笼的门。他穿着牛仔靴、牛仔裤和一件尼龙防风牌夹克衫,还戴着一顶亮红色的帽子,我有很多学生都爱戴这种帽子,但是只有他戴得端正笔挺。"我忘了我的东西。"她对他喊道,他看着她但没有回应。"我的药。"她说,然后开始费力地朝前门阶梯举步,去拿她的药。

冷冷的阳光下,弄底还有很多其他拖车活动屋,它们的长边面对街道,院落里竖立着铝合金旗杆,美国国旗在旗杆顶端飘扬,几乎家家如此,就像曾经有人来这里挨家挨户推销国旗。但是伯娜的院子里没有国旗。有些草地上插着纸制的标语牌,弘扬居民们的理念,例如:"流产如同行凶""婚姻是一份圣餐""不要苛捐杂税"。这些全在加拿大流行起来——由于政府的推动。这是因为:紧张不安的美国人在热切关注其他事情,所有的事情不可避免地朝北漂移。

戴着红帽、穿着靴子的小个子男人,走到第二个兔笼旁,开始从脚边草地上的一只银色混料罐里拿出莴苣来喂兔子。他的防风牌夹克的后背缝了一面美利坚合众国的国旗,下面有一些我看不清楚的字母所组成的文字。他身材短小,模样坚韧,瘦削,显得有点干瘪,年龄比伯娜大得多。他也许是个有信仰的人,毕生坚持不渝,我透过被太阳照得闪闪发亮的挡风玻璃注视着他,这样猜想。我想象某个地方会有一辆摩托车、一台大电视机、一本《圣经》;多年前每一个人都停止了喝酒,现在正在等待。我想,他们就会这样。就这样在这里结束。我总是习惯宣扬自己的人生经历,好像它对每个人都有教益,其实不然,它不值得如此赞扬,我姐姐尤其不会。她把生活掌握在自己手中,并且欣然接受。我意识到,我不知道该如何来评判她。

小个子男子结束了第二只笼子的喂食,小心地闩上笼门。他弯下身收拾银色的混料罐,当身子往前倾的时候,就正对着车子。然后他直起身来,直视着反光的挡风玻璃。也许他能够看见坐在里面的我,看见我在等待伯娜——等待贝夫。他拎起罐子,作了个欢迎的姿势,露出和蔼可亲的微笑,这很出乎我的意料。他转过身,拘谨而不失尊严地走到拖车的角落,然后消失了。他没有看我回应他的动作。他不想和我照面。我心里非常明白,我来晚了。

我们坐在车里,向苹果蜂餐厅进发,伯娜的状态似乎有所好转。她补过妆,散发出一股樱桃的气息,她开始嚼口香糖。她把一只幼狮食品超市的杂物塑料袋带到车上,我猜,那里面是她准备交给我的东西。

她开动取暖器,告诉我她每时每刻都感到寒冷,怕是无法获得热量以维持生命。她挠了挠将注液头固定在手背上的清洁胶带,当她发现我注意到这一点时,无奈地摇了摇头。她似乎想将她宽大的舌头从嘴唇中间推出来,我想这应该是一种药物反应。此刻,我们离开活动房屋之后,她话语里的南方口音也少了。"他来自弗吉尼亚州西部。"她说。她想到这个不是她丈夫的人,因为他而快乐。雷是他的名字。他是一个值得尊敬的人,他知道她的一切,但并不在意。他曾经长期待在军队里,现在已经退伍。她是在里诺遇到他的,十年前他带她离开那里,来到双子城。他在这里有一个兄弟。活动房屋差不多是给她的结婚礼物。他养兔子是"为了丰富餐桌",而每次不得不捕杀一只的时候,他都会哭。他们上教堂。"自然,我一点也不信。我只是在迁就他,对他好。他知道我母亲方面的血统是正统的犹太人,虽然我不遵循犹太人的规范。"

她说她对中国及其发展势头越来越感兴趣;她担心"非法移民"、税金、"9·11"等"威胁"。她记得克莱尔的名字,记得她是个会计师。她说她希望能去探访我们,她知道从温莎到双子城不是很远。她说她和雷两人都支持奥巴马。"为什么不?你知道吗?事情不再是以前那样了。"她问我是否会投票给他。我对她说,如果允许加拿大人投票,我会投他一票。这句话把她逗笑了,然后她又开始咳嗽,接着说:"噢,你是对的,这个理由不错,我忘记你已经脱离我们国家。我不能怪你。"她再一次感觉到,这不关我的事,我的生活和这里没有牵扯。为了让我不致为她担心,她始终努力使自己的外表保持常态。我们之所以在一起,是缘于五十年前我们共同的父母,还有我们彼此间的姐弟关系,对于这份亲情,我们正在实实在在地感受它,哪怕只有今天这一个早晨也好。这时候,我们坐在车上,她的病容似乎消失了,她也没有因为生活对她如此不公(特别是现在)面露怨恨和痛苦,她似乎找回了昔日的自我,带着以往常有的怀疑神态和爱意看着我。在她的目光下,我找回了做弟弟的感觉,我觉得和她的衰老和练达相比,我显得年轻和天真。我喜欢我们俩人单独相对的感觉,我为克莱尔没来而高兴,虽然此前我对她是否同行持无所谓的态度。我沉浸在想象之中,我想到他们的活动房屋;但是之后,我的脑中浮现出一间低矮的病房,灯光暗淡压抑,有一台没有发出声音的电视机和一张梳妆台,台面上放满各种各样的药物和氧气袋,到处弥漫着死亡的气息和阴霾。相比之下,现在要好得多。情境完全不同,更光明,即使花一天时间聚在一起,我们也不会觉得太长,这是死神的仁慈和恩赐。

"你知道吗,"我们正转弯进入苹果蜂的停车场,因为是星期六，出来逛街的人特别多，停车场非常拥挤，大型越野车、摩托车和小型卡车进进出出，"我总是对自己说：'记住这些，六个月之后也许不再这样。'"

"在这一点上我和你没多大不同，"我说，"我们的年龄相同。"

"但是在我生命中，你不知道这种结果会有多少次是真的？六个月对我而言就是一生。"她冷冷地看着我，下巴肌肉在深黄色的皮肤下颤动，舌头在嘴里不安地蠕动。

"我不知道。"我说。

"嗯。"她说，无奈地叹了口气。我知道，她叹气的时候，也就是她内心焦躁不安的时候。"我正在努力抵抗这种渐渐逼近的死亡的感觉。也许看上去不是这样，但我是在努力。我感到"——她的目光落到插在点火开关的那串钥匙上，她伸出一只手指触跶它们，它们晃动起来，发出清脆的叮当声——"有时候，我感到我真正的生活甚至还没有开始。你也许会认为，不至于到这种程度。这不是你的错。那年夏天，我完全依靠自己的能力，在那条街上走了很久很久，你还记得吗？"

"我记得。"我说。"我印象清晰。"我补充一句。

"你会不会懊恼没有孩子？"她开始注视窗外街上的车辆。一辆大巴士驶过，它正开往商场，窗口露出的都是妇女的脸，全都蓄着短发。她关闭引擎和取暖器，外面的嘈杂声听起来像是被蒙住似的，但恒定不变。

"不，"我说，"我从来没有这样想过。我觉得，我接触的孩子已经够多了。"

"那么，我们的家谱到了末尾。"她说，显得有些洋洋得意，"此刻，在苹果蜂餐厅的停车场里，差不多就是帕森斯家族的最后一代了。"

"克莱尔和我也有同感。"

"你觉得你有过美好的生活吗？还是让我来告诉你我是怎么想的？我觉得你的生活不错，我为此而高兴。"她把脸转向我，这一瞬间，在她脸上看不到紧张不安的迹象，她的精神轻松自如。她的脸在我看来永远是这样。

"我接受现实，"我说，"我接受这所有一切，我和一位理想中的姑娘结了婚。"

"我们都接受现实，那并不是一个答案，"她干燥的嘴唇起了皮，她伤感地回头看着开过去的巴士，"我们有什么选择？"

"当然有，"我说，"我就有过。"尽管我不能确定我是否思考过这个问题。

"我是你的大姐姐，"她慢慢吸着气，"你必须告诉我所有的事实，否则我的魂会回来纠缠你。"她暗自笑了笑，扳动门把手，痛苦地将脚挪出去。"这一次我自己能行。"她说。我们的谈话就此打住，后来再也没有回到这个话题。

在苹果蜂餐厅，我们坐在一扇大窗旁边，从这里可以看见她那辆锈迹斑斑的车子，但是它比我想象中好得多。它的明尼苏达州的牌照弯曲不平，后保险杠也断了，在停车场看不到第二辆这样的车。

伯娜的神情好像转为愉悦，她从刚才我们严肃的谈话中恢复过来，仿佛这吵闹的环境、令人烦心的电视声、厨房里混乱的嘈杂声响，都是她此刻需要的，她知道，它们可以让她分心，从而忘掉绝症带来的痛苦。她穿着那件需要干洗的紫色外套。

她把口香糖吐在餐巾纸的一角，包起来放到窗台上。她点了一杯马提尼鸡尾酒，并怂恿我也来一杯。可是她说，由于进行药物治疗，她不能喝酒。她只是喜欢看它放在自己面前，像以前一样，展现它的小小魔力。我点了一杯葡萄酒，借此让自己放松并保持一点儿兴奋。

"我有没有说过，"她说（杂物塑料袋就放在她的座位旁边），"我不会自杀？我忘了对你说过什么，化学药品是坏东西。"

"你不要提这个，"我说，"尽管听到这个我很高兴。"我举起葡萄酒为她干杯。

"对于我们这个四人家庭,自杀一个已经够多了。"她说。那时我们只有十六岁,没有能力掌控太多的事情。我们母亲的长眠之地也是我放弃不再过问的事情。"实际上我没有对他们关注太多。"她说,用一只手指轻轻抚摸杯子边缘,手指上文有一只很小的十字架,颜色褪得非常浅淡。她认真审视菜单,上面印有每道菜肴的彩色照片,色彩非常鲜艳。"有时候我想到他们,想到他们轰动一时的抢劫,"她把"抢劫"两个字说得很重,"就想要狂笑,我们一家就那样被拆散了,这是我们人生的剧变,难道不是吗?一场糟得不能再糟的灾祸,所有事情都被抛上岌岌可危的浪尖。"她双肘撑在桌面,目光透过眼镜注视着我,看着她的模样,我充分理解这么些年她一直在困境中挣扎。我感到很难过,心中对她满是同情,可是,我却不能做些什么给她安慰。

"想这些事情对你毫无帮助。"我说,这是最起码的事实。

所有的年轻女招待一起粗着嗓子唱起"祝你生日快乐",她们是在向餐厅的一位老年顾客表示祝贺,其他顾客则和着歌声有节奏地鼓掌。电视里的二十频道正在播放明尼苏达大学的足球比赛,偶尔会传来欢呼声,然后又是对失误的抱怨声。

"是的,"伯娜说,"它确实不会。"她的目光从马提尼移开,似乎她注意到周围的歌声和掌声。"它是我们共有的奥秘,难道不是?它关系到整个世界,使事物运转变化,它把我们和其他人连接起来,这就是我的理解。"她勉强露出了笑容。我记起她刚迈向独立生活时写给我的文字:"我们感觉相同,所见事物也相同。"那时她已经开始分享这世界的美好,而我还没有,我被抛弃在可怜的地方。我想,此刻,在某些紧要的方面,我是不是对她有所隐瞒欺骗?我是不是向她袒露了最真实的自我?关于我的生活,我告诉她的都是真的吗?我希望没有欺骗她,那全是我必须向她说的,是我的当务之急——坦陈我的过去,我是一名教师,这个角色往往弄虚做作,但又极力装出不是。这难以让人清楚,因为每个人可以自己选择表达。"也许你有什么疯狂的事情瞒着我,"她说,"也许我同样有事瞒着你,但那肯定是无关紧要的事情,听了也只会感到平淡乏味。"显然,她的思绪交缠着某种心灵对话,这是我们尚未认真进行过的。

"也许吧,"我边说边抿了口葡萄酒,它像是走了味,"至少一半可能是真的。"

"噢。"她垂下眼睛。她发现自己走了神。她额前原本褐色的头发变得灰白而稀疏,被严整地梳向后面。我想起先前她进屋时是那样步履艰难。她的耳朵穿过洞,但没有戴耳环,耳垂软绵绵的不见血色。"那么,你依然是象棋爱好者?"她说着对我露出微笑,她的注意力回到了我身上。

"不,"我说,"我虽然教学生下棋,但我的棋艺始终不尽如人意。"

她突然环顾四周,仿佛是我们点的食品到了,她点了汤,我点了色拉,可是并没有来。"我要说的,就在这里。"她说,她拿起那个幼狮食品超市的塑料袋,放在桌上。"所以,"她叹着气从袋子里拿出一捆白色的笔记本纸页,它们是干燥的,边上打了洞,用看上去像鞋带的绳子绑在一起,绳子已经褪色,和伯娜的肤色相近,"我本不想把这个送给你。"她双手压在纸页上面,盖住它,然后看着我微笑。"我不知道我是否喜欢你。或者你是否喜欢我。或者你想不想要它。"她再一次叹气,这次是深深地叹气,好像被什么东西击溃了。

"这是什么?"我问。我看着页面上的墨水字迹,它们模模糊糊,已经褪色。

"是她的'手记',她这样称呼它;或者真是这样。是她在监狱里写的,那时她刚进监狱,看上面的日期就知道。她把它交给米尔德丽德,我曾经见到过她儿子,在西部。米尔德丽德把它交给我,这是很久以前的事了,回想起来恍如隔世。她本应该把这个交给你,我想,是考虑到我们的母女关系,才让她作出了不同的决定。

读了它不会使人心烦不安,里面虽没有宏大的启示,但你能够倾听她的内心自白,这是她很好的心声,你应该拥有它。"她用两只带着瘀青块的手,把放在桌上的这捆纸页推向我;纸页把她的马提尼酒慢慢挤往旁边,最下面的一页被弄湿了。

"谢谢你。"我说着接过它们。

"她称它为'一个软弱者的犯罪手记',她确实软弱。"伯娜咬着下唇一片干裂的表皮,好像纸页里的内容重又激起她内心的波澜。此刻她已经把它们交给了我,此刻我是如此近距离地面对它们。"她说了不少思考性的话,比如:'如果你能做坏事而决定不做,你就是智者。'还有:'我们在婚姻上是失败者。'这些我们都有同感。还有:'使生活更美好是问题的关键。''在你看到出路之前,你可能不知道你的生活不可忍受。'很久以前她就考虑过离开爸爸,她对他们持枪抢劫也有所反思。她给我们写信,引用了一些她喜欢的诗句,我还记得。'……究竟什么罪。此刻我有的只是软弱,究竟错在哪里?'她一直想成为一个作家,多年来我经常读它们,难得以泪洗面。爸爸可能控制不了自己,而她有很多更好的想法,至少这就是我记着她的原因。"伯娜摇摇头,再次看着窗外,看着苹果蜂餐厅外繁忙的停车场。"我希望不再生她的气,特别是现在。我喜欢像你一样,你接受所有的一切,所以始终能够保持良好的心态。"

"我也这样希望。"我说,但这并不是她想要的答案。我的视线落在页面上,优美、严整、褪了色的文字,沿着淡蓝色的横线不断地延展着,用的墨水不是母亲平素爱的咖啡色。

"你还记得鲁迪吗?"她的嘴唇朝里缩了缩。

"记得。"我说。

"红头鲁迪,鲁迪·卡祖特。我的第一个至爱。那些是不是很滑稽有趣?"

"我还和他跳过舞。"我说。

"你吗?"她的脸上顿时现出光彩,"那时我在哪儿?"

"你也在场。我们三个人都跳了。就在他们进监狱的那天。"

发自内心的,我想叫她的名字,她真正的名字。"伯娜。"我轻轻地叫她。

"那是我的名字。"她声音嘶哑地说,就像有人在隔壁桌子上窃窃私语。

"你还有什么要做的事吗?"我说,"有什么我能为你做的?"

电视里的观众又发出一阵欢呼声,餐厅里的人们无精打采地拍着手。她停了一会儿没有说话,表情若有所思,好像脑中在继续另一场谈话,那是我们最后终究要进行的谈话,不可避免。"你已经都做了,"她说,"我们全都努力过。你努力,我也努力。我们都做了,其他还有什么?"

"我不知道,"我说,"也许你是对的。"我似乎没有更多的话可说。

午餐上桌后我们只吃了一点点,远不是全部。她不饿,没有食欲,而我在旅馆用过早餐。我们就这么坐着没有说太多的话,突然她说:"我的感觉不太好。"她虽然坐着,但心神不安。她服下药片,我把那捆纸页收进塑料袋,我们结束了午餐。

我去账台付账,然后帮助她站起来,扶着她走向前门。我无法想象她怎么还能开车送我们,可是我又不知道她回家的路线。我请求女服务生帮我们叫了辆出租车,它比我预想的来得快,我们一起坐进后座,彼此默默无言。伯娜注视着窗外的交通,我则看着窗外掠过的街景。我并不知道这个地方的具体位置,她不在乎把车留在这里,以后再让雷来开回家。

终于,我们进入那条两边排列着活动房屋的小弄,铺了路面的弄里旗帜飘拂,幼小的树苗亭亭玉立,儿童在玩耍,色彩俗丽的汽车静静停泊,不远处,喷气式飞机频频破云升空。雷在弄里,看到她回来似乎很高兴,我们握了握手并互报了姓名。我提到我们把车留在了那里,他好像有些尴尬,然后带着歉意笑了,可能是因为要晚些时候才能去处理,可是,他知道该怎样做。伯娜的状况非常不好，上台阶时必须有人帮忙。雷问我要不要进屋，说有现成的咖啡。我说不，谢谢他的盛情；我说明天会打电话来。当我在门口说再见的时候，我看见里面一台大电视机亮着，比赛还在进行。伯娜转过身，脸上带着幻梦般的微笑说："好了，亲爱的，再见。很高兴又见到你。向他们转达我的问候，好吗？"

"我会的，"我说，"我爱你，千万别烦恼。"她脸上没有丝毫不快乐的神情，那是母亲不希望她有的。

我坐进还在等我的出租车，返回旅馆，第二天一早飞回了底特律。

还有一点我要补充，唯有如此我的心灵才能得以安宁。我很幸运能拥有记忆，就像我姐姐伯娜庆幸她记不得太多一样。可是，她是对的；那是我们生命里中的重大事件，因为它发生在我们家，它的种种后果发展到几近不可收拾，幸而还从来没有超出极限。伯娜是在去年去世的，即二〇一〇年，她死后的那个星期美国刚过完感恩节，那天，非常意外地，我突然对学生说："你们有过想要逃避惩罚的奇怪感觉吗？"我们又谈到了哈代和他的《卡斯特桥市长》。他们只是回头注视着我，脸上满是困惑，认为我准是心烦意乱，走了神，在喃喃自语呢。我立刻意识到我在对他们说一件惊骇的事情，尽管有一个来自科索沃家庭的男孩说是的，他有过这种感觉。

我姐姐死的时候，我没在身边。那天，雷通过电话礼貌地告知了我——他称我戴尔，称伯娜为"贝夫"——他说上一周他们结了婚。我对他说，谢谢，这太奇妙了。并不是没有遗憾，因为我相信见面时我没有欺骗她，她也认为我没有。尽管在她死后的一些日子里，我有种奇怪的感觉，这是一种我从没有过的感觉，我觉得父亲还活着，就在某个地方颐养天年，他可能渴望知道她的音讯，也渴望得到我的消息。我刻意强迫自己忘掉这种感觉，而且很快就做到了。这只是幻觉，由于再次被抛弃、再次成为孤独者而产生的幻觉。现在，我偶尔也会梦见伯娜——梦见五十年前她从旧金山写信给我，那时我谋杀了某个人，而且忘了这件事；后来，犯罪感在我心底活跃起来，像是一个折磨着我的可怕幽灵。再后来，罪行被泄露给我认识的所有人，包括我的学生、我的同事、我的妻子，他们全都惊骇不已，并因此讨厌和憎恶我。

只不过我没有谋杀谁，无论是在我的梦里还是在真实的生活中（虽然我帮着掩埋过两个美国人，这是总有一天我要偿还的债）。

母亲的"手记"正像伯娜所说，记录了很多零零碎碎、不甚全面的思考，这些思考涉及对她来说从没出现的未来。其中还有她对抢劫银行、评判是非、理性化、生活琐事等等的看法，还有就是针对父亲的严厉措辞。如果有人愿意，可以根据它写出一个完整的故事。罗斯金说，写作就是对不相同的事情进行排列组合，她"手记"里所含的内容，堪称是集合了各种各样不尽相同的事情。但是，我已经到了对这种工作不感兴趣的年龄，因为无论如何，对我的余生而言，它们已不再重要——对此我真的非常遗憾。

可是，其中有一段她写的文字，那可能是伯娜最希望我阅读的，也可能正是她把这些纸页交给我的原因。

"我想，"这些文字出自母亲优雅的笔端，她用监狱提供的蓝墨水书写，有些地方已经模糊不清，"当你濒临死亡的时候，你可能渴望死亡，你不会和它抗争，你就像是在做梦，感觉良好。难道你不会把它想象得美好？仅仅是对某件事情屈服？不再抗争、抗争、抗争！最终我将为之焦虑，并感到遗憾。但是此刻我感觉良好，重荷从我身上卸下，是某种非常非常沉重的负荷。当一种真空状态产生的时候，大自然不会憎恶它。"

写这段话的日期是一九六一年春，伯娜用铅笔在旁边打了勾，这段话对她具有某种意义，可能在某一天也会对我具有意义，非比寻常的意义。

某一天，我驾车穿过隧道进入底特律，如今这座城市剩下的空地已经不多。和以前一样，闪耀着光亮的巨大建筑物沿着河岸延展,就像虚幻不实的装饰,更像一张华贵美丽的脸,朝着河对岸我们所处的世界。我沿着河岸向杰弗逊市驱车,结果却进入通往萨姆和休伦港的城市远郊。我总有一种意念,想要朝北行驶,到我的出生地奥斯科达,去看看如今它是什么模样,看看那里的空军基地遗址——对它我已经没有任何记忆。但是当我看到"蓝水大桥"那道巨大的迎客拱门,在下面穿越八百七十英尺就能回到萨尼亚时,我又回到现实之中,即使我是那么去渴望拥有我从没有拥有过的东西。"你应该去,找个时候过去。"我妻子对我说,"那会很有趣,可以帮助你,让你放松,放下一切。"她好像感觉到了,我总是心事重重。

的确,我没有卸下那些重荷。我住在和这座城市隔着国境线的另一边,这座城市靠近我的出生地,就是在这里,阿瑟·雷姆林格开始了歧途之旅;就是从这里,两个不幸的美国人踏上了不归之路。在某种意义上,这个地方的重要性就像一块沉重的石头,压在我心上,令我苦恼不已。我经常想,如今我几经辗转居住在这里,恐怕是命运的安排,而压着我的负荷是沉重的苦果。仿佛我期望主控事情的两面,但是我又根本不相信这种可能性。我相信眼下的东西才是最真实的存在,正如我教给我的学生的那样,而过去的生活给予我们的是无意义的虚空。所以,这种地域上的意义成为沉重的负荷,这负荷是最主要的,而它的隐性含义差不多就是"虚无"。

我母亲曾经说过,我会有无数个从睡梦中醒来的早晨,可以让我去思索人生的种种,那时候还没有人告诉我该如何去感受生活。如今,成千上万个早晨逝去了,我的感悟是:一生中你会有更好的机会——继续向前——如果你能坚韧不拔地忍受失败和挫折;经历过这一切后能让你变得不愤世嫉俗;能像罗斯金暗示的那样,去调和,去保持均衡,把各种不同的事物连成一个整体,这样就能把完美留存下来,即使不可否认,完美不是轻轻松松就可以找到的。我们努力,就像我姐姐说的那样。我们努力,用我们的全部心力。我们努力。

鸣 谢

我最要致以谢意的是我的妻子克里斯蒂娜·福特,感谢她对我的帮助和鼓励;感谢她对本书的完成所展现的理解、善意和耐心;感谢她对这部作品始终如一的关切。

还有许多许多的人,他们慷慨给予我和我这部作品诸多助力,其中最值得一提的是丹·哈尔彭(Dan Halpern),他堪称是我的一个长年挚友。我还要格外提及我亲爱的阿曼达·厄本(Amanda Urban),除我家庭之外,她是本书的第一个读者,而且从没停止过对我鞭策鼓励。我还希望把我的谢意传达给我的好朋友珍妮特·亨德森(Janet Henderson),她帮助我编辑此书,对这本书从头至尾洞若观火。我还要向菲利普·克莱(Philip Klay)致意,他自愿牺牲宝贵时间,帮我作有关这本书的资料调研。我感激埃伦·刘易斯(Ellen Lewis),是他教我阅读和领悟《哈加达》。我忘不了著名出版人斯科特·塞勒斯(Scott Sellers)和路易丝·丹尼斯(Louise Dennys),是他们的热情,推动我如期完成这本著作。我时时感怀和我数十年的好友亚历山德拉·普林格尔(Alexandra Pringle),还有简·弗里德曼(Jane Friedman),为他们忠诚不渝地予我支持;还有戴尔·罗尔博(Dale Rohrbaugh),他通过长途电话慷慨奉献时间,并怀着良好的心愿等候本书问世。我还要由衷致谢的有:我密西西比大学的朋友,他们欢迎我归来,提供一个安静的住房,让我潜心完成这部小说;我在梅奥的朋友杰弗里·卡恩斯医生(Dr. Jeffrey Karnes),他对写作者所特有的困境体恤入微;更有威尔·达布斯医生(Dr. Will Dabbs),在最后阶段给予我巨大精神支撑。

在我写作《加拿大》的过程中,某些事由、某些书籍和作者给予我显著的或潜在的帮助,我要在此加以罗列:我的挚友戴夫·卡彭特(Dave Carpenter)于一九八四年率先带我赴萨斯喀彻温省的西南部，后来好友埃利奥特·莱顿（Elliot Leyton）又带我去那里猎鹅。盖伊·范德海格（Guy Vanderhaeghe）的小说，描写了萨斯喀彻温省和蒙大拿州接壤的边境地区，极富表现力；还有伟大的华莱士·斯特格纳（Wallace Stegner）的作品；读者还可以发现威廉·麦克斯威尔（William Maxwell）对本书的影响显而易见。所有这些，激发了本书的灵感。而两本有关萨斯喀彻温省历史的书籍令我得益匪浅，一本是约翰·H·阿彻所著《萨斯喀彻温省史》(John H. Archer, *Saskatchewan: A History*)，另一本是比尔·韦瑟所著《萨斯喀彻温省新史》(Bill Waiser, *Saskatchewan: A New History*)。此外，琳达·肖坦恩采访土著居民的著作《消失的自然保护区》(Lynda Shorten, *Without Reserve: Stories of Urban Natives*)，让我获益良多。在我对手稿的反复修改中，是布莱克·莫里森杰出的回忆录《最后的告别》(Blake Morrison, *And When Did You Last See Your Father*) 给予我不可衰竭的魔力和源源不绝的动力。还必须一提的是：萨斯喀彻温省斯威夫特科伦特市博物馆的雷切尔·沃姆斯比彻（Rachel Wormsbecher）和劳埃德·贝格利（Lloyd Begley）对我鼎力相助，莉比·埃德尔森（Libby Edelson）和劳丽·麦吉（Lauric McGee）对我的原稿进行文字编辑工作。我亲密无间的老朋友克雷格·斯特里（Craig Sterry）在大瀑布城为我提供居所，让我在故事的背景里写作。作家梅拉妮·利特尔（Melanie Little）读了本书，对修正它的瑕疵给予了不可缺少的睿智忠告。早在本书的酝酿阶段，萨拉·麦克拉克伦（Sarah MacLachlan）就是我的支持者，并一直坚持到最后。艾丽丝·塔菲尔恩（Iris Tupholme）和大卫·肯特（David Kent），慷慨承诺在加拿大出版《加拿大》。为此，我由衷感谢上述每一个人。

理查德·福特